LEGADO DE AMOR

Amor y Aventura

Legado de amor

T. J. Bennet

Traducción de Laura Paredes

VERGARA
GRUPO ZETA

Barcelona • Bogotá • Buenos Aires • Caracas • Madrid • México D.F. • Miami • Montevideo • Santiago de Chile

Título original: *The Legacy*
Traducción: Laura Paredes
1.ª edición: enero 2012

© 2088 by TJ Bennett
© Ediciones B, S. A., 2012
   para el sello Vergara
   Consell de Cent 425-427 - 08009 Barcelona (España)
   www.edicionesb.com

Printed in Spain
ISBN: 978-84-15420-00-2
Depósito legal: B. 38.925-2011

Impreso por LIBERDÚPLEX, S.L.U.
Ctra. BV 2249 Km 7,4 Polígono Torrentfondo
08791 - Sant Llorenç d'Hortons (Barcelona)

A mi madre, Dottie.
Te extraño

Agradecimientos

Como Alice Walker escribió una vez, «que cada cual aúpe a alguien hasta lo más alto». Hubo mucha gente que me aupó por el camino. Me gustaría agradecérselo a unos cuantos por su nombre.

A Susan Squires por ser mi mentora, aunque ni siquiera lo supiera. De ella aprendí a pensar ambiciosamente. Y a Harry Squires, que me enseñó que podía hacerlo.

A Madeleine Hunter, que es tan bondadosa que dedicó tiempo a una desconocida amilanada, y que sigue pasando el testigo. Espero recordarlo cuando me toque hacerlo a mí.

A Los Angeles Romance Authors, una de las secciones de la Romance Writers of America, el grupo de escritores de novelas románticas más alentador que existe sobre la faz de la Tierra. ¡Lara es extraordinaria!

A Rob, Jack y Will por su paciencia y comprensión cuando las cosas no se hacían porque mamá estaba escribiendo... y escribiendo... y escribiendo...

A mi hermano Clay por ser mi primer coautor.

A mis padres Sonny (Luther) y Dottie (Dorothy), que desearía que hubieran vivido para ver mi primera novela publicada, aunque creo que lo ven igualmente desde donde están.

A mi hermana Tai Shan, que siempre creyó en mí y me apoyó, y que fue mi «animadora» favorita.

Y, por último, gracias a mis fabulosas y exigentes compañeras, las mejores del mundo: Kiki, Peaches, Roxie, Trixi y Bubbles. No tengo palabras, chicas. No, esperad, sí que las tengo... y gracias a vosotras están todas aquí. Con todo mi cariño, Candi.

1

Wittenberg, Sajonia electoral,
anno domini *1525*

Tumbada en el suelo, la baronesa Sabina von Ziegler oyó un diminuto correteo en la oscuridad y se incorporó de golpe al ver acercarse la sombra de su enemigo.

—Levántate —se ordenó con voz ronca de no hablar—. Las cadenas, Sabina... Agita las cadenas.

Obedeció como un buen soldado, y el repiqueteo metálico apenas atravesó la penumbra. Cuando el rumor se incrementó en el rincón, se le tensaron todos los músculos.

—Tranquila, tranquila...

La rata corrió veloz hacia su tobillo enseñando los dientes. A pesar de su determinación, la baronesa gritó y lanzó una patada, con tanto acierto que golpeó a la alimaña con el pie descalzo. Un chillido corroboró la fuerza del impacto.

—¡Bicho asqueroso!

Unos ojos sesgados, pálidos y cristalinos, la miraron a través de la oscuridad. Un parpadeo y desaparecieron. Los pasitos se alejaron velozmente hacia el rincón opuesto de la habitación, y ella imaginó a la rata analizando la situación con sus compañeras en voz baja. Sabina sabía que simplemente esperaría otra oportunidad. Temblorosa y hambrienta, se dejó caer contra la pared mientras la desesperación le susurraba al oído que sólo era cuestión de tiempo que las ratas consiguieran su alimento.

Una lágrima silenciosa le resbaló por la mejilla. Tendió la mano hacia la jofaina, repiqueteó con los dedos sobre la capa de agua casi congelada, la rompió y sumergió la mano en el gélido líquido. Se salpicó un poco la cara y se arrancó un trozo de tela del dobladillo para secarse.

Cuando estuviera frente al Creador, por lo menos tendría la cara limpia.

—Reza —se dijo con voz áspera—. Reza.

Juntó las manos en busca de palabras de consuelo, pero sólo le vino a la cabeza la súplica de nuestro Señor en la cruz: «Mi Dios, mi Dios... ¿por qué me has abandonado?»

Un chirrido metálico interrumpió sus pensamientos.

Contuvo el aliento mientras el cerrojo se corría y la pesada puerta de madera se abría con un crujido. Cuando la luz de una antorcha iluminó la habitación, se irguió para esperar su destino con la mayor dignidad posible.

Un hombre entró con una antorcha en alto. Hacía muchos años que Sabina había dejado de considerarlo su padre. El barón Marcus von Ziegler, que ostentaba el título de *schenk* —copero— de Wittenberg, se había casado con su madre y había adoptado a Sabina cuando ésta sólo tenía dos años. Era el propietario del castillo Von Ziegler, la antigua casa y la actual cárcel de Sabina.

El barón posó sus pálidos ojos en ella.

—Vaya. Veo que sigues viva —dijo.

—A pesar de todo lo que has hecho para que no fuera así —replicó Sabina, levantando el mentón con aire desafiante.

—Es increíble lo aguerrida que eres. Siempre ha sido una bendición para ti y una maldición para mí. —Se encogió de hombros—. Es la voluntad de Dios. He venido a decirte que la búsqueda ha terminado.

Ella se sostuvo contra la pared de detrás.

—¡No! —exclamó.

—Te he conseguido un buen partido. Más de lo que te mereces. La boda será en dos días. —Le repasó el cuerpo esquelético con los ojos entornados—. Será mejor que te adecentemos un poco. No conviene asustar al novio, después de lo que he tenido que esforzarme para convencerlo de que aceptara la unión.

—No me casaré con alguien elegido por ti —gruñó Sabina—. Antes prefiero morirme de hambre.

El barón avanzó hacia ella y bajó la antorcha hasta que la llama le chamuscó el vello del antebrazo. Se apretó contra la pared y giró la cabeza. Oyó la voz fría de su padrastro entre el chisporroteo de la llama.

—Eso puede arreglarse.

Un escalofrío le recorrió el cuerpo. Había perdido. Aun así, algo en ella se negaba a doblegarse. Las cosas siempre habían sido así entre ellos. Y se obligó a hablar, a pesar del nudo que tenía en la garganta.

—Sólo quiero el legado de mi madre. Es lo que vine a buscar, nada más. Prométeme que no interferirás, y desapareceré para siempre.

—Si hubiera querido que desaparecieras para siempre, ya lo habría logrado hace mucho —espetó el barón—. Pero todavía puedes serme útil.

—¿Por qué me odias tanto? —preguntó ella con la mirada puesta en los ojos fríos y especuladores del barón—. ¿Por qué no me dejas ir?

—Ya sabes por qué —respondió él con la animadversión reflejada en los ojos.

Sabina se tapó los oídos para no escuchar la conocida letanía acusadora.

—Nunca quise lastimar a Carl —aseguró al barón—. Ya te he pedido perdón mil veces. —Alzó la vista con expresión suplicante—. Por favor. Era el deseo de mi madre...

—Oh, sí. Tu madre era muy lista. —La llama de la antorcha se reflejaba en sus ojos y los convertía en una especie de hogueras del infierno—. Puede que demasiado para su propio bien.

Sabina parpadeó, atónita.

—¿Qué quieres decir?

Él permaneció callado, mientras que el fuego de sus ojos se avivó ostensiblemente.

—Puedes elegir. O te casas con ese hombre o te quedas aquí abajo, y nadie lo sabrá nunca.

—Los... los criados. —Negó con la cabeza—. Alguien hablará.

—No —replicó el barón, mirándola con una sonrisa satisfecha—. Nadie lo hará. Todos creen que has vuelto al convento de donde viniste hace unos días. ¿O tal vez debería decir del convento de donde te escapaste? Yo soy el único que sabe que todavía estás aquí. —Acercó más la cara a la de su hijastra, y una vaharada de tufo a vino la abofeteó—. Y yo no se lo diré a nadie, descuida.

Sabina se deslizó hasta el suelo. Fuera como fuese, el barón quería librarse de ella, pero no dejaría de aferrarse a la esperanza mientras tuviera un hálito de vida.

—Está bien. Me... me casaré con ese hombre, pero tienes que prometerme que no le cederás los derechos sobre mi herencia. Inclúyelo en las capitulaciones matrimoniales. Enséñame el documento y haré lo que me pides.

—¡Silencio! No estás en condiciones de negociar nada —replicó el barón con el ceño fruncido. Tenía los ojos del color del acero, muy distinto del azul oscuro de los de Sabina, que lo había heredado de su madre, fallecida hacía mucho tiempo. Otra cosa en su contra.

El barón ladeó la cabeza y la miró pensativo, como un gato observaría un ratón atrapado bajo sus afiladas garras.

—Sin embargo —dijo encogiéndose de hombros—, si algo tengo, es que soy flexible. Si así va a acabarse esta pequeña guerra entre nosotros, sea.

Sabina alzó la cabeza, sorprendida.

—Y de aquí a unas semanas —quiso confirmar—, cuando alcance la mayoría de edad, ¿no harás nada para interponerte en mi camino? ¿No cambiarás las condiciones?

—Prometo que entonces no haré nada —aseguró él, y apretó los labios en un amago de sonrisa—. ¿Y bien? ¿Satisfecha?

Ella asintió lentamente. Se sintió como si acabara de cerrar un trato con el diablo.

La libertad. Después de tanto tiempo.

Pero ¿qué clase de libertad y a qué precio?

El sol filtrado a través de los vitrales de la iglesia formaba un prisma de luz que bañaba su interior. Sabina pestañeó embelesada ante semejante danza de colores. Por deferencia a las condiciones climatológicas y a su rango, el elector Federico el Sabio había concedido permiso al barón para que la ceremonia se celebrara dentro de la iglesia en lugar de fuera, frente a la puerta, como era costumbre. Después de tantos días a oscuras, la luz provocaba a Sabina un dolor físico y un placer palpable a la vez. Ahora bien, a pesar del tímido intento del sol por imponerse, las nubes regresaban lentamente y el cielo, que había amanecido despejado, se iba tornando gris.

Un cirio solitario situado en el altar se extinguió con un sonoro siseo, y un sacerdote con sotana se apresuró a encenderlo de nuevo. No estaría bien que el novio no pudiera ver a la novia si se tomaba la molestia de mirarla, algo que todavía no había sucedido. De hecho, el señor Wolfgang Behaim le había echado un vistazo a todo menos a ella: a los acompañantes del barón, al reverendo, a la puerta cerrada tras ella... A cualquier cosa menos a ella.

Tal como se había vestido para su boda, daba la impresión de que el novio estaba de luto. Llevaba un jubón y unos calzones oscuros y apagados en lugar de los gregüescos acuchillados que estaban de moda entonces. Pero, a pesar de lo conservador que era, el atuendo no conseguía disimular el cuerpo portentoso que se ocultaba debajo. Aunque sus ropas parecían muy prácticas, admirarlo era como contemplar un león vestido y al acecho. Transmitía la imagen de que las prendas lo encorsetaban, y de que le habría sentado mejor lucir su piel morena sin limitación alguna. Desnudo estaría imponente.

Sabina se sonrojó ante aquellos pensamientos tan descarados sobre un hombre al que acababa de conocer.

El reverendo Bugenhagen los declaró marido y mujer, y pasó a otorgarles una bendición interminable. El nuevo esposo dio unos golpecitos con el pie en el suelo, impaciente. Como no era nada tonto, el reverendo concluyó deprisa la bendición y se volvió hacia el señor Behaim con una sonrisa bondadosa.

—Si lo desea, puede besar a la novia.

—No diga sandeces —resopló Behaim. Y se volvió, dando la espalda a ambos.

Un viejo y encorvado criado que lograba dar la misma imagen de servidumbre digna que si tuviera la espalda totalmente erguida, dio un paso adelante para ofrecer una gruesa capa a su señor. Behaim se la puso sobre los hombros y se dirigió hacia la puerta, pero se detuvo cuando el criado carraspeó. Entonces frunció el ceño y echó un vistazo alrededor como si se hubiera olvidado de algo. Sus ojos se fijaron en ella.

—Tú —dijo, señalándola—. Sígueme.

Y se marchó, al parecer convencido de que ella lo obedecería. Sabina se quedó mirando cómo el novio, de piernas largas y ancho de espaldas, se abría paso entre los invitados a la boda. El barón había sacado de la cama a sus criados para que vieran cómo el cortejo nupcial iba del castillo Von Ziegler a la iglesia del castillo del elector en Wittenberg. Y ahora, esos mismos criados, que al principio habían intentado felicitar a Behaim, se apartaban acobardados a su paso como la tierra blanda bajo un arado.

Sabina apretó los dientes ante la insolencia de aquel hombre. Ni siquiera se había molestado en quitarle la corona nupcial que tenía puesta sobre el pelo suelto, de acuerdo con el ritual del enlace matrimonial. Simplemente se había girado y le había dado órdenes como si fuera un perro.

Se quitó el ancestral símbolo de fertilidad con dedos temblorosos y lo dejó caer al suelo. A pesar de la mirada escandalizada del reverendo, casi no pudo resistir el impulso de aplastarla con el zapato.

Estaba furiosa. Ella era una baronesa. Y su padrastro era el *schenk* de Wittenberg, el copero que servía al mismísimo emperador. El impertinente señor Behaim no era más que un plebeyo.

¿Cómo se atrevía a darle órdenes? Cerró el puño y vislumbró el anillo de oro que llevaba en el pulgar. Cuando el reverendo le había pedido la alianza con que sellar su unión, la expresión de Behaim había revelado que ni siquiera había pensado en ello. Aun así, sólo había dudado un instante antes de quitarse su propio anillo.

Inspiró hondo y se tragó el orgullo. Las Sagradas Escrituras decían que el orgullo era la antesala de la desgracia, y ella lo sabía muy bien. Su rango ya no importaba, puesto que ahora era la esposa de aquel hombre. Así que elevó una plegaria silenciosa como muestra de arrepentimiento.

Sin embargo, una vez dispuesta a obedecerlo dudaba de poder hacerlo. Para asegurarse de que no se echara atrás, el barón la había seguido martirizando y no había comido nada en toda la mañana. Tenía el estómago vacío y la cabeza le daba vueltas. No sabía si tendría las fuerzas suficientes para seguir a su nuevo marido por el pasillo de la iglesia.

Behaim alargó la mano hacia la puerta, y al tirar de ella, se volvió para hablarle.

—Tenemos que...

Al ver que se había quedado rezagada y estaba hablando solo, frunció el ceño. La corriente de aire que entró en la iglesia le agitó el pelo castaño oscuro mezclado con tonos cobrizos sobre la ancha frente.

La fulminó con la mirada y dirigió la vista a su criado, como si él tuviera la culpa. El criado se encogió de hombros y se hizo a un lado. Behaim alzó los ojos al cielo y desanduvo su camino por el pasillo.

Sabina observó cómo su flamante esposo avanzaba hacia ella con pasos medidos y resueltos, se detenía delante de ella y se llevaba los puños a unas caderas esbeltas que coronaban unos muslos portentosos. Se fijó en el marcado contraste entre su mandíbula prominente y la sensual curva de sus labios. Una nariz larga y ligeramente desviada le realzaba los ojos, de un verde intenso. Ella imaginó que al sonreír (si es que alguna vez sonreía), los rabillos de los ojos se le curvarían hacia abajo.

Combatió la atracción que empezaba a despertarle como consecuencia de la forma tan directa en que la estaba mirando. Era inmune a hombres como él. Se había vuelto así a las malas, y no debía olvidarlo.

—Recoge tus cosas —dijo entonces su marido tras apretar la mandíbula un momento—. Y despídete de tu padre.

Ella no se dejó intimidar.

—No tengo nada que recoger —replicó—. Como no esperaba casarme tan pronto, apenas he podido prepararme para la boda.

Él movió la cabeza como si buscara algo e insistió:

—¿Dónde están tus baúles? ¿Y tu ajuar?

—Esto es todo —respondió Sabina mirándose el vestido que lucía. Su orgullo no le permitió decir nada más.

Behaim observó con desagrado lo poco adecuado que era el atuendo de su nueva esposa para soportar los rigores del invierno. Se trataba de una prenda usada que su madrastra, una mujer bastante menuda, había lucido tres veranos antes en una boda a la que Sabina no había sido invitada. Con las prisas por dejarlo listo (y sin duda con la intención de gastar lo mínimo), no le habían proporcionado enaguas. Lo único que separaba su cuerpo del vestido era una camisola fina y gastada. Y cada corriente de aire helado que se colaba por debajo de la puerta se lo recordaba.

Cuando Behaim le echó un vistazo y entrecerró los ojos, ella le devolvió la expresión de desdén con fingida calma. Aunque la aturdía con esos ojos tan penetrantes y ese ceño tan fruncido, le sostuvo la mirada. Pasado un instante que se le hizo eterno, su marido asintió levemente con la cabeza y retrocedió.

El barón se acercó entonces y la cogió del brazo en una demostración de cariño paternal. La sujetó sólo un instante, pero como ella estaba llena de cardenales, le dolió tanto que torció el gesto.

—Sabina —dijo—, estoy seguro de que a tu marido no le apetece que lo aburras con tus problemillas.

Ella calló prudentemente.

Behaim los contempló sin hacer ningún comentario.

Esta vez fue él quien se rezagó mientras el barón Von Ziegler abría la puerta de la capilla y prácticamente tiraba de su hija hacia el frío cortante del exterior.

Franz, el viejo criado de la familia y uno de los pocos que todavía podía permitirse conservar, se situó discretamente a su lado.

—¿Señor?

Wolf le prestó atención.

—En cuanto a la joven señora —comentó Franz—, ¿le parece que se encuentra bien?

—¿Cómo voy a saberlo? —gruñó Wolf—. Acabo de conocerla.

Sin embargo, la observó a través de la puerta abierta. El viento le alborotaba el pelo negro y le formaba mechones enmarañados alrededor de la cara. Y entonces se fijó en las marcadas ojeras que le ensombrecían los enormes ojos azules y en los pómulos excesivamente prominentes en un rostro que, por lo demás, no tenía nada destacable... excepto la boca. Unos pelos se le habían adherido a los labios, carnosos y rosados, justo en la comisura, aunque ella parecía no darse cuenta. Él tuvo que admitir que los ojos y la boca eran interesantes, pero el resto... Suspiró consternado.

—Está delgada —gruñó.

—Y palidísima —indicó Franz.

Wolf hizo un mohín despectivo.

—Seguramente es demasiado orgullosa para pasear al aire libre por el campo, donde podría mezclarse con los asquerosos plebeyos.

—Pero ¿qué dice, señor? Yo mismo, sin ir más lejos, me bañé ayer por la noche —bromeó Franz.

Wolf no sonrió. Estaba delgada, tanto que daba pena verla. A él le gustaban las mujeres pechugonas y rubias, no con el pelo más negro que la noche. Pero, claro, qué importaban sus preferencias si no había sido idea suya elegirla como esposa.

Franz contuvo un bostezo.

—¿Quiere que me adelante y lo prepare todo para su llegada, señor?

—Todavía no —dijo Wolf, sacudiendo la cabeza—. Necesito un testigo para terminar con esto antes de volver a casa.

Aún tenía que firmar las capitulaciones matrimoniales. Iba a recibir como dote una letra de cambio de los tutores de su esposa por mil ducados, una fortuna que, de otro modo, le costaría toda una vida reunir. Y, pasada una semana, tendría que depositar ese importe ante el orfebre a nombre del barón.

Era el pago de una extorsión. Sintió el sabor amargo de la bilis en la boca.

De repente comprendió lo irónico de la situación. Por participar en esa farsa, recibiría un dinero que no se podía gastar y una esposa a la que jamás tocaría. Echó un nuevo vistazo a la muchacha. Tal vez en ese aspecto no se perdiera nada; desde luego, no era ninguna belleza. Aun así, esa boca tenía algo que...

El barón le susurró algo al oído y la muchacha palideció más, si es que cabía. Parecía... asustada. Wolf contuvo el impulso de ir a ayudarla. Lo más probable es que ella misma le hubiera propuesto ese plan al barón cuando vio que no lograba pescar marido después de haber regresado a casa.

Sacudió la cabeza. Se había visto obligado a casarse con una noble. Y, encima, ¡monja! Por más que los reformadores hubieran tomado prácticamente Wittenberg, y a pesar de sus recelos ante la corrupción generalizada que imperaba en el seno de la Iglesia, él seguía siendo un católico devoto. ¿Y esperaban que mancillara a una esposa de Cristo tocándola?

No era casta, pero virgen o no, había hecho sus votos y pertenecía a Dios. Cuando hubieran finalizado esa transacción, la convencería de que retomara los hábitos y regresara al convento, donde tenía que estar. No tenía la menor intención de arriesgarse a que lo excomulgaran por ir contra las restricciones de la Iglesia al matrimonio clerical. Sin embargo, por primera vez estaba atrapado igual que un zorro en una trampa.

Por los clavos de Cristo, ¿cómo había podido pasarle esto?

Sabía cómo, y era todo culpa suya. Aun así, si no fuera por la imprudencia de su padre y por la suya propia...

Apretó los dientes, impotente y furioso. Franz lo observaba, seguramente pendiente de las emociones que se le iban reflejando en la cara, por más que tratara de ocultarlas.

—No quisiera ser indiscreto, señor —dijo el criado—, pero ¿está seguro de que este matrimonio le conviene?

Wolf le dirigió una mirada irónica.

—Bueno, ya es un poco tarde para cambiar de parecer, ¿no crees?

Franz asintió, muy serio.

—Sí, hasta cierto punto. Pero si ha sido coaccionado de algún modo, quizá podría convencer al tribunal de anulaciones matrimoniales de Wittenberg de que disolviera la unión, siempre y cuando no hubiera sido..., ejem, consumada, si me permite decirlo. Cuando hay coacción, el matrimonio no es vinculante, ni dentro ni fuera de la Iglesia.

Wolf apretó los puños a ambos lados del cuerpo y se mordió la lengua.

Franz se acercó un poco más y bajó la voz.

—La reputación de la joven, señor. Esta mañana no hemos tenido tiempo de hablar al respecto. Usted estaba en Núremberg cuando tuvo lugar todo aquel incidente. Quizá no llegó a enterarse...

—Conozco su reputación. Toda la ciudad de Wittenberg la conoce. —Se volvió hacia el criado con los ojos entornados—. A partir de este instante no volveremos a hablar de este asunto. Nada de cotilleos con los demás. ¿Entendido?

—Por supuesto, señor. Como usted diga —aseguró Franz, antes de retirarse.

Sí, Wolf lo sabía todo sobre el pasado de su esposa. Puede que Franz no lo recordara, pero nueve años atrás, cuando el chisme se contaba en voz baja en las tabernas locales y en las reuniones de costura, él estaba de visita en Núremberg, donde había abierto su primera imprenta.

A sus dieciséis años, la baronesa, una muchacha obstinada y de fuerte carácter, se había casado en secreto, contra el parecer de su padre, con un joven noble sin recursos que resultó ser un cazafortunas. Es probable que el muy listillo creyera que para

21

asegurarse la fortuna de la familia de la muchacha debía dejarla embarazada, aunque, hasta donde se sabía, no lo había logrado. Cuando el barón Von Ziegler se negó a pagarle ninguna dote, el muchacho se deshizo de ella, afirmando que nunca habían llegado a casarse. Finalmente Von Ziegler cedió, pero para entonces su hija se negó a contraer matrimonio con el joven intrigante y juró que antes se casaría con el perro de caza de su padre. «Él por lo menos es leal y se gana el sustento», decían que afirmó.

Después de aquello, ningún otro hombre quiso pretenderla. Así que, deshonrada, se había marchado de su casa para recluirse en un convento, donde había permanecido hasta hacía poco tiempo.

Wolf volvió a dirigir la mirada a su esposa y a su suegro, y decidió terminar de una vez con aquel asunto. Cuando se acercó a ellos, el barón apartó a su hijastra de un empujón para hablar a solas con su yerno.

Tras volver la cabeza un momento hacia la joven, el barón dijo en voz baja:

—Como sé que está usted siempre muy ocupado, concluiremos aquí nuestra transacción. No es necesario que volvamos al castillo. Aquí tiene los documentos que le prometí. —Le entregó unos fajos de papel vitela—. Las capitulaciones matrimoniales, nuestro acuerdo sobre el intercambio y las propiedades.

Wolf lo leyó con detenimiento para asegurarse de que todo estuviera incluido tal como habían acordado. El barón carraspeó.

—Soy un hombre razonable, ¿sabe? Esperaré a que pase toda una semana para tener el recibo en mis manos —aseguró—. Hasta entonces, su secreto está a salvo conmigo. Ahora bien, si los fondos no obran en mi poder para entonces, mis representantes se presentarán en su casa al día siguiente. Con un magistrado. Y habrá habladurías. Un hombre de su posición no querrá eso, ¿verdad?

Wolf alzó los ojos de los documentos. Tuvo la satisfacción de ver que Von Ziegler daba un paso atrás. El noble juntó las manos a la espalda, nervioso, sin apenas poder mantenerse firme.

—Firmaré estos documentos —dijo Wolf, pero en tono amenazador—. Recibirá su dinero. Pero si insinúa algo de lo que sabe a alguien, no vivirá lo bastante para disfrutarlo. ¿Me ha entendido?

—Vigile cómo habla a sus superiores, señor Behaim —replicó Von Ziegler, haciéndose el valiente, aunque el temblor de su voz lo delataba—. Me parece que tendría que considerar esto como una inversión. La buena reputación de un hombre es un bien muy preciado. Yo diría que vale su peso en oro. ¿No cree?

Wolf no dijo nada. Se volvió e hizo un gesto a Franz para que se acercara.

—Serás mi testigo, Franz —le dijo.

Como no podía leer el contrato, el criado tenía que limitarse a ser testigo de su firma, lo que hizo con total seriedad. Wolf hundió la pluma en el tintero que le ofreció un sirviente que apareció de repente, como si el barón lo hubiera llevado escondido en la manga, y firmó las dos copias que le habían entregado.

A continuación le pasó la pluma de ganso a Franz.

—Ahora tú —dijo.

Franz estampó su firma y le devolvió la pluma.

—¿Puedo irme ahora, señor? —preguntó entonces el criado.

Wolf asintió con la cabeza. El sirviente del barón echó arenilla en las firmas para secarlas y dio a cada uno su copia. Franz los dejó con una reverencia y así terminó todo. O por lo menos lo haría cuando se hubiera ordenado la transferencia del dinero.

El barón señaló con una mano el camino que había junto a la iglesia.

—He dejado un caballo para Sabina. Un detalle por nuestro acuerdo. Para que vea lo generoso que puedo ser con mis amigos.

Una vez más, Wolf no dijo nada, y el barón se dispuso a marcharse. Pero vaciló un instante y añadió:

—Recuerde no revelar nuestra transacción a mi hija, de momento. Ya sabe cómo pueden ser las novias jóvenes. —Agitó una mano enjoyada en el aire, con una sonrisa cruel en los labios—. Me temo que se le partiría el corazoncito si supiera que no ha sido más que un medio para obtener un fin.

—Pronto lo sabrá. Además, no es ninguna niña. A estas alturas ya debe de saber que vale más por su fortuna que por sus virtudes.

—Ya verá usted cuándo se lo dice, si es que lo hace —comentó el barón, encogiéndose de hombros—. Pero yo, que me he casado cuatro veces, le diré que, según mi experiencia, lo que la esposa no sabe el esposo no lo lamenta.

Tuvo la osadía de reírse. Wolf se estremeció, y no precisamente de frío. El viento jugueteó con los finos mechones de pelo que Von Ziegler conservaba pegados a las sienes, por lo que el barón se encasquetó el sombrero de terciopelo rojo.

—Hija. Ven aquí ahora mismo —ordenó.

La muchacha se acercó despacio, arrastrando los pies.

—Hija, he hecho todo lo que he podido por ti. Tienes suerte de que sea un padre generoso y no te haya enviado de vuelta a donde tendrías que estar. Te doy mi bendición, aunque sólo sea por el hombre con el que acabas de casarte —dijo, y tras señalarla acusadoramente con un dedo, añadió—: Pero que no se te ocurra volver a presentarte jamás en mi casa. O sufrirás las consecuencias.

La amenaza implícita hizo encogerse de miedo a Sabina.

Wolf no pudo soportarlo más. Se situó entre los dos y tomó el brazo de su mujer, que dio un respingo. ¿Acaso le tenía miedo?

Se volvió hacia Von Ziegler.

—Le está hablando a mi esposa —le advirtió—. Como tal, ya no es asunto suyo. No vuelva a amenazarla nunca.

La muchacha alzó los ojos hacia su impuesto marido. Von Ziegler frunció la frente un momento, pero se encogió de hombros y, con despreocupación afectada, se despidió de ambos:

—Bien... que disfrutéis de la noche de bodas. Lástima que no sea la primera para ninguno de los dos.

Wolf se envaró. Su nueva esposa apretó los labios.

Agraviado por el insulto, Wolf se inclinó amenazadoramente hacia el esmirriado barón, que titubeó.

—No crea que hemos terminado. Algún día, cuando todo esto haya acabado, volveremos a encontrarnos. Y entonces ajustaremos todas las cosas pendientes.

El barón palideció. Al parecer, el valor lo abandonó de golpe, porque se volvió y se marchó con tanta prisa que casi derribó a un criado en su afán por llegar a su caballo. El hombre corrió tras él y se esforzó por subirlo a la silla. Una vez montado, el barón se fue sin mirar atrás. Los demás sirvientes lo siguieron mientras su hija se quedaba mirando atónita cómo se alejaban. Frente a la iglesia sólo quedaron los novios.

—Bueno —comentó Wolf con una ceja arqueada—. Supongo que esto significa que no habrá banquete de bodas.

Su joven esposa soltó un ligero gemido. Su vestido ondeó al viento como una bandera conquistada, y cerró los ojos.

2

Wolf notó todo el peso de su esposa apoyado en él.

—¿Te sientes mal? —preguntó, y alargó la mano hacia ella.

Pero su mujer la rechazó, y no le habría extrañado oír un crujido cuando irguió la espalda para contestarle.

—Estoy bien. Ha sido un día muy largo.

—Pero si apenas acaba de cantar el gallo —replicó Wolf, mirándola de reojo.

—Pues entonces es que mi vida ha sido muy larga —contestó, y desvió la mirada.

Wolf se abstuvo de comentar que era varios años mayor que ella. Por el cansancio que reflejaba la postura de sus hombros, estuvo de acuerdo con su conclusión.

Encontró el caballo que el barón había dejado para su hija: un jamelgo famélico con el lomo bamboleante. Aunque el viejo animal andaba renqueante, duraría lo suficiente para llevarlos a casa.

El Santuario.

Se animó un poco, a pesar de que estaba de mal humor. Recogió su caballo y condujo ambas monturas camino arriba. Oscuros nubarrones cubrían el cielo, de modo que si no se daban prisa les caería un buen chaparrón. Se acercó a la muchacha y le señaló el caballo.

—Arriba —ordenó.

—¿Me está hablando a mí o al caballo? —dijo Sabina con la espalda muy erguida y los ojos clavados en él.

—A ti, por supuesto, a no ser que tengas intención de cargar tú con el caballo y no al revés —respondió con una ceja arqueada.

La joven juntó las manos. Le temblaban, pero cuando habló, lo hizo con voz firme.

—Señor Behaim. Es costumbre dirigirse por su nombre al interlocutor con quien se conversa educadamente. El mío es Sabina. Tiene mi permiso para usarlo. Si lo prefiere, puede llamarme «baronesa». Aunque supongo que, a falta de otra cosa, «señora» servirá. Pero prescindir de toda fórmula de tratamiento no es aceptable, especialmente cuando se habla a alguien de origen noble.

Wolf se quedó boquiabierto.

—Le van a entrar moscas —comentó Sabina, señalándole la boca.

Él la cerró de golpe y la miró con interés. En sus ojos detectó un brillo que antes no estaba. Conocía a pocos hombres con la presencia de ánimo suficiente para replicarle, y menos aún mujeres. Retrocedió un poco e hizo una reverencia exagerada.

—Cuando vuestra majestad guste, el caballo la está esperando —dijo con una floritura burlona.

—Esa fórmula tampoco es adecuada, dado mi rango.

—¡Vámonos ya, por Dios! —ordenó Wolf, pues el asunto dejó de hacerle gracia.

El tono intimidatorio hizo temblar a Sabina, aunque no se movió.

—Señora —masculló él por fin.

Sabina ladeó la cabeza, satisfecha.

—Con mucho gusto —respondió.

Sujetó la perilla de la silla con la mano, pero cuando se impulsó para montarse, sólo llegó a medio camino y se deslizó de nuevo hasta el suelo. Miró consternada a su marido.

—¿Me permite? —dijo Wolf con frialdad. No sabía si quería ayudarla o dejar que se las compusiera sola.

Sabina asintió. Cuando la levantó para depositarla en la silla de amazona, los menudos senos de la joven le rozaron el tórax. Un mechón de pelo negro le acarició la mejilla. Decidido a ignorar la cercanía de sus cuerpos, la dejó sobre la silla y la sujetó mientras ella se acomodaba. Mantuvo las manos un instante más de lo necesario, y se le ocurrió que si le rodeaba con ellas la cintura, casi podría tocarse los dedos. Un calor pasional le recorrió el cuerpo. Sorprendido, la soltó como si quemara. Y ella se balanceó sobre el caballo.

—¡Pero qué...! —La atrapó antes de que cayera al suelo, y volvió a ponerla de pie. Pero como se le doblaron las rodillas, tuvo que apretujarla con el cuerpo contra el caballo para sostenerla, y el animal giró la cabeza parar mirarlos.

Notaba los latidos del corazón de la muchacha junto a los suyos. La miró un momento y, por alguna razón, se volvió a fijar en su boca.

¡Por Dios, qué boca! Le daba ideas a uno. Puede que en todo lo demás fuera poco atractiva, pero aquella boca incitaba al pecado. Todavía le rodeaba la cintura con las manos, tal como la había pescado al vuelo. Y había tenido razón. Casi se tocaba los dedos.

¡Por todos los santos! ¿Qué estaba haciendo?

Se apartó y la soltó.

—¿No sabe montar? —se quejó, molesto consigo mismo por atolondrarse así ante la proverbial estratagema femenina de dejarse caer en los brazos de un hombre.

—Sí... no... lo que pasa es que me he resbalado de la silla —balbuceó ella.

Wolf se agachó con una ceja arqueada para comprobar la cincha del jamelgo y Sabina, más asustadiza que el jamelgo, se apartó de un brinco. Habría estado conteniendo el aliento, porque lo soltó ruidosamente de golpe. Wolf le dirigió una mirada irónica y siguió examinando la cincha.

Estaba gastada y casi se había rasgado con el peso de la muchacha... maldita sea, de la señora. Estaba a punto de romperse del todo. Estaba claro que, para colmo de males, Von Ziegler había dado a su hija un caballo viejo con una silla inservible.

Volvió la cabeza para dirigirse a su esposa:

—Supongo que vuestra excelencia no sabrá montar a pelo, ¿verdad?

Sus labios carnosos formaron una línea muy fina.

—No, supongo que no —respondió.

No tenía ninguna grupera a mano. Se planteó las diversas opciones posibles, pero concluyó que sólo había una, así que se levantó.

—Tendrá que montar conmigo entonces.

—Bueno... —dijo Sabina, alarmada, con los ojos desorbitados—. Estoy segura de que no será necesario. Si no está muy lejos, puedo ir andando.

—No puedo ir a caballo si mi esposa va a pie, y yo no pienso ir andando. —Contuvo un chasquido exasperado al ver que la muchacha enderezaba la espalda como respuesta a su tono severo—. Disculpe. El Santuario está a menos de media legua de distancia. Por si no se ha dado cuenta, se avecina una buena tormenta. Cogeremos un catarro de muerte antes de llegar a la mitad del camino. O vamos los dos en mi caballo o tendrá que volver a casa con su padre... si es que consigue alcanzarlo.

Al parecer, la alternativa tampoco era de su agrado. Observó, recelosa, el caballo de su marido, un animal imponente y frunció los labios.

—¿Cómo se llama? —preguntó finalmente.

—¿Qué más da cómo...? *Solimán*, se llama *Solimán* —respondió, esforzándose por dejar de apretar los dientes.

Sabina parpadeó.

—¿Puso el nombre de un bandido infiel a su caballo?

—No fue fácil domarlo. Me pareció que el nombre le pegaba. Ahora es tan manso como un gatito, por supuesto —le aseguró secamente mientras *Solimán* piafaba y resoplaba—. ¿Le gustaría mirarle los dientes y los cascos también? ¿O podemos irnos ya?

—Señor Behaim —dijo ella con un gracioso resoplido—, sólo quiero saber su nombre para que nos conozcamos. Si alguien fuera a montarme, sin duda preferiría que nos presentaran antes.

Una sonrisa varonil iluminó lentamente el rostro de su marido. No pudo evitarlo.

—Vaya, me alegra saberlo. Llámeme Wolf.

Sabina bajó bruscamente la mirada y a él no le sorprendió ver que se le sonrojaban las mejillas. No sabía por qué la había pinchado de ese modo. Esa chiquilla obstinada tenía algo que lo provocaba.

La muchacha carraspeó antes de hablar.

—Me veo obligada a indicarle que ningún caballero consideraría algo así una presentación como Dios manda —dijo, y alisó el vestido con la mano.

—¿Creyó que yo lo era? —repuso Wolf, divertido.

Alzó los ojos para mirarlo, y sus labios esbozaron una breve sonrisa.

—No.

¡Ah, una potra fogosa!, como habría dicho el abuelo. Pero ya estaba bien. Intercambiar insultos con ella era un lujo que no podía permitirse... por más que lo estuviera disfrutando. Inclinó la cabeza, señaló a *Solimán* y le concedió graciosamente el punto.

—Cuando quiera... señora.

Sabina asintió, y se acercó al corcel, vacilante y con una mano extendida.

Tenía una gracia natural, cultivada desde la cuna. A pesar de que estaba delgada y pálida, la elegancia con que inclinaba la cabeza para examinar el caballo, la delicadeza con que tenía el brazo extendido y la dignidad con que erguía la espalda resultaban muy atractivas. ¿Qué tenía una mujer de alcurnia que sólo servía para organizar la servidumbre de una casa que él no poseía que seguía fascinando a un hombre que se había dedicado al trabajo manual la mayor parte de su vida?

—Yo me llamo Sabina, y tú, *Solimán* —dijo con voz suave al animal—. Eres un caballo precioso.

Acarició el pecho musculado del equino, que prácticamente se estremeció de placer. Wolf no pudo evitar pensar que *Solimán* era una criatura afortunada.

Cuando ella puso un pie en el estribo, él la levantó para que se sentara a horcajadas sobre el caballo. Sabina se tambaleó y tuvo que sujetarse a la perilla porque *Solimán* se movió, pero mantuvo el equilibrio.

Wolf ató entonces las riendas del jamelgo a la silla y montó de un salto detrás de su mujer. Al notar cómo se estremecía de frío bajo su fino vestido de novia, se quitó la capa y se la pasó por los hombros sin decir nada. Cerró los muslos para indicar al caballo que anduviera, sin prestar atención al respingo sobresaltado de la muchacha. Quizá le había sorprendido su amabilidad al cederle la prenda de abrigo; quizá fue el breve contacto de sus muslos al animar al caballo. No sabía por cuál de estas dos razones sería, pero la suavidad que notó en lugar de las habituales capas de enaguas lo dejó perplejo.

El cielo le descargó un goterón de lluvia en un ojo. Parpadeó y alzó la vista hacia los nubarrones con una expresión circunspecta en la cara. «Me niego a pensar que esto sea un presagio», les informó mentalmente, y condujo a ambos caballos en medio del viento.

El barón Marcus von Ziegler desmontó de su caballo con un movimiento nervioso y apartó de mala manera al mozo de cuadra que pretendió ayudarlo. Ignoró el saludo del lastimoso centinela joven que estaba de guardia y entró en el ruinoso castillo donde vivía. Se dirigió directamente al barril de vino dispuesto en la sala principal y empezó a emborracharse en silencio.

«Ya está hecho. O al menos, casi», se dijo.

Sonrió al pensar en la orgullosa joven, casada con un plebeyo y pasando a ser una mujer corriente como tantas otras. Años atrás la idea lo habría ofendido, pero ahora le parecía un castigo justo por todos los problemas que le había ocasionado. ¡Qué estúpida y despreciable era! No entendía cómo su madre había logrado convencerlo de que la adoptara.

El vino empezó a hacerle efecto, y su cuerpo fue distendiéndose.

Todo había terminado y, encima, tendría la ventaja de librarse por fin de ella. A cambio, él salvaría su reputación... e incluso su vida. Porque sin ella no podía reparar lo que había hecho, los crímenes que se había visto obligado a cometer.

Alzó la mirada un instante cuando su joven esposa, la cuarta, entró en el salón. Lo contempló un instante con unos ojos demasiado penetrantes y, tras sentarse, sacó sus utensilios de bordar. No era una mujer hermosa, pero tenía su utilidad.

El barón se humedeció los labios.

Muy pronto todo se habría solucionado. Unos días más, y nadie se daría cuenta de los centenares de ducados que habían desaparecido de las arcas municipales los últimos dos años. Podría devolver todo el dinero, y dentro de poco su barco llegaría de Oriente, cargado de sedas y especias, y volvería a situarlo en el lugar que le correspondía porque lo convertiría en uno de los hombres más ricos de la Sajonia electoral, exceptuando, por supuesto, al mismísimo elector.

Por descontado, toda aquella historia de que su barco se había perdido en el mar era una soberana estupidez. Además, dos años no era tiempo suficiente para determinar que un barco se hubiera perdido. El viaje era peligroso, desde luego, pero había pagado mucho para contar con el mejor capitán del Sacro Imperio Romano al timón. Se había arruinado, y por tanto durante dos años fue tirando como pudo gracias a lo que lograba vender o robar, a sabiendas de que al final todo habría valido la pena. Ojalá el bendito consejo municipal no hubiera decidido que se revisaran las cuentas de sus arcas en la reunión del mes siguiente.

Marcus sujetó la jarra. Con manos temblorosas volvió a abrir la espita del barril y dejó que el líquido casi púrpura la llenara hasta arriba. Ya no importaba. El barco llegaría a puerto transportando riquezas que superarían todo lo que había soñado. Pondría en su mesa carnes excelentes, los mejores vinos, lo mejor de todo, otra vez. Sólo necesitaba tener paciencia. Al fin y al cabo, Dios le había dado las cartas perfectas cuando peor estaba, ¿o no?

Contempló a su esposa; la aguja centelleaba mientras trabajaba en la tela que estaba bordando. Ella notó que la observaba y levantó la cabeza. Marcus vació la jarra de un trago y la dejó sobre la mesa.

—Vamos arriba. Tengo ganas de celebrar.

La mirada de su mujer se endureció un momento, pero se levantó para obedecer sin rechistar. Marcus la siguió con una sonrisa satisfecha.

«Todo ha acabado, y estoy salvado. Nadie sabrá nunca la verdad. Nadie.»

3

Las nubes seguían amenazando lluvia mientras atravesaban la ciudad a caballo. Las piernas de Behaim rodeaban las de Sabina, los fuertes y musculosos muslos sobresaliendo. El calor de su cuerpo envolvía a Sabina con una fragancia a jabón de limón y sándalo que la embriagaba. Ella se estremeció y tuvo que contenerse para no deslizar las manos hacia su marido como quien se las calienta ante una hoguera.

Al pasar por el mercado, el olor del puesto de carne le llenó la nariz, y el aroma del jengibre y el clavo fue tan tentador que el estómago le crujió. Unos cuantos vendedores empezaban a cerrar sus puestos porque no habría demasiados clientes si los nubarrones descargaban lo que prometían.

Bajó la vista hacia las manazas de Behaim, que sujetaban las riendas. Tenía manchas de tinta alrededor de las uñas, que llevaba cortas; aparte de esto, estaban limpias. Supuso que se debía a su profesión. Era impresor. De la cofradía, como el barón había tenido a bien explicarle.

Una profesión curiosa para alguien que emanaba tanta virilidad como él. Se lo imaginaba haciendo algo más arriesgado y osado. Con aquella sensación de poderío reprimido que daba, era imposible dejar de mirarlo, como sucedía con una bestia salvaje sujeta con una correa en manos de un domador inseguro. Si sabías lo que te convenía, no le quitabas los ojos de encima. Se obligó a fijarse de nuevo en las calles de la ciudad.

—Su padre no cuida demasiado sus posesiones —comentó Wolf de repente.

Sabina salió de su ensimismamiento y siguió la dirección del dedo de su esposo, que señalaba el castillo del barón, situado fuera de las murallas de la ciudad, en lo alto de la colina que daba a Wittenberg. El mal estado del muro norte era evidente, incluso desde aquella distancia.

—Las nuevas fortificaciones de Federico hicieron que la nuestra fuera innecesaria para defender Wittenberg —respondió.

—Aun así, tendría que conservar las almenas y el torreón, aunque sólo fuera para las personas que viven ahí —indicó Wolf, señalando el muro de la torre norte—. He visto ese muro de cerca. Cualquier atacante podría entrar por ahí y matar a todo el mundo.

—No le gusta gastar dinero en el castillo —dijo Sabina con un escalofrío—. Al menos, no hasta cerciorarse de que irá a parar a manos de su heredero.

—¿A qué se refiere? Lo heredará usted.

Sabina sacudió la cabeza sin dar más explicaciones.

—¿Tiene algún hermano? —insistió Behaim.

—No —respondió con cautela.

—Pues será suyo entonces —concluyó Wolf, ceñudo.

Sabina suspiró y trató de explicarlo lo mejor que pudo:

—El barón se casó con mi madre y me adoptó legalmente cuando yo tenía dos años. Cualquier hijo que lo sobreviva, adoptado o natural, heredará el título de la baronía, incluida yo. Sin embargo, cuando mi bisabuelo recibió el castillo como parte de las posesiones del título de *schenk*, estaba estipulado que tenía que heredarse según criterios de primogenitura: sólo sería para el mayor varón vivo. Habría pertenecido a Carl, el hijo natural del barón, si hubiera seguido con vida.

Parpadeó para evitar las lágrimas que siempre derramaba al pensar en Carl.

—Por tanto —prosiguió—, si el barón tiene otro hijo con su actual esposa, será él quien herede el título de *schenk* y las propiedades correspondientes. Eso es lo que produce la mayor parte de la riqueza de la familia. Si no tiene ningún varón, lo heredará todo mi último primo varón, de Leipzig.

—¿Y usted qué recibirá?

—Una décima parte de los bienes restantes.

—Ah —asintió Wolf—. Ya veo que es un hombre práctico. ¿Para qué gastar en fortificaciones si van a terminar en manos de un pariente lejano?

—Lo ha comprendido muy bien —repuso con sequedad Sabina.

—Empiezo a hacerlo —aseguró, y guardó silencio.

Sabina volvió la cabeza para mirarlo.

—Mencionó un nombre: el Santuario —dijo—. ¿Es su casa?

—Hace años dejó de ser una granja para convertirse en la casa de un pastor —explicó Wolf tras asentir—. El elector la transfirió a mi abuelo por los servicios que éste le había prestado. Muchas veces ha sido un santuario para mí. —Bajó la mirada hacia su joven esposa con un brillo en los ojos—. La protegeré a toda costa.

El mensaje era claro.

Ella suspiró, cansada hasta la extenuación. Por una vez no quería reñir con los hombres. Sólo quería tener el poder para decidir sobre su propia vida, la cual Wolfgang Behaim o el barón daban por hecho que poseían. Pasadas unas semanas, cuando recibiera su herencia, dispondría por fin de los medios para ser económicamente independiente, algo que deseaba con toda su alma.

Con su legado, podría crear un refugio para sus hermanas olvidadas, para ex monjas como ella que no tenían adónde ir cuando abandonaban la Iglesia. En su refugio, podrían ir y venir libremente, y ganarse el sustento contribuyendo a las tareas diarias. Sonriente, imaginó la granja de Mühlhausen que ya había ido a ver antes de regresar al castillo para hablar con el barón. El propietario de las tierras estaba dispuesto a ayudarla... Sólo necesitaba el dinero para comprarlas.

Maldijo el hecho de que el barón se interpusiera entre ella y su sueño. Aunque no podía gastarse su legado, era él quien controlaba cómo se utilizaba. Se reprochó amargamente por no haber previsto que él reaccionaría violentamente ante su llegada inesperada.

Mareada de repente, se apoyó contra el tórax firme de Behaim, pero sólo un instante.

—Hemos llegado —anunció éste con frialdad.

Se enderezó en cuanto tomaron un camino serpenteante que conducía hacia la casa y alargó el cuello para verla. El edificio apareció entre la neblina como la imagen de un sueño. La casa, recubierta de hiedra, era más grande de lo que había esperado. Tenía cinco gabletes orientados en cuatro direcciones distintas y tres pisos de altura. Varios rosales aletargados dominaban el paisaje, y sus tallos pelados auguraban un futuro renacimiento. Unas tenues volutas de humo se elevaban de las chimeneas, y su fuerte olor resultaba acogedor y reconfortante. Todo lo que alcanzó a ver hizo que Sabina anhelara algo que nunca había conocido: un auténtico santuario.

Alzó los ojos hacia Behaim y observó que recorría el paisaje con la mirada como si estuviera comprobando que todo estaba como cuando se había marchado.

Wolf condujo los caballos hasta la entrada principal. La enorme puerta se abrió y dos hombres salieron a recibirlos. El primero se parecía a Behaim, aunque era menos corpulento. Era de una edad más cercana a la suya que a la de su marido. Como su nuevo esposo, era imponente, pero sus rasgos carecían de la marcada intensidad de los de Behaim. Reconoció al segundo: era el viejo criado que había asistido a la ceremonia nupcial.

Behaim desmontó y se volvió hacia el hombre más joven, que se acercaba a él.

—Vaya —dijo el joven a Wolf—, cuando Franz me informó que esta mañana traerías a casa a tu esposa, creí que tal vez chocheaba con la edad, pero ya veo que me equivocaba. Podrías habérnoslo dicho a los demás, ¿sabes?

Y se volvió hacia Sabina, que, con lo mal que le quedaba el atuendo que llevaba, no habría llamado la atención de ningún hombre. Aun así, aquel joven logró dirigirle una sonrisa insinuante para presentarse.

—Me llamo Peter —dijo—. Soy el hermano menor de este zopenco. Mucho menor, la verdad.

Cuando Sabina le devolvió la sonrisa, Peter esbozó una expresión de profunda alegría y se llevó la mano al corazón como si le hubiera traspasado una flecha.

—¡Por todos los dioses, qué sonrisa! ¿Dónde estaba escondida para que mi hermano la encontrara primero?

Ella se puso tensa.

—Es una larga historia.

—Tengo mucho tiempo —aseguró Peter, guiñándole el ojo.

—Y mucho descaro, por lo visto —respondió Sabina con una ceja arqueada, lo que hizo que Peter ensanchara su sonrisa.

Wolf los interrumpió:

—Me parece que a Fya no le gustaría nada ese descaro. Cree que habéis llegado a un entendimiento.

Peter se tiró del lóbulo de una oreja y dirigió una mirada casi avergonzada a su hermano.

—Fya no entiende gran cosa de nada que no tenga que ver con lo último que se lleva en vestidos o joyas. Pero como tiene carita de ángel, le hago algunas concesiones.

Entonces, el hombre de mayor edad se acercó al trío.

—Bienvenida, señora Behaim. Soy Franz —dijo como si no fuera necesaria más presentación. Se volvió hacia el recién casado y dirigió una mirada significativa hacia la joven montada a caballo.

Sabina sabía que no estaba bien que montara a horcajadas sobre el caballo de su marido, pero ¿qué podía hacer? Sobre todo teniendo en cuenta que el suelo parecía alejarse cada vez más de ella.

Wolf frunció el ceño, sin entender por qué los ojos del sirviente contenían un atisbo de censura. Se rascó la cabeza. «¿Qué rayos habré hecho mal ahora?», pensó. Bueno, por lo menos su esposa había dejado por fin de mirarle las manos. Desde que habían montado a *Solimán* no había hecho más que escudriñarlas. Para poner nervioso a cualquiera, por no decir otra cosa. Cualquiera diría que no había visto a un hombre en su vida.

Casi se echó a reír. Pues claro. Acababa de pasar nueve años en un convento. Era casi lo mismo.

Franz carraspeó.

—Señor, he mandado a la señorita a desayunar a la habitación de los niños.

—¿La señorita? —preguntó Sabina.

Wolf alzó los ojos hacia ella.

—Mi hija —respondió.

—Sí, claro —dijo Sabina, patidifusa.

Peter se volvió hacia su hermano. Con sus cejas arqueadas, le formulaba una pregunta que Wolf decidió ignorar. Si todavía no había informado a su nueva esposa de que tendría una hijastra, era asunto suyo y de nadie más.

Sabina se estremeció en lo alto del caballo, y Wolf se fijó entonces en que tenía los nudillos blancos de la fuerza con que se sujetaba a la perilla de la silla. Estaba siendo demasiado grosero, incluso para él. Su esposa parecía algo mareada. Lo mejor sería entrarla en casa, y rápido.

—Permítame que la ayude a desmontar —sugirió, y se situó a su lado.

En ese preciso instante, las nubes descargaron y los dejaron empapados en cuestión de segundos. Sabina alzó la vista, sorprendida, y el movimiento de la cabeza la venció.

—Disculpen —dijo, cerró los ojos y, por segunda vez ese día, se cayó del caballo... directamente a los brazos extendidos de su marido.

Wolf la atrapó hábilmente y se quedó mirándola.

—¡Señora!

No le respondió. La lluvia torrencial le aplastó el pelo, convertido en un gorro brillante, y le resbaló por la nariz hacia la cara de su mujer, a pesar de que intentaba resguardarla del aguacero con su cuerpo. Contempló sus pestañas cerradas, cuyo color hollín contrastaba con su piel blanca, ahora pálida como la de un muerto.

—¿Qué diablos le pasa? —preguntó Peter, que alargó la mano hacia ella. Wolf lo apartó de un empujón para pasar.

—Ni idea, pero lo que sea no se le va a pasar si nos quedamos aquí plantados, helándonos el trasero bajo la lluvia. Abre la puerta, Franz.

Franz se apresuró a obedecer y Wolf cruzó el umbral con la novia en brazos.

—Bueno, por lo menos hay una tradición que sí seguirás —comentó Peter con ironía antes de entrar tras ellos.

Nada más cruzar el umbral, Wolf quitó la capa empapada de los hombros de Sabina. Dejó caer la prenda al suelo junto a la puerta y cargó a su mujer hasta el salón, donde la recostó delante de la chimenea. Por lo menos aquella habitación seguía recordando un poco las comodidades de que disponía la casa tiempo atrás, antes de que su padre se hubiera dedicado a empeñar los muebles de habitaciones enteras de golpe. Extendió la frondosa cabellera de su esposa frente al fuego que crepitaba en el hogar; así se le secaría mejor. Apenas oyó cómo Peter daba instrucciones al ama de llaves respecto a su inesperado remojón.

La baronesa era delgada, aunque tenía formas redondeadas donde una mujer debe tenerlas. El corpiño mojado hizo más patente que no llevaba ropa interior, y no pudo evitar fijarse en los picos que asomaban bajo la prenda. Se apresuró a taparla hasta los hombros con unas pieles raídas que cubrían el suelo, no tanto para respetar su intimidad como para acabar de raíz con la curiosidad repentina que sintió por los secretos que había bajo aquella ropa. Ligeramente avergonzado de reaccionar así ante una mujer indefensa, la tapó con las pieles hasta el mentón.

Peter, que estudiaba medicina y filosofía en la Universidad de Wittenberg con el propio médico del elector como profesor, entró en el salón precipitadamente. Traía una bandeja de peltre pulido; cuando se arrodilló a su lado, la sostuvo delante de la cara de Sabina. El peltre se llenó de vaho, lo que indicaba que la muchacha respiraba. Le palpó las axilas y ambos lados del cuello y le levantó un instante los párpados. A continuación, le puso la palma de la mano en la frente.

—¿Tiene fiebre? —preguntó Wolf.

—No. Y tampoco vi una sudoración excesiva antes de que cayera el bendito chaparrón. Ni tiene manchas en la piel. Ningún signo de peste, gracias a Dios.

Wolf soltó el aire que había estado conteniendo sin darse cuenta. La peste no era un recuerdo demasiado lejano por aquellas tierras. No sabía lo que habría hecho si el barón le hubiera endilgado a una esposa que pudiera infectar toda su casa con una enfermedad mortal.

—¿Qué le pasa? —preguntó.

Peter sacudió la cabeza, vacilante.

—Puede que sea el frío —aventuró por fin.

Realmente tenía las manos heladas. Wolf se las frotó para que entraran en calor. Poco a poco, lo fue consiguiendo, y el color volvió a las mejillas de su nueva esposa.

Vio que Bea, el ama de llaves, rondaba por allí con unas toallas.

—Su hermano ha dicho que estaban empapados, señor —dijo—. Tenga, he traído suficientes para todos. —Se las entregó y echó un vistazo a la mujer desvanecida—. Pobrecita.

Wolf se quitó el jubón y la camisa y se secó rápidamente. Peter hizo otro tanto. Después, Wolf se pasó los dedos por el pelo, con lo que seguramente lo dejó peor de lo que estaba, sin dejar de mirar a su esposa, todavía inconsciente.

Tendría que hacerla entrar en calor, aunque la cabellera húmeda no le facilitaría las cosas. Tomó una toalla seca y trató de secarle el pelo, restregándoselo y apretujándoselo. Le frotó la cabeza y ella gimió sin abrir los ojos. Él se detuvo en seco, abrumado por la repentina sensación de intimidad.

—Ten, Bea, quizá sea mejor que lo hagas tú —sugirió, y le pasó la toalla con expresión de impotencia.

—Por supuesto. Faltaría más, señor. —Y secó el pelo de la muchacha enérgicamente. Bea lo hacía todo enérgicamente. Era una mujer fornida, de evidente ascendencia vikinga, de mejillas sonrosadas y una voz atronadora que recordaba a las legendarias guerreras valquirias.

41

—Calienta un poco de vino y tráelo —pidió Wolf cuando vio que el ama de llaves había terminado con el pelo de su esposa—. Está helada hasta los huesos.

Bea obedeció y le trajo una copa humeante de *glühwein*, un delicioso vino caliente especiado que dejó el aire cargado de un exquisito aroma a canela.

Wolf indicó a su hermano que lo ayudara, y Peter terminó de secarse para volver a arrodillarse junto a su flamante cuñada. Deslizó un brazo bajo el cuerpo de la muchacha y la incorporó mientras Wolf le acercaba el vino a los labios. Al principio le colgaba la cabeza, pero después logró mantenerse erguida.

—Aquí tiene algo de vino, señora —le musitó Wolf al oído—. ¿Puede beberlo?

Los párpados de su mujer se levantaron lentamente, y el azul de sus ojos lo impresionó nuevamente. Interpretó que asentía al oír una especie de susurro, de modo que le apoyó con cuidado la copa en los carnosos labios. Sabina abrió un poco la boca y tomó un sorbo. Cuando las especias le recorrieron la lengua, cerró los ojos y emitió un gemido ronco. Puso las manos sobre las de su marido, inclinó la copa otra vez y bebió con avidez a grandes tragos.

Al verla beber con las ganas y el estilo de un marinero, Peter arqueó las cejas y oyó el ruido que hacía con interés varonil. Impresionado, dirigió una mirada de admiración a su hermano. Aquella muchacha poseía una sensualidad candorosa, y el sonido inesperado despertó el deseo en él.

Sabina bebía tan rápido que unas gotitas de vino le resbalaron por la barbilla hacia el cuello. Wolf sintió unas ganas repentinas de lamerle el vino de la piel blanca como el marfil. Y todo ello, acompañado de un ataque irracional de celos debido a que su hermano, ligero de ropa, estaba demasiado cerca de ella. Deseó apartar de un golpe las manos de Peter, aunque él mismo le había pedido que lo ayudara con su mujer.

Horrorizado, refrenó esos impulsos absurdos. Aquella mujer estaba enferma, por el amor de Dios. Apenas la conocía. Ni siquiera era de su tipo. ¿Qué le estaba pasando?

De repente, Sabina tosió, atragantada con el vino. Al ver que le faltaba el aire, Peter le dio unas palmaditas en la espalda. A ese paso, iba a vomitarles encima. ¿Qué tendría?

—Respire despacio o se sentirá peor —le aconsejó Peter.

Su respiración se normalizó. En su esfuerzo por recuperarse le temblaron las manos, y cuando por fin parecía lograrlo, se le pusieron los ojos en blanco. Desvanecida de nuevo, dejó caer las manos que tenía apoyadas sobre las de su marido.

Wolf apartó la copa. Le había entrado una sospecha que todavía no era capaz de concretar. Había llegado a una conclusión que se negaba a creer. Con aire resuelto, retiró las pieles que cubrían a Sabina. Se situó de modo que los criados no pudieran verla y alargó la mano hacia una de sus mangas para intentar subírsela. La tela mojada no se lo permitió.

Peter lo miró atónito.

—Oye... ¿qué demonios...?

Sin inmutarse, su hermano tiró de las cintas que unían la manga con el corpiño hasta que logró desabrocharlas. La manga se deslizó... y dejó al descubierto un brazalete de verdugones que le decoraba la muñeca.

—Por los clavos de Cristo —susurró Wolf.

Peter inspiró de golpe, y ambos hermanos se miraron incrédulos. Wolf había visto marcas como aquéllas en los prisioneros obligados a recorrer las calles, pero nunca en una aristócrata. La presencia de más cardenales por todo el brazo indicaba que había recibido otros maltratos.

Por todos los santos, ¿qué había tenido que soportar? ¿Quién podría hacer algo así a una noble? Sintió la necesidad de protegerla, de defenderla, un impulso casi irresistible de encontrar y golpear al animal que le había hecho aquello.

Un tenue gemido atrajo la atención de ambos hermanos. La joven estaba volviendo en sí. Wolf le abrochó la manga y de nuevo la tapó con las pieles. La significativa mirada que dirigió a Peter impidió que su hermano hiciera ningún comentario mientras esperaban a que Sabina recobrara totalmente el conocimiento.

Wolf se fijó en que todavía tenía gotas de vino en la barbilla y el cuello. Se las secó con cuidado con un paño hasta que los dedos le tocaron sin querer la mandíbula y, de modo inconsciente, le acarició despacio el delicado cuello. Se quedó así un momento hasta que los ojos de Sabina se abrieron de golpe con expresión de alarma. Ya consciente, intentó incorporarse.

Wolf se separó de ella al instante y se quedó mirando la mano como si fuera de otra persona.

Peter lo vio todo y frunció la boca.

—Quizá sería mejor que os dejara solos —susurró, divertido.

—Cierra el pico, Peter —lo cortó Wolf sin prestarle demasiada atención. Todavía sentía un cosquilleo donde su piel había entrado en contacto con la de ella, como si la hubiera acercado demasiado al fuego.

Lanzó una mirada elocuente a las manos de su hermano, que todavía sostenían los hombros esbeltos de su esposa. Peter, reprimiendo una sonrisa, las retiró para dejar que su cuñada se mantuviera sentada por su cuenta.

Wolf volvió a dirigir los ojos a la muchacha, la bendita Sabina, y trató de concentrarse.

—¿Cuándo comió por última vez, señora? —le preguntó.

Sabina alzó la vista hacia él y se le desorbitaron los ojos al ver lo desvestido que iba. Bajó la mirada hacia su tórax desnudo, pestañeó, y la volvió entonces hacia Peter, para apartarla de nuevo rápidamente. Carraspeó y se quedó mirando un rincón inofensivo de la habitación.

—¿Una comida de verdad? No estoy segura. Era domingo, creo —atinó a decir.

Franz, vestido impecablemente, regresó a la habitación y permaneció en silencio a disposición de su señor. Wolf dio más vino a Sabina. Cuando ella se llevó la copa a los labios, las manos sólo le temblaron un poco.

—Estamos a mitad de semana —dijo Wolf—. ¿Me está diciendo que hace tres días que no come nada? ¿En qué fecha comió por última vez?

Ella pareció recordar, aunque sin dejar de tomar otro trago de vino.

—¿El día tres? —comentó con los labios apoyados en el borde de la copa.

Bea se llevó la punta del delantal a sus voluminosos senos.

—¡El tres! —exclamó—. ¡Pero si estamos a dieciséis!

Todo el mundo empezó a hablar a la vez. Wolf siseó para pedir silencio mientras Sabina los iba mirando de uno en uno, atónita.

—¿No ha comido desde hace casi dos semanas? ¿Por qué no? ¿Ayunaba? —preguntó Wolf. Tenía que saberlo, necesitaba confirmar su peor temor, aunque ya intuía la respuesta.

—No —respondió Sabina, y pareció meditar hasta qué punto revelar la verdad.

Bajó los ojos y, por fin, contestó:

—El barón... me negaba todo alimento excepto una pequeña cantidad de gachas todos los días hasta que aceptara... —Se detuvo y peinó las pieles que la cubrían.

—¿Hasta que aceptara casarse?

—Sí —respondió Sabina. La habitación se quedó en silencio mientras ella parecía estar contando los ladrillos de una pared.

Y Wolf había pensado que la presión que él había tenido que soportar había sido terrible. Todo empezaba a encajar.

Sabina se mordió el labio inferior hasta que finalmente habló:

—No son tantos días. Nuestro Señor pasó cuarenta días sin comer en el desierto. Yo, por lo menos, tenía avena. Casi todo el tiempo.

Wolf maldijo entre dientes. O Sabina era idiota o era valiente, y no parecía que fuera corta precisamente. La mayoría de las mujeres aristócratas que conocía, y desde luego eran pocas, se habrían echado a llorar simplemente por el hecho de quedarse sin postre. Pero si estaba diciendo la verdad, ésta había sobrevivido mucho tiempo con muy poco. De pronto, sintió un enorme respeto por ella.

Peter, callado hasta entonces, abrió por fin la boca.

—Wolf —siseó—. ¿Qué diablos está pasando aquí? Podrías haber elegido prácticamente a cualquier mujer de la región. ¿Por qué te decidiste por una a quien su padre tuvo que maltratar para conseguir que se casara contigo?

Wolf miró a los criados y después a Peter.

—Después te lo explicaré todo —murmuró.

—Ya lo creo —aceptó Peter, dirigiéndole una mirada penetrante.

Wolf se volvió hacia Bea.

—Trae pan. Y estofado, si hay; algo no demasiado pesado. Y Franz...

El criado se puso firme.

—Prepara un baño caliente para la baronesa. Todavía está helada, y eso la hará entrar en calor.

Franz asintió, pero vaciló. En ese instante de duda volvió el ama de llaves con el pan.

Wolf, que seguía arrodillado junto a Sabina, le dio la hogaza entera, que ella se llevó con avidez a la boca. Pero se detuvo a medio camino, agachó la cabeza e hizo la señal de la cruz sobre el alimento antes de empezar a devorarlo a mordiscos generosos. Bea se marchó a calentar el estofado sin dejar de murmurar entre dientes.

Sabina cerró los ojos, masticó y suspiró de puro placer. Cuando arrancó otro trozo de pan con los dientes, unas cuantas migas se le quedaron pegadas al labio inferior. Wolf le pasó suavemente la yema del pulgar por el sedoso labio para quitárselas. Sabina dejó de masticar. Sus miradas se encontraron y no se separaron.

Fue un instante cargado de una cálida tensión que se extendió entre ambos. Todo se magnificó: Wolf oyó la respiración superficial de su mujer, vio el movimiento de los músculos de su cuello cuando por fin tragó el pan, observó el vaivén de sus senos arriba y abajo...

Como si la tormenta hubiera alcanzado el interior de la casa y como si estuviera relampagueando en la habitación, todo desapareció. El sonido se detuvo. La actividad cesó. Bajó la vista. No tenía ni idea de cómo la mano de Sabina había ido a parar a la suya, pero era tan incapaz de soltarla como de impedir que dejara de llover.

Frunció el ceño.

¿Qué diablos le estaba pasando? Volvió a fijar los ojos en los de Sabina, y las chispas que saltaron entre ellos le hicieron sentir expuesto, vulnerable. Ella le estaba mirando la boca y se humedecía inconscientemente el labio, justo en el mismo sitio donde él le había pasado el pulgar. Su corazón se saltó un latido. Tuvo la certeza de que ella se estaba imaginando cómo sería que él la besara. Y ya se disponía a complacerla cuando, en algún lugar remoto de su conciencia, oyó una tos discreta.

Parpadeó. El sonido regresó con fuerza: la respiración rápida de Sabina, el estruendo de la lluvia, los latidos de su propio corazón. Oyó la tos una segunda vez y cayó en la cuenta de que Franz llevaba un rato intentando captar su atención. Soltó la mano de Sabina e intentó sofocar el intenso deseo que la muchacha había despertado en él.

Vio que Peter también lo observaba lleno de curiosidad. Se levantó.

—Dime, Franz —pidió al criado, intentando que su voz no reflejara su turbación.

—¿Dónde querrá que coloque la bañera, señor? Las alcobas están casi listas, pero no sé muy bien en cuál...

Franz le estaba preguntando con tacto si su nueva esposa, a la que acababa de conocer, dormiría en su cama aquella noche.

4

Wolf levantó un dedo para ganar algo de tiempo. Necesitaba recuperar la compostura.

—Un momento —dijo a Franz, y se alejó de Sabina. Se fijó en que entre lo que había llevado Bea había camisas limpias; se puso una y lanzó otra a Peter, que la cazó al vuelo y se la pasó por la cabeza.

No había pensado demasiado en lo que iba a hacer tras la ceremonia nupcial, aparte de su firme propósito de devolver a su esposa al convento en cuanto pudiera. Si se tratara de un matrimonio normal, su mujer pasaría la noche de bodas en su habitación, por supuesto. Es probable que incluso le hubiera hecho un regalo por la mañana, después de haber yacido con ella, suponiendo que le gustara lo suficiente. Pero aquel matrimonio no era normal, y no tenía ninguna intención de acostarse con ella.

Como solía esperarse un período de abstinencia tras una defunción en la familia, iban a correr rumores sobre lo precipitado que era su matrimonio tan poco tiempo después del fallecimiento repentino del padre de Wolf, y nadie esperaría que se acostara con su nueva esposa mientras guardase luto. Por eso, había pensado que lo mejor sería devolverla al convento y librarse así de su compromiso. Pero ahora comprendía que no podría hacerlo enseguida, como había planeado. Ella necesitaba descanso, alimento... seguridad.

Además, tendría que convencer al tribunal de anulaciones matrimoniales de Wittenberg de que no habían consumado la unión, sin revelar todas las circunstancias que la rodeaban, y solicitar su disolución. Pero no podría hacerlo si se acostaba con ella. Si la llevaba a la cama, podría dejarla embarazada y se vería obligado a quedarse con ella y con el bebé. No había imaginado que pudiera surgir semejante problema... hasta entonces.

«Ah, Beth —preguntó en silencio al espíritu de su adorada esposa fallecida—, ¿qué debo hacer?»

Miró de nuevo a Sabina, que aferraba la hogaza de pan mientras observaba, abstraída, un rincón de la habitación. ¿Por qué aquella muchacha lo afectaba tanto? Deseó no tener que hablar de ello delante de Peter, que esperaba su respuesta con expectación.

Se volvió hacia Franz.

—Ponlo todo en la alcoba que está delante de la mía —ordenó. De ese modo, podría estar pendiente de ella, pero no la tendría lo bastante cerca como para tentarlo—. Pide a Bea que le lleve allí el estofado.

El criado asintió.

—Muy bien, señor —dijo, y se volvió para marcharse.

De repente, Wolf recordó algo y lo detuvo.

—Ha habido un problema con los baúles de la baronesa y de momento no dispone de sus pertenencias. Pide a Bea que le encuentre algo que ponerse. —Tenía el vestido hecho un asco, y no iba a consentir que anduviera por ahí medio desnuda. Por lo menos, no hasta que no estuviera algo más llenita... La vaga idea le trajo imágenes lascivas a la mente, pero las fue desechando una a una con voluntad de hierro.

Franz hizo una reverencia elegante.

—Descuide, señor. Ahora mismo me encargo —aseguró, y se marchó discretamente.

Wolf observó que Sabina masticaba de nuevo, aunque nada indicaba que hubiera oído sus órdenes.

Peter se lo llevó a un lado.

—Has sido muy hábil. Te has deshecho de los criados, aunque lo más probable es que mañana lo sepan todo igualmente. Yo, en cambio, sigo a oscuras. ¿La baronesa? ¿Debo suponer que es la hija pródiga del barón Von Ziegler?

Wolf asintió con la mandíbula tensa.

Su hermano resopló y se apartó los mechones de pelo que le caían sobre la frente con un gesto impaciente.

—¿En qué estabas pensando, Wolf? ¡Es de la nobleza! Y por lo que recuerdo de las habladurías, no es más que una...

La mirada dura de su hermano impidió que Peter prosiguiera.

—... Quiero decir que es una mujer cuya reputación se ha puesto en tela de juicio. Y casarte con ella un mes después de que hayamos enterrado a nuestro padre... ¿En qué estabas pensando? —repitió.

—Confía en mí —pidió Wolf en voz baja.

—Eres mi hermano —dijo Peter, mirándolo con cierto recelo—, y el cabeza de familia. Te asiste el derecho a hacer lo que te plazca. Pero si vas a meter a la familia en un aprieto, tengo derecho a saberlo. Y el instinto me dice que éste es un buen aprieto.

Wolf puso una mano en el hombro de su hermano.

—Estás preocupado. Lo sé. Pero no hace falta. Nuestra familia es responsabilidad mía. Siempre he protegido lo que he tenido a mi cargo, y lo seguiré haciendo.

Ambos tenían presente la ocasión en que casi no lo hizo. Naturalmente, su hermano no iba a mencionarlo. Nunca había culpado a Wolf de lo sucedido hacía tanto tiempo, tras la muerte de Beth; ni lo haría jamás. Y, por supuesto, Peter no sabía lo que le había ocurrido a su padre...

Y nunca lo sabría si de Wolf dependía. Era un peso que tenía que cargar él solo, por derecho y por nacimiento y, desde luego, lo haría. Ninguno de sus hermanos lo sabría nunca. Y él repararía el hecho de no haber salvado a su padre cuando había podido hacerlo.

Peter miró a Sabina, todavía acurrucada frente al fuego.

—¿Y casándote con ella vas a conseguirlo?

Wolf tuvo la sensación de que Peter le había leído los pensamientos y se sobresaltó. Pero entonces comprendió que simplemente proseguía con la conversación. Asintió con la cabeza, ya que no estaba preparado para explicarle nada más.

—Muy bien —dijo Peter—. Confiaré en que haces lo adecuado. —Se rascó el mentón—. Pero me gustaría saber qué dirá Fya, con lo convencional que es, cuando se entere de que mi hermano se ha casado con una de las mujeres con peor reputación de Wittenberg.

—Seguro que te echa un buen sermón —comentó Wolf con una mueca—. Te pido disculpas por adelantado. Pero las demás opciones serían peores, créeme. —Tendió la mano a su hermano en señal de paz.

Peter se la estrechó.

—Confiaré en ti ahora, pero quiero saber todos los pormenores lo antes posible. Si voy a sufrir por culpa de tus decisiones, por lo menos merezco ser el primero en oír los detalles escabrosos.

La tensión se redujo considerablemente. Peter le soltó la mano.

—Mientras tanto, ¿te importaría que me quedara aquí hasta que amaine la tormenta? La última vez que cabalgué en plena tempestad, casi me parte un rayo. Según dicen, algo parecido es lo que convenció a Martín Lutero de que debía hacerse monje. Me temo que a mí no se me daría nada bien. Especialmente la parte de la abstinencia.

—Cierto —dijo Wolf con una leve sonrisa—. Quédate. Esta casa ha sido más tuya que mía estos últimos años. Nunca hará falta que preguntes si puedes quedarte en ella.

—Bueno, no soy tonto del todo —comentó Peter con una sonrisa burlona—. Tu esposa y tú podríais desear estar a solas, ya que hoy es vuestra noche de bodas.

—No lo creo, dado su estado. —Echó un vistazo a la mujer en cuestión, más preocupado de lo que quería admitir—. Además, no estoy muy seguro de qué voy a hacer con ella.

—Hum... A mí se me ocurren una o dos cositas. —Peter enarcó las cejas con aire cómicamente lascivo.

Wolf le soltó la advertencia habitual:

—Cierra el pico, Peter. —Y fue a atender a su esposa.

Mientras los dos hermanos charlaban en voz baja en un rincón, Sabina notó la confianza que los unía. Aunque no oía lo que decían, vio lo mucho que se querían. Recordó a Carl, fallecido hacía mucho, y se le hizo un nudo en la garganta. Parpadeó para contener unas lágrimas silenciosas.

Peter volvió los ojos hacia ella y le dirigió una sonrisa de aliento, aunque vacilante, y los dejó solos. El señor Behaim, Wolf, como se llamaba a sí mismo, regresó junto a ella.

—No tenga miedo —le dijo en voz baja—. Aquí nadie le hará daño, no mientras esté bajo mi protección. Nadie le obligará a hacer... nada que no desee. ¿Me entiende?

—Gracias, señor Behaim. Creo que sí.

Puede que su marido hubiera interpretado mal su melancolía, pero su mensaje era claro: le estaba diciendo que no la obligaría a yacer con él, por lo menos aquella noche. Era un detalle por su parte, dado que tenía plena autoridad sobre ella, y sabría, sin duda, que ya no era una doncella que mereciera un trato tan delicado. Luego recordó la mirada apasionada que habían intercambiado, y se dijo que tendría que ir con cuidado. Era un hombre. No podía fiarse de él.

Sin embargo, había algo en él... una amabilidad que parecía mostrar en contra de su voluntad, como si le saliera de una parte de su ser que pocas veces abría a los demás.

—¿Por qué se ha casado conmigo? —le preguntó de sopetón, y vio la expresión azorada de su marido ante aquella pregunta poco delicada.

—Por los motivos habituales, supongo —respondió él, cauteloso, pasado un momento.

¿Qué quería decir?

Recordó las insinuaciones del barón sobre el hecho de que

había tenido que «persuadirlo» para que se casara con ella. Conocía a qué clase de persuasión se refería.

—¿Con qué lo amenazó? —preguntó entonces.

Wolf arqueó una ceja.

—¿Quién? —replicó.

Sabina resopló.

—El barón, ¿quién más? ¿Cómo, si no, podría haberle obligado a hacer algo contra su voluntad?

—No entiendo qué quiere decir —aseguró Wolf tras cruzar los brazos.

—Usted no quería casarse —indicó Sabina.

—Ah, ¿no?

—Es evidente.

—Ah, ¿sí? —dijo Wolf con la cabeza ladeada.

—¿Podría dejar de contestar a mis preguntas con otra pregunta? —gimió Sabina.

—¿Hago eso? —Sus ojos reflejaban diversión, pero se volvió para evitar la mirada fulminante de su joven esposa.

Empezó a pasearse delante de ella, que se limitó a contemplarlo. Sus ojos lo seguían como si tuvieran voluntad propia. Le avergonzó que la pillara observándolo cuando le devolvió una mirada penetrante.

—Le haré la misma pregunta. El barón la amenazó en la iglesia. ¿Por qué? ¿Qué tiene en su contra?

—Eso son dos preguntas —repuso Sabina mientras intentaba pensar una respuesta.

Wolf arqueó la ceja de nuevo, pero no la presionó.

No podía confiárselo. Tenía su copia del contrato matrimonial metido entre los pliegues del corpiño. ¿Qué habría pensado Behaim de él cuándo lo había visto? ¿Conocía el alcance del legado? No podía explicarle lo que planeaba hacer con él, desde luego. Sería mejor evitar el tema.

Se frotó las sienes como si le doliera la cabeza, lo que no era del todo falso.

—Tal vez podríamos comentarlo más tarde. Estoy muy cansada.

Wolf asintió, aunque sus ojos brillaban de astucia.

—Franz le está preparando la alcoba. Enseguida estará lista. Acábese ese pan —ordenó, señalando la hogaza que Sabina tenía olvidada en la mano.

Ella se lo fue terminando en silencio mientras él seguía caminando a su alrededor.

—Usted estaba en el convento —dijo entonces Wolf—. ¿Por qué regresó a casa? —Su tono era vagamente acusador.

—Tuve mis razones —respondió Sabina tras tragarse un trozo de pan.

—¿Lo abandonó por voluntad propia? —insistió Wolf.

La joven casi resopló, pero se contuvo a tiempo.

—Por supuesto. Hui como si me persiguiera el mismísimo diablo.

Esta vez su marido arqueó ambas cejas.

—Ya veo —dijo, y siguió andando arriba y abajo—. ¿Perdió su vocación?

—En absoluto. —Por Dios, aquel hombre podría haber sido abogado.

—¿Por qué entonces decidió en su día recluirse en un convento? —replicó, algo frustrado por la reticencia de Sabina.

—La decisión no fue mía. El barón me obligó a hacerlo. Y yo, pasado algún tiempo, encontré cierto consuelo en la reclusión, pero estos últimos años las cosas cambiaron.

Wolf se detuvo frente a ella.

—¿Qué motivó ese cambio?

—Muchas cosas —respondió Sabina, encogiendo los hombros de forma evasiva.

—Diga una.

—Tal vez descubrí que carecía del don del celibato —bromeó. Se refería, por supuesto, a la creencia del apóstol san Pablo en que quienes poseen la capacidad de abstenerse del matrimonio han recibido ese don de Dios.

Le pareció que su marido murmuraba «Desde luego me lo creo» antes de echar a andar de nuevo.

—Diga otra —le pidió mirándola.

Por lo visto, iba a ser imposible evitar aquella batalla. Pues muy bien, la afrontaría.

—Ahora creo que la Iglesia está equivocada en muchos aspectos relativos al servicio del clero.

Wolf se detuvo.

—¿Cree en la Nueva Fe? —preguntó con consternación.

Los seguidores de Martín Lutero denominaban «Nueva Fe» a su visión reformada del cristianismo. Cuando el doctor Lutero fue profesor de la Universidad de Wittenberg, había fijado en las puertas de la iglesia sus noventa y cinco tesis, en las que denunciaba la venta de indulgencias eclesiásticas. Posteriormente, sus tesis fueron recuperadas y se imprimieron en alemán para que todo el mundo pudiera leerlas y debatirlas. Las ideas de Lutero se extendieron como un reguero de pólvora que llegó incluso a los conventos. Desde entonces, el elector Federico, el príncipe de la región, se había enfrentado al Papa por la cuestión de Lutero, y en algunas ocasiones, también el emperador.

Como no sabía muy bien en qué bando estaba su marido, Sabina buscó una respuesta adecuada.

Al ver que no le contestaba, Wolf gimió para sus adentros. Se acercó a la chimenea, donde el fuego empezaba a apagarse y tomó un atizador para remover las astillas. Las llamas se avivaron. Dejó el atizador y apoyó una mano en la repisa sin dejar de mirar el movimiento sinuoso del fuego.

Que fuera noble y ex monja ya era malo, pero ¿tenía que ser encima partidaria de Lutero? Las probabilidades de convencerla de que tomara de nuevo sus votos parecían reducirse a marchas forzadas.

No podía recluirla en un convento contra su voluntad, aunque sabía que algunas familias lo hacían, y todavía había muchos conventos fuera de la región del elector Federico que estarían dispuestos a aceptarla en tales condiciones. Sin embargo, no era su forma de proceder. Suspiró con la sensación de que el destino se cernía sobre él. Pero no podía quedarse con ella. Aparte de no interesarle tener una esposa noble, ¿qué sucedería cuando se enterara del pacto que él había hecho con el barón?

—No tenga miedo —dijo por fin—. Le he prometido que no le pasaría nada malo mientras estuviera en esta casa, y lo he dicho en serio. Es más —añadió, mirándola de reojo—, como el elector se ha pasado al bando del doctor Lutero, mientras siga en la Sajonia electoral estará a salvo. Hable con entera libertad.

Sabina se mordió el labio inferior, pero siguió sin responder a la pregunta.

Wolf se volvió hacia ella.

—Dígame —insistió—, ¿por qué cree, al igual que Lutero, que sabe mejor que el Papa lo que es bueno para un sacerdote?

Su provocación obtuvo el resultado previsto. Sabina mordió el anzuelo.

—No es ninguna tontería —espetó—. La Iglesia carga con un peso insoportable al clero, un peso con el que ni siquiera el Papa puede cargar. Y ello engendra corrupción y decadencia. —Temblaba de indignación. La pasión con que hablaba impresionó a Wolf, aunque no así sus palabras—. Tenemos los mismos defectos y deseos que aquellos a quienes servimos —prosiguió, agitando un trozo de pan en el aire—. ¿Cómo se puede esperar que un hombre lleve una vida perfecta sin una esposa, o que una mujer ignore la necesidad que siente de cumplir su función reproductora? Son muy pocos los que pueden responder a la llamada del celibato para honrar un ideal. La Iglesia tiene que cambiar, por lo menos en este aspecto, o no quedará nadie que lleve a cabo sus oficios.

—¿No cree que un hombre pueda ser fiel a un ideal por el mero hecho de creer en él? —la interrumpió él.

Sabina pareció reflexionar sobre ello. Miró las llamas que ardían y se ciñó las pieles alrededor de los hombros.

—Depende del hombre, supongo —afirmó—. Si existe, yo todavía no lo conozco.

Wolf observó su perfil delicado y triste.

—¿Necesita usted satisfacer sus necesidades reproductoras? —preguntó en voz baja.

Sabina lo miró escandalizada. Y se quedó sin aliento cuando él le recorrió el cuerpo con los ojos. Entonces se dio cuenta...

Hijos. Su esposo se refería a tener hijos. ¿Qué sucios derroteros habían seguido sus pensamientos para hacerle suponer otra cosa?

Soltó el aire lentamente.

—¿Me está preguntando si quiero tener hijos?

Wolf asintió tras titubear un instante sin que apenas se notara.

—Durante cierto tiempo esperaba... —Se encogió de hombros—. Un hijo sólo tiene a su madre en este mundo. ¿Qué mujer no anhelaría algo así? Amar completamente, darlo todo, proteger con la propia vida...

—¿Proteger? —repitió Wolf, sorprendido.

—Sí. Una mujer siente la misma necesidad que un hombre de proteger a sus seres queridos.

—Eso es ridículo —repuso Wolf con la espalda muy erguida—. Una mujer no tiene que proteger, sino ser protegida. Proteger a quienes están a su cuidado es el deber de un hombre.

Sabina alzó la barbilla y fijó los ojos en su marido, que la miraba desafiante.

—Un deber que muchos no cumplen. Mi propio padre adoptivo es un claro ejemplo de ello.

—Ese hombre es una aberración —replicó Wolf.

—Estoy de acuerdo. Pero las leyes, los convencionalismos, la Iglesia... todos ellos se niegan a reconocer que las aberraciones existen, de modo que las calles están llenas de niños no deseados. Los varones, por lo menos, pueden salir adelante si son fuertes y audaces. En cambio, a las niñas sólo les quedan dos opciones: trabajar en una casa de lenocinio o recluirse en un convento.

—Eso no justifica... —replicó Wolf, pero se detuvo. Sonrió a regañadientes mientras la miraba con expresión irónica—. Es usted una mujer interesante, baronesa. Está mojada como un pollo, y aun así se dedica a comentar los males de la sociedad.

Sabina sonrió.

—Ha empezado usted —se defendió.

Wolf rio torpemente, como si no estuviera habituado a reír. Sabina no pudo evitar sonreír aún más. Wolf sacudió la cabeza e intentó ponerse serio, aunque, al parecer de Sabina, no lo logró.

Cruzó los brazos sobre su musculoso pecho, decentemente cubierto ya con una camisa, y la examinó de nuevo. Se frotó la mandíbula con un dedo y el movimiento atrajo la mirada de Sabina. Aquellas manos la tenían fascinada. Quizá fuera porque, a pesar de su tamaño, eran firmes, suaves y fuertes. Lo había descubierto cuando la había levantado para sentarla a lomos de *Solimán* y también cuando le había tomado la copa de vino de las manos.

—¿Es usted hereje, pues? —preguntó Wolf.

—No, claro que no —se sobresaltó Sabina—. Creo en nuestro Señor Jesucristo. Creo que fue crucificado por nuestros pecados y que a los tres días resucitó de entre los muertos para sentarse a la derecha de Dios Padre. Creo que es a la vez el Hijo de Dios y Dios mismo hecho hombre. En cuanto a lo demás, bueno, dejaré que lo resuelvan personas más capacitadas que yo.

Giró la cabeza para evitar los inteligentes ojos de su marido antes de proseguir:

—Supongo que podría decirse que soy realista. Veo las cosas como son, no como los demás quieren que las vea.

Wolf se acercó, le puso un dedo bajo el mentón y le volvió la cabeza para que lo mirara. Y entonces el azul oscuro de sus ojos se encontró con el hermoso verde esmeralda de los de su marido.

—Algo peligroso. Especialmente para una mujer —murmuró.

—La verdad no me da miedo.

Él la soltó.

—Y es exactamente por eso por lo que necesita protección.

Aquellas palabras le encendieron los ánimos.

—¿Y usted, señor Behaim? ¿Cuál es su opinión sobre estas cuestiones?

Vio que su marido apretaba los labios y le pareció que contenía otra carcajada. Pero su expresión volvió a ser totalmente seria.

—Mi opinión es la que mi príncipe me dice que debe ser.

—Eso no es ninguna respuesta.

Él le pasó con suavidad una mano por el pelo, cuyas amplias ondas todavía no se habían secado del todo. Luego pareció salir de su arrobamiento, apartó la mano y la juntó con la otra a su espalda.

—Señora —dijo con un suspiro—, no soy más que un plebeyo. No puedo permitirme tener opiniones. Hace unos años el elector era un católico devoto, así que todos éramos católicos devotos. Hoy en día parece ser partidario de la Reforma, así que supongo que ahora nosotros también tenemos que serlo. Mientras tanto, publicaré mis libros, imprimiré mis panfletos y mantendré la nariz fuera de los asuntos que no me conciernen.

—Es usted cínico —lo acusó Sabina.

Su marido ladeó la cabeza y esbozó lentamente una sonrisa.

—No. Sólo realista, como usted.

¡Dios mío, qué guapo era! Tuvo ganas de apartarle con los dedos los mechones enmarañados que le caían sobre las orejas. Desvió la mirada y trató de aliviar el deseo acariciando las pieles que la cubrían. Empezó a temblar, no sabía si por el frío o por la reacción que le provocaba su impuesto esposo, y se aferró más a las pieles.

—Soy un imbécil —dijo Wolf de golpe.

Sabina alzó los ojos hacia él, sorprendida.

—Tiene hambre y está exhausta. Necesita comer y descansar, no hablar. Venga. —Le ofreció el brazo y ella descubrió, atónita, que no deseaba que su conversación terminara.

—Le aseguro que puedo perfectamente...

Él sacudió la cabeza.

—Pues apiádese de mí al menos. Me he levantado de madrugada y todavía tengo trabajo que hacer. Que sea el día de mi boda no significa que los libros vayan a imprimirse solos.

Como su esposa seguía titubeando, añadió:

—Vamos, señora. Ha sido, por no decir otra cosa, una mañana muy larga para los dos. ¿Puede andar?

—Claro que sí —respondió Sabina, que no quería mostrar debilidad ante su marido.

Al verla enderezar la espalda e incorporarse con dificultad delante de la chimenea, Wolf admiró su fuerza de voluntad una vez más. Era evidente el esfuerzo que le costaba aparentar normalidad. Una vez de pie, empezó a balancearse, de modo que él le tomó el codo y permaneció cerca de ella para ayudarla a subir la estrecha escalera que conducía al piso superior.

La acompañó por un pasillo donde había dos puertas enfrentadas, y abrió la que daba a la que sería su alcoba mientras residiera allí. Un ventanal con vistas al río dominaba una habitación escasamente decorada. Franz había cerrado las persianas y la lluvia las golpeaba furiosamente. En un rincón del amplio cuarto había una sencilla cama cubierta con mantas de lana, y para que fuera más cómoda, tenía un colchón de plumas extendido sobre la base rellena de paja. El otro único mueble de la habitación era un preciado espejo veneciano. Wolf acababa de rescatarlo del prestamista al que su padre lo había empeñado, y ahora daba gracias a Dios por haberlo hecho. Confería un aire distinguido a la habitación y era un recordatorio dorado de tiempos mejores.

Le indicó con un gesto que entrara. El fuego encendido en la chimenea proporcionaba una atmósfera cálida y acogedora a pesar de la austeridad espartana, y delante de él había una bañera llena de agua jabonosa y humeante.

—Sé que no es nada del otro mundo —dijo a modo de disculpa—. Estamos... redecorando la casa. Espero que la encuentre confortable. Aunque sea menos de lo que está acostumbrada a tener.

La reacción de Sabina fue inesperada. Dio una palmadita de alegría.

—¡Una bañera! —exclamó—. Una bañera de verdad. —Se volvió hacia él y añadió—. Es mucho más de lo que he estado acostumbrada a tener durante años. Gracias por su hospitalidad. Siendo como soy una invitada inoportuna en su casa, no tengo derecho a esperar tanta amabilidad de su parte, y le estoy muy agradecida por ello.

Wolf frunció el ceño.

—No es exactamente una invitada. Y tampoco es inoportuna. —Vaciló un instante y carraspeó. Notó que le subían los colores—. Espero no haber hecho nada que le haya dado la impresión de que lo era. A mi entender, ambos somos peones de una partida que juegan otros. Jamás culparía a una pieza de ajedrez por perder la partida.

Sabina le sonrió.

—Bueno, pues que Dios le bendiga, señor Behaim... de una pieza de ajedrez a otra.

«¡Por los clavos de Cristo, menuda sonrisa!» Era como si un rayo de sol se hubiera quedado atrapado aquí, en la Tierra. Se quedó mirándole aquellos labios carnosos y delicados. Una boca así podía convertirse en una obsesión.

De repente, Sabina pestañeó y su sonrisa se desvaneció. Nerviosa, se mordió el labio inferior y recorrió la habitación con la mirada como si buscara donde posarla. Finalmente observó la puerta del otro lado del pasillo.

—Es mi alcoba —aclaró Wolf al ver la pregunta en sus ojos—. Si necesita cualquier cosa por la noche, no tiene más que llamar... y si puedo, la ayudaré. —Aunque era mejor no imaginarse qué podría necesitar su joven esposa por la noche.

—Tengo pocas necesidades —dijo Sabina, desviando la mirada.

—Lo que hace que las que tiene sean todavía más apremiantes, imagino —murmuró él.

Sabina volvió la cabeza para mirarlo sorprendida.

—No querría darle más quebraderos de cabeza —balbuceó—. Ya le he dado bastantes.

—Más de los que pueda imaginarse —soltó Wolf tras inspirar hondo.

¿Por qué había pensado que era poco atractiva? Es verdad que no poseía una belleza deslumbrante en el sentido convencional, pero tenía una sonrisa radiante, sus ojos reflejaban una aguda inteligencia y, aparte del color, su cabellera era como la de Venus surgiendo de la neblina en un mural que había visto en uno de sus viajes por Italia.

Observó entonces el cuello de la joven y vio cómo le latía el

61

pulso suavemente. La habitación le pareció mucho más calurosa de repente. Se obligó a apartar la mirada de su esposa y habló con el tono más inexpresivo que pudo.

—De todos modos, no dude en pedirme lo que sea.

Una vez zanjado así el tema, ella echó un vistazo a toda la habitación, como si descubriera entonces lo que contenía, mientras intentaba recuperar el aliento. El corazón le latía con fuerza y se sentía como si acabara de correr una legua.

«Por el amor de Dios, contrólate», se dijo.

—Bueno, aquí tiene la bañera. Y también un plato de estofado caliente... —Levantó el trapo que cubría la bandeja que Bea había dejado sobre la cama y olfateó con gusto—. Y unas cuantas cosas ricas más.

En cuanto oyó hablar de comida, Sabina se acercó a la bandeja y cogió un puñado de castañas asadas. Se las comió deprisa, y pareció olvidarse de que él estaba ahí hasta que dio el último bocado. Entonces miró la bañera delante de la chimenea. Era grande como para sentarse en ella, pero pequeña para darse un cómodo baño. Se lamió los restos pegajosos de castaña de los dedos, sumergió la mano en el agua humeante y la movió despacio con la vista puesta en el fondo.

Wolf lo observó todo, excitado de un modo casi cómico por los gestos involuntariamente sensuales de su mujer.

—¡Todo esto es maravilloso! —suspiró Sabina—. El pan era excelente, pero me temo que ahora mismo podría comerme un caballo pequeño. Supongo que eso significa que *Solimán* no corre ningún peligro. —Rio, nerviosa, y desvió la mirada hacia su marido—. Pero el baño también es tentador. El barón me permitió bañarme antes de la boda, creo que porque temía que lo avergonzara, pero lo hice en un barreño con agua del río, y estaba tan fría... —Se detuvo en seco.

Wolf comprendió que había revelado más de lo que quería sobre el trato que le daba su padre.

—Me refiero a que la hermana Katie, una de las monjas del convento, decía que no valoramos las pequeñas cosas hasta que las perdemos.

Él sintió una enorme compasión por ella, y no pudo disimularlo. Vio que eso la desconcertaba. ¿Cuánto haría que nadie la compadecía?

—La hermana Katie parece una mujer sabia —se limitó a decir.

Sabina se volvió y siguió removiendo la superficie del agua humeante con los dedos. Miró primero la comida, después la bañera y finalmente lo miró a él con una expresión anhelante.

—¿Podría bañarme primero, mientras el agua esté todavía caliente? —preguntó con la voz de una niña que pretende conseguir algo que anhela.

—¿Necesitará ayuda? —Las palabras le salieron de la boca antes de pensárselas.

—¡No! —Sabina se sonrojó hasta las orejas—. Quiero decir, no es...

Wolf levantó una mano para impedir que terminara su balbuceante respuesta.

—Lo que quiero decir es que le mandaré a Bea para que la ayude. Aquí no tenemos doncellas, pero estoy seguro de que la ayudará encantada.

Ella pareció alarmarse.

—Oh, no, no será...

—Me niego a encontrarla más tarde flotando boca abajo en la bañera —insistió Wolf.

—No es lo bastante grande para que me ahogue.

—Aun así. —Aunque hablaba muy serio, la conclusión que Sabina había sacado de su frase anterior le había hecho mucha gracia, además de que le hubiera gustado ayudarla a bañarse. Dejar que el vestido mojado le resbalara hombros abajo, vertirle agua caliente por su cuerpo esbelto, frotarle los senos con jabón, pasarle los dedos por...

Alto ahí.

¿Qué demonios le estaba pasando?

Siempre había sido un hombre sensual, pero desde la muerte de Beth había dedicado todas sus energías a lograr que sus imprentas fueran un éxito y a criar a su hija. A decir verdad, el sexo había sido la última de sus prioridades desde que había perdido a su amada esposa hacía tres años. Cuando era necesario, iba a Halle a ver a una viuda que no hacía preguntas y no le exigía ningún compromiso. Sus visitas eran esporádicas y breves, ya que siempre se sentía un poco culpable, como si estuviera traicionando a Beth. Tras la muerte de su padre, estas necesidades habían desaparecido por completo. ¿Las habría ignorado demasiado tiempo?

Notó que Sabina lo observaba fijamente. Quizá le había contestado mientras él construía castillos en el aire y ahora esperaba una respuesta. Aunque no tenía ni idea de qué le había dicho.

—Esto... muy bien, pues —soltó, esperando que no se notara nada. Se sentía como un idiota—. Si quiere, podría encargarme de... de...

Sabina se humedeció tímidamente los labios, que le quedaron mojados y relucientes.

Fuera lo que fuese lo que Wolf iba a decir, se le fue totalmente de la cabeza. Se le apagó la voz y se quedó contemplando la boca de Sabina.

Diantre.

La muchacha, nerviosa, se pasó una mano por el cuello, y Wolf no pudo evitar imaginarse cómo sería acariciarle la piel. Cuando Sabina se tomó un mechón de pelo y se lo enroscó ansiosamente en un dedo, se vio a sí mismo tocándole el pelo exactamente igual. Todos los movimientos de su mujer parecían pensados para encenderle la pasión, aunque sospechaba que ella no era consciente de ello.

Por un instante se imaginó lo sensual que habría sido a los dieciséis años. Por aquel entonces debía de ser tan apetitosa como una fruta madura. Pensó en el canalla que la había arrancado del árbol, que le había exprimido la dulzura y se había quedado con lo que tendría que haber sido para un marido que pudiera amarla y venerarla. Lo invadió una rabia intensa hacia el desconsiderado desconocido al que no le había importado arruinarle la vida; lo que sentía de repente por aquella mujer a la que apenas conocía era tan fuerte y confuso que cualquier sensación de estar traicionando a Beth quedó eclipsada.

La necesidad de poseerla de alguna forma, tal vez tocándole el lugar donde el pulso le latía a un ritmo exuberante, se volvió irresistible. Dio un paso hacia ella y alargó un dedo para seguir, sin apenas tocarla, el camino que ella misma se había dibujado con la mano en el cuello.

Sorprendida, Sabina separó los labios para inspirar bruscamente.

Como si estuviera soñando, Wolf le acarició el delicado hueco de la base del cuello, justo encima de la clavícula, y le dejó el dedo allí un momento.

Ella cerró los ojos.

Wolf cedió a la locura que lo estaba embargando y empezó a acariciarle despacio los labios con el dedo. Cuando Sabina suspiró, el calor sedoso de su aliento fue tan tentador que no pudo resistirse y le introdujo con cuidado la punta del dedo en la O que dibujaban sus labios ligeramente separados.

Sabina se lo tocó con la lengua, sorprendiéndolo. Y en ese instante sintió un deseo tan intenso que casi le flaquearon las rodillas.

Santo Dios...

Entonces ella le acarició la punta del dedo con la lengua.

—Sabina... —gimió con voz grave y ansiosa.

Su mujer abrió los ojos de par en par.

Wolf le tocó la mejilla con la mano, se inclinó hacia ella y...

Bea entró inesperadamente en la habitación con más toallas y prendas de vestir, y Wolf reculó de golpe.

—Ah, están aquí —comentó Bea con su voz atronadora—. Tendrá que disculpar que haya tardado tanto en encontrarle un vestido adecuado, señora. Hube de rebuscar un poco hasta dar con uno que pudiera irle bien. Me temo que hace mucho que nadie en esta casa usa su talla. Está tan delgada... Pero no se preocupe, estará tan rellena como yo en menos que canta un gallo. Bueno, puede que no tanto como yo, pero le irá bien un poco más de carne en ese cuerpo.

Bea iba y venía, y charlaba tanto que parecía no percatarse de la tensión reinante. O tal vez era que los distraía hábilmente a ambos.

Wolf dirigió los ojos al techo y lanzó una antigua maldición sajona entre dientes. Sabina, sonrojada y después de taparse la boca con la mano, encontró algo fascinante en la pared, justo detrás de la oreja izquierda de Wolf, sin querer mirarlo a los ojos.

—Sí, bueno, estupendo —dijo Wolf tras carraspear—. Tengo cosas que hacer, así que será mejor que vaya a... hacerlas.

A Bea se le escapó una risita.

Con una sonrisa compungida, Wolf dio media vuelta y se dirigió torpemente hacia la puerta, pero recordó sus modales y se volvió hacia Sabina para hacerle una leve reverencia.

—Hasta luego, señora —dijo, y estas palabras tan inocentes sugirieron más de lo que hubiese querido.

Cerró la puerta sin hacer ruido y se quedó un momento en el pasillo. Extendió las manos delante. Le temblaban. Tenía calor en todo el cuerpo y el corazón le latía desbocado. Había necesitado toda su fuerza de voluntad para no ordenar a Bea que se fuera de la habitación. Sospechaba que, si el ama de llaves no hubiera llegado, se habría revolcado con Sabina allí mismo. ¿Y qué habría sido de él entonces?

«Estarías desnudo en un paraíso maravilloso de piel sedosa y cabellos negros», le susurró una voz interior. La acalló de inmediato.

Se frotó la frente con los dedos y se preguntó si se estaría volviendo loco. Se sentía... ¿se atrevería a decirlo? Se sentía vivo. Espectacularmente vivo. Tras semanas de un dolor insoportable, era un cambio brutal.

Reparó en que todavía seguía frente a la puerta de la alcoba de su mujer, así que se marchó rápidamente para que nadie lo encontrara allí plantado como un vulgar pretendiente. Tenía cosas que hacer. Haría algo útil. Y empezaría por el barón. Seguro que un hombre como él escondía algo, algo que pagaría mucho por mantener en secreto.

Vio a Franz al otro lado del largo pasillo y lo llamó con un gesto. El criado se acercó de inmediato.

—Diga, señor.

Wolf lo miró.

—Tienes muchos amigos en Wittenberg, ¿verdad?

Franz inclinó la cabeza en una modesta reverencia.

—Me complace decirle que sí.

—Tal vez puedan sernos útiles.

—Los amigos útiles valen su peso en oro, señor.

—Tienes razón. Necesito cierta información que no será fácil conseguir. Habrá que hacer preguntas, rápida y discretamente. Yo puedo hacer algunas, pero ¿puedo confiar en ti para hacer las demás?

—Espero poder servirle en todo lo que necesite, señor.

Wolf le dio unas palmadas en la espalda.

—Como siempre has hecho. ¿Te parece que discutamos la estrategia mientras nos tomamos una copa de brandy?

Al viejo criado le brillaron los ojos.

5

Sabina se quedó mirando la puerta por la que su marido acababa de salir. Su propio comportamiento la había dejado alelada. ¿Acababa de hacer lo que creía? Apenas conocía a aquel hombre y no tenía ninguna intención de quedarse allí. ¿Se había vuelto loca?

¿Qué habría sucedido si Bea no hubiera llegado justo a tiempo? Observó disimuladamente al ama de llaves mientras ésta le dejaba un camisón en la cama. ¿Estaría compartiendo la cama con su marido en ese mismo instante?

Era un hombre lujurioso; lo sabía por la forma en que le recorría el cuerpo con la mirada, en la intensidad de su actitud. Era probable que estuviera acostumbrado a conseguir lo que quería. Estaba segura de que él no la había elegido como esposa, pero eso no significaba que no fuera a exigir aquello a lo que tenía derecho. Aunque parecía compasivo a su manera, ella había aprendido que los hombres podían ser buenos cuando querían, hasta que dejaban de quererlo.

Sus manos suaves y sus ojos verdes podrían alejarla de su objetivo, y si eso ocurría muchas mujeres sufrirían por culpa de su debilidad. No debía volver a dejarse llevar de aquella forma cuando estuviera con él.

No se hacía ilusiones. Su situación no era excepcional en ningún sentido. A pesar de estar casados, sería simplemente un recipiente en el que su marido saciaría su lujuria y, cuando se cansara de ella, la desecharía y seguiría con su vida. Sin embargo, cuando la tocó como acababa de hacer, su corazón olvidó que una vez lo habían traicionado despiadadamente; su espíritu inquieto ansiaba lo que no podía tener.

Si no estaba atenta, aquel hombre podría ser peligroso para ella, en muchos sentidos. No estaría bien que volviera a sucumbir a su enigmático encanto.

—Señora —dijo Bea, interrumpiendo sus pensamientos—. Tenemos que quitarle esa ropa mojada. Venga, deje que la...

Sabina se sujetó el corpiño del vestido, todavía húmedo, antes de que Bea empezara a desabrocharle las cintas.

—Gracias, pero no necesitaré sus servicios. Puedo hacerlo sola.

Bea se puso en jarras y la miró como si estuviera loca.

—¿Y cómo va a desabrocharse todas esas cintas? Seguro que se rompe un brazo al intentarlo. Permítame cumplir con mis tareas y en un momentito estará disfrutando de un baño caliente.

Sabina supuso que no tenía forma de evitarlo. Se volvió despacio y dejó que Bea le desabrochara el vestido. Sacaría el documento disimuladamente y lo escondería debajo de las toallas cuando el ama de llaves no estuviera mirando. Sí, era una tontería ser tan precavida, estaba en todo su derecho de poseer el contrato, pero seguía mostrando reticencia a confiárselo a nadie.

—No se preocupe, señora. No tiene usted nada que yo no haya visto antes. Además —comentó Bea, mientras se ocupaba del corpiño—, no hace mucho que la madre del señor, que Dios la tenga en su gloria, estaba en esta misma alcoba... —Se interrumpió cuando el vestido de Sabina se abrió y la camisola le resbaló hombros abajo—. ¡Dios mío! —susurró el ama de llaves, y se quedó mirándola.

Sabina se había olvidado. Los cardenales que le cubrían la espalda habrían adquirido para entonces su tonalidad más oscura.

—Parece peor de lo que es —se apresuró a decir—. De verdad, ya estoy casi curada. —Luego volvió la cabeza y preguntó con un hilo de voz—: ¿Tan mal aspecto tiene?

Bea titubeó antes de responder.

—Bueno, ¿sabe qué?, tengo un bálsamo que hace milagros con toda clase de chichones y cardenales. Quitémosle ahora toda esta ropa para que entre en calor con el baño, y ya nos encargaremos de esto después, ¿de acuerdo? Estará como nueva en un abrir y cerrar de ojos, ya lo verá —añadió mientras le quitaba con cuidado el vestido.

Sabina parpadeó, a punto de echarse a llorar. Nada en este mundo la desarmaba tanto como la compasión.

—Sí, gracias —susurró.

Mientras Bea la trataba como una gallina a sus polluelos; Sabina se permitió creer por un momento que El Santuario era su verdadero hogar y que estaba en su propia alcoba. Y así, dejó que el ama de llaves la sumergiera en la bañera, que le lavara el pelo y le frotara con suavidad la piel.

Después, Bea le aplicó un refrescante bálsamo en la espalda y la sentó frente a la chimenea para secarle el pelo... y cuando se lo cepilló con pasadas largas y amplias tarareando una sencilla melodía, Sabina imaginó fugazmente que Bea era su madre y ella volvía a ser una niña.

Una fantasía maravillosa, aunque nunca pudiera hacerse realidad.

—¡Ay, caramba! —soltó Bea de repente—. Casi se me ha olvidado lo hambrienta que tiene que estar. Le acercaré la bandeja para que coma mientras le cepillo el pelo.

—No se moleste, ya comeré después.

—Ni hablar. Usted tiene que descansar y recuperar fuerzas. El señor está muy ansioso por... bueno, dicen que no suele estarlo, ¿sabe?, pero... —Bea se ruborizó un poco—. Parece haberse fijado en usted de un modo en que hace mucho tiempo que no se fija en nadie. —Y enarcó las cejas significativamente.

Sabina intentó no abrir la boca.

La mujer le dejó la bandeja con la comida en el regazo, le tendió un trozo de pastel de miel y le guiñó un ojo con complicidad.

—Creo que será mejor que coma todo lo que pueda, ya me entiende —añadió, y volvió a cepillarle el pelo.

—Estoy segura de que se equivoca —comentó Sabina mientras jugueteaba con el borde de la bandeja—. Sobre el interés del señor, quiero decir.

Bea resopló.

—No, qué va. Puede que sea mayor, pero todavía puedo ver cuándo un hombre pierde la chaveta por una muchacha bonita.

Ahora fue Sabina quien se sonrojó.

—Pero el señor Behaim... —replicó— bueno, él y yo no... quiero decir que esta noche no será... —No sabía cómo explicarlo.

Bea hizo girar la cabeza a Sabina para que la mirara y le habló agitando el cepillo hacia ella con una mano apoyada en la cadera.

—Mire, señora, no crea que el señor es uno de esos hombres que toma lo que quiere cuando le viene en gana. No lo dude; es la paciencia en persona. Un hombre de verdad, como diría mi madre. —Suspiró y prosiguió en tono soñador—: Créame, si tuviera veinte años menos y no lo hubiera conocido desde que era un niño de pecho, yo misma le tiraría los tejos, se lo aseguro. Pero no se preocupe, tendrá mucho tiempo para recuperar las fuerzas.

Volvió a cepillar el pelo de Sabina, creyendo que si la nueva señora no decía nada, no era porque estuviera atónita, sino porque estaba agradecida.

—Además —prosiguió—, el señor querría que antes descansara. Es un buen hombre, y muy considerado, aunque se dejaría torturar con alfileres antes que admitirlo. No querrá que se escatime ningún esfuerzo en conseguir que usted se reponga. Unos días de tratamiento intensivo —aseguró mientras le echaba un vistazo rápido para comprobar lo delgada que estaba—, y se sonrojará y sonreirá como corresponde a una recién casada.

Sabina decidió cambiar de tema. Dio un mordisco al pastel de miel, que era exquisito, y así lo comentó. Bea estuvo encantada.

—Caramba, muchas gracias, señora. La receta es mía.

La joven toqueteó el pastelito y decidió que necesitaba saber más cosas sobre su nuevo marido antes de volver a verlo. La ignorancia no le había sido nunca útil a ninguna mujer.

—Bea, ¿podría sentarse para charlar conmigo un momento?

—¿Sentarme? —repitió Bea, como si la idea de descansar en mitad de un día laborable jamás le hubiera pasado por la cabeza.

Sabina dio unas palmaditas en la cama para invitarla a sentarse a su lado.

—Sí, me gustaría que me respondiera a algunas preguntas. Me temo que el señor Behaim y yo no hemos tenido ocasión de conocernos demasiado. —Levantó un hombro en un gesto de impotencia—. Ya sabe cómo son los hombres en este aspecto. Si quiero ser una buena esposa para él, hay cosas que debería saber, ¿no cree? —explicó con los dedos cruzados a la espalda, rogando que Dios la perdonara por mentir con tanto descaro. Dirigió una sonrisa suplicante a Bea.

El ama de llaves la miró con escepticismo.

—Bueno, la verdad sea dicha —admitió finalmente—, me iría bien descansar un ratito. Cuando el día empieza a las cuatro de la madrugada, no se tienen demasiadas oportunidades para sentarse. —Se sentó con un suspiro—. ¿Qué le gustaría saber?

Ahora que tenía la oportunidad de saciar su curiosidad, no estaba segura de por dónde empezar. Dio un mordisco a un queso cremoso mientras decidía cómo hacerlo.

—El señor Behaim... ¿cuánto tiempo hace que vive en Wittenberg? —preguntó por fin.

—Desde que era pequeño. Pero casi siempre está en Núremberg, que es donde tiene sus imprentas. Desde que murió su padre, que Dios lo tenga en su gloria, el señor también se encarga de la de aquí.

—¿Falleció hace poco su padre? —Eso explicaría la vestimenta oscura.

—Sí —suspiró Bea—. Fue una tragedia horrible, la verdad. Hace casi cuatro semanas lo encontraron bajo una lluvia torrencial al pie de los acantilados blancos. Debió de resbalar al pasar por allí y matarse al caer.

—¡Oh, qué horror! —exclamó Sabina, impresionada—. ¿Hace sólo cuatro semanas? Y aun así, el señor ha querido casarse pasado tan poco tiempo —murmuró, casi para sí misma.

—Sí, es un milagro —aseguró Bea, y la miró con ojos penetrantes—. Entre la confusión que hay con las imprentas y la decisión del señor de reemplazar todo lo que su padre tuvo que... tuvo que ceder los últimos meses a los acreedores, es asombroso que haya decidido casarse ahora. Tiene que haberse quedado realmente prendado de usted, se lo aseguro. Y por eso tiene que recuperar la salud lo antes posible.

—¿Cómo informó el señor a su familia de que íbamos a casarnos? —preguntó Sabina sin prestar atención a la mirada recelosa del ama de llaves.

Bea se dio golpecitos en el mentón con un dedo para pensar.

—Bueno, ha sido de lo más extraño. Todo el mundo decía que jamás volvería a contraer matrimonio. —Extendió las manos para añadir—: Pero entonces, alabado sea Dios, esta misma mañana ha anunciado que iba a casarse. Sólo nos lo ha dicho a Franz y a mí antes de ir a caballo a celebrar la ceremonia, pero a ninguno de sus hermanos. Supongo que el barón y él ya habían llegado antes a un acuerdo, ¿me equivoco?

—¿Ha mencionado que el padre del señor Behaim tenía acreedores? —preguntó Sabina, desviando la atención del tema más delicado, y del hecho que su marido y ella no se habían conocido hasta aquel día, algo que Bea no parecía saber.

—Hum... —soltó la mujer con el ceño fruncido—. Sí, bueno, hoy en día el negocio de la impresión está más difícil aquí que en Núremberg. Y como Hans Luft se encarga de la mayoría de los panfletos del doctor Lutero, a mi pobre patrón le quedaba muy poco trabajo que hacer. Y tener un accidente en un momento así... Pero tengo entendido que el señor Wolf tiene intención de conseguir un pedido especial del doctor Melanchthon, en la universidad. Y seguro que lo logrará. Es la clase de hombre que consigue lo que quiere cuando se lo propone. Sus imprentas de

Núremberg van bien, claro. Son suyas, ¿sabe? —añadió con orgullo—. Tiene cuatro prensas propias y trabajadores expertos a sus órdenes en dos imprentas distintas.

Por la actitud del ama de llaves, Sabina supuso que eso era todo un logro, así que intentó mostrarse debidamente impresionada.

—¡Dios mío! ¿Y no podría su padre haber pedido ayuda a Wolf si no le iban bien los negocios? —reflexionó.

Bea pareció alterarse.

—Bueno, no es tan sencillo. Los hombres son orgullosos, ¿sabe? Pero sé que el señor Wolf habría dado a su padre lo que le hubiera pedido. Es de esa clase de hombres. Siempre carga con los problemas de los demás. Puede que su padre no le pidiera nada, a saber por qué. —Frunció el ceño, consternada—. Pero no tendría que estar hablando sobre estos asuntos sin permiso. No soy quién para comentarlos —dijo, dispuesta a levantarse.

—Perdone —dijo Sabina para retenerla un poco más—. Tiene razón, por supuesto. Cuénteme más cosas sobre la familia, por favor.

El ama de llaves se mordió el labio inferior, pero siguió sentada.

—¿Tiene familia el señor Behaim, además de su hermano Peter? —quiso saber Sabina.

Bea asintió y sonrió, evidentemente aliviada al tocar un tema de conversación más seguro.

—Su madre murió... hará ya cinco años. Y, por supuesto, está su hija. —Cruzó los brazos delante de sus generosos senos para empezar su relato—: El señor Wolf es el primogénito, y le sigue Günter, que es guapísimo. Es soldado, aunque le tengo dicho que tendría que ser trovador. ¡Qué voz tiene! —exclamó con un suspiro—. Greta es la única chica, está casada y tiene tres hijos. Es la tercera. Peter es el benjamín. Algún día será un médico de categoría, Dios mediante.

—¿Son cuatro hermanos? —dijo Sabina, sorprendida.

Bea asintió y siguió contando:

—El señor Wolf hizo su aprendizaje en Núremberg cuando

sólo tenía diez años. Finalmente consiguió su propia imprenta y ahora es maestro cofrade. Pero desde la muerte de su padre se ha quedado en casa para encargarse del negocio de aquí.

Sabina dio otro mordisco al queso y masticó pensativa.

—Cabría pensar que toda la familia estaría aquí para resolver la cuestión de la herencia —comentó.

—Bueno, Greta se quedó todo el tiempo que pudo, pero tuvo que regresar a su casa para cuidar de sus hijos. El señor Wolf envió una carta a Günter, pero nadie ha tenido noticias de él hasta ahora. Ahora mismo está prestando sus servicios en el ejército del emperador, de modo que no para de trasladarse. Resulta difícil ponerse en contacto con él.

Sabina notó la preocupación y el temor que rezumaban sus palabras.

—Los demás estuvieron de acuerdo en que el negocio de la impresión pasara a manos del señor Wolf —prosiguió Bea—, aunque cada uno de ellos recibirá una parte de los beneficios, si los hay. El señor Wolf quiere que siga adelante. Aunque —dijo, echando un vistazo alrededor y bajando la voz—, según dicen, los acreedores de su padre han intentado obligarle a vender todas sus propiedades. Pero el señor Wolf no venderá El Santuario. Significa demasiado para todos ellos. Y nosotros conservaremos nuestros puestos en la casa. Lo ha jurado. Y cuando el señor da su palabra, puedes estar seguro de que la cumplirá.

La profunda lealtad que aquella mujer mayor sentía por Wolf era más que evidente, y tranquilizadora además. Pocos hombres podrían inspirar semejante devoción en un sirviente si su carácter y sus actos no lo merecían. Ahora bien, si el negocio familiar tenía problemas económicos, a pesar del aparente éxito de Wolf en Núremberg, su boda apresurada empezaba a tener sentido.

La noticia la alarmó. Al fin y al cabo, era una heredera, a pesar de su pasado escandaloso. No sería la primera vez que un hombre se casaba con una mujer por los beneficios económicos que ello le reportaría. Aunque Wolf no parecía del tipo que recurre a tal cosa, la mayoría de los matrimonios, incluso entre plebeyos, se celebraban por razones económicas y no sentimentales. Quizás había esperado que el barón fuera generoso con ellos. ¡Qué poco se imaginaba Wolf cómo era en realidad su padrastro!

Tendría que encontrar una forma de ir pronto a la ciudad a presentarse ante el tribunal de anulaciones matrimoniales de Wittenberg y convencerlo de que el barón la había coaccionado, para obtener así la disolución inmediata de su unión. No era muy probable que quisieran escuchar a una mujer sin acompañante, pero era un riesgo que tenía que correr.

—Sé que ya estuvo casado antes —dijo entonces. Lo había deducido, ya que el barón lo había insinuado y Franz había dicho que tenía una hija—. ¿Cuándo murió su esposa?

Bea le dirigió una mirada especulativa y frunció la boca.

—Hace tres años, al dar a luz a Gisel. Seguro que pronto conocerá a la niña.

—¿Llevaban mucho tiempo casados?

—No mucho —suspiró el ama de llaves mientras sacudía la cabeza—. Eso fue lo peor. Estaban enamorados desde hacía años, pero por culpa de las normas de la cofradía no pudieron casarse hasta que el señor Wolf llegó a oficial. Se alegraron mucho cuando lo logró y se casaron el mismo día en que fue nombrado. Pero al cabo de dos años, ella estaba muerta. —Bea sorbió por la nariz y se secó las lágrimas.

A Sabina se le encogió el corazón al pensar en Wolf. ¡Cuánta tristeza había habido en su vida!

—¿Y cómo era ella?

Al hacer la pregunta, Sabina se sintió como si estuviera caminando sobre una tumba, y tuvo que contener un ligero escalofrío. Jugueteó con la comida, sin apetito de repente.

—¿La señora Elisabeth? —preguntó Bea. Se mordió el labio inferior y se puso de pie—. Oh, no creo que sea buena idea hablar de la difunta esposa, especialmente a la nueva esposa, si no le importa que lo diga. Trae mala suerte —aseguró, y se santiguó.

—Por favor —pidió Sabina con la mano extendida para animarla.

Tras reflexionar un momento, Bea cedió. Se sentó de nuevo y se tiró del delantal con dedos nerviosos.

—Era una muchacha preciosa —dijo por fin—. Y buena, que Dios la tenga en su gloria. Rubia como la princesa de un cuento de hadas y con una risa como una campanilla de plata. Pero muy frágil, como un ángel que estuviera en la Tierra sólo de visita. —Se quedó con la mirada perdida—. Sabías que Dios la querría a su lado, y atesorabas el tiempo que estaba aquí contigo.

Bea se quedó callada, abstraída. Luego chasqueó la lengua, sacudió otra vez la cabeza y pareció volver al presente.

—No crea, no era ninguna mosquita muerta —aseguró entonces—. Sabía cómo conseguir lo que quería. Era frágil por fuera, pero no por dentro, ya me entiende. Gisel es igual que ella. Una hermosura de niña, pero a veces detecto en ella el carácter obstinado de su madre. Pero, usted, señora... —La señaló con un dedo y Sabina dio un respingo, sobresaltada por el brusco cambio de tema—. Dios la hizo fuerte para sobrevivir a todo lo que tuviera que enfrentarse. Diríamos que «el fuego la ha purificado», como oí una vez que el sacerdote decía sobre Juana de Arco, a quien esos cabrones ingleses mataron, con perdón de la palabra.

Dio unos golpecitos a Sabina en el pecho con un dedo.

—Usted es paciente, ¿verdad? Y es una mujer fuerte en todos los sentidos. Todo lo que un hombre como el señor necesita, todo lo que perdura. Sí, quizá sirva después de todo —soltó, casi para sí misma—. Quizá sí.

—¿Sirva para qué? —preguntó Sabina, cada vez más intranquila. No estuvo segura de que le gustara la expresión del ama de llaves al mirarla, y no tenía ni idea de a qué venían aquellas divagaciones de la mujer. Lamentó haberle preguntado por Wolf.

Bea se levantó y le dio una palmadita enérgica.

—¡Venga, vamos, a dormir!

—¿A dormir? —se sorprendió Sabina. Y miró la ventana—. ¡Pero si no es ni mediodía!

—Sí, y se le están cerrando los ojos. Me ha dejado charlar un buen rato, cuando sabe Dios desde cuándo no duerme como es debido.

—Oh, es que no podría. Es demasiado temprano... me pasaré toda la noche en vela.

—Bueno, tengo una poción que le irá muy bien. Mi madre era partera, y sabía más sobre pociones y cosas así que cualquier boticario. Me enseñó todo lo que sabía. Si confía en mí, le prepararé una. No la haré demasiado fuerte, pero le garantizo que esta noche también dormirá como un bebé.

Sabina la miró, algo incrédula.

—Señora, le esperan grandes cosas en la vida —la tranquilizó Bea con una sonrisa amable—. Será mejor que las afronte con la cabeza despejada y un buen día de sueño.

¡Qué forma tan curiosa de decirlo! Pero, por alguna razón, Sabina estuvo de acuerdo con ella y asintió.

Wolf despertó sobresaltado. Parpadeó medio dormido y trató de calcular cuánto rato habría dormido. No podía ser mucho, porque rara vez lo hacía más de unas pocas horas seguidas. Miró por la ventana. La tormenta había cesado, y el brillo tenue de las estrellas asomaba ahora por el cielo oscuro. Ladeó la cabeza y volvió a oír el ruido que lo había despertado.

—¡No... deténgase! —gritó la voz apagada de Sabina.

Él saltó de la cama y, a pesar de ir desnudo, sólo se detuvo lo suficiente para recoger el puñal en medio de la oscuridad. No tenía tiempo de vestirse. Abrió la puerta de golpe y escudriñó el pasillo por si lo esperaba algún asaltante, pero no vio a nadie.

Cuando oyó de nuevo el grito angustiado de Sabina, se abalanzó hacia la puerta de su alcoba y entró como una exhalación para intentar sorprender al agresor.

Pero Sabina estaba sola en la cama, con las sábanas enmarañadas alrededor de las piernas mientras se volvía de un lado al otro, presa de una pesadilla. La cabellera le fluía como un río de seda negra sobre la almohada.

Wolf bajó el arma y esperó a que su corazón recuperara la normalidad. Luego se acercó a la cama, sorprendido de que soñara de aquella forma a pesar de que Bea le había dado una poción para dormir que tendría que haberla hecho descansar varias horas.

Ella chilló de nuevo. Al parecer, no se libraba de la pesadilla. Wolf dejó caer el puñal al suelo y la tomó entre sus brazos sin pensar en el decoro.

—Sabina —llamó.

—¿Carl? ¿Eres tú? —Arrastró las palabras como un niño que habla en sueños.

¿Por qué estaría llamando a su difunto hermano?

—¡Carl, por favor! —gimió, aferrándose a Wolf.

—Estoy aquí... soy yo —susurró, sin saber por qué.

—Creía que estabas muerto... Padre dijo... —murmuró algo más, pero fue incoherente.

—Todo irá bien. Ya estoy aquí. Vuelve a dormirte.

Su voz la tranquilizó y dejó de hablar. Wolf la meció suavemente y le acarició el pelo hasta que su respiración volvió a ser normal. Quiso irse entonces, pero Sabina seguía aferrada a él a pesar de que ya dormía mejor. Eso sí, las lágrimas le caían a borbotones de los ojos cerrados y le resbalaban por las mejillas.

No podía irse. A veces podía mostrarse duro como una piedra, pero ni siquiera él podía dejarla así. De modo que la siguió sosteniendo en una postura de lo más incómoda, con un pie en el suelo y una rodilla apoyada en la cama, mientras ella continuaba sumida en un sopor irregular. Pasado un rato, empezaron a dolerle los músculos, así que se acostó junto a ella, intentando no despertarla. Sabina se acurrucó a su lado, como si su presencia la consolara.

Sintió de nuevo compasión por ella. Por más que Wolf quisiera negarlo, algo en su interior reaccionaba ante ella. Quería cuidarla, protegerla del mundo y de todo lo que la había lastimado de una forma tan... indefinida.

Sin embargo, mientras la estrechaba contra su cuerpo, supo algo más sobre sí mismo: no podía pensar en ella sólo como en alguien que necesitaba protección. Su cuerpo se negaba a pensar en ella platónicamente. Era hermosa y delicada, y era una mujer... y no había sentido tanto deseo desde hacía mucho tiempo. De repente captó el peligro, y supo que tenía que irse de inmediato.

En aquel momento, Sabina se situó sobre él y lo rodeó con los brazos como si quisiera que sus cuerpos se fundieran. Adaptó sus formas esbeltas a su figura musculosa con un suspiro profundo.

Wolf, patidifuso, quedó inmovilizado. Tenía los senos de Sabina recostados en su tórax, las piernas de ella atrapaban las suyas. Echó atrás la cabeza como una tortuga y le miró la cara. Seguía dormida. Al parecer, la poción de Bea le impedía despertar pero no la incapacitaba por completo.

Su miembro viril, al detectar una oportunidad en bandeja, reunió fuerzas vigorosamente. Wolf apretó los dientes para sofocar la repentina oleada de deseo que lo recorría. Como si tuvieran voluntad propia, sus caderas se elevaron hasta que su creciente rigidez se situó íntimamente entre unos muslos esbeltos, cubiertos sólo por un camisón.

Gruñó y hundió la cara en la suave cabellera negra que lo cubría como una cortina. Le dolía todo el cuerpo de un deseo entre confuso y culpable. Debería terminar con aquella situación demencial, antes de que se le fuera de las manos.

—El lobo... —murmuró Sabina.

¿Qué estaría soñando?

De nuevo intranquila, se movió sobre él. Wolf gruñó otra vez, empujó despacio con las caderas para frotarlas contra el calor de Sabina y después trató de parar, aunque apenas lo consiguió. Con un gemido, Sabina le pasó una pierna a cada lado del cuerpo, de modo que se quedó prácticamente a horcajadas sobre él, y cada movimiento que hacía incrementaba sus ansias de poseerla. El calor perfumado de la suave piel de Sabina lo envolvía; Wolf tenía todo el cuerpo sudado del deseo.

Nunca había sentido una excitación tan prolongada. Era algo tan... tan erótico que lo dejó estupefacto. Tiró desesperadamente de las sábanas para evitar tocarla, con la sensación de que estaba en el cielo y el infierno a la vez.

Sabina le pasó los dedos por el pelo, y cuando giró la cabeza y le puso los labios en el cuello, Wolf supo que no podría soportarlo más. A punto de perder el dominio de sí mismo, la separó de él y se obligó a salir de la cama antes de cometer una locura.

Se marchó de la habitación como un cobarde que retrocede ante el avance del ejército enemigo y cerró la puerta de golpe, no supo si para que ella no saliera o para no entrar él. Se apoyó contra la fría madera, jadeando del esfuerzo que le había costado dominarse.

Oyó la voz de Sabina dentro y se quedó inmóvil.

Estaba tan excitado que le dolía todo el cuerpo. Sabía que si oía de nuevo aquella voz, acudiría a ella como Ulises al canto de las sirenas, incapaz de resistirse a su propia destrucción. Pero Sabina no dijo nada más, y Wolf dedujo que se había dormido de nuevo. Soltó el aire.

¿Cómo podía haber permitido que sucediera aquello? ¿En qué diantre estaba pensando?

Bueno, ése era el problema, ¿no? No había estado pensando, por lo menos no con la parte del cuerpo que tenía entre las orejas. Si la poseía, el honor le exigiría conservarla como esposa. Además, sospechaba que en cuanto la poseyera, ya no la dejaría salir de su cama, y la llegada de un hijo sería inevitable. La disolución era la única salida.

Porque lo era, ¿no?

La pregunta le retumbó en la cabeza. Claro que sí. Era lo mejor a la larga. Si Sabina sabía la verdad sobre él, lo que había hecho, lo despreciaría casi tanto como se despreciaba él mismo.

No, lo mejor era mantenerse alejado de ella; convencerla de que su matrimonio sería un fracaso... porque si ella se le acercaba demasiado, él podría sucumbir a la tentación de ahogarse en aquellos ojazos y confesarle sus pecados... limpiar la mancha negra que le mancillaba el alma y por la que no podía pedir perdón ni siquiera a Dios.

Lo mejor sería que Sabina se marchara mientras todavía pudiera.

Cuando se disponía a regresar a su propia alcoba, recordó, sobresaltado, que se le había olvidado el puñal junto a la cama de Sabina y se golpeó la frente con la palma de la mano. Se planteó dejarlo allí, pero decidió que si su mujer lo encontraba por la mañana podría tener que darle una explicación embarazosa. Se preparó mentalmente y entró con sigilo de nuevo en la habitación. Recogió el puñal, pero se detuvo para contemplarla una vez más.

Parecía tan vulnerable... Ella nunca debería saber sus planes. Wolf tenía que encontrar una forma de mantenerlos en secreto.

Mientras tanto, no vio razón alguna para que no fueran amigos. Sí, se separarían siendo amigos... si podía evitar tocarla hasta entonces.

6

La mañana siguiente, cuando la luz del alba se coló por la ventana, Sabina suspiró profundamente.

«Llegaré otra vez tarde a los maitines.»

La idea le deambuló por la cabeza hasta que recordó que ya no estaba en el convento de Nimbschen, sino en una cama comodísima, en casa de su nuevo marido, en Wittenberg. Pero, consciente de que no había hecho prácticamente nada de provecho desde que había llegado, sino que más bien había pasado el tiempo como una florecita de invernadero, vegetando, decidió levantarse y volver a poner algo de orden en su vida.

Ya se sentía más fuerte. Aunque no tenía que asistir a los maitines, se seguía sintiendo obligada a mantener su ritual matutino. Lo que había ocurrido las dos últimas semanas no le había permitido rezar regularmente.

Sin embargo, no se movió, sino que se quedó mirando cómo las motas de polvo danzaban en el aire a la luz solar.

¿Se habría levantado ya Wolf y estaría trabajando en la imprenta de su padre? Al pensar en él, le vino a la cabeza un vago recuerdo e intentó cristalizarlo antes de que se desvaneciera. Lo vio junto a ella la noche pasada, en la cama, apartándole con cuidado el pelo de la frente mientras le murmuraba palabras tranquilizadoras.

Se incorporó de golpe. No podía ser.

No obstante, recordaba el calor de su cuerpo, la fuerza de sus brazos alrededor de la espalda.

Tenía que estar equivocada, seguro.

Volvió a tumbarse en la cama, se dio la vuelta y dio un puñetazo a la almohada.

Aquella noche había tenido un sueño de lo más confuso. Sí, tenía que ser un sueño. Aunque casi nunca recordaba sus sueños, visualizaba el de aquella noche con lujo de detalles. Era sobre un lobo oscuro. Cerró los ojos para reconstruirlo a partir de los fragmentos que le venían a la cabeza.

Caminaba por un bosque frondoso y desconocido, como la niñita del cuento, perdida entre los árboles, helada y asustada. Y, como sucedía en ese tipo de sueños, aparecía su hermano, pero no muerto, como sabía que estaba, sino lleno de vida. Entonces desaparecía y, en su lugar, se le presentaba el lobo. Por extraño que pareciera, no le daba miedo. Era un animal grande, pero ella alargaba el brazo y tiraba de él hacia sí para sentir su calor. Se montaba en su lomo y lo rodeaba con las piernas porque sabía que la llevaría donde quisiera ir. Él se apretujaba contra ella, y tenía la piel sedosa y cálida. Sentía una alegría inmensa. Hacía un viaje, y el trayecto era placentero. Se sentía extraña y fantásticamente a la vez, como si tuviera en sus manos la llave de un reino secreto lleno de tesoros que tan sólo empezaba a imaginar.

Se movió, intranquila, al recordarlo, y sintió un calor desconocido entre los muslos. También lo había sentido en su sueño. Hacía que estuviera impaciente por llegar a la tierra oculta que el lobo parecía prometerle, pero en el último momento, cuando más cerca estaba de alcanzarla, el nervioso animal se zafaba de ella y desaparecía sin hacer ruido.

Recordaba haber despertado sobresaltada y haberlo llamado para que regresara, pero no había ningún lobo, claro. Debió de volver a dormirse, porque no recordaba nada más.

Se maravilló de cómo lo que más nos impresionaba de día se

incorporaba luego a nuestros sueños. Había conocido a un hombre llamado Wolf y había soñado con un animal salvaje que se llamaba así en alemán. Seguro que tenía a Wolf en la cabeza y su nombre se había convertido en un símbolo de... ¿qué? ¿De la libertad? ¿Del deseo?

Descartó la idea, reacia a analizarla. Pero no podía negar el efecto que aquel hombre le causaba. Incluso ahora, anhelaba sentir la suavidad del pelaje del lobo, su fortaleza contra su cuerpo. Respiró hondo con la cabeza en la almohada... y olió la fragancia vagamente familiar a limón y sándalo en su propia piel.

Dejó de respirar. ¿Sería posible que...?

Sacudió la cabeza, negándose a hacer especulaciones absurdas. Por supuesto que no era posible.

¿O sí?

Permaneció inmóvil unos instantes más antes de levantarse por fin y efectuar sus abluciones matinales, gracias a la jofaina con agua que Bea le había dejado preparada la noche anterior. Se puso un vestido de lana con una sencilla sobrefalda gris y un corpiño con ballenas abrochado por delante: el antiguo uniforme de alguna criada. Se abrochó las cintas, agradecida de tener algo que ponerse, por humilde que fuera. Finalmente, se cubrió el cabello con una cofia, como correspondía a una mujer casada. Luego se santiguó y empezó a rezar.

Lo seguía haciendo cuando Bea entró en la habitación una hora después. El ama de llaves la encontró arrodillada, con la luz del sol matutino envolviéndola en una bruma amarilla.

—¡Oh! —exclamó, y casi había vuelto a salir de la habitación antes de que Sabina se lo impidiera con una sonrisa cordial.

—No, no pasa nada. Ya estaba terminando.

Se santiguó de nuevo y se levantó despacio. Rezar siempre la reconfortaba. Era el único momento del día en que se sentía en paz. Las rodillas le dolían del duro suelo de madera, aunque hacía muchos años que se había acostumbrado a esa sensación. Las postulantes no podían ponerse un cojín mullido bajo las rodillas durante la misa como algunos seglares acomodados. La abadesa siempre decía: «Cojín blando, rodillas blandas, almas blandas.» Al parecer, creía que el camino a la perdición estaba cubierto con un colchón de plumas.

A pesar de su malestar físico, saludó al ama de llaves con alegría.

—Buenos días, Bea.

La mujer le hizo una reverencia sin soltar la bandeja de comida que sujetaba con sus robustas manos.

—Igualmente, señora Behaim. He venido a traerle el desayuno a la cama, pero veo que ya está levantada.

—Dios mío, Bea, va a malcriarme si me mima tanto. Estoy perfectamente bien para desayunar con el resto de la casa, si se me permite.

—Pues claro que se le permite, señora —afirmó el ama de llaves tras dejar la bandeja en la cama—. Pero ayudarla a recuperarse de todo lo mal que lo ha pasado, y perdone que se lo diga, no es mimarla.

La mirada compasiva de Bea reflejaba la impresión que le había causado lo que había visto el día anterior. Esa mañana tuvo la cortesía de no tocar más el tema, y Sabina se lo agradeció en silencio.

De repente, se dio cuenta de que ya no estaban solas. Presintió a Wolf más que verlo. Notó un cosquilleo en el estómago y se obligó a conservar la calma.

—Buenos días —dijo Wolf desde detrás de Bea, y el ama de llaves, sobresaltada, dio un respingo.

Se llevó una mano a los generosos senos y se volvió para reprenderlo:

—Wolfgang Philip Matthew Behaim, ¿cómo se atreve a acechar tras las puertas como un niño pequeño? ¡Qué frescura! —Se volvió hacia Sabina y soltó el aire, aturdida—. Solía darme unos sustos de muerte. De niño podía no hacer nada de ruido cuando se lo proponía, y entonces salía de un rincón oscuro o de detrás de una puerta para sorprender a alguna doncella. Pero yo le daba unos azotes entonces, y todavía no es demasiado mayor como para que no pueda hacerlo de nuevo, por más señor de la casa que sea. —Dijo esta última parte guiñando un ojo a Sabina.

Wolf arqueó las cejas, poco contento de que el ama de llaves hubiera revelado su travesura infantil.

Y entonces, al imaginarse a aquel hombre tan corpulento recibiendo una zurra en el regazo de Bea, Sabina soltó una carcajada impropia de una dama. Fue sólo un instante, porque enseguida se tapó la boca con la mano, pero Wolf la miró de un modo extraño y se apretó los labios con un dedo para contener la risa.

—No se preocupe —le dijo Bea tras sorberse la nariz—. Esta vez lo perdono. Pero le aconsejo que invite a su mujer a desayunar con usted, señor. Ya que está resuelta a levantarse, este momento es tan bueno como cualquier otro para que se conozcan mejor. —Sonrió y volvió a cargar la bandeja—. Y como lleva una hora merodeando por aquí en lugar de haberse marchado como suele hacer nada más levantarse, creo que opina lo mismo que yo al respecto.

Bea guiñó de nuevo el ojo a Sabina y salió despacio de la habitación con la bandeja, balanceando las caderas muy ufana.

Wolf se quedó mirándola.

—Creo que un día de éstos tendré que despedirla —comentó.

Sabina se asustó antes de comprender que Wolf jamás haría algo así. Pudo ver que, a pesar de lo contrariado que estaba, sentía un gran afecto por la rolliza ama de llaves y no la perjudicaría nunca.

Le sonrió tímidamente, nerviosa por volver a verlo.

Parecía algo peligroso esa mañana: una sombra oscura le cubría la mandíbula, como si se le hubiera olvidado afeitarse. Llevaba el pelo algo despeinado, y recordó haberlo visto mesárselo varias veces el día anterior. Era una costumbre que le hacía desear tener un peine, porque con el pelo revuelto estaba demasiado atractivo.

Su marido la estaba observando con ojo crítico.

—Espero que se sienta bien.

—Mucho mejor, señor Behaim —dijo, asintiendo con la cabeza.

—Llámeme Wolf, por favor.

Al oír su nombre, le volvieron a la cabeza las imágenes del sueño. Si lo llamaba así podría sonrojarse.

—Sí. Bueno, verá, quería volver a darle las gracias por todo lo que ha hecho por mí. No tengo palabras para expresarle mi gratitud. Si hay algo que pueda hacer para compensarlo...

Los ojos color esmeralda de su marido se dirigieron un instante a la cama y volvieron a fijarse en ella, brillándole con un fuego repentino que rápidamente se convirtió en brasas. Sabina los recordaba bien del día anterior, porque le habían recorrido y sopesado el cuerpo de todas las formas posibles.

Wolf inspiró hondo, y Sabina recordó también su tórax, estilizado y musculoso, con la punta color cobrizo de sus pezones endurecida por el frío.

Avergonzada, detuvo en seco sus pensamientos. De repente, la alcoba le pareció demasiado pequeña.

—No hay de qué —soltó Wolf con brusquedad, y se alejó de ella como si huyera de su rapaz imaginación. Salió al pasillo y señaló la escalera con la mano.

»¿Le apetece dar un paseo al aire libre antes de desayunar? El viento es algo fresco, pero yo lo encuentro vigorizante. El sol ha hecho acto de presencia y ha secado la mayor parte del agua de lluvia. Podemos disfrutar del paseo y hablar a la vez. Tenemos muchas cosas que comentar. ¿Qué me dice?

Había que ver las tonterías que decía. Parecía ponerse tan nervioso cuando estaba con ella como ella al estar con él. Pero llevaba días sin salir y se moría de ganas de ver el sol.

—Sí, parece un buen plan —asintió.

Wolf empezó a andar, pero se detuvo para ofrecerle un brazo. Ella ya había cruzado los suyos sobre el abdomen y había metido cada mano en la manga contraria, como tenía costumbre de hacer en el convento cuando caminaba durante sus meditaciones.

En lugar de bajar el brazo, su marido lo siguió alargando hacia ella, de nuevo con una expresión divertida en la cara. Sabina titubeó un momento, pero se situó junto a él y le deslizó la mano derecha en el hueco del codo izquierdo, donde la apoyó cómodamente.

Wolf alzó la cabeza parar mirar hacia arriba con una ligera sonrisa. Ella hizo lo mismo, claro, y al final no pudo evitar preguntar:

—¿Qué pasa?

—Estoy esperando que nos parta un rayo —contestó, inexpresivo.

¡Vaya, si estaba bromeando con ella! Le sonrió tímidamente y bajaron la escalera. Una vez abajo, se pararon para que él recogiera dos capas gruesas y la cubriera con una antes de salir fuera.

Sabina vio lo acertado que había sido tomar aquella precaución. Su marido había tenido razón sobre el viento: fresco y fuerte, agitaba las aguas del Elba que discurrían detrás del edificio y levantaba pequeños montículos de espuma blanca. Cruzaron una estrecha puerta de la muralla trasera de la ciudad; Wolf saludó con la mano a uno de los guardias. Sabina evitó mirar el río; había demasiados recuerdos sombríos que le impedían gozar de él.

Wolf la detuvo y señaló la muralla que habían dejado atrás.

—No se aleje de la ciudad si va sola —dijo—. Thomas Müntzer está en Mühlhausen agitando de nuevo a los campesinos. Las ligas están activas por toda la región. Esperamos problemas. —La miró a los ojos—. No cruce la muralla de la ciudad sin mí o sin uno de mis hombres.

Procuró no molestarse por el tono autoritario de su marido.

—Como guste.

—¿Pasa algo? —repuso Wolf con el ceño fruncido.

Como el sol estaba detrás de él, Sabina tuvo que entornar los ojos para mirarlo.

—Es sólo que... —suspiró.

—Simpatiza con ellos. —Fue una afirmación, no una pregunta.

—Sí —respondió ella tras un instante—. Cada año que pasa los campesinos están más hundidos en la miseria. ¿No simpatiza usted con ellos, dado que...?

—¿Dado que desciendo de campesinos? —Terminó la frase por ella sin parecer ofenderse.

Sabina asintió.

En lugar de responderle, él alargó las manos para colocarle bien la capa, que le colgaba torcida de los hombros. Sabina tuvo que acordarse de respirar cuando le rozó sin querer la parte superior de los senos con los dedos.

—Vivimos tiempos difíciles —comentó Wolf, encogiéndose de hombros—. El emperador impone más impuestos a los nobles, que transmiten esos aumentos a los agricultores arrendatarios y a los siervos. Como en la Sajonia electoral no existe la servidumbre, las cosas no están tan mal, pero aun así los conflictos se están extendiendo también a esta región.

—He oído hablar del Bundschuh —dijo Sabina mientras avanzaban por el camino.

Su marido se volvió y la sujetó por la cintura para hacerle saltar un charco de barro. El gesto la aturdió, pero él no pareció darse cuenta siquiera de que lo había hecho. La soltó de inmediato y siguieron adelante.

—Sí, las ligas secretas de los campesinos —dijo, retomando el hilo de la conversación—. Dicen que se organizan sólo para defenderse, pero algunas se están volviendo violentas. Muchas veces atacan las tierras de la Iglesia.

Sabina se puso una mano sobre la cabeza para evitar que el viento se le llevara la cofia.

—Tengo entendido que muchos de ellos opinan que los obispos y los abades son los que más les oprimen.

Wolf se detuvo para reflexionar un instante y luego siguió andando.

—Puede que tengan razón.

Eso la sorprendió. Sabía que él no era partidario de la Reforma y, sin embargo, criticaba la Iglesia. Se volvió para mirarlo.

—¿Apoya las reivindicaciones de los campesinos? —preguntó.

Su impuesto marido aminoró la marcha mientras pensaba cómo responder.

—Estoy de acuerdo en que los campesinos tienen derecho a un nivel de vida básico —dijo por fin—. Y en que deberían tener acceso a campos comunales y a cursos de agua para poder cubrir sus necesidades, a pesar de los intentos de los nobles por apropiárselos. Y estoy de acuerdo en que los nobles no tendrían que quitar la comida de la boca a familias que pasan hambre y trabajan las tierras para mantenerlos. Ahora bien, no estoy de acuerdo con la facilidad con que algunas ligas usan el nombre de Dios, o la violencia y las amenazas, para lograr sus objetivos.

—Parecen palabras de Lutero —comentó Sabina, observándolo pensativa.

Wolf reanudó su camino.

—No creo que él y yo tengamos demasiadas cosas en común.

—¿No? —repuso Sabina, que tenía que esforzarse por seguirle el paso—. Los campesinos creían que el doctor Lutero se uniría a ellos en su lucha contra los príncipes. No contaban con que él no quiere verse involucrado con una revolución violenta basada en principios cristianos. Cree que no tienen nada que ganar exigiendo concesiones económicas a los nobles en nombre de la Nueva Fe. —Alzó la vista al cielo para intentar recordar las palabras de Lutero. Se remangó la falda y aceleró el paso para no rezagarse—. «Aunque el campesino pueda protestar pacíficamente por su situación y pedir a sus gobernantes legítimos que la corrijan, no debería tomar las armas en nombre de Cristo para exigírselo.» —Tras la cita, se quedó prácticamente sin aliento.

Su marido la miró de reojo, vio que le costaba seguirlo y redujo el paso.

—Conoce bien los textos de Lutero para ser una monja.

—Ex monja —rectificó con firmeza—. Y sí, me he leído unos cuantos.

—Este tipo de ideas es lo que hace que hombres como Müntzer despierten las simpatías de los campesinos. ¿Qué opina su doctor Lutero de eso?

Desvió la mirada, preocupada. Thomas Müntzer, un antiguo sacerdote partidario de derrocar a la clase gobernante mediante el

91

uso de la violencia, hacía campaña a favor de una nueva sociedad igualitaria. Llevaba cierto tiempo actuando en la ciudad cercana de Mühlhausen. Había oído hablar de él cuando había estado allí recientemente.

—Lo cierto es que Müntzer odia profundamente al doctor Lutero, y el sentimiento es mutuo. —Se detuvo en seco para que él también lo hiciera—. Pero no hablemos de asuntos tan serios hoy.

Abrió los brazos, feliz. El paseo le había sentado de maravilla.

—Hace un sol espléndido —prosiguió—, el aire es fresco... Es un día para disfrutar de la obra de Dios, no para comentar las locuras de los hombres.

Wolf contuvo la sonrisa que le provocó el arrebato de su flamante mujer.

—¿Por qué hace eso? —le preguntó Sabina a la vez que lo señalaba acusadoramente con un dedo.

—¿Qué cosa?

—Intenta no sonreír cuando tiene ganas. ¿Por qué?

—No sabía que hiciera eso. Quizá sea porque hace mucho tiempo que no tengo demasiados motivos para sonreír.

Sabina lo miró con incredulidad fingida.

—Lo dirá de broma, ¿no? Siempre hay algo por lo que sonreír, si uno sabe buscarlo. Mire. —Señaló una pincelada de color al pie de un abedul, y se dirigió hacia ella.

Se agachó y prosiguió:

—¿Lo ve? Una violeta de los jardines —anunció mientras le acariciaba los pétalos—. Mi madre solía decir que es una flor escasa pero feliz que crece donde la lleva el viento. Yo diría que es algo por lo que sonreír.

Y cuando volvió a mirarlo, observó que, efectivamente, sus labios intentaban esbozar una sonrisa; ahora bien, no tenía los ojos puestos en la flor, sino en ella. Lo desafió con una sonrisa.

—Así, así, muy bien... ¡Vamos, que puede! —lo animó, y soltó una carcajada cuando finalmente él se rindió y sonrió abiertamente.

La fuerza arrolladora de su sonrisa la deslumbró por completo, y su atractivo varonil le cortó la respiración. Casi lamentó haberlo animado de aquella forma. Siguió mirándolo como una idiota hasta que finalmente desvió la mirada para evitar que su brillo la cegara.

—¿La quiere? —dijo Wolf, e hizo ademán de arrancar la violeta.

Sabina lo detuvo con la mano.

—No, déjela. Su destino ya es bastante duro de por sí. Dejemos que florezca un poco mientras pueda. —Echó un vistazo a la mano de Wolf bajo la suya. El contraste era considerable: la suya, pálida y delgada, la de su marido, más morena y robusta.

Wolf tiró de ella para ayudarla a levantarse, pero no le soltó la mano. Abrió muchos los dedos y empezó a recorrerle la palma con el pulgar con aire distraído. A Sabina le flaquearon las piernas. Deseó que dejara de hacerlo.

—¿Por qué les gustan tanto las flores a las mujeres? —se preguntó Wolf—. No tienen ninguna utilidad práctica. Crecen, se marchitan y mueren.

Otra vez aquella mirada triste. Ella sintió el impulso de acercarse a él y verlo sonreír de nuevo. Pero intentó animarlo sólo con palabras.

—La vida es así —dijo, encogiéndose de hombros—. Todos los seres de la Creación mueren demasiado pronto. Pero alegrar a los demás mientras vivimos, dejar el recuerdo de la belleza y la fragancia de nuestra vida cuando nos vamos...

Él la miró con ojos embelesados.

—¿Por qué no amar, pues, las flores? Si han de tener alguna utilidad, que sea ésta entonces.

—¿Ser amadas?

Sabina asintió.

—Puede que, a fin de cuentas, sea la única utilidad importante.

Wolf se quedó mirándola y le apretó levemente la mano, que seguía sujetándole con suavidad. El viento le enmarañaba el pelo castaño.

—Habla como alguien que ha vivido un amor así —soltó Wolf por fin.

—Más bien hablo como alguien que no lo ha vivido —suspiró. Procuró no prestar atención al anhelo que le provocaba la forma en que le tocaba la mano y la retiró con cuidado—. Pero estamos aquí, hablando de flores, cuando tenemos muchos asuntos importantes que comentar.

—¿De veras? —murmuró su marido, siguiéndola con la mirada mientras ella se alejaba—. Ya no estoy tan seguro.

Sus miradas se cruzaron y Sabina sintió que se reavivaba el fuego que había hecho saltar chispas entre ellos el día anterior. El cuerpo le pesaba y la cabeza le daba vueltas. Wolf le tomó la mano de nuevo y, tras entrelazar los dedos con los de ella, la llevó hasta un pino, donde podrían resguardarse del viento. Una vez allí, la soltó.

—Y ahora cuénteme cómo se escapó del convento —pidió, y el momento peligroso terminó.

Se sintió aliviada y decepcionada a la vez.

Supuso que, llegados a este punto, no se perdía nada con contarle la verdad.

—Me rescató el doctor Lutero —explicó.

—¿Lutero? ¿El mismo del que estábamos hablando hace un momento?

—El mismo. —Al ver su expresión de perplejidad, añadió—: Tal vez sea mejor que empiece por el principio.

—Sí —asintió Wolf—, tal vez.

7

Una ráfaga de viento soltó un mechón de pelo de la trenza que Sabina llevaba bajo la cofia. Se lo remetió dentro con impaciencia. La hojarasca se arremolinaba alrededor de sus pies.

—Hasta en el convento habíamos oído hablar de las noventa y cinco tesis del doctor Lutero, aunque, en teoría, no tendríamos que haber sabido nada de ellas —contó—. Había copias circulando por todas partes. Las hermanas, al principio sólo unas cuantas, nos reuníamos en secreto y las leíamos en voz alta a las que no sabían leer, y después debatíamos las ideas.

»La creencia de Lutero de que sólo somos salvados por la gracia mediante la fe y no mediante nuestras obras era... revolucionaria. —Sonrió maravillada al recordarlo—. Nos sentimos como cuando el apóstol san Pablo se quedó ciego y de repente pudo ver.

Wolf le tocó la sien, y ella se sobresaltó. Pero se dio cuenta de que sólo quería meterle de nuevo bajo la cofia el mechón que se resistía a quedarse atrapado en ella.

—Continúe —pidió Wolf tras devolver definitivamente el mechón rebelde a su sitio—. ¿Los escritos de Lutero le hicieron detestar más aún su reclusión?

—Sí —afirmó titubeante—. Pero deje que le aclare una cosa. No odio a los miembros de la Iglesia. Muchos de ellos son almas buenas que la sirven honradamente. Sin embargo, hay muchos otros que se aprovechan de las personas más pobres. Monjes que venden indulgencias a madres que están en la miseria y apenas pueden permitirse dar de comer a sus hijos, obispos que tienen queridas durante la semana con total impunidad y predican después sobre los pecados de la carne los domingos. —Sacudió la cabeza—. Es desalentador.

Wolf se apoyó en el árbol, de nuevo tan cerca que le resultaba inquietante. Ella contuvo el impulso de apartarse de él.

—Esta clase de comportamiento es inevitable —aseguró Wolf—. Siempre que haya gente influyente que domine a gente inculta e ignorante, habrá abuso de poder. No es ninguna novedad.

—Puede que para usted no, pero para mí sí lo fue. El cinismo siempre me ha incomodado. Soy incapaz de mirar hacia otro lado.

—Ya. —Wolf esbozó una breve sonrisa—. Me imagino que sí.

Sabina lo contempló un instante y se obligó a desviar la mirada.

—Bueno, nos cayó en las manos una copia de los escritos del doctor Lutero sobre los votos monásticos, y podríamos decir que eso fue todo.

—Conozco esa obra. Un editor clandestino la imprimió en Núremberg. No tenía ni idea de que los folletos hubieran llegado tan al norte.

Sabina asintió para confirmarlo.

—Hace dos años la hermana Katie y yo escribimos al doctor Lutero y le preguntamos sobre algunas de las ideas que planteaba, por ejemplo, si estaría bien que un monje o una monja que estuviera retenido en contra de su conciencia en un convento lo abandonara para encontrar otra forma de servir a Dios.

Se rodeó el cuerpo con los brazos para protegerse del frío.

—Pasado un tiempo nos contestó —prosiguió—, apoyando a quienes ya no creían poder servir en el convento y deseaban marcharse. Incluso aceptaba ayudarnos si encontrábamos una forma de hacerlo. Y la encontramos. A través de un intermediario conseguimos llegar a un acuerdo con un mercader local para que una noche nos sacara a escondidas de allí.

Wolf se situó delante de ella para protegerla del viento.

—Peligroso —comentó—. Y poco acertado. ¿Por qué no se puso en contacto con el barón para que la liberara?

Lo miró con una expresión que decía: «Lo dice de broma, ¿no?»

Él asintió para que viera que la había entendido.

—Mala idea —prosiguió—. Muy bien, de acuerdo. ¿Por qué no se puso en contacto con sus amigos para que se la llevaran?

—No tenía ninguno —respondió Sabina con sencillez. Y era verdad.

Su marido pareció no saber cómo reaccionar ante semejante revelación.

—¿Y cómo lo hicieron? —preguntó por fin.

Sabina sonrió de oreja a oreja.

—No lo adivinaría nunca. El mercader vendía barriles de arenques. Bueno, pues un día entró en el convento con doce barriles llenos de arenques ahumados y al día siguiente se marchó con doce barriles llenos de monjas.

Wolf echó la cabeza atrás y soltó una carcajada.

—Tenía razón —aseguró—. No lo habría adivinado nunca.

A Sabina le gustaba su risa; era intensa y fuerte, como una cerveza un día de invierno. Bajó los ojos y movió los pies sobre la tierra compacta mientras intentaba retomar su relato.

—Era muy peligroso para todos, así que tuvimos que quedarnos en los barriles hasta que llegamos a Wittenberg —explicó resumidamente—. Katie casi se asfixió. Pero la mayor parte del viaje la hicimos por la Sajonia Albertina, y el duque Jorge acababa de ejecutar a un hombre por haber intentado rescatar a una monja de un convento de su región.

—¿Y estuvieron escondidas en los barriles todo el tiempo? —Silbó, admirado—. Pero tardarían lo suyo en viajar de Nimbschen a Wittenberg, ¿no?

—Querer es poder —dijo Sabina con convencimiento—. Por primera vez en años fui capaz de reunir el valor suficiente para escapar del destino que otro había decidido por mí. Juré que nunca más volvería a permitir que me pusieran en una situación así. —Apretó la mandíbula al recordar lo rápido que se había visto obligada a romper aquel juramento.

Wolf se acercó a ella y le puso la mano en una mejilla. Ella alzó los ojos hacia él.

—Antes de conocernos, no tenía ni idea de lo que el barón le había hecho —musitó Wolf—. Espero que me crea.

Sabina se lo pensó un momento y asintió. Le creía. Tuvo la tentación de depositar toda su confianza en él, pero la resistió. La experiencia pudo más que la tentación. Lo tenía tan cerca que pudo oler de nuevo aquella fragancia a limón, sándalo y virilidad tan suya. El sol brillaba como un halo detrás de su cabeza y le realzaba los tonos cobrizos del pelo.

—Anoche soñé con usted —dijo ella de repente.

Wolf se sorprendió y le soltó la mejilla.

«¿Por qué demonios he dicho eso?», se recriminó mentalmente Sabina.

—Disculpe. No pretendía ofenderlo. —Tendría que aprender a ponerse un bozal en la boca.

—No estoy... ofendido. —Hizo una pausa, medio ruborizado—. ¿Fue un sueño bonito?

Ahora le tocó ruborizarse a ella. Carraspeó antes de responder:

—No recuerdo los detalles.

—¿No? —Le dirigió una mirada astuta.

—No —repitió, y le sostuvo la mirada para que no se diera cuenta de que le estaba mintiendo. Ya se confesaría por la noche. Vio un brillo cómplice en los ojos esmeralda de su marido.

—¿Qué impresión le dejó, pues? —insistió Wolf—. ¿O es otra de esas cosas que un caballero no debería preguntar?

Ahora fue ella la que intentó no sonreír.

—Sí, es una de esas cosas.

La mirada que le lanzó Wolf decía claramente: «Cobarde.»

—Pero —añadió ella, sólo para atormentarlo— diría que fue... agradable.

—Agradable —repitió Wolf impertérrito.

—Ajá, agradable.

—Bueno —dijo él con los ojos entornados—. Supongo que tendría que estar agradecido de que no fuera una pesadilla. —La rodeó despacio hasta situarse tras ella y se agachó para susurrarle al oído—: Tendré que causarle una mejor impresión la próxima vez.

El aliento de Wolf le acarició la mejilla; la sensación le llegó hasta los dedos de los pies, que encogió sin poder evitarlo. Consternada, decidió que lo más prudente sería no contestar.

—¿Y qué planes tenía antes de que el barón se interpusiera en ellos? —La rodeó de nuevo para volver a ponerse delante de ella mientras cambiaba de tema como si tal cosa.

Pero Sabina todavía no estaba preparada para confiarle sus planes. Por otro lado, tal vez si ahora preparaba el terreno, no se opusiera cuando le planteara la cuestión de disolver su matrimonio. Cuando presentara su caso al tribunal, tendría muchas más posibilidades si lograba que él atestiguara que había sido coaccionada. Eso allanaría el camino con vistas a lograr su objetivo de crear un refugio para monjas en horas bajas.

—Oh, no lo sé... con certeza. Pero he estado pensando... —Lo miró con cierta timidez—. ¿Recuerda lo que comentamos ayer? ¿Sobre las ex monjas que no tienen adónde ir?

—No estoy tan chocho como para olvidar algo así tan pronto —dijo Wolf en tono algo burlón—. ¿Por qué?

—Tal vez... alguien podría plantearse establecer un sitio para ellas. Encontrar un lugar donde pudieran vivir seguras.

—A mí no me mire —soltó Wolf con una ceja arqueada—. El Santuario no es lo bastante grande.

—No, no; no me refería a... —empezó ella, pero se detuvo. ¿Cómo podría contárselo sin revelar sus intenciones?

—Adelante —la apremió Wolf.

—¿Y si hubiera un lugar, un refugio por así decirlo, donde pudieran instalarse las mujeres y muchachas que se oponen por sus principios a vivir cautivas al servicio de la Iglesia? ¿Donde pudieran trabajar y ser autosuficientes, sin verse obligadas a ser una carga para la comunidad mendigando o vendiendo sus cuerpos?

Wolf cruzó los brazos.

—Esas mujeres tendrían que buscarse un marido. O volver a casa con su familia. Es antinatural proponer otra cosa.

—Sé que puede pensar así, claro, pero ¿y si fueran como yo? ¿Y si no tuvieran a nadie a quien recurrir, si carecieran de otras opciones? ¿Las abandonaría a su suerte sin más?

—Todo el mundo tiene opciones. Podrían optar por seguir en el convento.

—Usted no sabe por lo que tienen que pasar las mujeres así. Ni se lo imagina.

La necesidad de hacérselo entender fue tan fuerte que alargó la mano para sujetarle el brazo. La cofia se le resbaló hacia atrás cuando levantó la cabeza para mirarlo. La mirada de su marido, sorprendido al principio, lució un brillo apasionado y sombrío un instante, pero enseguida puso cara de póquer.

Sabina siguió adelante, sin prestar atención.

—Las mujeres que no consiguen que su conciencia se someta lo pasan mal: les pegan, las matan de hambre, las aíslan. Y a veces —susurró— son presa de los sacerdotes que visitan el convento y que en realidad tendrían que guiarlas. Encontramos bebés recién nacidos tirados a la basura como si fueran desperdicios, o enterrados vivos a las pocas horas de vida en los terrenos detrás del convento. Era evidente que algunas monjas violadas o que habían sucumbido a la tentación se habían deshecho de ellos.

Su marido la miró intensamente mientras una vena le latía, rabiosa, en la frente.

—¿Le pasó a usted? —preguntó—. ¿La tocó alguien de esa forma? —La expresión asesina de sus ojos prometía un terrible castigo a quien lo hubiera intentado.

—No —dijo, sacudiendo la cabeza—. Pero porque aprendí a dormir con un puñal bajo la almohada. Y lo llevaba siempre al confesionario. Siempre.

—Dios mío —musitó Wolf—. No tenía ni idea.

—Como la mayoría de los hombres. Ustedes no saben lo que es estar a merced de otro de un modo tan vulnerable, qué es

tener que confiar en que otra persona te proteja, y si no lo hace...
—Le soltó el brazo y bajó la mano—. Es... horrible.

Se volvió y contempló por fin el Elba. Vio sus aguas verdiazules, que circulaban sosegadas y las suaves colinas situadas al otro lado, todavía pardas debido al rigor del invierno. Perdida en sus recuerdos, se sobresaltó cuando su marido le tocó el hombro.

—¿Cómo cambiaría usted esta situación? —le preguntó en voz baja—. ¿Qué haría?

Ella se volvió para mirarlo. Inspiró hondo y respondió:

—Compraría una finca grande. Con tierras de labranza. Y vacas y ovejas. Reservaría un espacio para plantar un huerto frutal, y otro para cultivar verduras, y también lúpulo. Contrataría a alguien para que enseñara a las mujeres a obtener una pequeña cosecha que pudiera venderse en ferias locales. Nos... —se interrumpió para carraspear—. Se dedicarían a hilar lana, se confeccionarían su propia ropa y también algunas prendas para los pobres. Cuidarían de los enfermos de su comunidad, enseñarían la palabra de Dios a los huérfanos y adorarían al Señor a su propio modo. Sin ser una carga para los demás. Si encontraran marido, o un lugar fuera del refugio, o si cambiaran de parecer, podrían marcharse. Pero el meollo de todo es que tendrían libertad para elegir.

Wolf se quedó callado, reflexionando.

—Parece haberlo pensado mucho —observó por fin.

—He tenido mucho tiempo estos últimos nueve años —respondió Sabina, desviando la mirada.

Wolf se dio unos golpecitos en la mandíbula con el dedo mientras volvía a reflexionar.

—Es una propuesta radical. Augura problemas y quebraderos de cabeza. Y uno de los principales es cómo podría conseguir usted... quiero decir, cómo podría conseguir alguien las tierras adecuadas para el proyecto. Por no hablar del ganado y las herramientas, de los edificios y el mantenimiento de un lugar así.

Había llegado el momento de elegir. Confiaba en él, ¿sí o no?

—Bueno... hay una forma —dijo despacio, con un nudo en la garganta—. Existe una herencia que me dejó mi madre. Seguro que el barón le habrá hablado de ella durante la negociación del contrato matrimonial. Cuando... cuando sea mía, de aquí a pocas semanas, podré...

No se esperaba el juramento que soltó Wolf de golpe.

8

Wolf no pudo evitar soltar un juramento. Había presentido que se acercaba lo inevitable y, aun así, lo había pillado desprevenido. En cuanto Sabina le habló de su herencia, supo que sus caminos se separarían inevitablemente, algo que, hasta aquel instante, se había negado a admitir que ya no deseaba.

Sabina lo miraba boquiabierta, convencida, sin duda, de que se había vuelto loco.

—¿Qué pasa?

Wolf tenía que pensar deprisa. No podía dejarla hablar sobre el legado de su madre ni revelarle el pacto con el diablo que había hecho con el barón. Bajó la mirada y dio un paso atrás con tan mala fortuna que metió el pie en un charco de barro. El fango le cubrió el zapato y le salpicó las calzas. Señaló el desaguisado y fingió irritación.

—¡Maldita sea! Mire qué he hecho. Tendremos que regresar a casa para que pueda cambiarme.

Sabina lo miró consternada.

—Oh —dijo—, pero iba a hablarle de un asunto de capital importan...

—Bueno, estoy seguro de que podrá esperar hasta que me haya cambiado —la interrumpió él, y empezó a retroceder—. Vamos, el desayuno ya debe de estar listo. Tendrá hambre. Tiene que alimentarse.

Apretó el paso y tiró de ella. Sabina, al ver hacia dónde se dirigían, miró alarmada a su marido.

—Espere... —pidió.

—No; insisto. Más tarde tendremos tiempo para hablar, mucho tiempo. —Ya se le ocurriría algo para volver a darle largas.

—Pero...

—Nada de peros. Venga, vamos.

—¡Señor Behaim! —gritó justo antes de que Wolf, con las prisas, se precipitara por la pendiente que tenía detrás.

Sin poder evitar la caída, Wolf se aferró instintivamente a las mangas de Sabina y provocó así que cayera con él. Ella gritó, y los dos bajaron rodando por la pendiente varios metros, convertidos en una maraña de capas, faldas, brazos y piernas. Pasado un instante que se les hizo eterno, se detuvieron cerca de la orilla del agua. Habían quedado despatarrados de modo indecoroso, con Sabina tumbada encima de su marido.

Se miraron un momento, aturdidos. Luego, como si aquello fuera algo que le sucedía todos los días, Wolf arqueó una ceja y comentó:

—De verdad creo que tendrías que llamarme Wolf.

Sabina soltó una risita ridícula. Wolf tardó unos segundos más en captar lo absurdo de la situación y empezó a reírse entre dientes con ella. Cada vez lo hizo con más ganas y al final hasta se le saltaban las lágrimas de la risa. Entonces Sabina, en pleno alborozo, soltó una especie de ronquido nada fino, que les provocó renovadas carcajadas. Siguieron así un rato, y hasta golpeaban el suelo con las manos y los pies de tanto desternillarse.

Poco a poco recuperaron la serenidad, pero todavía les duraba la sensación del buen rato que acababan de pasar. Wolf se secó las lágrimas con el dorso de los dedos. Tenía la cabeza apoyada en el suelo y Sabina, que todavía yacía despatarrada sobre él, lo miraba con cara jubilosa. Habían esquivado la mayor parte del barro durante su descenso, pero los dos estaban cubiertos de ramitas y trocitos de hojas secas.

—Madre mía —dijo Wolf por fin—, tienes una risa horrible.

Creía que las señoras no podían producir esos ruidos al reírse. —La miró con expresión divertida.

—¡No hago ruidos! —protestó Sabina, fingiendo indignación, pero le seguían brillando los ojos. Tenía las mejillas sonrosadas del esfuerzo—. Bueno, puede que un poquito —admitió—. Es el defecto que tengo.

—Ya —se limitó a decir Wolf, y se echó a reír otra vez.

—¡Para! —Le dio un manotazo en el pecho—. Harás que vuelva a empezar. A este paso, vamos a quedarnos aquí hasta el anochecer y tendrán que enviar partidas a buscarnos. ¿Qué van a pensar tus vecinos? Esto es una indecencia —afirmó ella con fingida pomposidad.

De repente Wolf se dio cuenta del aspecto que ofrecían. Como una especie de repetición de la noche anterior, tenía a Sabina tumbada encima con las piernas a horcajadas sobre las suyas y él le rodeaba la cintura con una mano.

Durante el descenso, se le había caído la cofia y soltado el pelo, que ahora los cubría, totalmente revuelto. Con una mano, se lo apartó de la sien y dejó que los mechones sedosos le resbalaran entre los dedos.

—Dirán que el señor Behaim y su nueva esposa se están conociendo mejor —afirmó y, como si fuera lo más natural del mundo, la besó en los labios.

Sabina se puso rígida y no supo cómo reaccionar, pero al punto lo apartó de un empujón.

—No... no —siseó, y Wolf notó el miedo en su voz.

—Shhh... —dijo mientras le acariciaba la mejilla—. No te haré daño. Es sólo un beso... —murmuró para tranquilizarla. No quería asustarla pero quería volver a probar sus labios—. Sólo un casto besito. Estamos al aire libre. ¿Qué podría pasar? Probemos otra vez —la intentó convencer, y al ver que titubeaba, la besó sin más.

No se apartó de él, pero tampoco le correspondió. Se quedó rígida, sin hacer nada, mientras él le tanteaba los labios carnosos con la lengua. Notaba que le temblaban las extremidades, que se contenía. Así que aumentó la presión suave y le hundió los dedos en el pelo a la vez que le cubría los labios con la boca, lentamente para excitarla.

Finalmente, Sabina cerró los ojos y, con un leve suspiro, separó los labios. No hizo falta nada más. Wolf soltó un gruñido de placer y le introdujo la lengua en la boca.

La reacción de ella le hizo perder el juicio. Le tocó la lengua con la suya y fue como si se la abrasaran con una llama encendida. Y su cuerpo cobró vida.

Rodó por el suelo con ella, impulsado por la necesidad casi dolorosa de cubrirla. Cuando Sabina gimió y le deslizó las manos por los hombros y la cara, volvió la cabeza y le mordisqueó un dedo. Con el cuerpo ardiendo de pasión, bajó la boca para besarle el cuello, para lamerle el hermoso valle que separaba sus senos. Levantó la cabeza y volvió a besarla en los labios, mientras ella no dejaba de estremecerse. Tenía toda la atención puesta en ella, ajeno a la humedad, al frío, incluso al hecho de estar abrazándose de una forma tan lasciva donde podía verlos todo el mundo.

Sabina le plantaba torpemente besos en la cara y sus labios se encontraron varias veces. La reacción de Wolf le hizo sentir un inmenso poder como mujer. No tenía ni idea de que un simple beso pudiera cautivar tanto a un hombre, quizá porque ningún hombre la había besado nunca de aquella forma, como si nada más importara, como si el tiempo se hubiera detenido y ella fuera lo único que había en este mundo.

Oía el crujido de las hojas bajo su cuerpo, olía la tierra húmeda que los rodeaba. Wolf se apretujaba contra ella, musculoso, portentoso, repleto de fuerza. Y, aun así, cuando ella lo rozaba con la lengua, gemía como un náufrago. Y todo por ella.

Era una idea embriagadora. Hasta que notó el aire frío y se dio cuenta de que tenía el corpiño desabrochado casi por completo. Sabía lo que seguiría, así que intentó incorporarse, pero Wolf pesaba tanto que no pudo moverse. Le entró el pánico y lo empujó con fuerza para apartarlo.

—Wolf, espera —jadeó.

Él volvió a recostarla en la tierra húmeda y siguió besándola ardorosamente, balanceándose contra ella, y oyó que Sabina le gemía en la boca. El corazón le palpitaba contra el pecho de la muchacha, su cuerpo seguía el ritmo oscuro del deseo.

Interrumpió el beso un instante para hablarle.

—Necesito poseerte —susurró con voz grave—. Dios mío, reventaré si no lo hago...

Bajó la mano hacia el dobladillo de la falda y casi le rasgó la tela en su afán por subírsela. Le rozó las medias, tiró de una de las ligas, le deslizó la mano por la piel cálida...

El placer que le producía el tacto de Wolf, la oleada de deseo, la necesidad de tenerlo en aquel instante, la asustaron más de lo que la habría asustado el uso de la fuerza. Lo golpeó con las manos.

—¡Wolf, para!

—¡Dios mío! —exclamó él, petrificado.

Rodó por el suelo para apartarse de ella. Se puso de pie y se tambaleó hacia atrás.

Sabina vio la llama del deseo en sus ojos. Así que se alejó arrastrándose por el suelo con una mano levantada ante ella para que no se le acercara, como gato escaldado que huye del agua fría.

—No sigas... —balbuceó.

—Claro. —La miraba anhelante.

El viento silbó entre los árboles. Aturdida, Sabina recordó dónde estaban.

—Puede vernos alguien...

—No volveré a tocarte. No temas —dijo él, y le señaló el corpiño desabrochado con una mano temblorosa—: Cúbrete. —Era un aviso y una súplica a la vez.

Sabina se compuso el corpiño mientras miraba en derredor en busca de mirones.

—Diablos —susurró Wolf, y se pasó la mano por la cara—. ¿Qué me está pasando?

No sabía cómo explicar su comportamiento. Había perdido el control y actuado como un animal en celo. Un instante más y se habría apareado con ella allí mismo, en la ladera de una colina, a la vista de cualquiera que pasara.

Sabina lo observaba recelosa, como dispuesta a salir huyendo si él volvía a sucumbir a la locura.

—Sabina, yo... Perdóname. Te juro que no era mi intención...

Ella lo miró sin pestañear.

—No volverá a ocurrir —aseguró él con firmeza.

Ella siguió mirándolo.

—No me mires así. ¡No te voy a hacer nada, por el amor de Dios!

Sabina irguió la espalda con el cuerpo tenso. Gritarle no iba a tranquilizarla, pensó Wolf. Se volvió hacia el río. Si ella veía el efecto que todavía le provocaba cintura abajo, seguramente echaría a correr despavorida.

No podía hacer nada más.

Avanzó los pocos pasos que lo separaban de la orilla y no se detuvo. Oyó el gritó ahogado de Sabina mientras el agua helada le cubría los zapatos, los tobillos, las pantorrillas...

—¡No, detente! —le gritó Sabina, y se metió corriendo en el agua tras él para sujetarlo por la capa. Tiró fuerte de ella, se plantó delante de él y lo empujó para que volviera hacia la orilla del río.

—¿Qué...? —preguntó él, sorprendido, mientras ella lo hacía retroceder.

—¡No! No lo hagas. No por mi culpa. ¡No te lo voy a permitir! —le espetó Sabina, y le propinó un empujón que lo dejó sentado en la fangosa orilla.

Para ser tan menuda, era bastante fuerte.

La miró con los ojos entornados. Ahora era él quien creía que se había vuelto loca.

—¿Has perdido el juicio?

Ella se acercó a él, se puso en jarras y lo fulminó con la mirada.

—¿Lo has perdido tú? No es necesario que te sacrifiques así por mí, muchas gracias. Como has dicho, sólo ha sido un beso. Nada más.

Entonces Wolf lo comprendió todo.

—¿Creíste que iba a... lanzarme al río? —Era una idea absurda, pero estaba claro que ella creía que iba a hacerlo. Se echó a reír—. ¡Creíste... que quería quitarme la vida! —exclamó incrédulo, y se dejó caer al suelo entre carcajadas.

Sabina lo miró perpleja.

—¿Qué pasa? ¿No ibas a hacerlo?

—¡Pues no! —exclamó él, sujetándose los costados con las manos y riendo a mandíbula batiente.

—¿Pues se puede saber qué estabas haciendo, entonces? —preguntó, sonrojada. Lo señaló acusadoramente con un dedo—. ¡Basta ya!

Wolf inspiró hondo para recuperar el aliento. Necesitó tomar varias bocanadas de aire antes de poder hablar.

—Sólo intentaba apagar las llamas —le informó.

—¿Las llamas? ¿Qué llamas?

—Pues... —respondió con delicadeza—. Me has provocado cierto tipo de ardor que sólo se alivia sumergiéndose en agua helada.

—¡Oh! ¡Oh! —Por fin lo entendió. Se llevó las manos a las mejillas, avergonzada, con un gesto tan entrañable, tan maravillosamente femenino, que él deseó levantarla del suelo, llevarla en vilo hasta la casa y dejarla inconsciente a besos en la intimidad de su alcoba. Y tal vez, ya puestos, aprovechar para hacerle unas cuantas cositas más.

Sabina lanzó su delicado pie y le propinó una patada en la espinilla. Cualquier pensamiento libidinoso que pudiera tener se desvaneció al instante.

—¡Ay! —gritó—. ¿A qué ha venido eso?

Antes de responder, Sabina golpeó el barro con el zapato mojado.

—Eso te pasa por asustarme, por hacerme creer que... que... que...

Parecía haberse quedado sin palabras, algo insólito en ella, y aunque intentó contenerse, Wolf rio de nuevo.

—Bueno, ¿cómo iba a saberlo? —exclamó ella, y se alejó con la mayor dignidad que el barro le permitía—. ¡Te has metido en el agua sin decir nada! —añadió, mirándolo por encima del hombro.

—Perdóname —dijo Wolf, y se levantó para seguirla. Caramba, no se reía tanto desde... Bueno, desde hacía demasiado tiempo.

Sabina le dirigió una mirada desconfiada y cruzó los brazos, poco convencida.

—De verdad —prosiguió él—. Por todo. Lo que ha pasado no tiene excusa. He perdido la cabeza un momento, pero no volverá a pasar.

—¿Has perdido la cabeza? ¿Qué quieres decir?

¿Cómo podría explicárselo?

—Quiero decir que he perdido el control. Es que, por primera vez desde hace años, me sentía pletórico. No he tenido en cuenta las consecuencias.

Sabina olvidó su desconfianza y lo miró con curiosidad.

—¿Por qué no? —le preguntó.

—¿Por qué no qué?

—Has dicho que hacía años que no te sentías pletórico. ¿Por qué no?

—Bueno, como tú me dijiste una vez, es una larga historia.

—Al parecer, tengo tiempo. —Abrió los brazos para mostrarle la falda mojada de su vestido—. Esto tardará un rato en secarse, y no voy a volver a la casa hasta que lo haga. Además, según dicen, sé escuchar a la gente.

Wolf echó un vistazo alrededor.

—Pero... no me parece que éste sea el mejor momento ni el mejor lugar... —farfulló, descolocado por el cambio de actitud de su mujer.

—No sabía que te preocupara tanto lo que puedan pensar los demás —comentó Sabina con una ceja arqueada.

Era un reproche discreto, más suave de lo que se merecía, teniendo en cuenta la forma tan escandalosa en que se había comportado antes. Sacudió la cabeza, arrepentido.

—Nadie lo diría, ¿verdad?

—Además, nos ayudará a... a conocernos mejor, como tú has dicho.

—Me gusta más mi método —protestó Wolf.

Sabina resopló.

—Muy bien, entonces —refunfuñó Wolf, y subió con dificultad la pendiente, convencido de que ella lo seguiría.

La oyó resollando tras él, así que se detuvo, entornó los ojos y regresó a buscarla. Vio que intentaba recogerse la falda un poco para caminar mejor y la tomó del brazo. Y, a pesar de que lo miró con recelo, ella se lo permitió. Cuando llegaron a lo alto de la pendiente, la llevó otra vez hasta el tronco del árbol y se sentó junto a ella.

No sabía muy bien por dónde empezar. Finalmente, cogió una aguja de pino y la hizo girar metódicamente entre las manos mientras Sabina se extendía bien la falda a su alrededor.

¿Qué podía contarle? ¿Cómo iba a explicárselo?

—Supongo que, básicamente, tiene que ver con Beth, mi es... mi primera esposa. Todavía la extraño, en muchos sentidos. Es difícil encontrar cosas alegres en la vida cuando la persona a la que más has amado está sepultada bajo tierra. El hecho de que fuéramos marido y mujer tan poco tiempo hace que todavía cueste más aceptarlo.

Echó un vistazo a Sabina. ¿Qué sentiría al pasar de besarlo a oírlo hablar de su difunta esposa? Le sorprendió ver que su expresión era de auténtico interés.

¡Qué mujer tan excepcional!

—Después de que Beth muriera, yo... perdí la cabeza mucho tiempo.

Regresó mentalmente a aquella época turbulenta.

Todavía recordaba la noche que Beth se puso de parto prematuramente. Habían vuelto de Núremberg aquel mismo día para tener a su hijo en Wittenberg, en El Santuario. El viaje la había dejado exhausta, y aquella tarde se puso de parto. Era como si el destino hubiera conspirado en su contra: Peter acababa de irse; hasta Bea, que podría haber sabido cómo salvarla, estaba fuera, en una de sus esporádicas visitas a su familia. Franz había buscado desesperadamente a la partera, pero cuando volvió con ella, ya era demasiado tarde.

Wolf le suplicó a Dios que le salvara la vida mientras la ayudaba él mismo a traer a su hijo al mundo.

—La noche que tuvo a Gisel, algo fue mal. No pude hacer nada. Perdió tanta sangre, sufrió tanto...

Había observado impotente cómo Beth sangraba y las sábanas se manchaban de rojo mientras sostenía al lloroso bebé en brazos. Y ella, a pesar de saber que se estaba muriendo, no lamentaba el precio que tendría que pagar. «Ámala. Ámala por los dos.» Le había suplicado que se lo prometiera instantes antes de morir. Pero él no había cumplido su palabra, no al principio. Simplemente, no había sido capaz. En medio de su angustia, se había culpado primero a sí mismo, y después a Gisel, de la muerte de su esposa. Les habían advertido del riesgo del parto, pero Beth había querido tener un hijo. Por una vez, él tendría que haberse negado a satisfacer sus ruegos, pero nunca había podido negarle nada que le pidiera. En el fondo, siempre se sentiría culpable de su muerte.

—Al principio, no quería saber nada de la niña. Ni siquiera le puse nombre, no la cogí en brazos hasta que tuvo semanas. Me hundí en la autocompasión. Me sumergí de día en el alcohol y de noche en el llanto. Iba de no poder levantarme de la cama a pasar la noche en vela. Veía el fantasma de Beth mirándome, acusándome de haber abandonado a nuestra hija, pero no podía remediarlo. Empecé a esperar con ansias su visita, e incluso le suplicaba que me llevara con ella cuando se desvanecía.

Sabina se movió, incómoda, a su lado.

—Gracias a Dios que no te llevó —comentó—. Quién sabe, podría haber sido un demonio que te enviara el infierno para tentarte con la desesperación.

Su abatimiento había alarmado a toda su familia. Peter había intentado hacerlo entrar en razón, pero había sido en vano. Su padre lo había compadecido y no había podido hacer nada por ayudarlo; hasta Günter, que nunca se preocupaba de los asuntos de nadie, había vuelto a casa para leerle la cartilla. Había sido su hermana, Greta, quien lo había obligado a darse cuenta de cómo le faltaba al respeto a Beth al no prestar atención a su hija, la hija por la que Beth había dado la vida.

Lo había abofeteado.

«¿Es esto lo que Beth habría esperado de ti? ¿Es esto lo que habría querido?», le había gritado Greta, su dulce hermanita, la que nunca alzaba la voz ni levantaba la mano a nadie. Fue la única que logró hacerlo reaccionar.

Todavía se preguntaba qué habría sido de él si Greta no hubiera intervenido.

Y una noche, mientras contemplaba al rollizo bebé que no paraba de berrear, decidió llamarlo Gisel, o «promesa», en honor a la promesa que había hecho a Beth y casi había olvidado.

—He rezado para que Dios me perdone por ser tan débil. He hecho todo lo que he podido para cumplir la promesa que le hice a Beth y proteger a nuestra hija, pero no sé si bastará para compensar el primer período de su vida.

—Bastará. —Sabina le tomó las manos entre las suyas, y el azul de sus ojos le traspasó el alma—. El amor siempre basta.

Quiso besarla. Lo quiso con una ternura que lo eludía desde hacía demasiado tiempo, con una pureza que lo había abandonado hacía años. Y por eso mismo, no lo hizo. Le apretó las manos con suavidad y se llevó una despacio a los labios para darle un casto beso en la palma, y ella reaccionó moviendo la mano bruscamente.

—Ha sido muy duro criar a Gisel sin su madre —prosiguió mientras con el pulgar acariciaba la piel que había besado—. Me preocupa mucho. ¿Lo estaré haciendo bien? ¿Seré un buen padre?

Le sorprendió estar confesándoselo a Sabina. En realidad, no lo había admitido ni ante sí mismo. Ahora que había empezado, le costaba parar.

—Me preocupaba estarla privando de cosas importantes al no volverme a casar de inmediato para darle una madre que pudiera criarla. Luego me preocupaba si alguna mujer podría amarla como la habría amado su madre. La niñera es muy buena con ella, por supuesto, igual que mi familia, pero no es lo mismo.

—No, nada es igual al amor incondicional de una madre —aseguró Sabina con profundo pesar, y Wolf la vio como una jovencita.

—Sí. Supongo que lo sabes por experiencia. La cuestión es que, entre una cosa y la otra, no he tenido ocasión. De sentirme

113

pletórico, me refiero. —Adoptó un tono menos grave. Los recuerdos lo acabarían ahogando si no hablaban de otra cosa—. Por lo menos, como un adulto. Gisel me pide que tomemos el té con sus muñecas de vez en cuando, ¿sabes? Además, lanza unos gritos más espeluznantes que los saqueadores turcos, y le encanta soltárselos a Peter cuando juegan a «Ataque al pueblo». Luego no digas que no te avisé.

Estos comentarios jocosos lograron su objetivo y el ambiente sombrío que se había creado se animó un poco.

—Iré con cuidado —aseguró Sabina con una sonrisa.

Wolf echó un vistazo al vestido de su mujer y, como parecía estar bastante seco, se levantó.

—Vamos. Tenemos que atender tus necesidades.

Sabina se cerró la capa sobre el pecho con cara de susto.

—Pero yo... Quiero decir, nosotros...

Wolf le dirigió una sonrisa burlona.

—¡Caramba, qué ideas más picaronas tienes! Nadie diría que has sido monja.

Sabina frunció el ceño, confundida.

—Todavía no has comido nada esta mañana —le recordó Wolf—. Sugiero que vayamos a casa a desayunar.

—¡Oh! —exclamó cuando cayó en la cuenta de lo que había querido decirle. Se puso de pie, sonrojada.

Wolf le miró la capa e hizo una mueca. Sabía que él no tendría un aspecto mucho mejor.

—Y mientras regresamos, quizá se nos ocurra una buena explicación para lo desaliñados que vamos.

Ella se observó la ropa, consternada.

—¡Madre mía!

Wolf contuvo una sonrisa y se encaminaron de vuelta a casa.

9

Al ver lo desaliñados que Sabina y Wolf llegaban de su paseo, Franz arqueó tanto las cejas que casi le tocaron la coronilla. Como era noble, hacía mucho que Sabina no daba explicaciones al servicio. Wolf pareció coincidir con ella al respecto, porque entregó las capas al criado sin pronunciar palabra. Franz se limitó a recogerlas y empezar a cepillarlas para quitarles la suciedad y el barro.

—La señorita Schumacher está en el comedor con su hermano, señor —informó a Wolf—. Ella y su madre querrían desayunar con ustedes.

—Oh, no estoy presentable... —empezó Sabina, pero una voz familiar la interrumpió.

—Buenos días. Espero que durmierais bien —soltó Peter mientras se les acercaba, seguido por dos mujeres—. Ven a ver quién se ha presentado por sorpresa para visitar a la novia, Wolf. —Peter se giró hacia sus dos acompañantes—. Fya, señora Schumacher, permítanme presentarles a mi nueva cuñada, la baronesa Sabina —anunció con toda pompa, como si no tuviera delante a dos personas que parecían haber decidido revolcarse en el barro antes de desayunar.

Las dos mujeres observaron a Sabina con curiosidad e indiferencia. La más joven, una rubia preciosa con un montón de rizos recogidos con una cinta de seda, vestía una enagua adamascada ribeteada de amarillo pálido y una elegante sobrefalda verde. Probablemente las mangas acuchilladas y la camisola de muselina estaban de moda, pero Sabina no lo sabía, y lo único que revelaban sus espléndidos ojos castaños era una afectada falta de interés por cualquiera que no fuera Peter. No había duda de que ella era Fya, con quien el hermano de Wolf había llegado a un «entendimiento». La mujer mayor se le parecía muchísimo, salvo por dos cosas: sus rizos rubios se habían vuelto grises hacía mucho y los llevaba muy bien metidos bajo una cofia elegante, e iba de azul celeste, a juego con sus ojos... unos ojos que repasaron las ropas arrugadas de Sabina con un mohín de desdén.

Sabina les tomó antipatía nada más verlas. Y no tuvo duda de que el sentimiento era mutuo.

—Venid a desayunar con nosotros —pidió Peter—. Bea nos ha preparado un banquete, como siempre. Hay comida para alimentar a un regimiento.

—Por favor —objetó Sabina—. No estoy preparada para una compañía tan elegante. Me temo que tendrán que desayunar sin mí.

—Sí —coincidió la señora Schumacher con una sonrisa petulante—. Estoy segura de que la baronesa no estaría... cómoda... en semejante estado.

Wolf entornó los ojos. Entonces ladeó la cabeza como si no la hubiera entendido.

—¿Y en qué clase de estado podría estar mi esposa que no le permitiera comer tranquilamente en su propia casa? —preguntó educadamente, aunque el tono lo delataba.

Sabina se sonrojó. Que Wolf saltara en su defensa implicaba cosas sobre su relación que no eran ciertas, e hizo que se sintiera como una persona digna de compasión, incapaz de defenderse sola.

La señora Schumacher pareció advertir que había cometido un error táctico en lo que a Wolf se refería.

—Sólo quería decir que a lo mejor la baronesa preferiría cambiarse para ponerse algo más... menos... —se le fue apagando la voz, sin saber cómo terminar.

Wolf tomó la mano de Sabina y se la puso en el brazo.

—A mí me parece que está estupenda. ¿No crees que está estupenda, Peter?

—Maravillosa —contestó Peter sin dudarlo, e hizo una mueca, porque su amiga le había dado un codazo en las costillas—. Aunque, naturalmente, yo sólo tengo ojos para ti, mi querida Fya —añadió con una reverencia cortés.

La susodicha Fya pestañeó con coquetería y soltó una risita que destrozó los nervios ya tensos de Sabina.

Fya se volvió con un movimiento experto que hizo que la cola de la falda le quedara detrás y rodeó la cintura de Sabina con un brazo para alejarla de los demás. El gesto parecía indicar que iba a confiarse con Sabina, pero sirvió para privarla de la protección de los dos hombres.

Se inclinó y le habló simulando que susurraba:

—Peter es encantador... Siempre me está diciendo unos piropos preciosos. Que si mi pelo esto, que si mis ojos aquello. Una no se cansa nunca de oír cosas así, ¿no cree? —Se echó hacia atrás y se tapó la boca con una mano delicada, como si hubiera cometido una indiscreción—. Oh, pero, claro, usted no puede saberlo, ¿verdad, baronesa? Como ha pasado tanto tiempo sin oír piropos, por así decirlo...

Sabina no estaba muy segura de por qué recibía de repente un ataque tan directo, pero sabía que no quería desayunar con esas mujeres y someterse toda una mañana a comentarios impertinentes.

—Si usted lo dice... —murmuró, y se volvió hacia Wolf—. Tengo dolor de cabeza. Preferiría desayunar en mi alcoba. ¿Te importa?

—Sí —replicó Wolf. Pero la miró un instante y decidió no forzar el tema—. Pero tienes que descansar. Le pediré a Bea que te suba una bandeja. —Sus labios esbozaron una sonrisa—. Creo que ya ha habido demasiadas aventuras por esta mañana.

—¿Aventuras? ¿Tan temprano? Oh, qué... —Fya parecía buscar la palabra perfecta mientras se daba golpecitos con un dedo en la mejilla— ¿escandaloso? Me encantan los escándalos. Tiene que contárnoslo todo sobre los suyos, baronesa.

Soltó otra risita, como si no supiera el puñal metafórico que acababa de clavar a Sabina por la espalda. Ésta había esperado que la alta sociedad de Wittenberg la rechazara, pero no que la clase mercantil se enfrentara abiertamente a ella tan pronto. A Wolf empezó a latirle el pulso en la sien. Peter frunció el ceño a Fya, mientras que su madre parpadeó rápidamente para intentar avisarla.

—Fya, no me parece que sea... —empezó Peter, pero Sabina le puso la mano en el antebrazo para interrumpir su defensa. Sólo empeoraría las cosas.

—Sí, a veces una desearía poder llevar la vida de las clases plebeyas —comentó la baronesa con un suspiro teatral—. Nunca les pasa nada interesante, ¿verdad? —Movió la mano en el aire como si pintara un cuadro—. Se dedican a sus oficios, pasan una infinidad de horas en el mercado... Debe de ser muy... tranquilo. Monótono. Aburrido, incluso.

Sonrió y dedicó una caída de ojos a las mujeres, que la miraban boquiabiertas.

—Me imagino que en estas circunstancias, anhelará alguna que otra aventura de vez en cuando, ¿verdad, querida? —añadió.

Wolf soltó un sonido entrecortado y se observó el broche del jubón como si contuviera el secreto de la piedra filosofal. Mientras, Peter se mordía el labio inferior para contener una sonrisa y contemplaba el techo con sumo interés.

Sabina se volvió hacia su marido y con una sonrisa tonta, preguntó:

—¿Puedo irme? No querrás que tus invitadas piensen que somos unos maleducados por hacerlas esperar para desayunar después de que se hayan esforzado tanto por venir... y tan temprano además.

—Sí —dijo Wolf muy serio, aunque le temblaban los labios—, tan temprano la mala educación le amarga a uno el día. Puedes irte. A mí se me ha pasado el poco apetito que tenía. Desayunaré más tarde.

Se volvió hacia el trío mientras Sabina empezaba a subir la escalera.

—Si me dispensan... —dijo, y la siguió ágilmente.

—¡Vaya! —exclamó la señora Schumacher mientras Fya protestaba.

Peter llevó a las mujeres al comedor antes de que alguna de ella sacara más las garras.

—Sabina —llamó Wolf.

Tras dudar un instante, ella se volvió hacia él. Su marido la estaba mirando desde los peldaños con un anhelo tan evidente que se le aceleró el corazón.

—¿Podríamos vernos a media mañana, por favor? Recorreremos el jardín y te enseñaré la casa. Me... gustaría hacerlo. —Su rostro reflejó un momento de inseguridad, como si se sorprendiese de decir aquello.

Debería negarse, pensó ella. Cuanto más rato pasara con él, más predispuesta estaría a querer pasar más todavía. Esa mañana casi se lo había contado todo, y sólo hacía un día que lo conocía, aunque parecía que fuera muchísimo más. En realidad, no sabía nada de él, aparte de que era guapo, había conocido la desesperación y el amor, le gustaba reírse pero no lo hacía casi nunca, y la deseaba.

—Sí. Me... gustaría acompañarte —se oyó decir a sí misma, y se habría dado de bofetadas por ello.

Wolf sonrió, y Sabina se alegró de haber aceptado su propuesta.

—Hasta entonces, pues —dijo Wolf y se marchó.

Mientras observaba cómo se iba, Sabina se preguntó cómo lograría salir de aquella situación insostenible si Wolf no dejaba de sonreírle de aquella forma.

Sabina comprobó cuidadosamente su aspecto en el espejo. Llevaba tres días en El Santuario, en su mayor parte durmiendo o descansando en su alcoba. Ahora se estaba preparando para asistir a la primera cena en la mesa familiar. Gisel se reuniría con ellos unos minutos antes de irse a dormir.

Como llevaba el único vestido que tenía, el uniforme gris de criada proporcionado por Bea, esperaba que Gisel no la tomara por una nueva criada. Suspiró. La verdad, nunca había reparado en que era tan coqueta, pero quería causar una buena impresión y se esmeró más de lo habitual en su aspecto.

La modista la había visitado esa misma tarde, de modo que el problema que tenía con la vestimenta estaría pronto resuelto. Sin embargo, le incomodaba aceptar dinero de Wolf para algo tan frívolo como comprar ropa nueva, aunque agradecía su consideración.

Se deshizo la trenza y se cepilló el pelo. Las ondas negras le cubrían la espalda. Como sabía que era uno de sus puntos fuertes, decidió impulsivamente dejárselo suelto en contra de lo que establecía la tradición, sin saber muy bien a quién quería impresionar, si a la niña o al padre.

Como nadie fue a buscarla a la hora establecida, se dirigió por su cuenta al comedor. Al acercarse, oyó el murmullo de voces graves de hombre. Sabía que la señora Schumacher y su hija no asistirían a la velada, afortunadamente. Al oír la voz de Wolf, el nerviosismo la embargó y se detuvo un instante. Se apretó el vientre con una mano, inspiró hondo y se preparó para lo que le esperaba.

Entró despacio en el comedor y vio la figura imponente de su marido paseándose delante de la chimenea. También vio a Peter, sentado en un banco junto a la ventana, bebiendo tranquilamente una cerveza. La niña no se veía por ninguna parte. Wolf se detuvo en seco y la miró.

Le asombró que cada vez que la veía estuviera más bonita. Casi no recordaba haber preferido alguna vez a las rubias pechugonas de formas rollizas. ¿Cómo podría superar ninguna mujer la sobria belleza que Sabina poseía?

Frunció el ceño. Si seguía con aquellas tonterías, pronto empezaría a leerle poemas.

Cuando Sabina se detuvo a medio paso con una expresión de duda, se dio cuenta de que seguramente había interpretado que le fruncía el ceño a ella. Abrió la boca para darle la bienvenida, pero Peter se le adelantó.

—¡Qué bella está usted, baronesa! —exclamó, poniéndose de pie y dirigiendo una mirada de reproche a Wolf. Y tras hacer un besamanos a su cuñada, añadió—: Su pelo es maravilloso, y le queda perfecto con ese tono gris. Es como poner una pintura preciosa en un marco sencillo. Hace que el cuadro luzca mucho más.

Con esas pocas palabras, Peter consiguió tranquilizarla, algo que Wolf parecía incapaz de lograr. Sabina sonrió a su cuñado con gratitud y murmuró un «gracias», mientras Wolf lanzaba una mirada malévola a su hermano. Peter arqueó una ceja con indiferencia y acompañó a la dama hasta la mesa.

Wolf reparó en que todavía no la había saludado, y volvió a abrir la boca para hablar. Y justo cuando lo hacía, un proyectil rubio entró disparado al comedor.

—¡Papá! —gritó la niña, lanzándose a sus brazos—. ¡Papá!

Su padre casi no pudo atraparla a tiempo. La balanceó por el aire a gran altura mientras la pequeña no dejaba de reírse.

—¡Tata Barba dice que hoy como con los mayores! —farfulló Gisel.

En aquel instante, la mencionada tata Barbara entró como una exhalación en el comedor. La pelirroja corpulenta suspiró de alivio al ver a Gisel en brazos de su padre.

—Perdóneme, señor Behaim, sólo la he perdido de vista un momento. Es que tiene muchas ganas de estar con ustedes. He intentado explicárselo, pero... —Encogió sus rollizos hombros.

—No se preocupe. Vuelva por ella en unos minutos, por favor.

La mujer asintió y se retiró, pero no sin mirar antes a Sabina con curiosidad. Wolf volvió a fijar la atención en su hija.

—Hola, pillina. ¿Le has vuelto a poner las cosas difíciles a la tata Barbara? —Le cubrió la cara de besos, sin dejarla aún en el suelo. La pequeña reía y se retorcía mientras le pasaba la manita por la mejilla.

—Rascas, papá —se quejó, muy seria.

Wolf la estrechó entre sus brazos y trató de parecer arrepentido.

—Sí, cielo. Esta mañana se me ha olvidado afeitarme. Si quieres besarme, tendrás que aguantar que te rasque.

—No. ¡Si papá quiere darme beso, papá se afeita! —afirmó la niña con descaro.

Peter contuvo una carcajada.

—¡Caramba, sí que empiezan jóvenes! —murmuró.

—Tienes toda la razón —aseguró Wolf a su hija, y añadió, guiñando un ojo a Sabina—: Tendré que recordarlo la próxima vez que intente besar a chicas bonitas. —Procuró no reírse abiertamente al ver la expresión de asombro de Sabina.

Gisel la miraba sin disimular su curiosidad.

—Hoy es un día muy especial, cielo —dijo su padre—. Por eso le he pedido a la tata que te dejara venir un rato con nosotros. Quería que conocieras a la baronesa Sabina. Puedes llamarla «señora». ¿Querrás hacer que se sienta a gusto?

—Hola —la saludó la pequeña, y se metió un dedo en la boca—. La vi. En la cama grande. La tata dijo que señora muy cansada para jugar.

—Oh. Sí —respondió Sabina—. Lo siento. Pero me alegro de conocerte ahora. Hace mucho que esperaba hacerlo.

—¿De veras? —dijo Gisel tras sacarse el dedo de la boca.

—De veras —asintió Sabina—. Tu papá me ha hablado mucho de ti. ¿Es verdad que la semana pasada te comiste un bicho gordo del jardín?

Wolf vio con el rabillo del ojo que Peter contenía un escalofrío de asco mientras Gisel asentía con la cabeza.

—¿Y cómo era? Nunca me he comido un bicho —comentó Sabina, muy seria.

Gisel frunció la cara, pensativa.

—Crujiente —decidió.

—¡Ah, caramba! Bueno, no me gustan las cosas crujientes, así que será mejor que no me coma ninguno. ¿Qué te parece?

Gisel asintió para mostrar su conformidad.

—Ni yo.

Se sonrieron de oreja a oreja. Se habían hecho amigas al instante.

Wolf dejó a su hija en el suelo, intentando ocultar lo feliz que lo había hecho que congeniaran tan deprisa.

—Ahora que ya la has conocido, será mejor que te vayas a la cama.

—¡No...! ¡Me quedo con señora! —exclamó Gisel con terquedad.

—Volverás a verla mañana. Pero ahora ya tendrías que estar durmiendo —dijo su padre con firmeza.

—¡Me quedo! —se obstinó la niña con expresión decidida, pero Sabina terció con delicadeza:

—Tal vez mañana, después de que haya desayunado, Gisel podría enseñarme los sitios donde le gusta más jugar. Creo que me perderé por aquí si no tengo ningún guía. ¿Podría ser? —preguntó a Wolf.

—Bueno, supongo que si quieres... —dijo, poco convencido.

—¿Guía? —Gisel repitió la palabra desconocida.

Sabina se arrodilló para mirarla desde su misma altura.

—Sí, es alguien que ayuda a otra persona enseñándole adónde ir. ¿Crees que podrías hacer eso por mí?

La pequeña asintió, feliz de que le pidiera ayuda.

—Pero antes tendrás que descansar mucho —comentó Sabina—. Los guías tienen que estar muy fuertes para poder enseñárselo todo a los demás. Forma parte de sus obligaciones. ¿De acuerdo?

Gisel pareció pensar un momento.

—Sí, señora —dijo al fin, y corrió hacia la puerta, donde la niñera la estaba esperando para llevársela. Pero se detuvo, regresó corriendo y besó a Sabina en la nariz—. ¡Adiós, señora! —exclamó, y se marchó.

Peter contemplaba la escena atónito. Wolf se volvió hacia Sabina maravillado.

—¿Cómo diablos lo has hecho?

—Es una niña encantadora —dijo ella, encogiéndose de hombros.

Su marido arqueó una ceja.

—Es tozuda como una mula. Normalmente, por lo menos.

—Bueno, hasta una mula camina si le pones una zanahoria delante —comentó Sabina con benevolencia.

—Cierto. Supongo que tendré que recordar ese truco.

Estaba contento, pero la alegría se desvaneció y algo más fuerte la sustituyó. Sostuvo la mirada de su mujer mientras su hermano intentaba ignorar educadamente la tensión surgida en la habitación.

—Bueno —dijo Wolf, desviando la mirada de su esposa con esfuerzo—. Quizá tendríamos que sentarnos. Enseguida servirán la comida. ¿Te apetece vino o cerveza?

Como quien no quiere la cosa, se adelantó a su hermano y ofreció a Sabina una silla junto a la suya, que presidía la mesa. Ella se sentó, al parecer sin darse cuenta de que ambos hombres competían por tener el honor de sentarla. Al verse perdedor, Peter gruñó y fue a sentarse enfrente de ella al otro lado de la mesa.

—Preferiría vino, por favor. —Estaba elegantemente sentada, con las manos juntas en el regazo. Era noble de pies a cabeza y, aun así, no parecía consciente de ello.

Mientras Wolf se sentaba, la mano de Peter le pasó de repente por delante para recoger la jarra de peltre de la mesa y llenar la copa de Sabina.

—Encantado de servirla, baronesa —comentó el joven, y le ofreció la copa sin prestar atención a la mirada fulminante que le lanzó su hermano.

Sabina aceptó la copa con una sonrisa.

—Llámame Sabina, por favor —pidió.

—Y tú, Peter. Todos mis amigos lo hacen. —Y le dirigió una sonrisa cautivadora, seguramente encantado de ver lo mal que lo estaba pasando su hermano.

—Pues me alegra contarme entre ellos... Peter.

—Y hablando de tus amigos —intervino Wolf—, ¿qué ha sido de Fya y su señora madre?

Peter bajó la vista hacia su jarra de cerveza con una expresión sombría.

—Creo que la comida no les sentó del todo bien la última vez que estuvieron aquí. Supongo que por eso tenían tan mala cara al marcharse.

Sabina tuvo un destello de arrepentimiento.

—Seguro que fue por culpa de mi grosería. Lo siento. No me comporté demasiado bien.

Peter la miró.

—Estabas en todo tu derecho, teniendo en cuenta... lo que pasó. Y todavía fuiste demasiado cortés, visto que ellas te faltaron al respeto. —Tomó un sorbo de cerveza—. No tenía ni idea de que pudieran ser tan maleducadas.

—De todas formas —dijo Sabina mientras toqueteaba su copa—, no me gustaría ser motivo de disputa si tenías intención de... comprometerte con esa joven.

—No estoy seguro de mi intención —suspiró Peter—. Fya es una muchacha muy bonita, desde luego, y muy agradable a su manera cuando quiere. Y su familia me habría pagado una buena dote. Pero la señora Schumacher no acaba de decidirse en lo que a mí se refiere. Le gusta la idea de que su hija se case con un médico, pero al mismo tiempo, siempre me ha despreciado por mis orígenes. Nuestro padre tampoco le gustaba, aunque sin duda apoyó a Wolf en Núremberg.

Sabina no entendió nada.

—Pero pertenecéis a la misma clase —observó—. ¿Qué derecho tiene a despreciarte?

Peter lanzó una mirada a su hermano, como si le preguntara cómo se le podían explicar esas cosas a un miembro de la nobleza. Para ellos, existían los nobles y los demás, para quienes a su vez existían miles de clasificaciones que los separaban y los elevaban a unos por encima de los otros.

—Nosotros somos nietos de mineros —respondió Wolf—. Su hija es nieta de un zapatero. O sea, tenemos en común la relación con la tierra. Pero creo que ella opina que nosotros somos un poco más terrenales que ellos.

—Pues entonces es que son idiotas, y es una suerte que os libréis de ellas —aseguró Sabina, mirando a ambos hermanos. Y, dicho esto, se llevó la copa a los labios para beber, dando el tema por zanjado.

Ambos hermanos intercambiaron una mirada de sorpresa, y Peter alzó su jarra.

—¡Salud! —brindó, y entrechocaron las jarras.

En ese momento, Franz llegó con el primer plato de la cena, una sopa de guisantes espolvoreada con virutas de beicon y acompañada de unos suculentos panecillos con mantequilla. Sabina se frotó las manos, tomó el plato y se llevó delicadamente la sopa humeante a los labios. La olisqueó con gusto y se la tomó con las ganas de un marinero de permiso en tierra.

Wolf soltó una carcajada, pero cuando ella lo miró con una ceja arqueada por encima del plato para saber a qué atenerse, se limitó a acercarle los panecillos. Sabina le sonrió, tomó un par y siguió comiendo.

Al otro lado de Wittenberg, fuera de las murallas de la ciudad y en lo alto de una colina, alguien observaba entre las sombras cómo el barón Marcus von Ziegler salía sigilosamente del Gran Salón, donde un grupo de nobles borrachos se divertía lujuriosamente. Los gritos de unas cuantas criadas, tanto las que consentían como las que no, se mezclaban con los gruñidos roncos de los hombres que no podían esperar hasta encontrar un rincón retirado del castillo para terminar las diversiones de la velada.

Los hombres recompensarían generosamente a la mayoría de las mujeres por sus favores. Eso era lo único que impedía que aquellas mujeres se marcharan del castillo Von Ziegler y buscaran un empleo más tranquilo. Aparte, por supuesto, del hecho de que el barón se negaba a darles buenas referencias. Y sin referencias, la mayoría de las mujeres acabaría en una casa de citas, donde las manosearían los mismos animales sudorosos, pero lo harían todas las noches y tendrían que entregar el dinero que tanto les costaba ganar a algún chulo en lugar de ahorrarlo a escondidas para poder huir en un futuro. Visto en perspectiva era el menor de dos males, y las mujeres se quedaban.

Todo aquel libertinaje no interesaba a la figura solitaria, pero sí, en cambio, el destino del barón. Durante aquellas juergas, cuando los hombres estaban demasiado borrachos para darse cuenta de que les faltaba alguna que otra baratija, de que había unas menos en su bolsa, el barón se dirigía a la torre y reaparecía después. Aquella noche, la persona que lo observaba se había adelantado y estaba esperando pacientemente que llegara la hora.

Permaneció entre las sombras mientras el barón entraba sigilosamente en la torre norte y cerraba la puerta. Se quedó observando cómo la antorcha brillaba intermitentemente por las troneras del grueso muro de la torre mientras el barón subía hasta arriba.

Pasado un cuarto de hora, la antorcha volvió a bajar, como siempre, y el barón reapareció. Cerró la puerta con llave al salir de la torre, y se guardó en el bolsillo esa y otras llaves más pequeñas que quien lo observaba conocía de antes. Todavía entre las sombras, la figura memorizó rápidamente la forma y la situación de la llave en la anilla metálica antes de que ésta desapareciera; así le sería más fácil elegirla entre el manojo cuando llegara el momento. Sabía que podría colarse en la torre a través de unas piedras sueltas del otro lado del muro, pero si no las reemplazaba, se notaría, y sería difícil hacerlo sin que nadie lo descubriera. Entrar en la habitación de lo alto de la torre sería mucho más difícil. Por otro lado, había formas de copiar una llave si se podía obtener la maestra.

Cuando el barón volvió al salón, su esposa avanzó despacio hacia la luz.

Siempre había formas de hacer las cosas.

10

Durante las siguientes horas, Wolf se encontró inmerso en una animada conversación. Peter y él, muy versados en diversos temas interesantes, animaban a Sabina a participar. Como su madre era una mujer de carácter fuerte y bien informada, Wolf no había creído nunca que las opiniones de una mujer fueran inútiles, como muchos hombres pensaban. Sabina se había perdido multitud de cosas cuando estaba en el convento, sentía curiosidad por todo y hacía muchas preguntas.

Los temas abarcaron desde la descripción entusiasta que Peter hizo de la visita de una compañía teatral a Wittenberg hasta los descubrimientos más importantes acaecidos recientemente en el Nuevo Mundo. Peter también le informó de que Wolf había terminado un mandato de burgomaestre en Núremberg, y era el hombre más joven que había ocupado nunca ese cargo.

—El consejo municipal le pidió incluso que aceptara otro mandato —explicó Peter, orgulloso de Wolf, a pesar de que a veces compitiera con él.

—¿Lo harás? —preguntó Sabina a su marido.

Wolf sacudió la cabeza.

—No tengo tiempo —respondió—. Las Imprentas Behaim se están expandiendo mucho actualmente —explicó, y desvió la mirada—. Y también está la de mi padre, la Imprenta Silver. Tengo que dedicarle tiempo. Me lo replantearé cuando se pueda acceder otra vez al cargo en verano.

—Mencionaste que había problemas con la liga de campesinos en Mühlhausen. ¿Sabes algo más sobre lo que está pasando allí?

Sabina parecía muy interesada en Mühlhausen, y Wolf se preguntó por qué. Se terminó una tortita de champiñones antes de contestar:

—Müntzer ha vuelto a Mühlhausen, y opera desde allí contra el gobierno. Cuenta con muchos partidarios en la ciudad. La situación no promete nada bueno. —Frunció el ceño—. Se considera un nuevo profeta, como Daniel, y le enfurece no poder dominar a los príncipes como hace con los campesinos. Según él, si no se avienen a su idea de traer el reino de Dios a la Tierra permitiendo que los campesinos gobiernen, los matarán a todos.

—Y, claro está, a los príncipes no les convence el punto de vista de Müntzer —intervino Peter.

Sabina sacudió la cabeza.

—Es increíble ver cómo un hombre puede engañarse a sí mismo, pero es aterrador ver cómo puede engañar a tanta gente.

Peter pinchó con su puñal una loncha de jamón envuelta en tiras de beicon y cubierta de chucrut que había en la bandeja y se la puso en el plato. Le hincó el diente y masticó con gusto.

—El elector ha avisado a todos los ciudadanos varones de la Sajonia electoral de que estén preparados para cumplir con su deber —añadió entre mordiscos—. El *landgrave* Felipe de Hesse ya ha actuado contra los alzamientos en su región, y ofrece apoyo de artillería al elector Federico si fuera necesario.

—Espero que no lo sea —comentó Wolf, que daba golpecitos en su jarra y contemplaba cómo la cerveza que contenía se rizaba—. El elector es un hombre de paz. No le gusta batallar. Preferiría esperar a que Dios decidiera el resultado antes que verse obligado a encargarse del asunto con los campesinos. Lo contrario significaría la muerte de miles de campesinos, como ya ha demostrado el *landgrave* Felipe.

—Pero a lo mejor será el duque Juan de Sajonia quien se encargue —comentó Peter, que se refería al heredero natural del elector Federico—. Por lo que dice el médico personal del elector, tengo la impresión de que el día menos pensado el duque Juan se convertirá en el nuevo elector.

Sabina se santiguó.

Wolf se fijó en el gesto.

—Bueno, ya está bien. —Alejó los comentarios sobre las muertes con una mano abierta—. Pasará lo que tenga que pasar. Hablemos de cosas más agradables —pidió, y al ver que quedaba un último dulce de membrillo en la mesa, alargó la mano para comérselo, pero no fue lo bastante rápido. Sabina ya le había clavado su tenedor.

Y entonces miró a su marido con los ojos muy abiertos, toda inocencia.

—Oh, ¿lo querías tú? —preguntó, parpadeando.

Wolf arqueó una ceja. Claro que lo quería, pero ahora quedaría mal que lo dijera. Ya se había dado cuenta de que comer con Sabina era un sálvese quien pueda.

—No. Cómetelo tú —respondió con sequedad. Y se bebió la cerveza mientras ella se zampaba el dulce.

—Vaya —exclamó Peter, divertido—. Será mejor que vayas con cuidado, Wolf, o acabarás comiendo de sus manos, o de lo que sea, en menos de una semana.

Wolf se atragantó con la cerveza y se secó los labios rápidamente con la manga. Su hermano se echó a reír, pero disimuló tosiendo.

Sabina se quedó mirándolos, desconcertada. Wolf agradeció a Dios que su matrimonio hubiera sido tan breve como para que siguiera sin entender las bromas subidas de tono de los hombres.

—Y después de este comentario, creo que me retiraré —dijo Peter, y se dio unas palmaditas en la tripa como muestra de reconocimiento—. Tengo que decir a Bea que ha vuelto a superarse.

Hizo un besamanos educado a Sabina.

—Me alegro de que hayas podido cenar con nosotros —le dijo ésta con una sonrisa—. ¿Pasarás aquí la noche?

Peter le devolvió la sonrisa, encantado.

—No se me ocurriría hacerlo. Pero ha sido un placer volver a verte. Eres... todo un hallazgo. —Y le besó los dedos.

Wolf hizo rechinar los dientes.

—Sí, todo un hallazgo —reflexionó Peter tras soltar una sonora carcajada. Y se marchó del comedor silbando como si no tuviera ni una sola preocupación en el mundo.

Su hermano lo miró alejarse.

—Hay que ver lo contento que está —comentó Sabina.

Sí que lo estaba, sí. ¿Qué habría encontrado Peter tan divertido durante la cena? Wolf sospechaba que tenía algo que ver con él.

—Parece una persona de trato fácil —se atrevió a decir Sabina para romper el silencio—. Tiene que ser muy agradable estar con él.

—¿Te parece? —Wolf se volvió a mirarla. El comentario de su mujer le había traspasado el corazón.

—Pues sí —afirmó. La pregunta la sorprendió—. ¿A ti no?

—A veces —murmuró Wolf, y fijó la vista en su jarra.

En cuanto Peter se fue, el ambiente del comedor cambió. Como su hermano ya no estaba, de repente Wolf fue más consciente que antes, si cabe, de la presencia de su esposa. Levantó la vista de la jarra y se fijó en cómo el resplandor de las velas se reflejaba en su pelo, en las tupidas pestañas que realzaban sus ojos azules, en los suaves labios que había besado hacía demasiado tiempo. Su cuerpo reaccionó como era de esperar y desvió rápidamente la mirada.

Sabina dejó la copa en la mesa y se levantó. Wolf la miró, sorprendido.

—¿Adónde vas? —Hasta él mismo se sobresaltó por la brusquedad con que lo preguntó.

—Había pensado irme a dormir —respondió Sabina, y carraspeó antes de añadir—: Si me dispensas... La cena ha sido fantástica, gracias. —Se volvió para marcharse.

O sea que a la que Peter se iba del comedor, a ella le faltaba tiempo para irse también. ¿Por qué? ¿Acaso no era agradable estar con él? «Pues claro que no, idiota —se respondió—. Tienes que esforzarte en ser simpático.»

—¡Sabina!

La muchacha se detuvo en la puerta para mirarlo con expresión dubitativa.

—¿Puedo...? —Wolf buscaba frenético algo que decir, algo que la retuviera unos minutos más a su lado—. ¿Puedo acompañarte a tu alcoba?

La pregunta devolvió el brillo a los ojos de Sabina. Si le pareció extraño que quisiera acompañarla ahora, cuando había logrado encontrar el comedor sola, sin ayuda de nadie, no se notó. En lugar de eso, sonrió tímidamente para responderle:

—Sí, gracias.

A duras penas pudo Wolf contener un suspiro de alivio. Se levantó, se acercó a ella y le ofreció el brazo. Ella se lo tomó, y subieron juntos la escalera. A él le resultó un gesto muy familiar, y rebuscó en la memoria para intentar saber por qué. No cayó en la cuenta hasta que hubieron llegado al rellano: había hecho exactamente lo mismo con Beth muchas veces. Después de una buena cena, ella lo tomaba del brazo para subir juntos la escalera de su casa de Núremberg, sólo que en lugar de separarse, como harían Sabina y él esa noche, él llevaba a su esposa a su propia alcoba, donde hacían el amor, hablaban o simplemente dormían, agotados por las preocupaciones del día.

El recuerdo agridulce se entrelazó con el presente, e imaginó que era Sabina y no su amada Beth la mujer que tenía en la cama y a la que susurraba palabras ardorosas al oído mientras la llenaba de su simiente...

¡No!

Fue como si le hubieran dado un puñetazo en el estómago.

Lo que sentía por Sabina no era amor. No podía serlo de ningún modo. Apenas la conocía. Lujuria, pasión, eso sí; no eran cosas que le resultaran extrañas. Pero su corazón sólo le pertenecía a su amada, a Beth, y siempre sería así. Se lo había jurado el día que había muerto en sus brazos.

Pero Sabina le hacía reír. Hacía que tuviera infinitas ganas de levantarse para ver qué le depararía el nuevo día. ¿Qué le había hecho aquella mujer? ¿Qué clase de hechizo le estaba lanzando? Empezó a fallarle la respiración y necesitó toda su fuerza de voluntad para seguirla por aquel largo pasillo hasta su alcoba.

No podía sucumbir al deseo que sentía por ella; no cuando sabía adónde lo conduciría. No cuando tenía la intención de traicionar su confianza. Ya conocía lo suficiente a Sabina como para saber que no lo perdonaría nunca por lo que tenía que hacer. No tenían ningún futuro juntos, y no podía llevársela a la cama sabiéndolo. No lo haría. Sabina se merecía algo más que un revolcón apresurado y una palmadita en el trasero como si fuera una mujerzuela de taberna.

Al llegar a la puerta, ella se volvió para darle las buenas noches y lo miró con ojos ingenuos, incondicionales.

«Ay, mi querida Beth —dijo Wolf en silencio a su amada—, ¿qué hará cuando descubra la verdad?»

Una vocecita interior le respondió: «Más importante es saber qué harás tú.»

Sabina lo miró, y su expresión amable cambió.

—¿Qué tienes, Wolf? Es como si hubieras visto un fantasma. ¿Qué pasa?

No, no había visto un fantasma, sólo lo había presentido.

Vio la angustia reflejada en los ojos de Sabina, que fruncía la boca, preocupada. Su fragancia a vainilla y rosa lo envolvía, lo atrapaba...

Tenía que alejarse de ella o la sujetaría y no la soltaría nunca más.

—Nada. No pasa nada. Buenas noches, baronesa.

Al oír el apelativo formal, Sabina entornó los ojos. Wolf le abrió rápidamente la puerta para poder irse de inmediato y evitar que viera el deseo en sus ojos, que supiera que estaba padeciendo por ella.

—Buenas noches —le respondió Sabina en tono educado. Se volvió y entró en su alcoba.

Wolf cerró la puerta y se marchó con la respiración entrecortada a tientas por el pasillo, buscando instintivamente su santuario particular.

Sabina se apoyó en la puerta de su alcoba. ¿Qué había ocurrido?

Wolf había estado muy simpático toda la velada, pero al final se había quedado extrañamente callado. Como había tenido la impresión de que ya no le apetecía estar con ella, se había levantado de la mesa para irse, pero cuando él le había preguntado si podía acompañarla a su alcoba, había estado segura de que se había equivocado. Sin embargo, ahora estaba convencida de que se moría de ganas de librarse de ella. ¡A ver si ese hombre se aclaraba de una vez!

Volvió a pensar en todo lo sucedido hasta llegar a su alcoba, cuando prácticamente la había empujado dentro y le había cerrado la puerta en las narices. No entendía qué problema había habido.

A lo mejor había bebido demasiado. Pero lo dudaba: él y su hermano sólo habían tomado unas jarras de cerveza durante la cena. No creía que una cantidad así afectara a un hombre tan corpulento, aunque ¿qué sabía ella de cómo aguantaba Wolf el alcohol? Un hombre fuerte sería reacio a admitir una debilidad como ésa ante una mujer.

O a lo mejor se encontraba mal.

¡Madre mía, ella estaba allí, preocupada por su ridículo orgullo, cuando él podía estar enfermo! Iría a verlo para asegurarse de que estuviera bien.

¿Tendría que intentar pedir ayuda a alguien? No; se sentiría como una imbécil si estaba equivocada y Wolf se encontraba bien. Sabina sabía que se retiraba a su estudio por la noche para trabajar en las muchas cuentas de las que era responsable: sus imprentas en Núremberg, la de su padre en Wittenberg, incluso las cuentas de la casa. Así que decidió ir a buscarlo allí.

Salía luz por debajo de la puerta. Dentro de la habitación, oyó lo que ya había empezado a reconocer como los pasos de Wolf. Aliviada, se armó de valor y llamó a la puerta. Los pasos del interior se detuvieron.

—¿Qué pasa? —gruñó Wolf desde dentro.

Sabina empezó a dudar de que fuera prudente ir a ver a un lobo a su propia madriguera.

—Nada —balbuceó—. Sólo quería asegurarme de que estabas bien, pero ya te dejo tranqui...

La puerta se abrió de golpe y Wolf tiró de ella hacia dentro de la habitación. Lo hizo con tanta fuerza que Sabina prácticamente le rebotó contra el pecho. Su marido la ayudó a conservar el equilibrio poniéndole una mano en la cintura y ella se apoyó sin aliento contra él y se aferró a su camisa. Alcanzó a ver fugazmente una habitación amplia, bien iluminada, con las paredes cubiertas de tapices y cuadros pintados al óleo, y un escritorio enorme en un rincón.

Wolf la miraba con el ceño fruncido.

—¿Por qué has venido? ¿Qué quieres? —le preguntó.

Tenía un aspecto casi salvaje. Los ojos le brillaban peligrosamente. Se había quitado el jubón y desabrochado las cintas que mantenían cerrada la camisa de batista, de modo que la llevaba abierta hasta la cintura. Sabina contempló embobada la piel que quedaba al descubierto y sintió una oleada de calor. Algo tarde, se dio cuenta de lo que estaba haciendo y alzó la vista de golpe hacia su marido.

—Perdona —se excusó—. No pretendía estorbarte. Tenías mala cara y sólo quería... —Se le apagó la voz al ver que él le recorría el cuerpo con los ojos.

Él parecía no haber oído ni una sola de sus palabras. Nerviosa, Sabina se humedeció los labios, de repente secos, y los ojos esmeralda de su marido ardieron de pasión.

—Por el amor de Dios —dijo Wolf—, ¿qué quieres de mí?

Sabina oyó el tormento y la angustia en su voz.

«A ti.»

Por un momento creyó, horrorizada, que había hablado en

voz alta. No lo había hecho, pero su expresión tuvo que haber reflejado algo, porque el ambiente cambió y se cargó de una repentina tensión casi insoportable.

Notaba el calor de la mano de Wolf en su cintura como si estuviera desnuda. No podía respirar con los pechos apoyados en el tórax musculoso de su marido, y fue dolorosamente consciente de que estaba excitado. El pulso empezó a latirle a ritmo entrecortado, no sabía si debido al miedo o al deseo.

Siguieron pegados el uno al otro un rato eterno, mientras él se debatía entre besarla o no. Sabina podía ver el debate que mantenía en su interior, casi podía oírlo recordándose a sí mismo los motivos por los que no debería hacerlo.

Se puso de puntillas y le tocó los labios con los suyos.

Aunque al principio se sobresaltó, Wolf reaccionó enseguida. Le rodeó la cintura con unos brazos que parecían de acero y le devoró la boca con la suya. Sabina se tambaleó hacia atrás y él la levantó del suelo y la apoyó contra la pared. Un cuadro colgado tras ella cayó al suelo.

Durante un instante se sintió atrapada y la invadió el miedo de siempre, pero su corazón le susurró que aquel hombre no le haría daño. No actuaba con rabia, no pretendía dominarla. En realidad, era como si se hubiera rendido a una necesidad más fuerte que su propia voluntad, una necesidad tan palpable que saltaban chispas a su alrededor. La besó en el cuello, en los ojos, en los labios. Ella le devolvió los besos tímidamente, tocándole la lengua con la suya, y Wolf gimió de placer.

—¡Oh, Dios mío, estoy ardiendo! —graznó. Le levantó una mano y se la puso sobre el corazón, que le latía acelerado—. ¿Lo notas? Ardo de pasión por ti...

Volvió a cubrirle los labios con los suyos mientras murmuraba:

—Sí, Dios mío, sí...

Sabina apoyó los dedos sobre el pecho de Wolf. Y pudo notar el calor, el tormento que le recorría el cuerpo como un fuego arrasador. Pudo sentir las ansias con que la deseaba. Su angustia la emocionó intensamente, la derritió como una vela encendida. Si pudiera ayudarlo, aliviarlo con sus besos, con su cuerpo...

La idea la asustó y la excitó, y no supo qué hacer. Notó el angustioso dilema que agobiaba a su marido. Era como si estuviera luchando contra un demonio interior y sólo ella pudiera salvarlo. ¿Bastaría con el sacrificio de su cuerpo? ¿Qué pasaría entonces? Wolf no le haría daño intencionadamente, pero ¿se lo haría de todos modos, a pesar de no querer hacérselo?

¿Estaba ella dispuesta a arriesgarlo todo... de nuevo?

—¡Wolf, oh, Wolf! —murmuró, y él le respondió con un susurro incoherente.

Apretó su cuerpo contra el de ella, y Sabina sintió su calor, su fuerza, su firmeza mientras le acariciaba el cuello con la nariz y le recorría el cuerpo con las manos.

Por fin decidida, le acarició la cara. La vida estaba llena de riesgos, y no vivirla plenamente era el mayor de todos. Con un suspiro, se entregó a él y le abrió su corazón.

Wolf notó su entrega y la atrajo aún más, amoldó su cuerpo al de ella, la besó apasionadamente.

—Eres tan sabrosa...

Se ayudaba de la pared para unir con fuerza sus cuerpos, haciendo movimientos desenfrenados, apasionados. Sabina arqueó la espalda, henchida de deseo, mientras la respiración entrecortada de ambos llenaba el silencio del estudio.

De repente, Wolf se detuvo. Jadeante, la contempló mientras el cuerpo le temblaba de excitación, y cerró los ojos.

—No —masculló, y la bajó despacio al suelo.

En su descenso, Sabina sintió todos los músculos tensos, todas las zonas firmes de aquel cuerpo, y se estremeció.

—Perdóname —dijo Wolf con la cara hundida en el cabello de su mujer en un gesto de derrota—. Lo siento. No tengo derecho a...

—Shhh... —susurró Sabina, acariciándole la nuca y besándole las sienes—. Shhh...

Sujetó la cara de él entre sus manos y lo besó en los labios.

—No —dijo Wolf con los ojos abiertos como platos y el ceño fruncido—. No hagas eso —suplicó con los labios aún en contacto mientras intentaba apartarle las manos.

Pero ella no le hizo caso. Movida por una necesidad que le era desconocida, le tomó una mano y se la puso sobre el corazón del mismo modo que había hecho él anteriormente.

—Tócame —susurró y, como si no pudiera contenerse, Wolf obedeció. Le acarició los senos mientras los ojos le brillaban de deseo.

Acercó el cuerpo hacia la mano de su marido y apoyó la cabeza en la pared. Sus caricias le provocaron oleadas de placer. Le tocó el dorso de la mano con los dedos para animarlo a continuar. Él acercó la otra mano, pero se detuvo a medio camino. Sacudió débilmente la cabeza y frunció otra vez el ceño.

—No —repitió, aunque con tono menos seguro—. No deberíamos...

Sabina le puso un dedo en los labios para que se callara. Luego, lo quitó y se los besó con vehemencia. Wolf le sujetó la cabeza para separarla, pero se detuvo y la acercó de nuevo a él.

Entonces Sabina supo algo: quería llegar hasta el final. Y él también. No dejaría que el miedo que Wolf pudiera sentir por su salud, o por su sensibilidad, o lo que fuera que lo preocupara, se interpusiera. No quería ningún argumento más en contra, ni por parte de ella ni por parte de él.

Deslizó los dedos por el cuerpo de Wolf hasta donde notaba que le presionaba rígidamente el vientre. Alargó la mano y lo rodeó con los dedos para acariciarlo con delicadeza. Casi no pudo creerse su descaro al buscar lo que antes temía pero ahora deseaba.

Wolf soltó un gemido que pareció de dolor. Sabina, temblorosa, lo acarició de nuevo, esta vez con más brío. Wolf le hundió los dedos en el cabello y apretó el cuerpo contra la mano que lo tocaba.

Y entonces, de pronto dio un puñetazo a la pared y se apartó bruscamente de ella. El movimiento fue tan repentino que chocó con el respaldo de una silla y se aferró a él como si el suelo se estuviera moviendo y el asiento fuera el único asidero de salvación. Se quedó así un instante, jadeando, mirándola con ojos acusadores.

—¿Te has vuelto loca? —preguntó por fin—. ¿Tienes idea de lo que me estás haciendo?

—Sí —respondió Sabina sencillamente, y extendió las manos hacia él.

11

Wolf se quedó mirando a Sabina. Lo había tocado de aquella forma sabiendo la reacción que obtendría. Entonces recordó que ya no era virgen; tendría algo más que una ligera idea del efecto que le causaba. No soportó pensar cómo lo habría aprendido. Lo sabía, claro está. Había tocado a aquel jovencito del mismo modo, le había ofrecido por primera vez sus favores, él la había conocido como Wolf nunca la conocería. Los celos lo cegaron.

—¿Y quién te lo enseñó, tu amante? —soltó.

Sabina se estremeció y su semblante perdió el color. Dejó caer lánguidamente las manos a los costados y, acto seguido, irguió la espalda y reunió toda la dignidad que pudo para protegerse de aquella agresión.

Mientras, a Wolf le retumbaron sus propias palabras en la cabeza y se sintió fatal.

—Pues, de hecho sí —respondió ella con un desenfado que casi consiguió disimular lo dolida que estaba—. Y, por si te interesa, por aquel entonces yo creía que estaba casada con él. Aunque me parece que acabamos de demostrar que no. Que no estás interesado, quiero decir. —El brillo de una lágrima le tembló en las pestañas.

Wolf supo que se estaba esforzando por no llorar delante de él. Sabina se volvió para que no le viera la cara.

Y él se sintió como un energúmeno.

—Como veo que estás bien —dijo Sabina con la voz amortiguada por las lágrimas contenidas—, regresaré a mi alcoba.

—No, espera —pidió Wolf, y le sujetó un brazo—. Deja que te lo explique.

—No hace falta. Lo has dejado todo perfectamente claro —aseguró ella con dificultad. Una lágrima cayó al suelo.

—Sabina... —insistió, desgarrado al ver aquella lágrima.

Ella se soltó y siguió andando, pero se detuvo en seco cuando observó el pequeño retrato que colgaba detrás del escritorio. Supo de inmediato quién era. Después de haber conocido a Gisel, el parecido de Beth con su hija era innegable.

Se volvió hacia su marido.

—A fin de cuentas, no podía esperar que tuvieras relaciones conmigo bajo la atenta mirada de tu amada.

A Wolf lo sobresaltó que usara, sin saberlo, el término cariñoso con que se refería a su difunta esposa. Se quedó mirándola.

—Para —pidió a Sabina.

—Como guste el señor —respondió con frialdad—. Me aseguraré de que no se repita nada de lo que ha pasado aquí... nunca. —Y se dispuso a marcharse.

Pero Wolf no podía dejarla irse así.

—Sabina, tenemos que hablar... —Intentó detenerla de nuevo, esta vez plantándose delante de la puerta.

—No tengo nada que decirte, excepto buenas noches —siseó ella, y tendió la mano para abrir la puerta.

Forcejearon un instante. La joven le rozó con el cuerpo el miembro turgente y Wolf tuvo que esforzarse por contener el ramalazo de deseo que le recorrió el cuerpo, a pesar de la situación. Se percató entonces de que era ridículo intentar impedir que se fuera si ella realmente quería hacerlo.

Tenía razón, claro. No era buena idea hablar con su esposa ahora que todavía conservaba su sabor en los labios, que todavía anhelaba poseerla.

—Muy bien. —Se apartó de la puerta y se la abrió para que pasara. Cuando Sabina salía, tiesa como un palo, la detuvo una vez más—. Pero quiero que sepas algo antes de irte.

Ella se volvió despacio para mirarlo a los ojos. Su frialdad le indicó que le importaba un comino lo que fuera a decirle, pero su cara, muy tensa, decía otra cosa. Wolf se apoyó en la puerta y se llevó la otra mano a la cadera.

—Lo estoy —dijo.

Cuando Sabina arqueó una ceja sin entender a qué se refería, él bajó la vista:

—Interesado, quiero decir. Y mucho.

La mirada altiva de Sabina siguió la de su marido hasta la erección que la postura que había adoptado resaltaba. La pasión se reflejó de nuevo en aquellos ojos azules antes de que bajara los párpados. Con la cabeza muy alta, salió al pasillo. Ni una reina que abandonara la corte se habría movido con tanta elegancia. Al verla marchar, majestuosa, Wolf casi sonrió.

«Condenada mujer. ¿Qué voy a hacer contigo?»

—¿No es la noticia que hubiera querido oír el señor? —le preguntó Franz dos días después. Acababa de informar a su patrón de lo que le habían contado sus amigos con respecto a la investigación sobre las actividades del barón Von Ziegler.

—No, por desgracia no —contestó Wolf mientras hacía girar la gruesa copa de cristal y contemplaba los lentos círculos que describía el licor ámbar.

Calentar el brandy era el mejor momento del ritual de consumirlo. Wolf había descubierto aquel licor, potente y suave a la vez, hacía apenas un año, cuando un mercader de vinos holandés le había convencido de que lo probara. Le gustaba la idea de que tomara el calor de sus manos y que, al hacerlo, fuera revelando poco a poco sus cualidades ocultas y sus secretos misteriosos. En ese sentido, era como una mujer.

Esto lo llevó de nuevo al motivo por el que estaba sentado en el estudio de su padre, planteándose qué hacer con respecto a la mujer que era ahora su esposa.

Franz, sentado delante de él, tomó un sorbo de su brandy. Al bajar la copa se le escapó un murmullo de aprobación y miró a su patrón, como si expresar placer en aquel momento fuera de mal gusto. Se tragó la bebida y se secó los labios con un pañuelo.

—¿Puedo ayudarle en algo más? —preguntó.

—No le cuentes a nadie lo que has averiguado. Ya sé que no es necesario que te lo advierta, pero prefiero asegurarme.

—Por supuesto, señor. Seré una tumba. —Se levantó de la silla—. ¿Puedo volver a mis quehaceres?

—Sí. Gracias, Franz. Tu ayuda ha merecido, como siempre, que redujera mis existencias —añadió Wolf con una ligera sonrisa.

Los ojos del criado brillaron divertidos. Hizo una reverencia antes de salir de la habitación.

Ya solo, Wolf dirigió la vista al contrato matrimonial fechado el día de su boda que tenía en el escritorio. Mil ducados. La dote de Sabina, sobre la que él tenía ahora control absoluto. La herencia de la madre de ella.

Los informantes de Franz habían confirmado lo que Wolf ya sospechaba. Cuando su padre la encerró de un modo tan despiadado, Sabina habría vuelto a su casa para intentar asegurarse su herencia.

Después de que ella le hubiera confiado sus experiencias en el convento, a Wolf no le había quedado la menor duda de que planeaba utilizar aquel dinero para proteger a otras mujeres desvalidas con la creación de un hogar donde pudieran refugiarse. Cuando le habló de ello, sus ojos habían adquirido el fervor de los conversos, y era lo único que explicaba que hubiera aguantado tanto tiempo los maltratos del barón. Lo más seguro es que sólo hubiera aceptado casarse porque Von Ziegler le había hecho creer que, a pesar de hacerlo, seguiría teniendo derecho a la herencia.

Pero Wolf había acordado entregar el dinero a Von Ziegler en el plazo de una semana a contar desde el día de la boda. Y si no lo hacía, el barón ejecutaría los derechos de prenda no sólo sobre la Imprenta Silver, sino también sobre El Santuario.

Eso sería devastador. Aunque, en el fondo, sólo era un montón de argamasa y ladrillos. Él tenía sus propias imprentas, y aunque le partiría el corazón renunciar al Santuario, podrían encontrar otro sitio donde vivir. Pero ¿cómo reconstruía un hombre su reputación y la de su familia? Von Ziegler podría cumplir su amenaza de revelar lo que sabía sobre la muerte de su padre, y ése era un riesgo que Wolf no podía correr.

Desesperado, se mesó el pelo, pensando en lo bajo que había caído. Y todo por culpa de los planes insensatos de su padre.

Ahora, sentado en el estudio de su progenitor, suspiró con fuerza, se llevó la copa a los labios y dio un buen trago. El brandy se le deslizó con suavidad por la lengua, le acarició el paladar y le dejó un rastro caliente garganta abajo.

Se levantó y empezó a pasearse, frustrado. El dinero era de Sabina por derecho propio. Y ahora, por un giro inesperado del destino, le pertenecía a él. ¿Quién era él para decidir que era más importante para él que para ella? Ahora bien, a pesar de que intentaba ser imparcial, no podía permitir que ella se quedara con el dinero.

Había hecho un trato. Un pacto con el diablo, sin duda, pero hecho estaba. Y de él dependía el futuro de Gisel, el futuro de toda su familia, y eso decantaba la balanza.

Miró el retrato de Beth y se maravilló de lo mucho que madre e hija se parecían. Las dos eran de tez blanca y poseían unos relucientes rizos rubios. La única diferencia estaba en los ojos: los de Beth eran castaños, mientras que los de Gisel eran del mismo verde que los suyos.

Tendió la mano para acariciar con cuidado el lienzo, que mostraba la única imagen existente de Beth. A veces pensaba que, sin él, se le olvidaría su cara. Esa idea lo aterraba. Había noches que despertaba sudando, rebuscando frenéticamente la imagen de Beth en su memoria. Y encendía una vela para ir corriendo hasta el retrato y tocarlo con cariño. Antes colgaba en su casa de Núremberg; lo había traído aquí, al estudio, tras la muerte de su padre.

Ahora, cada vez tenía más la impresión de que el retrato era sólo una tela pintada y no el talismán en que se había convertido los meses posteriores a la muerte de su esposa. Se preguntó por qué lo había traído al Santuario. Si tenía que seguir su plan original, pronto volvería a casa. A Núremberg, con Gisel. Tendría que decírselo a Sabina. De repente, la idea de irse sin ella lo deprimió. Cerró los ojos, apoyó la frente en el grueso cristal y pensó en su hija.

«Ámala. Ámala por los dos.»

Una llamada a la puerta lo sacó de su ensimismamiento. Tal vez si lo ignoraba, quienquiera que fuera se iría.

Pero volvió a llamar, sólo que esta vez más fuerte.

—¿Wolf? —Era Peter.

El hermano mayor bajó a regañadientes la mano y se volvió hacia la puerta.

—Adelante —dijo.

El menor asomó la cabeza en el estudio.

—¿Qué? ¿Ha averiguado algo Franz?

Wolf lo miró contrariado. ¿Cómo podía saber Peter siempre lo que ocurría, a pesar de lo mucho que él se esforzaba por evitarlo? Al ver su expresión, Peter soltó una carcajada y entró del todo en la habitación.

—No pongas esa cara de sorpresa. Franz y tú os habéis pasado los últimos días susurrando por los rincones, y Franz ha salido de aquí hace unos minutos oliendo a tu licor favorito. No me ha sido demasiado difícil sacar las conclusiones correctas, pero el hombre no suelta prenda. Así que dime qué pasa, y los dos nos ahorraremos el tiempo que tardaría en sonsacártelo.

—¿Te he dicho alguna vez lo pesado que puedes llegar a ser? —repuso Wolf, fulminándolo con la mirada.

—Varias veces, y no trates de cambiar de tema. —Peter se sentó al borde del escritorio y le sonrió con desfachatez.

Wolf se pasó una mano por el pelo.

—Muy bien —dijo.

Se levantó y volvió a pasearse por el estudio mientras su hermano seguía sus movimientos con la mirada.

—Querías saber por qué me casé con Sabina —empezó Wolf.

—Sí. Tenía la impresión de que no pensabas volver a casarte. Claro que, después de haber conocido a tu nueva esposa, comprendo que hayas cambiado de opinión —comentó, y le guiñó un ojo.

—Sí, bueno, aun así, la razón no fue ésa. —Wolf desvió la mirada, tomó la copa y empezó a toquetearla. Al darse cuenta, la dejó en la mesa. ¿Qué podría decir sin contarle toda la verdad? Señaló la botella con la mano, invitándolo a beber.

»Ya sabes que padre tenía problemas económicos antes de... antes del accidente —empezó mientras su hermano se servía una copa de brandy.

Peter asintió y bebió en silencio, expectante.

—Eran peores de lo que imaginábamos. Por culpa de malos préstamos y deudas de juego debía mucho dinero al padre adoptivo de Sabina, el barón Von Ziegler. Cuando padre murió, el barón esperaba que yo saldara sus cuentas. Era una friolera de dinero. No podía pagar esa cantidad en tan poco tiempo, visto los limitados recursos de las Imprentas Behaim. Él aceptó condonarme el importe total de la deuda si me casaba con su hija.

—Tendrías que haber dicho algo —se quejó Peter con el ceño fruncido—. Podríamos habernos apañado de alguna forma...

—No. —Wolf apoyó las manos en la mesa y contempló su copa vacía. Levantó una mano y se frotó la nuca, cansado de repente—. La cantidad era demasiado grande.

—¿De cuánto estamos hablando?

—Más de quinientos ducados, si incluyes los derechos de prenda sobre la Imprenta Silver y El Santuario.

—¡Por las barbas de Lucifer! —exclamó Peter, horrorizado.

—Así que ya lo ves, no tuve más remedio que aceptar.

—Pero había otras opciones, Wolf. Tienes que dejar de intentar cargar tú solo con todo. Deberías habernos involucrado a los demás. Podrías haber pedido un préstamo al orfebre. Podría haberme casado yo con la chica, santo Dios. A pesar de su pasado, es encantadora. No me habría importado intentarlo con ella si la hubiera conocido primero, y a la porra con Fya.

Wolf se volvió hacia él.

—Ni se te ocurra pensarlo.

Peter alzó una mano para defenderse.

—Tranquilo, sólo quería decir que... —Y entonces cayó en la cuenta—. Estás celoso —sentenció.

—Claro que no —negó vehementemente su hermano.

—Sí que lo estás —replicó el menor con una sonrisa burlona—. Es tu mujer. No tiene nada de malo. ¿Por qué te molesta tanto admitirlo?

—No me molesta —soltó Wolf. Levantó la copa y se sirvió de nuevo. Tomó un sorbo, pero esta vez lo disfrutó menos que antes.

Mientras, su hermano lo miraba con cara de complicidad.

—Además, fue idea de su padre —prosiguió Wolf—. Dijo que Sabina había regresado intempestivamente a casa y quería librarse de ella. Al parecer, poseía una dote considerable. Si le hacía el favor de quitársela de encima, yo recibiría esa dote. Y entonces podría pagarle las deudas.

Peter se rascó la barbilla, perplejo.

—Pero ¿por qué te iba a dar el dinero para que después se lo devolvieras? ¿Por qué no se quedaba él mismo con el dinero y te condonaba directamente la deuda?

—Yo me hice la misma pregunta. Pero no conseguí sacarle nada. Ahora bien, por lo que he averiguado, el dinero nunca fue suyo. Corresponde a un legado especial que estableció Marie, la madre de Sabina. Ella, a diferencia del barón, pertenecía a la alta nobleza. Los Von Ziegler sólo hace doscientos años que ostentan su título y, además, carecen de escaño en la Dieta Imperial.

—¿Por qué se casaría Marie con él? —se extrañó Peter, sacudiendo la cabeza—. ¿Se le daban bien las mujeres al barón cuando era joven?

El mayor se encogió de hombros.

—Fueron más bien los rumores que corrían sobre la concepción de Sabina lo que la convenció de hacerlo. La madre de Sabina desapareció cierto tiempo durante su juventud, y su hija nació en otro país. Nadie conoció nunca al padre, con quien se supone que Marie se casó y que falleció misteriosamente antes de que volvieran a Sajonia. Es muy posible que Sabina sea ilegítima. Que el barón aceptara casarse con Marie y adoptara a Sabina serviría para recuperar su maltrecha reputación.

Peter frunció el ceño y sacudió la cabeza.

—Pobre Sabina. ¿Lo sabe ella?

—¿Que es adoptada? Sí. ¿Lo demás? Lo dudo —aseguró Wolf, sacudiendo a su vez la cabeza—. A pesar de todo, el padre de Marie, el conde de Prüss, incluyó unas estipulaciones especiales para Marie en el contrato matrimonial con Von Ziegler. Prüss, al parecer, no se fiaba del barón, que entonces era viudo y ya tenía un hijo pequeño. Debió de querer que Marie gozara de cierta independencia. Von Ziegler aceptó asignarle una parte de la dote el día de su boda por un total de mil ducados. Era una especie de protección por si se torcían las cosas.

—¿Y esto tiene importancia para ti porque...?

Wolf anduvo arriba y abajo delante de su hermano mientras pensaba la respuesta.

—Poco antes de su muerte, en algún momento, la madre de Sabina modificó su legado. Como el dinero formaba parte de la dote que correspondía a Marie y, por tanto, no era propiedad de su marido, podía disponer de él libremente. El legado modificado añadía una disposición según la cual, si Sabina se comprometía antes de los veinticinco años de edad, esa cantidad se convertiría en dote para su futuro marido. —Volvió a pasearse—. Pero si Sabina tomaba los hábitos y se quedaba en el convento, el día que cumpliera los veinticinco, el dinero iría directamente a las arcas de la abadía a la que perteneciera para sufragar su manutención y sus necesidades diarias. Lo mismo se aplicaba si Sabina fallecía: el dinero iría a parar a manos de la Iglesia.

—Ah —dijo Peter, comprendiendo la situación.

—Lo entiendes, ¿no? Su madre debió de temer que después del escándalo Sabina no consiguiera marido sin una dote como Dios manda. Por no hablar de que corría el riesgo de que el barón se puliera cualquier dinero que Sabina pudiera heredar.

—Por lo que me has contado de ese hombre, apuesto a que no habría hecho nada por Sabina.

Wolf asintió.

—Así, el barón no podría quedarse con el dinero para malgastarlo a su antojo cuando Sabina alcanzara la mayoría de edad.

—Su madre era muy inteligente —dijo Peter, haciendo un gesto de aprobación con la cabeza.

—No lo bastante. —Wolf contempló de nuevo el interior de su copa mientras su hermano lo observaba con expresión inquisitiva. Hundió un dedo en el brandy del fondo y luego recorrió el borde sin apartar los ojos del rastro que dejaba—. No contaba con los motivos que tendría el prometido de su hija para casarse con ella. —Miró a su hermano con ojos afligidos—. Efectivamente, el legado pasó a ser mío el día que me casé con Sabina. Y puedo disponer de él. Pero Sabina no lo sabe porque su padre la engañó. Ella todavía cree que lo heredará.

—Y supongo que eso no sucederá —dijo Peter en tono de reproche.

Wolf se puso a la defensiva, aunque su propio sentimiento de culpa lo estaba corroyendo.

—Si no le devuelvo el legado al barón, estará todo perdido. Todo lo que nuestro abuelo luchó tanto por conseguir. Todo lo que padre tuvo que trabajar años para lograr. No puedo hacer otra cosa.

—¿Cuándo piensas decírselo? —Peter fue directamente al grano.

—Al principio pensaba hacerlo inmediatamente, pero ahora... —Se le apagó la voz, y removió distraídamente el brandy en la copa.

—Pero ¿ahora qué? Wolf, no puedes empezar un matrimonio basándote en mentiras. Si tienes alguna esperanza de que tu matrimonio sea feliz, sabrás que...

—De eso se trata. No.

—Uno de los dos está diciendo cosas sin sentido —comentó Peter, y echó un vistazo a su copa—. Tal vez sea el brandy.

—Lo que quiero decir es que no tenía ninguna esperanza de que el matrimonio fuera un éxito. Al principio había pensado solicitar la disolución una vez hubiera pagado la deuda, devolverla al convento, pero ahora...

—¿Basándote en qué?

—¿Qué?... Oh, en que la unión no se ha consumado.

Peter soltó una carcajada. Dobló el cuerpo hacia delante, se dio una palmada en la rodilla y se mondó de risa. Al final, hasta se le saltaron unas lágrimas.

—Oh, claro. Muy buena idea. Te doy dos días, tres como mucho, para que la tengas tumbada en la cama contando las vigas del techo de tu alcoba.

—No seas vulgar —lo reprendió Wolf ceñudo.

—Si no pasa antes —continuó Peter, señalándolo con el dedo—. Ya me he enterado de que hiciste de las tuyas junto al río, ¿sabes? Para que luego digas que yo soy vulgar —añadió, y era evidente que se lo estaba pasando en grande.

—Bajé la guardia un momento —admitió Wolf, y se avergonzó un poco—. No tenía intención de que sucediera. ¿Quién te lo dijo? —preguntó con mirada recelosa.

—Qué más da. Tengo mis espías. —Peter sonrió con picardía—. Si no quieres convertirte en la comidilla de la ciudad, no tendrías que hacer esas cosas al aire libre.

—No volverá a pasar —aseguró Wolf, sombrío.

Peter se reclinó en la silla de Wolf y cruzó los tobillos sobre la mesa. Le brillaban los ojos.

—Mi querido hermano, apuesto a que te equivocas —soltó, y se puso serio—. ¿Qué crees que hará Sabina cuando el dinero no aparezca?

Wolf le quitó los pies de la mesa de un manotazo y se sentó en el sitio que ocupaban.

—Ése es el problema. Tengo que devolver el dinero, pero si lo hago, perderé toda probabilidad de convencerla de que se quede conmigo.

—¿Es eso lo que quieres? ¿Que se quede?

Wolf no respondió enseguida. Pero desde su encuentro en el estudio, sabía que no iba a permitir que Sabina saliera de su vida.

—He estado pensando... Quizá sería mejor no decirle nada hasta que hayamos tenido más tiempo para conocernos y entonces... —Se detuvo al ver la expresión estupefacta de su hermano.

—¿Planeas seducirla antes de que sepa la verdad? Por los clavos de Cristo, Wolf, ¿te parece justo? ¿No debería tener derecho a tomar esa decisión también, dadas las circunstancias?

—Es mi esposa —replicó el mayor, sin poder evitar un tono posesivo—. Ya tomó esa decisión.

—Pero lo hizo coaccionada. En todos los casos, eso invalida el matrimonio —señaló Peter.

Wolf se levantó y empezó a pasearse como una fiera enjaulada.

—Sólo si uno de nosotros lo recusa. Y yo no tengo intención de hacerlo. —Hizo una breve pausa—. Y será mejor que nadie más lo haga —dijo, y dirigió una mirada de advertencia a Peter, que la recibió con la mandíbula apretada.

Wolf esperó, tenso, hasta que su hermano asintió a regañadientes con la cabeza para darle su conformidad. Entonces, se relajó y volvió a andar arriba y abajo.

—Resulta que... me conviene. No esperaba casarme, pero eso no significa que no podamos encontrar una forma de sentirnos a gusto juntos. —Observó, pensativo, la pared—. Ahora sólo tengo que lograr que Sabina vea las cosas como yo.

—¿La amas?

—¿Qué? —Wolf se volvió hacia él de golpe, desconcertado por la pregunta.

—Ya me has oído. Tu actitud tendría sentido si estuvieras enamorado de ella, pero...

Wolf lo interrumpió con impaciencia.

—Esto no tiene nada que ver con el amor.

Peter se inclinó hacia delante.

—Ah, ¿no? ¿Qué diría Sabina de eso?

El mayor desvió la mirada con una creciente sensación de culpa y desasosiego.

—No le hablaré de amor. No quiero darle falsas esperanzas. Además, no estoy seguro de poder volver a enamorarme nunca. Conlleva demasiado riesgo —comentó con la mirada puesta en el retrato de Beth.

—Tienes que seguir adelante con tu vida, Wolf —aconsejó Peter con delicadeza.

—No sé cómo —admitió Wolf de golpe.

Todavía sentía la angustia por la pérdida de Beth como si fuera una herida reciente. Se acercó al retrato y le recorrió la sonrisa con un dedo.

—A veces —musitó—, creo que Beth y yo teníamos los corazones pegados, como esos gemelos siameses sobre los que leímos una vez en tu libro de medicina. Cuando ella murió, me sentí como si me hubieran arrancado la mitad del corazón. —Miró a su hermano, deseando que pudiera entenderlo—. No puedo volver a pasar por algo así.

Peter se levantó y apoyó una mano en el brazo de Wolf.

—Si no puedes sobreponerte a estos sentimientos, quizá sería mejor que dejaras ir a Sabina para que pueda encontrar a alguien que la ame como tú no puedes.

Dolido, Wolf soltó el brazo de un tirón.

—Eso nunca —gruñó.

Ambos hermanos se miraron. El arrebato de Wolf los había sorprendido a los dos por igual.

Finalmente, Peter volvió a sentarse.

—Bien —dijo tras juntar los dedos sin apartar la vista de su hermano—, con que ésas tenemos, ¿eh? No la amas, pero tampoco quieres que sea de otro. —Sacudió la cabeza—. Hay que ver, eres como un perro con un hueso.

—¿Pasa algo? Tengo derecho a tener este hueso.

—A mi entender, los derechos no pintan casi nada en el amor.

—¡Que no es amor! —Wolf dejó la copa en la mesa con tanta fuerza que el cristal se resquebrajó.

La contempló atónito mientras el licor ámbar se escurría lentamente por una fisura diminuta. Intentó serenarse y dejó con cuidado esa copa para coger otra. Se sirvió más brandy y dio un buen trago.

—Sabina se queda —dijo por fin—. No hay más que hablar. Además, ahora no tendrá recursos, no sin su herencia. Estará mejor si se queda conmigo. Se lo debo. Es simplemente una mera cuestión económica.

Era mentira, claro, y los dos lo sabían. La idea de que otro hombre pudiera tocar a Sabina le llenaba la boca del amargo sabor de los celos, y se acabó la copa para quitárselo.

¿Por qué, de repente, aquel licor tan bueno ya no le sabía a nada?

12

Sabina remetió las sábanas alrededor del cuerpecito inquieto de Gisel. La niña la observaba con admiración, y le tocó tímidamente un mechón de pelo que se le había soltado de la trenza.

—Bonito —dijo.

Sonriente, Sabina acarició la mejilla de la pequeña. Aunque ahora su relación con su marido era más áspera, la relación con su hija había alcanzado su plenitud. Habían pasado los últimos días juntas, y aquella noche, después de la cena, la niña le había suplicado que la arropara en la cama. Eso la había sorprendido, pero no tanto como a Wolf, ya que normalmente era él quien lo hacía. No se había opuesto, pero Sabina tuvo la clara impresión de que se había sentido desplazado.

Había evitado estar a solas con él. Desde que había rechazado su afecto, sólo habían tenido conversaciones forzadas por pura cortesía. Aunque de vez en cuando lo pillaba observándola, Wolf desviaba entonces la vista con indiferencia y ella interpretaba que el deseo que creía captar en sus ojos era fruto de su imaginación. Ya no se revelaban secretos, ni reían despreocupadamente, ni se abrazaban con ardor.

Le había dejado muy claro que su pasado era un obstáculo más grande de lo que había imaginado. Supuso que todos los hombres querían que su esposa fuera virgen, incluso aquellos que tenían escarceos amorosos con cualquier muchacha que se les pusiera a tiro. ¿No se daban cuenta de que todas esas mujeres eran hijas, hermanas o amigas de alguien?

Bueno, no podía cambiar lo que era, por más que lo deseara. Sólo podía mirar al frente.

Tenía su orgullo. No permitiría que sus sentimientos se desbocaran otra vez como en el estudio. Sabía perfectamente bien cómo un hombre podía usar el corazón encendido de una mujer para reclamar lo que quería y desecharla después sin más. No se dejaría engañar otra vez.

Así pues, pensaría en otras cosas. Por ejemplo, en su refugio. Tenía que empezar a hacer planes. Quizá podría conseguir que el doctor Lutero la ayudara a encontrar mujeres interesadas en instalarse en él.

Volvió a mirar a la pequeña. En cierto sentido, Gisel le recordaba a sí misma. Estaba sola, rodeada todo el día de adultos, y tenía muy pocos compañeros de juegos. Pero la niña parecía decidida a superar todos los obstáculos para conseguir lo que quería, exactamente igual que ella.

¿Sería también ella, en el fondo, una niña?

—¿Eres mi nueva mamá?

La pregunta, musitada, la sacó repentinamente de su ensimismamamiento. ¿Estaba Gisel soñando? No; la estaba mirando a los ojos, totalmente despierta.

—¿Qué? —preguntó, fingiendo no haberla entendido.

Gisel le tocó la mejilla.

—Mi nueva mamá.

Sabina se incorporó, atónita. La niña habría deducido que, como era la nueva esposa de su padre, era su madrastra. Pero que la llamara así tan pronto... ¿Cómo se lo tomaría Wolf? Desde luego, era demasiado prematuro.

—Quizá tendrías que seguir llamándome señora. Podría ser el nombre especial que usas conmigo y con nadie más. —Se inclinó y le dio un rápido beso en la mejilla mientras la niña se lo pensaba—. Y ahora será mejor que te duermas o mañana estarás cansada e irritable.

Sabina se incorporó, recogió la vela y, cuando casi había cruzado la puerta, oyó un susurro desde la cama.

—Buenas noches, mamá.

Aquello la conmovió tanto que se le hizo un nudo en la garganta y se llevó una mano al pecho. El sentido común le decía que no podía permitírselo. Tendría que ponerle fin ahora mismo.

—Buenas noches, cielo —repuso, y cerró la puerta al salir sin hacer ruido. Apoyó la cabeza en la madera fría y se echó a llorar.

Así fue como la encontró Wolf.

—¿Sabina? ¿Estás bien?

Enderezó la espalda mientras se secaba disimuladamente las lágrimas. Logró forzar una sonrisa.

—Por supuesto —aseguró con labios temblorosos—. ¿Por qué no tendría que estarlo?

Él arqueó una ceja

—No sé. Puede que se me ocurriera pensarlo al verte llorar.

—No estaba llorando —soltó, y se alejó con garbo. Por nada del mundo iba a contarle que su preciosa, encantadora y dulce hijita la había hecho llorar de pura alegría, algo que no había tenido motivos para hacer en toda su vida.

Pero él la siguió por el pasillo y la detuvo de una forma muy expeditiva: se le puso delante. Rodearlo sería como intentar rodear una montaña, así que se preparó. Wolf levantó el candil hasta que la luz le iluminó el rostro, y le tocó una mejilla con un dedo. Mojada.

—Según esto, estabas llorando.

—Se me ha maetido algo en el ojo. ¿Te importaría dejarme pasar? —Lo intentó por la derecha, pero él le cerró el paso.

—He venido a buscarte para la cena. —Le pasó un pulgar por la mejilla para secarle las lágrimas.

Sabina sintió que las piernas le flaqueaban, pero se resistió con decisión.

—Estupendo, tengo mucho apetito —dijo.

—Yo también —replicó Wolf, inmóvil.

Ella lo miró y supo que no estaba hablando de comida. Le

recorría el cuerpo con los ojos, y percibió que se obligaba a inspirar despacio.

No volvería a caer en esa trampa.

—Pues será mejor que te muevas o llegaremos tarde —sugirió con tono práctico.

Wolf parpadeó y tensó la boca. Dejó caer la mano.

—Sí, supongo que será lo mejor —admitió, pero siguió sin hacerse a un lado.

—¿Qué quieres que haga? —suspiró Sabina—. Dímelo para que me pueda ir.

Él siguió mirándola; una vena le latía en la sien. De repente, parecía vulnerable. Peor aún, parecía inseguro, lo que tenía que ser muy incómodo para alguien que normalmente era tan decidido. Vamos, debía de resultarle insoportable. Ella lo compadeció un momento.

—Pobre Wolf. Realmente no sabes lo que quieres, ¿verdad?

—Tienes razón —reconoció él con una expresión impenetrable.

Ella no se movió hasta que su marido se apartó.

—Vamos. No podemos llegar tarde —dijo entonces Wolf, y se alejó con paso airado por el pasillo.

La cena era un asunto muy serio.

¿Cómo se atrevía Sabina a hacerle eso?

La fulminó con la mirada por encima de la jarra de cerveza, sin haber probado el pudin de pera. Había hecho lo mismo con casi toda la comida. La había dejado intacta, excepto la cerveza. Y había tomado mucha. Bebió otro trago.

¿Cómo se atrevía a estar ahí sentada acabándose hasta el último bocado tan tranquila? Él no tenía apetito, no desde aquella noche en el estudio, no desde que había sentido aquel fuego apasionado entre sus brazos. Después de aquello, había intentado comportarse, darse algo de tiempo para volver a ser amigos, pero ella se negaba a hablar con él sobre nada importante. Y cuando la tenía cerca, como ahora, no quería ser amigo suyo. Quería ser algo más. No podía evitar recordar la sensación que tuvo al estrecharla contra su cuerpo, al besarla en la boca...

Tenía que dejar de pensar en ello.

Pero no podía. Lo pillaba desprevenido cuando menos se lo esperaba, como ahora, mientras la veía comer. Tenía una forma muy sensual de saborear la comida, quizá porque se había visto privada de ella tanto tiempo. La forma en que se llevaba los bocados a la boca, la forma en que movía el pastel con la lengua antes de tragárselo...

Se estremeció al pensar en qué más podría hacer con la lengua. Sujetó la jarra con tanta fuerza que los nudillos se le blanquearon. Se obligó a relajarse.

Sabina lo estaba ignorando de una forma de lo más sutil. Llevaba días haciéndolo. No se notaba mucho, no; sólo lo suficiente para que supiera que seguía molesta por haberla rechazado. No lo miraba a los ojos, y sus respuestas a sus comentarios eran formalmente amables y corteses. Anodinas. Ella lo volvía loco de deseo, pero lo único que él le provocaba era una demostración de buena educación. Qué irritante.

Observó cómo se llevaba otra cucharada de pudin a la boca y tragó saliva.

—Está muy rico —comentó Sabina.

—¿Qué? Oh, el pudin. Sí, delicioso.

Ella echó un vistazo al plato de su marido.

—Es más fácil decirlo si se ha probado antes —aseguró.

—Me sorprende que puedas saberlo. Prácticamente lo has engullido —replicó Wolf con mala idea.

—Bea cocina de maravilla. —Se pasó lentamente la cuchara por la lengua, y el corazón de Wolf se saltó un latido.

Se movió en el asiento para reducir la presión de su entrepierna dolorida. Por los clavos de Cristo, aquel martirio tenía que terminar. Estaba tan excitado que no le extrañaría mover la mesa. Tenía que pensar en otra cosa. Miró su plato, tomó una cuchara y la clavó en el pudin. Se lo llevó rápidamente a la boca y lo tragó con decisión.

—Delicioso —soltó, muy serio.

Sabina se secó los labios con la servilleta, pero a su marido no se le escapó que sonreía un instante.

—¿Qué tal el día? —preguntó entonces.

Ya volvía a ser amable. Wolf detestaba que fuera amable con él. Quería que fuera la fierecilla que se había atrevido a enfrentarse a él totalmente empapada el primer día.

—Bien —contestó.

—Hoy ha hecho buen día. Muy caluroso para esta época.

—Sí.

Deseaba despejar la mesa de un manotazo, tumbarla encima y hacérselo sin miramientos. Por lo menos dos veces. Le sobaría los muslos, encontraría la fuente de su placer y la provocaría despiadadamente hasta que ella le suplicara que no se detuviera.

—Tan caluroso que dicen que los tigres bailaban en mallas.

—Eso dicen. ¿Qué?

Sabina lo taladró con la mirada.

—¿Preferirías que me quedara callada, Wolf?

—No; preferiría que hablaras de algo que no fueran... sandeces.

La cerveza se le había subido a la cabeza. Podía notarlo. Perfecto. A lo mejor le embotaría los sentidos y le haría olvidar el sabor de Sabina. Dio otro trago.

—¿Sandeces? —repitió Sabina, arqueando las cejas—. Hay quien lo llamaría mantener una conversación amable.

—Amable. ¡Dios nos libre de la amabilidad! —gruñó Wolf.

Sabina, alarmada, se levantó para marcharse.

—Me parece que tendrías que haber comido más y bebido menos. Será mejor que me retire. Buenas noches.

—¿Vuelves a huir?

Eso la detuvo. Wolf sabía que si había algo que ella no podía pasar por alto, era un desafío directo. Juntó las manos y lo miró fijamente.

—¿De qué? En el comedor no tengo nada que temer, ¿no?

—Basta ya —ordenó Wolf, levantándose de golpe.

—¿A qué te refieres?

—¡A esto! —Agitó la mano hacia ella y se apoyó en la mesa para no perder el equilibrio, ya que el comedor había empezado a darle vueltas—. A este incesante e infernal... esto.

—Dices incongruencias. Ya hablaremos por la mañana, cuando estés sobrio. Me voy a la cama.

—Perfecto, vamos.

Sabina carraspeó, y un rubor le subió a las mejillas.

—Bien, quizá sea mejor que hablemos ahora. ¿De qué quieres hablar?

—¿Tú qué crees? De lo que pasó en el estudio, y por qué me besaste... me besaste de aquella forma.

—¿Yo? Creí que tú me besabas a mí.

La contempló aturdido.

—No fue así como sucedió, y tú lo sabes. No utilices tus truquitos femeninos conmigo. Yo te beché... te besé, lo admito, pero sólo después de que tú me persiguieras y me becharas primero.

—¡Que te persiguiera...! Por el amor de Dios, ¿cómo se puede ser tan arrogante? ¡Yo no te perseguí! Estaba preocupada por ti, nada más.

—¿Preocupada? ¿Es así como lo llamas? Bueno, espero que no te preocupes de ese modo por todos los hombres a los que conoces.

La idea de que ella pudiera siquiera plantearse algo así le provocó un ataque de celos tan fuerte que lo dejó anonadado.

—¿Y por qué no? —soltó Sabina, con el mentón levantado después de haber sido insultada—. ¿Y a ti qué más te da?

—¡Eres mi mujer! —bramó Wolf, y atizó un puñetazo a la mesa con tanta fuerza que los platos brincaron.

—¡Tu mujer está muerta! —chilló Sabina. Y al punto soltó un gritito ahogado y se tapó la boca.

Wolf resopló con fuerza.

Lo había olvidado.

Los ojos de Sabina se llenaron de remordimiento. Se destapó despacio la boca.

—Oh, Wolf —susurró—. Lo siento mucho. Perdóname, por favor.

Pero él se limitó a mirarla. ¡Se había olvidado por completo de Beth! Se dejó caer pesadamente en la silla.

—Tienes razón —dijo—. Estoy borracho y es tarde. Vete a la cama.

—¿Wolf?

—Vete a la cama —repitió. Quería estar solo y hundir la cabeza entre sus manos.

Sabina se volvió y se marchó. La suavidad de sus pasos contrastó con el martilleo que Wolf sentía en la cabeza.

13

Marcus von Ziegler oyó un ruido fuera de su alcoba. Seguramente los malditos criados se estaban peleando otra vez.

Apretó los dientes y se separó de su esposa, que yacía despatarrada debajo de él. Se había casado con ella el día que cumplía diecisiete años. Lo había hecho a pesar de que estaba más delgada que un palillo y tenía una nariz como un caballo, porque su madre, con quince hijos a sus espaldas, era la mujer más fecunda de Sajonia. Le habían asegurado que era cosa de familia, ya que sus hermanas mayores también eran muy prolíficas. Hasta entonces, ésta no se había quedado preñada, aunque él había disfrutado haciéndole algunas cosas... interesantes.

Pero no podía entretenerse más. Si no engendraba pronto, tendría que deshacerse de ella. Sería una lástima, porque era muy... amena.

Aun así, él tenía cincuenta y un años, maldita sea. Ya le costaba bastante concentrarse en ello para que encima hubiera todo aquel jaleo.

Otro sonoro estrépito, y voces.

Dejaría que se las apañaran solos. Apoyó de nuevo todo su peso sobre su joven esposa. Le temblaron las caderas y la penetró de improviso, hasta el fondo.

Ella se estremeció y se mordió el labio inferior. A continuación le clavó las uñas recién afiladas en las nalgas con fuerza suficiente para que sangrara. El barón hizo una mueca de dolor.

—Bruja —murmuró, y la embistió con más fuerza.

La muchacha gimió. A él le gustaba que gimiera, aunque no le importaba si era de placer o dolor. De hecho, cuando soltó el aire temblorosa, sonó a una mezcla de ambas cosas.

—Cabrón —siseó la muchacha, y le apretó las nalgas despiadadamente.

El barón chilló y notó que se excitaba más. Aquella jovencita sabía cómo hacer que las cosas fueran más interesantes. Se retiró, la tumbó boca abajo y la sujetó para impedir que se moviera mientras ella lo maldecía por haberse detenido. Y cuando iba a darle un manotazo en el trasero, el pestillo se astilló y la puerta se abrió de golpe con un crujido.

—¿Qué diablos...?

¡Behaim! Iba despeinado y la capa le ondeaba a la espalda. La verdad es que parecía el diablo en persona. Había varios criados esparcidos por el pasillo, junto con un montón de astillas. Algunos de ellos gemían y se sujetaban la mandíbula o el vientre.

—Siento interrumpirle, pero tengo entendido que estaba ansioso por recibir el pago. —Y entró en la alcoba con decisión.

—Mis criados...

—Sus criados... —repitió Behaim, y su mirada se dirigió a uno de los hombres, que había empezado a levantarse del suelo. El hombre se dejó caer al instante otra vez, acobardado—. Sus criados me han indicado que no recibía visitas, pero he insistido.

Marcus bajó de la cama y se tapó con la sábana hasta el cuello. Sólo había una cosa peor que enfrentarse a un loco: enfrentarse desnudo a un loco.

—¿Qué significa esto? —preguntó el barón.

—Su esposa se está enfriando —dijo Behaim con una voz peligrosamente baja.

—¿Qué?

Marcus se volvió para mirarla. La muchacha se había puesto de rodillas, completamente desnuda, y tenía los brazos cruzados, llena de indignación. Desconcertado, el barón le lanzó la sábana. Ella la atrapó y se tumbó con calma en la cama. Marcus se puso rápidamente la camisa de dormir mientras su esposa observaba a Behaim con interés.

Pero él ni siquiera la miró. Agitó un recibo ante las narices del barón.

—Dijo que lo quería esta mañana. Pues aquí lo tiene. Llévelo a cualquier hora de hoy al orfebre. Lo está esperando.

Tiró el recibo a Marcus y se giró. Varios de los hombres que estaban en el pasillo cayeron de nuevo al suelo, temblando de miedo. Behaim se volvió otra vez hacia Marcus con un brillo peligroso en los ojos.

—No habrá ningún pago más. ¿Le ha quedado claro?

La voz fría y autoritaria de Behaim intimidaba y, muy a pesar suyo, el barón se estremeció.

—¿A qué se refiere? —preguntó.

Behaim avanzó despacio hacia él, y su corpulencia daba casi tanto miedo como la expresión de sus ojos.

—Sé cómo piensan los hombres como usted. Creen que si te pueden sacar dinero una vez, lo más probable es que puedan volver a hacerlo. Pero le aseguro que si vuelve a entrometerse en mis asuntos, me veré obligado a entrometerme yo en los suyos.

—¿De qué está hablando? —quiso saber Marcus, cada vez más asustado. Nadie podría descubrir jamás que había malversado fondos. Había cubierto muy bien el rastro de sus actividades. Si devolvía el dinero antes de que el consejo municipal revisara las cuentas de sus arcas, nadie lo sabría nunca.

—¿Por qué está tan ansioso por conseguir dinero que se arriesga a enfadar a alguien como yo? Es una pregunta sobre la que podría reflexionar y buscarle una respuesta —comentó Behaim—. Cuando yo me propongo encontrar una respuesta, no hay fuerza humana que me lo impida. ¿Le ha quedado claro?

—Sí, sí. Usted siempre lo deja todo muy claro —se apresuró a asegurarle el barón.

—Y si oigo cualquier cosa, la que sea, que incumpla nuestro acuerdo, supondré que usted es el responsable y me ocuparé de darle su merecido.

—No puede hacerme responsable de lo que hagan o digan

los otros —farfulló Marcus, pero se detuvo al ver que Behaim daba otro paso hacia él—. Por supuesto, por supuesto —rectificó rápidamente.

—Por su propio bien, confíe en que saquen las conclusiones adecuadas —replicó Behaim con una gélida sonrisa en los labios. Dicho esto, salió de la alcoba del barón con la capa negra ondeando tras él por el pasillo.

El barón se volvió hacia su mujer, que ahora lo miraba con un brillo especulativo en los ojos. Una sonrisa discreta le bailaba en los labios.

—¿Se puede saber qué te hace tanta gracia? —preguntó, indignado.

—Un pobre viejo que no puede terminar lo que empieza.

Marcus se quitó la camisa de dormir y la dejó caer al suelo echando chispas por los ojos.

—Sepáralas —gruñó, señalándole las rodillas.

—No. —Cruzó las piernas y balanceó ociosamente un tobillo, recostada en los brazos. Sus pequeños senos lo tentaban.

—Bruja —murmuró él, y saltó sobre ella.

Un criado cerró discretamente la puerta astillada.

14

—Tenemos que hablar.

Sabina, que estaba arrodillada en los arriates estériles del jardín, volvió la cabeza. Wolf estaba mirándola fijamente. La joven se había aburrido de no hacer más que descansar y comer, así que había decidido investigar en qué lugares alrededor de la casa había rosas aletargadas. Precisaban atención urgente, pero, por la expresión de Wolf, tuvo la impresión de que ese día no podría proporcionársela.

—Terminaré en unos minutos —comentó, y siguió con la tarea de colocar bien y arrodrigonar los tallos.

—Ahora.

Por la forma en que la observaḅa y su postura casi beligerante, Sabina comprendió que no aceptaría ninguna demora.

—De acuerdo. —Se sacudió la tierra de los guantes de jardinería y se levantó para mirarlo—. ¿Qué quieres?

Wolf echó un vistazo al vestido sencillo y a los prácticos guantes que llevaba Sabina. Le observó un instante la cara y después desvió la vista para contemplar el jardín.

—Aquí no.

—¿Hoy toca hablar con el mayor laconismo? —se mofó ella con una ceja arqueada.

—Tú no —observó Wolf con sequedad, y se marchó.

Sabina se había fijado en lo enrojecidos que tenía los ojos. Lo más seguro es que no pudiera articular más que monosílabos después de lo mucho que había bebido la noche anterior.

Lo siguió dentro.

Él la esperaba, impaciente, junto a la puerta del salón, con la cabeza muy quieta, como si fuera a caérsele de encima de los hombros si la movía demasiado.

Cuando ella entró, él cerró la puerta con fuerza, con demasiada fuerza, como reveló la mueca que hizo al oír retumbar el pestillo. Giró la llave en el cerrojo.

—¿Qué...? —exclamó Sabina, alarmada.

Su marido le dirigió una mirada severa.

—No quiero que nos molesten.

—Ya... veo —dijo ella, con un mal pálpito. Observó cómo se guardaba la llave en el bolsillo y soltó un gritito ahogado. Wolf tenía los nudillos lastimados, llenos de arañazos. Las heridas eran recientes.

—¿Qué te ha pasado en la mano? —exclamó.

Wolf bajó la vista, sorprendido, como si no se hubiera dado cuenta hasta entonces.

—Nada —respondió.

—¿Nada? —Fue a cogerle la mano—. No digas bobadas. Hay que curarte estas...

Él apartó la mano de su alcance.

Ah, sí. Se le había olvidado que no soportaba que lo tocara. Este nuevo rechazo del regalo que le ofrecía, de su cuerpo, le dolió como si la hubiera atravesado con una lanza. Se recordó que los hombres así preferían que los regalos estuvieran sin abrir y, desde luego, que no los hubiera manoseado antes ningún otro hombre. Puede que Wolf la deseara, pero jamás podría respetarla, jamás podría amarla debido a los errores que ella había cometido en el pasado, tanto tiempo atrás. Se alejó de él, y en ese mismo instante se dio cuenta de que se sentía frustrada. A pesar de todo, había esperado que con el tiempo pudiera surgir un cariño entre ellos, puede que amor incluso. Pero no iba a ser así.

No importaba. Pronto se iría, y esos días espantosos pasarían a ser un mero recuerdo... El recuerdo de un par de risueños ojos esmeralda, de una niña de pelo dorado y de un hogar que nunca sería suyo.

Se dirigió al banco situado bajo la ventana y miró abstraída el jardín. No sabía por qué había perdido el tiempo con las rosas esa mañana. Nunca las vería florecer, y la tristeza que la invadía casi le hizo perderse la frase escueta que pronunció su marido.

—Una vez me preguntaste por qué me había casado contigo.

Tardó un momento en responderle:

—Sí. Si no recuerdo mal, dijiste que por «los motivos habituales». Fuera lo que fuese lo que querías decir con eso.

—Ahora te lo diré, si quieres saberlo.

—Adelante —dijo tras volverse hacia él.

—Debía dinero al barón. Mucho dinero. Mejor dicho, se lo debía mi padre antes de morir. El pago de la deuda recayó en mí. Tu padre me hizo una oferta y yo la acepté —explicó con voz monótona e inexpresiva.

—¿Quieres decir que te perdonaba la deuda si te casabas conmigo? —resumió Sabina, intentando comprender.

Vio un brillo en los ojos de Wolf, que evitaba mirarla directamente a la cara.

—No exactamente.

—¿Te pagó una dote? Pero no aparece ninguna dote mencionada en el contrato... —Se detuvo, nada segura de si debía sacar ese tema en ese momento.

—¿Leíste el contrato matrimonial? —preguntó Wolf con los ojos entornados.

—Sí —contestó, decidiendo que aquel momento era tan bueno como cualquier otro para hablar de ello—. De hecho, tengo una copia.

—Déjame verla —pidió Wolf con la mano extendida.

Tras titubear un instante, se volvió para desabrocharse el vestido a la altura de la cintura y el corpiño, lo suficiente para meter la mano y sacar la hoja enrollada de papel vitela que casi siempre llevaba encima. Le costó hacerlo, reacia a dejársela ver, aunque no sabía muy bien por qué. Pero se la entregó de todos modos.

Su marido acarició el documento con los dedos mientras la observaba, y fue como si se lo estuviera haciendo a ella. Aunque ella sintió una oleada de calor, le sostuvo, imperturbable, la mirada. Finalmente Wolf tiró de la cinta roja que sujetaba el papel y lo desenrolló. Dejó de mirarla, a regañadientes al parecer, y leyó rápidamente. Pasado un instante, volvió a enrollar la hoja.

—Está fechado el día antes de la boda. Y no lleva mi firma —comentó. Se lo devolvió.

—No, claro, es un duplicado. Lo mandó copiar para poder enseñármelo antes de que tú lo firmaras. Accedí a casarme contigo según los términos de este contrato —aseguró, evitando la cuestión de su herencia materna—, pero no se mencionaba ninguna dote.

—En este contrato, no. En el mío, sí.

—¿Cómo? —Volvió a tener un mal pálpito.

Wolf se dirigió a un pequeño escritorio de la habitación, lo abrió y sacó una hoja de papel vitela. Se la llevó.

—Éste está fechado el día de nuestras nupcias. Léelo.

Esa copia incluía la firma de ambos hombres. Ella leyó rápidamente el contenido y soltó un grito ahogado al ver el importe de la dote. ¿Cómo era posible?

—Dice que... que...

Su marido le quitó el documento de las temblorosas manos.

—La herencia que te dejó tu madre era tu dote. Tu madre modificó su testamento, puede que cuando entraste en el convento. Según los términos del documento, el día de tu boda, la herencia pasaba a ser una dote para tu marido. Para mí.

Sabina se apretó una sien con la mano. Las ideas se le arremolinaron en la cabeza en una especie de danza extraña. ¿Su madre había modificado el legado?

—¿Por qué haría algo así? —preguntó, perpleja—. El dinero tenía que ser para mí. Me lo prometió...

—No culpes a tu madre —pidió Wolf con delicadeza—. Creo

que pensó que así te protegía. No sabía, no podía saber, lo resuelto que estaría el barón a apoderarse de tu herencia.

Sabina creía que su madre habría preferido morir antes que dejar que eso pasara. Pero todavía había una oportunidad, una esperanza...

—Como el legado se halla en tu poder, no está todo perdido —razonó—. Podemos impugnar los términos del contrato ante el... —Se detuvo en seco al ver que Wolf se sonrojaba, algo que sólo podía deberse a que se sentía culpable—. ¿Todavía lo tienes? —preguntó con un pánico creciente que le volvió más aguda la voz.

Él se movió incómodo.

—No. Esta misma mañana he llevado un recibo al barón por su importe. Ahora está en su poder —admitió.

Una angustia terrible invadió a Sabina, que se sentó de golpe en el banco.

—No. No puede ser. Después de todo lo que he hecho para conseguirlo, de todo lo que he sufrido... —Lo fulminó con la mirada—. Recupéralo.

—No puedo —se limitó a decir.

Sabina movió la boca, pero no tenía palabras para expresar la devastación, la rabia que sentía. Lo había sacrificado todo, había soportado lo indecible, ¿y todo para qué? Lo había perdido todo. Todo. Su legado, su hogar para mujeres desvalidas... Para que él pudiera pagar una deuda que ni siquiera era suya con un dinero que no le pertenecía, con un dinero que tendría que haber sido para mujeres necesitadas. Comparado con ellas, él lo tenía todo. ¿Cómo se había atrevido? Una borrosa bruma rojiza le nubló la vista.

Wolf se había quedado allí plantado con las manos a la espalda y los ojos esmeralda concentrados en ella.

Se levantó despacio del banco y avanzó airada hacia él. Aunque era mucho más corpulento que ella, y más fuerte en todos los sentidos, en aquel momento parecía asustado. Y Sabina no dudó que lo estuviera, porque tal como se sentía en aquel momento sería capaz de matarlo.

—Si fuera un hombre, te daría una buena paliza —le espetó con rudeza. Su tono fue aumentando a cada paso que daba, mientras se quitaba los guantes. Cerraba y abría los puños sin parar—. ¡Con mis propias manos!

—Pero no lo eres —respondió Wolf prudentemente, a la vez que adelantaba las manos como dispuesto a defenderse. Entonces, como si se diera cuenta de lo ridícula que era la amenaza, volvió a juntarlas a la espalda—. Y no te aconsejo que lo intentes.

¡Qué consejo ni qué porras! No iba a permitir que la subestimara así. Miró alrededor en busca de un arma adecuada y la encontró junto a la chimenea apagada. Se abalanzó hacia el atizador y lo sujetó con un grito de guerra, pero apenas lo tuvo en la mano, Wolf la rodeó con los brazos por detrás.

—¡Suéltalo! —le ordenó, apretándole la muñeca lo suficiente para obligarla a hacerlo.

—¡No! —gritó ella casi sin aliento mientras forcejeaba, aunque fue en vano. El atizador cayó al suelo con estrépito.

—¡Ya está bien de tonterías! —soltó Wolf con dureza, aunque su voz contenía una pizca de compasión—. Ya sé que es una mala noticia, pero tenemos que hablarlo como personas civilizadas. Tenemos que decidir qué vamos a hacer.

—Yo sé muy bien qué voy a hacer si se me presenta la ocasión —jadeó mientras intentaba liberarse de su placaje—. Será mejor que vaya con cuidado, señor Behaim, o se encontrará un puñal clavado en la espalda.

—Vaya. De monja a esposa y, después, a asesina, ¡en tan poco tiempo! —gruñó él, y volvió a gruñir cuando ella le atizó un codazo en las costillas.

—¡Si es así —gritó Sabina—, es por lo que me habéis hecho vosotros los hombres! ¡Todos vosotros! ¡Sólo Dios sabe por qué os hizo tan mentirosos, tan mezquinos, tan ladrones y tan engreídos!

—No seas niña —la reprendió él con los dientes apretados. Sabina levantó los pies para intentar soltarse, y casi cayeron los dos al suelo, pero él la siguió sujetando con fuerza—. ¡Deja de portarte como una chiquilla! ¡Te vas a lastimar!

—¡Como una chiquilla! ¡Oh, suéltame y verás a quién quiero lastimar! —bramó, empujándolo para liberarse.

Wolf la sujetó con más fuerza. Quizá la proximidad tuviera la culpa. Quizá la había deseado demasiado tiempo. Fuera lo que fuese, para su desgracia, el movimiento ondulante de aquel trasero esbelto y firme contra su entrepierna lo excitó. Que le pasara justo en aquel momento era tan ridículo que casi se echó a llorar.

Y que Sabina le gritara tampoco le iba nada bien para el horrible dolor de cabeza que tenía.

Volvió a empujarlo.

—¡Basta, Sabina! —exclamó él—. Esto es una indecencia.

—¡Una indecencia! ¿Cómo te atreves a decirme tal cosa después de lo que has hecho?

Logró soltar una mano y darle un codazo en el mentón.

—¡Ja! —gritó en tono triunfal.

—¡Ay! —Le había sorprendido más que lastimado, pero el movimiento brusco de la cabeza hizo que le doliera todavía más. La soltó de golpe.

Sabina se volvió para mirarlo. Respiraba con dificultad.

—¡Nunca más vuelvas a tocarme!

Él había esperado que reaccionara mal, pero ahora se veía incapaz de manejar a aquella fierecilla respondona. Estaba lamentablemente excitado y confundido. La señaló acusadoramente con el dedo.

—Te tocaré cuando quiera, como quiera y donde quiera, ¿entendido? Te guste o no, eres mi mujer, y renunciaste al derecho de decidir tales cosas al darme el sí.

A Sabina se le saltaban las lágrimas de la rabia.

—¿Cómo te atreves a decirme esto después de lo que has hecho?

—¡No he hecho nada que la ley y la Iglesia no me hayan dado derecho a hacer! —bramó Wolf, e hizo una mueca de dolor. La cabeza lo estaba matando. Pasado un instante, prosiguió, más calmado—: Un marido tiene derecho a todo lo que es de su esposa. En realidad, he hecho mucho menos de lo que quería.

Podría haber disfrutado también de tus favores, pero no lo hice.

La rabia con que Sabina lo miró lo decía todo.

—¡Oh, y supongo que tengo que darte las gracias por eso! Sólo me has quitado el dinero, mis esperanzas y mis sueños, pero me has dejado la virtud intacta, con lo maltrecha que está ya. Que Dios te bendiga por ahorrarme una humillación por lo menos —añadió con sorna.

—No he dicho que tuvieras que darme las gracias —gruñó—. Sólo quería que supieras que nunca he tenido la intención de perjudicarte. Cuando acepté el plan del barón, no comprendí todas las implicaciones que se derivaban de él. ¡Entonces ni siquiera te conocía, maldita sea!

—Ni se te ocurra insinuar que habrías hecho otra cosa si lo hubieras sabido —se burló.

Eso lo contuvo.

—Puede. Puede que no. No lo sé —respondió sinceramente—. Excepto...

—¿Excepto qué? —preguntó Sabina con los ojos entornados.

La contempló. Estaba tan enfadada que temblaba de pies a cabeza. Sus ojos azul oscuro habían adquirido un brillo casi negro, y sus labios carnosos dibujaban un mohín seductor. El pelo negro se le había escapado otra vez de la cofia, y los pechos le oscilaban al jadear debido al esfuerzo y la ira. Con sólo mirarla, notó una invencible rigidez en la entrepierna.

—Que habría reclamado los derechos de un marido la primera noche —murmuró mientras el calor de la entrepierna le iba subiendo.

Aquella confesión tan poco oportuna sólo sirvió para echar más leña al fuego.

—¡Oooh! —soltó Sabina, y trató de golpearlo de nuevo.

¡Por los clavos de Cristo! ¿Por qué había dicho eso?

Paró el golpe cuando la joven esgrimió la mano para atizarle y, aunque ella lo esquivó, logró sujetarle la muñeca. Entonces Sabina intentó pisarle el pie, y casi logró aplastarle el empeine con el tacón.

—¡Basta! —gritó Wolf.

Tiró de ella hasta tenerla entre los muslos y la sujetó con fuerza contra su cuerpo. Era una postura tan íntima que Sabina soltó un grito ahogado y se quedó quieta, como si por fin comprendiera el peligro que estaba corriendo. Lo miró sin pestañear con los ojos muy abiertos.

Al notar la presión del cuerpo de su mujer en su entrepierna excitada y el calor de su aliento en la cara, Wolf bajó la cabeza impulsivamente para besarla. Y en cuanto sus labios entraron en contacto, ella lo mordió. La intensa sensación que le llegó al instante a la entrepierna le hizo echar la cabeza atrás de golpe.

—Estás jugando con fuego, fierecilla —gruñó—. ¿Acaso no sabes que a algunos hombres les gusta esta clase de cosas? Que la mujer se defienda les enciende aún más la pasión.

—¿Eres tú uno de ellos? —susurró Sabina con los ojos desorbitados.

—Muérdeme otra vez y lo averiguarás —respondió con aspereza.

Al ver que abría unos ojos como platos, Wolf comprendió, de repente, que tenía miedo. Temblaba de modo alarmante, sin ánimos para seguir peleando. La contempló mientras un fuego abrasador le quemaba todo el cuerpo y, en algún lugar recóndito de su mente, se percató de que había llegado demasiado lejos. No estaba acostumbrado a aquella extraña combinación de rabia y pasión; si no se controlaba, sólo Dios sabía qué podría pasar a continuación. No quería hacer daño a Sabina, nunca había querido hacérselo.

Lo que estaba haciendo no era honorable. Pero nada de lo que había hecho desde que la conocía podría considerarse honorable. Se había jurado que después de ese día, todo eso cambiaría, y allí estaba, amenazándola con algo que, evidentemente, la asustaba. Estaba mal, y se avergonzó de sí mismo.

Inspiró hondo y poco a poco fue aflojando su presa, pero no la soltó. No quería que se marchara aún. Tenía que razonar con ella, no pelear con ella. Tenía que intentar encontrar una forma de que lo comprendiera.

—No nos engañemos —dijo por fin—. No se trata sólo del dinero. Se trata de ti y de mí. Todavía estás enfadada conmigo porque crees que la otra noche te rechacé.

Sabina abrió la boca para protestar, pero él la hizo callar para seguir explicándose:

—No era mi intención rechazarte. Estaba... hecho un lío. Había muchos sentimientos que necesitaba aclarar antes. Unos cuantos tenían que ver con este asunto del legado, y sí, otros tenían que ver con Beth. En aquel momento, no me pareció que estuviera bien aceptar lo que era obvio que me estabas ofreciendo.

Los ojos de Sabina volvieron a brillarle de rabia. Pero había dejado de temblar, y parecía haberse dado cuenta de que no tenía intención de lastimarla.

—Esto no tiene nada que ver con esa noche —espetó con los ojos entornados—. Quiero lo que es mío. Tenía planes, unos planes especiales...

—Sí, ya lo sé. Tu refugio para mujeres.

A Sabina le cambió el semblante. Parecía sorprenderle que él supiera cuáles eran sus intenciones.

—¿Te crees que soy idiota, Sabina? No, no me contestes —añadió en cuanto vio cómo lo miraba—. Lo que quiero decir es que ahora sé lo que el dinero significaba para ti. De verdad que lo siento. Si pudiera cambiar la forma en que han acabado las cosas, lo haría, pero no puedo. El barón tenía que recibir ese dinero. Tenía que pagar la deuda o las consecuencias para mi familia habrían sido... demasiado graves. Pero no todo está perdido. ¿No podrías considerar que tal vez estuviéramos destinados a conocernos? ¿A que esto nos uniera?

—¡Qué estupidez! —exclamó Sabina tras apartarse el pelo de los ojos—. No tenemos nada en común, nada en lo que poder basar una relación. Queremos cosas totalmente distintas.

Él observó la forma en que levantaba el mentón, la rebeldía reflejada en sus ojos, y decidió que le encantaba cuando era así. Fuerte y combativa.

—¿Eso crees? —preguntó—. Entonces, me declararé. Te tengo en muy alta estima por tu valentía frente a las adversidades. Me he... encariñado contigo en el poco tiempo que hace que nos conocemos.

Eso la confundió y se quedó boquiabierta, lo que recordó a Wolf el día en que se conocieron.

—Te van a entrar moscas —murmuró, y le dio un golpecito cariñoso en la mandíbula.

Sabina cerró la boca de golpe, y él se lanzó:

—Has tenido que soportar muchas cosas. Desde que te conocí, he sentido que quería cuidar de ti, protegerte. Además de ser mi obligación como marido, sería un placer hacerlo.

Vio que ella lo escuchaba atentamente, casi sin respirar, así que siguió adelante.

—Tenemos muchas más cosas en común de lo que imaginas. A ambos nos gusta discutir, y tenemos un sentido del humor parecido. Y también nos sentimos muy atraídos el uno por el otro. Aunque somos muy distintos, creo que nuestra unión podría ser provechosa en muchos sentidos.

—Pero... ¿qué estás diciendo? —dijo Sabina en voz baja—. ¿Estás diciendo que tú... que lo que sientes es... es...?

—¿Amor? —terminó por ella.

Sabina asintió despacio, y esta vez Wolf supo con certeza que estaba conteniendo la respiración. Y supo que tenía que decirlo.

—No, no es amor.

Sabina frunció el ceño e inspiró con fuerza. Wolf notó cómo se le tensaba todo el cuerpo, todavía contra el suyo.

—Sabina, soy lo más sincero que puedo contigo. Tienes que saber que seguramente no volveré a enamorarme nunca. Hace años que no siento nada parecido al amor, y me temo que ya no seré capaz de sentirlo.

Ella agachó la cabeza y Wolf vio cómo una lágrima le temblaba en las pestañas. Finalmente cayó sobre su jubón.

—Lo siento. Sólo he amado a una mujer en la vida, y creo que jamás podré amar a ninguna otra. Te lo digo ahora porque no quiero que albergues falsas esperanzas, o creas que esto será algo que nunca va a ser.

Atrapó una segunda lágrima con el dorso de un dedo cuando resbalaba por la mejilla de Sabina.

—Pero no puedo seguir ignorando lo que siento por ti —prosiguió con el ceño fruncido—. No puedo dejar de pensar en ti. Cada día te deseo más. Quiero que compartas mi cama además de mi vida. Es probable que lo que te estoy ofreciendo sea la mejor oportunidad que vayas a tener nunca de llevar una vida normal. Te estoy pidiendo que seas esposa y madre, como Dios manda. Tal como yo lo veo, tienes pocas opciones tan ventajosas como la que te estoy proponiendo.

Sabina se soltó de golpe. Se secó la cara y lo fulminó con la mirada.

—¿De modo que esto es lo que tú consideras una proposición atractiva? ¿Un matrimonio sin amor con uno de los solteros más codiciados de Sajonia?

—Sabina, no... —Tendió la mano hacia ella.

Pero ella agitó una mano en el aire para apartarlo. Lo miró de arriba abajo sacudiendo la cabeza, con los brazos en jarras y una sonrisa dura en la cara.

—Quizá sea mejor que explore otras formas de satisfacer sus bajos instintos. No estoy tan desesperada. —Enderezó la espalda, majestuosa—. Gracias por su amable proposición, pero si es la mejor que puede hacerme, señor Behaim, me temo que tendré que rechazarla. No hay ningún motivo para que sigamos juntos. Trataré de obtener la disolución de nuestro matrimonio a la primera ocasión que tenga.

15

Sabina dirigió una mirada colérica al hombre que acababa de destruir sus sueños. Wolf se la devolvía impávido, aunque un tenue rubor le subió por el cuello hasta las sienes. Entonces apretó la mandíbula y dio un paso adelante, pero ella lo esquivó rápidamente y se situó frente a la chimenea. Wolf alargó la mano hacia ella.

—¡No me toques! —No soportaría volver a sentir las manos de su marido.

Wolf debió de notar la intensidad de los sentimientos de su mujer, porque retrocedió un poco. Como si no pudiera fiarse de sí mismo, juntó de nuevo las manos a la espalda y la contempló en medio de un silencio tenso.

—Puede que no haya estado acertado —reconoció por fin—. Quizá tendría que haber usado palabras más cariñosas para convencerte, en lugar de decirte la verdad. Pero respeto demasiado tu inteligencia para contarte mentiras bonitas. ¿Está eso tan mal?

—No se puede cambiar el estampado cuando el tejido ya está urdido —dijo Sabina, y se volvió mordiéndose el labio inferior para contener los sollozos que amenazaban con aflorar.

No sabía qué era peor: la pérdida irreparable de su legado o la destrucción despiadada de la esperanza que había nacido en ella desde su primer beso. ¿Podría haber encontrado el amor con ese hombre algún día? Nunca lo sabría. Nunca se permitiría saberlo.

—Sabina, no estás siendo sensata. Piénsalo. No tienes nada que perder y mucho que ganar.

Nada que perder salvo su corazón, y mucho que ganar salvo su felicidad. No se molestó en responder.

Su marido se quedó callado, pero ella notaba que le estaba clavando los ojos en la espalda. Cuando Wolf volvió a hablar, lo hizo con renovada determinación.

—Me niego a aceptar un no por respuesta. No has estado de vuelta en el mundo el tiempo suficiente como para saber cómo son las cosas. Eres responsabilidad mía. Tengo que encargarme de ti. —Soltó el aire con fuerza—. Mira, no sería tan desagradable. Sé que me deseas. Ya me lo has demostrado. Podemos empezar por ahí. Te quedarás. A la larga será lo mejor.

Sabina se volvió hacia él.

—¿O sea que ya está decidido? ¿Así, por las buenas? —Chasqueó los dedos—. Lo dices como si no tuviera otra opción.

—Ya eres mi esposa —le recordó Wolf, tras apretar la mandíbula—. Eso no está en discusión. Ya está hecho. Necesitaremos tiempo para adaptarnos el uno al otro, por supuesto, pero...

—¡Cómo te atreves! ¿Cómo te atreves a suponer que sabes qué es lo mejor para mí? —Cruzó las manos delante del pecho—. Seré libre. Llevaré mi caso al mismo elector si es necesario. Juraré que me casé coaccionada. Me niego a quedarme aquí contra mi voluntad.

A Wolf le centellearon los ojos, duros como una piedra.

—No podrás hacer gran cosa si yo decido lo contrario. El elector no creerá en tu palabra más que en la mía. Aunque seas noble, tu reputación te precede.

Aquel comentario descarnado la hizo estremecer. Era verdad. ¿Quién iba a creerla después del escándalo que había protagonizado hacía nueve años? Pero no iba a permitir que Wolf notara cómo la había afectado.

—Si los muros gruesos del convento más seguro de Sajonia no pudieron retenerme, tú tampoco podrás. Me iré de aquí, en-

179

contraré mi refugio, y ni tú ni el barón ni el mismo emperador me detendréis.

—No te pongas dramática —dijo Wolf, frotándose los ojos con aire cansado—. No tengo la menor intención de retenerte por la fuerza.

—Pues devuélveme mi herencia —pidió Sabina—. Y déjame marchar.

—Ni hablar —suspiró—. Lo siento, no puedo hacer ninguna de las dos cosas. Como te he dicho, ya no tengo tu herencia. En cuanto a lo otro... simplemente no me parece bien. Te quedarás aquí, por lo menos un tiempo. Para conocernos mejor. Si, tal como mandan las viejas costumbres, de aquí a un año y un día no puedo convencerte de que te quedes para siempre —dijo y, mirándola a los ojos, añadió—: y no hay ningún hijo de por medio, podrás irte sin ningún problema. Te daré mi bendición, y una asignación de por vida que te permitirá vivir modestamente donde tú elijas.

—Me iré —repitió, pero esta vez con una firmeza que su marido no pudo ignorar—. Y no habrá ningún hijo de por medio, porque no dejaría que volvieras a tocarme aunque fueras el último hombre sobre la faz de la Tierra —siseó.

Lo rodeó para dirigirse a la puerta, sujetó el pestillo para abrirla y casi se arrancó el brazo del tirón, ya que no pudo moverla, lo que frustró su salida. Entonces recordó que Wolf tenía la llave en el bolsillo del jubón y se volvió hacia él.

—Ábrela —ordenó.

—No lo haré —respondió Wolf con una voz peligrosamente baja. Pensó que se lo tomaría como un reto.

—Pues dame la llave y ya la abriré yo —dijo con la mano extendida.

Wolf arqueó una ceja.

—Ven a buscarla —dijo.

Las palabras, en voz baja y persuasiva, le provocaron a Sabina un escalofrío que le recorrió la espalda.

—No juegue conmigo, señor Behaim —logró decir.

Su marido se le acercó con decisión.

—Llámame Wolf. Y yo nunca juego.

Había cambiado de táctica, y ella no estaba segura de cómo combatir esta nueva forma de abordaje.

—No volveré a llamarlo así —dijo con firmeza, retrocediendo un paso a pesar de su actitud de desafío.

—Oh, apuesto a que lo harás, de un modo u otro —sonrió Wolf.

Su sonrisa se tornó lasciva, y Sabina supo que él estaba imaginando situaciones en las que ella gritaría su nombre. De repente, ella también imaginó brevemente una. Cuando su marido se acercó un paso más, retrocedió de nuevo, a pesar de estar decidida a no hacerlo.

—Me gusta cuando pronuncias mi nombre—dijo Wolf, mirándole la boca—. Nadie más lo hace exactamente como tú.

Ella no tenía ni idea de cómo manejar la nueva situación. Era un aspecto de su personalidad que todavía no le había mostrado, y estaba atónita. Lo había visto grosero, enojado, excitado, alegre... pero nunca así. Se sentía como una presa frente a un león hambriento que juega perezosamente con ella antes de atacarla.

—No sé qué pretendes con este comportamiento, pero no me convencerás —aseguró, agitando una mano en su dirección.

—¿No? —repuso él lánguidamente. Le recorrió el cuerpo con una mirada posesiva antes de volver a fijar la vista en su cara, ahora ruborizada—. Quizá quiera reconsiderarlo, baronesa. Quizá no le he descrito del todo bien las ventajas de este matrimonio. Una en concreto. Pero, bien mirado, puede que sea mejor mostrársela que contársela.

Apoyó las manos en la repisa de la chimenea, una a cada lado de ella, de modo que la atrapó entre la chimenea y su cuerpo. Por suerte, el fuego estaba apagado o habría tenido que sacudirse las llamas de la falda. Ella dejó de fingir indiferencia y retrocedió, con lo que chocó contra la repisa. Cuando Wolf terminó de encerrarla, sintió que la invadía el pánico.

—Si estás tratando de seducirme, no lo lograrás. No soy tan débil —dijo ella con fingido desdén.

—No lo dudo —murmuró Wolf—. Pero permíteme fantasear. —La contempló un largo instante—. Hagamos una apuesta. Yo te doy un beso y, si consigues no devolvérmelo, tú ganas y te doy la llave.

Ella intentó ignorar que se le aceleraba el pulso.

—Eso es ridículo. No me rebajaré a participar en una farsa así.

—Pues me temo que no puedo darte la llave —comentó Wolf, sacudiendo la cabeza con tristeza. La ladeó para observarla del mismo modo que había hecho hacía unos días en aquella misma habitación, cuando hablaban después de la tormenta. Sabina recordó que entonces había tenido ganas de acariciarle el pelo. Se hincó las uñas en las palmas para evitar hacerlo ahora.

¿Cómo podía pensar siquiera en eso? Aquel hombre le había quitado la única cosa de valor que tenía. ¿Cómo podía plantearse siquiera su apuesta?

—¿Y si pierdo? —dijo, incapaz de contenerse.

Wolf le sonrió despacio.

—Podré elegir la recompensa que quiera.

—No es justo —se quejó Sabina—. No puedo apostar si no sé qué tendré que sacrificar si pierdo.

—Ah, pero no eres tan débil —le recordó él sus propias palabras—. No me digas que temes perder. Si estás tan segura de ganar, no debería importarte cuál sea mi recompensa.

Era un argumento digno de la serpiente del Jardín del Edén. Si seguía por ese camino, delataría lo insegura que estaba de poder resistirse.

—Muy bien, esfuérzate todo lo que puedas —lo desafió antes de apretar los labios.

—Anda, va, no hagas trampa —comentó Wolf con una leve sonrisa. Le acarició los labios temblorosos con un dedo—. Relájate, cariño. No te pasará nada.

El apelativo la sorprendió tanto que se olvidó de mantener los labios juntos. En cuanto los separó, su marido agachó la cabeza para besarla.

Pero Sabina giró la cabeza en el último instante, con lo que sólo pudo rozarle la mejilla, y murmuró de placer al notar la suavidad de su piel.

—Me pregunto si aquel jovencito supo satisfacerte —le susurró al oído—. Si te enseñó lo que realmente significa que un hombre adulto toque a una mujer.

Sabina contuvo la respiración. ¿Cómo podía saber la decepción que le había producido el acto conyugal? ¿El dolor que había tenido que soportar mientras George la sobaba torpemente a oscuras? Aunque se habían casado sin testigos ante un cura que, según supo después, era un impostor, George había logrado engañarla y ella había creído que su matrimonio era auténtico. Había intentado cumplir sus deberes con él, pero se había sentido enormemente aliviada al descubrir que las nupcias habían sido una farsa. Por aquel entonces no podía imaginarse cómo iba a soportar que la tocara por el resto de su vida si hubiera tenido la intención de volver a acostarse con ella.

No, George nunca la había hecho sentir como Wolf: fogosa, emocionada... ávida.

Él le rozó de nuevo la mejilla con la suya, le acarició el cuello con la nariz.

—¿Tienes idea de lo estupendo, de lo excitante que puede ser cuando el hombre está más interesado en el placer de su mujer que en el suyo propio?

Sabina tembló, y esta vez no era de miedo.

—Tengo razón, ¿verdad? —prosiguió su marido tras chasquear la lengua—. Ese jovencito desconsiderado ni siquiera te enseñó los placeres del deseo. Lo haré yo —le susurró al oído—. Y nadie más.

Le pasó lentamente la punta de la lengua por el lóbulo de la oreja.

Sabina se estremeció, y se derritió por dentro.

Cuando su marido le introdujo la punta de la lengua en la oreja, dio un respingo a la vez que le clavaba las uñas en el jubón. Muy a pesar suyo, soltó un gemido suave, que interrumpió de inmediato.

Se resistiría a las estratagemas sensuales de Wolf aunque le costara la vida. Lo mejor sería acabar con aquello lo más deprisa posible.

—Hazlo de una vez —siseó.

—Oh, enseguida —musitó Wolf—. Pero hay mucho en juego. No conviene apresurar estas cosas.

Se sonrió para sus adentros y le atrapó el lóbulo de la oreja con la boca. Se lo chupó con cuidado, deleitándose con el sabor dulce de su cuerpo, con el «oh» apagado que se le escapó de los labios, con su susurro anhelante.

Ella se creía inmune a él, pero Wolf sabía que no lo era. Sabía que había infinidad de formas de proporcionar placer a una mujer, y disfrutaría enseñándoselas todas.

Entonces Sabina movió las caderas contra las suyas, y él perdió el mundo de vista.

Se aferró a la repisa de piedra mientras recobraba la compostura. Debía tener cuidado. Si dejaba que sus manos la tocaran, perdería el control. Pero si esperaba sólo un poquito... Sabina ya ardía en deseo, por más que lo negara. No era por fanfarronear, pero Wolf sabía cómo tratar a una mujer. Sabina sucumbiría. La mantendría unida a él a través del placer. Había matrimonios que se basaban en menos. Si tenía voz y voto en ello, y la tenía, Sabina nunca podría irse de su lado.

Por supuesto que no.

Mantuvo los labios en la delicada mejilla de su mujer. Aunque la piel le quemaba, se obligó a no perder el control. Le depositó lentamente los labios en los suyos, dejando que notara lo excitado que estaba. Ella lanzó una exclamación, sorprendida, pero no se apartó. Wolf lo consideró una pequeña victoria.

—¿Ves lo que me haces? Déjame que te lo muestre, Sabina. Puedo enseñarte más sobre el placer de lo que tu jovencito haya sabido nunca.

—Adelante, hazlo de una vez —gruñó ella.

Parecía desesperada, aunque no supo si era por librarse de él o porque deseaba que la besara como era debido. Había una forma de averiguarlo.

—¿Te refieres a esto? —preguntó mientras le mordisqueaba

despacio el cuello—. O tal vez a esto —murmuró, besándole despacio la garganta—. O tal vez a esto otro —sugirió mientras le pasaba la punta de la lengua por las comisuras de los labios.

Sabina cerró las manos, aferrada aún al jubón de su marido.

—¡Hazlo! —suplicó, y Wolf aprovechó ese instante para atraparle la boca con la suya.

Como ya la había besado antes, el tacto de sus labios no tendría que haberlo sorprendido. Pero esto era distinto. Mucho más potente y excitante que los besos bruscos que se habían dado junto al río. Este beso era más seductor, más pausado, y percibió que Sabina empezaba a ceder. Mientras le acariciaba el interior de la boca con la lengua siguiendo un ritmo regular, ella imitaba la cadencia del movimiento con todo su cuerpo. Cuando él se detuvo un momento para mordisquearle con cuidado el labio inferior, ella gimió y lo aferró.

Le chupó con suavidad el interior de la boca, y los murmullos extasiados de Sabina cuando le acarició repetidamente la lengua con la suya aumentaron aún más el placer que él ya sentía. No le exploró la boca a fondo, sino que la saboreó, jugueteó con ella mientras se deleitaba con su placer. En pocos instantes había logrado ablandarla y tenerla temblando de necesidad.

Notó que a ella le fallaban las piernas y la sujetó sin dificultad. La apoyó contra su cuerpo con una mano bajo el trasero, y se situó de modo que le dejó una rodilla entre los muslos. Empujó hacia arriba, y cuando aumentó la presión, Sabina no pudo evitar arquear la espalda con un grito.

—¿Lo ves? Tu cuerpo lo sabe —susurró Wolf—. Deja que te lo haga. Deja que...

Se movió para dejarla sentada sobre su muslo, y Sabina gimió y arqueó de nuevo la espalda, echando la cabeza atrás. Wolf le mordió la mandíbula temblorosa y, acto seguido, se la lamió y mordisqueó a modo de disculpa.

—Te comería entera, te lamería como si fueras un dulce... un pastel de miel, eso es lo que eres —murmuró—. ¿Te gustaría eso, cariño? ¿Te gustaría que te chupara... por todas partes?

Sabina cerró los ojos mientras se le escapaba un sollozo.

185

—Sí, creo que sí... —susurró Wolf—. Entrégate a mí y no lo lamentarás. Te lo prometo. Una palabra y seré tuyo. Totalmente.

Sabina hundió instintivamente los dedos en el pelo de su marido; se acercó más a él, suplicándole en silencio que siguiera. Wolf se apartó despacio. Cuando ella alargó la mano hacia él, Wolf la mantuvo a distancia, negándole lo que quería, negando a los dos lo que ambos querían. La mirada fogosa del impresor se abrió paso entre la sensualidad que abrumaba a la joven.

—No hasta que digas que sí, Sabina. Entonces podrás tenerlo todo.

16

Sabina luchó contra la seducción hipnótica que amenazaba con consumirla. La voz de Wolf, cargada de deseo, la excitaba, lo mismo que su boca, casi en contacto con la suya.

La estaba confundiendo. Tenía que pensar. ¿A qué quería que le respondiera que sí o que no? ¿A seguir casada con él o a sucumbir a él sólo en aquel momento? De repente, Wolf se apretó de nuevo contra su cuerpo y dejó de importarle la pregunta. Gimió impotente, dominada por una avidez sensual.

Notaba el muslo firme de su marido ahí abajo, en aquel sitio tan femenino que ningún hombre había reivindicado en nueve años, y notaba también la humedad que se le acumulaba en la entrepierna. Nunca había sentido una necesidad tan intensa. Era desesperante, y aterradora, y de lo más persuasiva.

No estaba preparada para lo que Wolf le hacía sentir. Su creciente lujuria le indicaba que él podría darle lo que le prometía, lo que le había estado prometiendo desde el primer día con miradas y caricias.

La volvía loca, ésa era la verdad. El corazón se le había acelerado, el pulso le latía con fuerza. Tenía que decirle que sí, no tenía opción.

—Sí... —resolló, y ver el triunfo en la mirada de Wolf la inquietó un momento. Pero entonces él le cubrió la boca con la suya y alejó todas las dudas de su mente.

La había prendido fuego. Sabina no encontraba otra explicación para el incendio que se le propagó por el cuerpo cuando le introdujo la lengua en la boca para batirse en duelo con la suya. Sin interrumpir el ávido beso, él flexionó un poco las rodillas y le recogió la falda con una mano que le fue deslizando suavemente pierna arriba hasta la entrepierna. Y entonces la besó apasionadamente mientras le describía unos círculos exasperantemente lentos con la base de la mano.

—¡Oh, Wolf! —gimió, y se revolvió hasta dejarse caer sobre él, temblorosa.

Oía la respiración entrecortada de él, que la tocaba ávidamente. Mientras le acariciaba el cuerpo con la otra mano, la apoyó contra la pared. Entonces le descubrió los hombros y tiró hacia abajo del corpiño para poder saborear las curvas que le quedaron al descubierto. Le acarició los senos y ella reaccionó arqueando la espalda, extasiada.

Se puso de puntillas para poder rodearle el cuello con los brazos y entonces Wolf la levantó del suelo para acercarla todavía más a él. Cuando el íntimo contacto lo hizo gemir de placer con la cabeza hundida en su cuello, terminó de conquistarla. Impotente ante aquella arremetida sensual, Sabina comprendió que era tan incapaz de resistirse a sus requerimientos como de impedir que el sol saliera por la mañana. Se restregó contra Wolf para intentar aliviar la ardorosa sensación que le recorría sus partes más íntimas.

—Quieres que esté dentro de ti —murmuró Wolf—. No trates de negarlo.

Como si pudiera.

Entonces él la cargó, pero tropezó con el banco que había bajo la ventana. Sabina soltó un tenue gemido mientras la habitación le daba vueltas. La mejilla de Wolf le rascaba la suya, su fresca fragancia a limón y sándalo la embriagaba.

Tras dejarla en el asiento, Wolf buscó a tientas las colgaduras para cerrarlas. Sabina se incorporó para recibirlo, pero él debió de interpretar mal su gesto, porque le apoyó una mano en el esternón mientras se situaba entre sus piernas.

—Ahora —dijo, mirándola implacable, jadeando, sin mover ni un músculo. No habría vuelta atrás.

—Sí, ahora —susurró Sabina, y le subió las manos por el tórax. Lo deseaba. Habían dejado de importarle los motivos por los que no debería hacerlo.

Wolf se lanzó sobre ella. Había perdido el autodominio y sólo lo guiaban sus ganas de poseerla. No pensó en lo mucho que pesaba para ella, olvidó su intención de ir despacio y balanceó las caderas para colocar su miembro rígido en la suave entrepierna de Sabina a través de sus ropas. Se apretó con urgencia contra ella, desesperado por tocarle la piel.

Sabina soltó un grito ahogado.

Wolf no dejó de mirarla ni un segundo a los ojos, quería ver cómo sucumbía al placer. Anhelaba penetrarla hasta que le quedara ajustada como un guante. Notaba que el deseo de Sabina lo arrastraba con ella, y se aferró como pudo a la cordura mientras le quitaba la ropa.

Las prendas de lana y de lino lo exasperaron. Soltó una palabrota atroz. Tenía que desabrocharlas, pero se veía incapaz de desatar las cintas; estaba tan excitado que no conseguía concentrarse lo suficiente para hacerlo.

Había tenido la intención de excitarla, de despertarle lentamente el deseo, de tomarla con cuidado y delicadeza. Ahora, en cambio, rogaba no ser demasiado brusco con las prisas, pero no podía esperar ni un segundo más, ni siquiera el tiempo necesario para desnudarla como era debido. Tenía que penetrarla sin más demora, antes de perder totalmente el control. Frustrado, le subió la falda hasta la cintura y se peleó con su propia ropa para liberarse.

Después se disculparía.

La acarició, la animó a separar los muslos para acceder al paraíso oculto en su interior mientras ella movía la cabeza de un lado a otro, excitada, de modo que su pelo negro oscilaba enmarañado alrededor de ambos.

Le deslizó las manos por la suave entrepierna para tantearla y prepararla, y sintió alivio al notar su piel caliente y húmeda. Se moría de ganas de poseerla, pero quería que estuviera lista.

Sabina se retorció contra él y le sujetó el pelo con las manos mientras acercaba las caderas a las suyas con urgencia.

—Wolf... por favor. Date prisa —suplicó mirándolo a los ojos.

¡Qué dulce locura!

—Sí, cariño —dijo él con voz ronca, colocándose—, deja que...

Unos golpes frenéticos a la puerta del salón interrumpieron sus palabras

—¡Señor! —Era Franz. Su urgencia sobresaltó a Wolf—. ¡Tenemos que hablar con usted de inmediato!

Wolf se quedó mirando la puerta, pasmado.

—¡Ahora... no! —bramó, dispuesto a matar a Franz si intentaba abrir la puerta, por más años que llevara sirviendo lealmente a la familia.

Sabina dio un respingo.

—¡Dios mío! —exclamó, y Wolf notó el tono avergonzado con que lo dijo.

Apartó a su marido de un empujón, se incorporó y trató torpemente de ponerse bien la ropa. Wolf, al que no era tan fácil disuadir, volvió a colocarla de nuevo bajo su cuerpo y a apoderarse de su boca con una pasión que los golpes cada vez más insistentes a la puerta no habían reducido un ápice.

Sabina se separó de él.

—¡Para! —le siseó mientras se esforzaba por incorporarse.

—¡Largo! —gritó Wolf en dirección a la puerta. Le daba igual si quien quería entrar era el mismísimo Papa, tenía que poseer a Sabina.

Rebuscó bajo la falda enmarañada hasta encontrarle de nuevo la hendidura y se la acarició lascivamente. Sabina inspiró y le sujetó, temblorosa, los brazos mientras echaba la cabeza atrás.

—¡Oh! —gimió, pero empezaron a llamar otra vez a la puerta y se incorporó de golpe, soltando un gemido de frustración. Intentó apartar la mano de su marido, pero no lo consiguió—. ¡No, Wolf! —suplicó.

Su tono hizo finalmente mella en él, que se detuvo. No podía poseerla en contra de su voluntad. Deseó ser la clase de hombre que podía hacerlo, pero no lo era.

Apoyó la frente sudorosa en la de su mujer para contener sus intentos desesperados por levantarse. Con un gruñido, le acarició las manos con dedos temblorosos y entonces, por primera vez en su vida, rogó como un bellaco.

—Por favor... —E hizo que Sabina le rodeara con una mano el miembro erecto y le dirigió una mirada de ansiedad sexual—. Por lo que más quieras...

Sabina frunció el ceño, indecisa, mientras se mordía el labio inferior. Finalmente levantó la otra mano hacia la cara de Wolf y tiró de su marido hacia ella. Él la cubrió inmediatamente con su cuerpo.

—¡Lo siento, Wolf, pero es urgente! —gritó Peter desde el otro lado de la puerta—. Si no sales, entrarán.

Wolf dio un puñetazo a los cojines, cada vez más frustrado y rabioso. Su gesto asustó a Sabina.

¿Qué diablos hacía Peter allí? Pero la parte racional de su cerebro, la que le quedaba, fue consciente de que Peter había utilizado la tercera persona del plural para intentar advertirles de algún modo que alguien iba a entrar y podría sorprenderlos.

Unos instantes más, y Sabina habría sido suya. El momento se le había escapado, y no podía hacer nada al respecto. La soltó a regañadientes y se separó con dificultad. Necesitó toda su fuerza de voluntad para no seguir adelante.

Se dirigió a la puerta, componiéndose la ropa, y antes de abrir echó un vistazo atrás para asegurarse de que Sabina estuviera presentable. Tenía las mejillas sonrojadas y el pelo oscuro alborotado. Sus labios hinchados delataban los feroces besos que le había dado. Cuando vio que la pasión todavía le nublaba los ojos, deseó poder volver con ella.

Finalmente Sabina terminó de arreglarse la falda y abrocharse el corpiño. Su marido supuso que así estaba bien, aparte de dar la impresión de que acababa de revolcarse con alguien. Si sólo fuera menos evidente el estado en que él se encontraba...

Se sacó con torpeza la llave del bolsillo, la giró en la cerradura y abrió la puerta un poco, con cuidado de quedarse tras ella.

No tendría que haberse molestado; Franz evitó mirar el interior de la habitación, mientras que Peter, después de echarle un rápido vistazo, mantuvo diplomáticamente los ojos fijos en la frente de su hermano. Detrás de Peter había varios hombres armados que lucían el uniforme de la guardia de la ciudad, con espada y escudo, y gorra de fieltro de ala ancha sobre la cabeza casi rapada.

—¿Qué ocurre? —soltó Wolf.

—Perdona que te importunemos, pero han venido unos representantes de la ciudad y se niegan a irse sin hablar contigo —informó Peter con una expresión de sentida disculpa—. Ha habido una rebelión en Mühlhausen. El gobierno municipal ha sido derrocado.

Wolf se concentró al instante.

Aliviado de contar por fin con la total atención de su hermano, Peter prosiguió:

—Algunos campesinos locales deambulan por Wittenberg a la espera de que ocurra lo mismo aquí. Incluso han atacado la casa de uno de los concejales. Los guardias han seguido a los agresores hasta el bosque de aquí al lado, pero les han perdido el rastro.

»Estos hombres han registrado El Santuario y los terrenos circundantes —prosiguió Peter a la vez que señalaba hacia atrás—, pero al ver que no salías, han sospechado que tal vez alguien te retenía por la fuerza. —Dirigió una fugaz mirada a Sabina y de nuevo a su hermano—. Yo les he asegurado que, si acaso, era más probable que fuera todo lo contrario —aseguró irónicamente—, pero ya sabes cómo son los oficiales.

El capitán de la guardia intervino:

—Señor Behaim, ¿está usted bien?

—Como puede ver —respondió Wolf con una mirada desalentadora.

—Sí, bueno... entonces tal vez pueda ayudarnos. Estamos movilizando a los ciudadanos, pero necesitan un líder, alguien que se asegure que no se lastimarán unos a otros en su afán por capturar a los malhechores —comentó el capitán mientras se tocaba con sorna el bigote—. ¿Asumiría usted el mando?

Wolf sacudió la cabeza, ansioso por librarse de ellos.

—Yo vivo en Núremberg y sólo estoy en Wittenberg temporalmente. Quizá fuera más adecuado que se encargara alguien que residiera aquí.

—Pero usted es de esta ciudad, ¿no? Si no me equivoco, nació y creció aquí. Dadas las circunstancias, al elector le complacería saber que ha intervenido. De hecho, nos ordenaron que viniéramos a pedir su ayuda si ocurría algo así. Es de sobra conocida su serenidad para abordar este tipo de asuntos.

—¿Por qué elegir al nieto de un campesino para dirigir una compañía contra los campesinos? —preguntó Wolf, ignorando el intento del capitán por halagarlo.

—Porque el elector quiere que se derrame la menor sangre posible en esta región —contestó el capitán—. Como sabrá, siente cierta compasión por esta gente. Poner a un noble al mando en unas condiciones tan incendiarias podría ser un error, ¿no cree? Sin embargo, un hombre como usted reduciría los daños al mínimo. Le pido humildemente que tome el mando de nuestra compañía, por favor.

—No aceptará un no por respuesta, ¿verdad? —dijo Wolf con una ceja arqueada.

El capitán se limitó a encogerse de hombros, como si la decisión no estuviera en sus manos.

—Muy bien —cedió Wolf con un suspiro—. ¿A qué hombres ha movilizado? ¿Sabe si son honrados y de fiar? No me gustaría encabezar un ataque y encontrarme con que la tropa se retira inesperadamente.

—Sí, señor —intervino Franz—. Conozco a muchos de ellos. Son buenos hombres, dispuestos a proteger sus hogares y a sus familias. La mayoría lo hará bien.

—Entonces tomaré el mando —asintió Wolf—. Franz, pide al Joven John que ensille a *Solimán* y dispón las armas. Dile también a Bea que me prepare algo de comida y bebida, y haz bajar a Gisel para despedirme de ella. Puede que esté fuera durante cierto tiempo. Y tráeme el tintero y unas hojas de papel. Tendré que dejar instrucciones para las imprentas por si tardo en volver. Dentro de poco me reuniré en el estudio contigo. —Iba a cerrar la puerta, pero se detuvo—. Esperen.

Miró a su hermano.

—¿Vendrás conmigo? —le preguntó.

Peter pareció casi ofendido.

—¿Acaso lo dudabas? Yo también soy de esta ciudad.

Wolf sonrió e hizo un gesto a Franz.

—Que haya bastante para dos —le pidió.

El criado asintió y se marchó para preparar los caballos y el equipo.

Wolf se volvió par a mirar a su mujer. Sabina tenía la cabeza gacha y se rodeaba el cuerpo con los brazos como a la defensiva.

—Dame un momento, por favor —dijo Wolf a su hermano.

Peter dirigió la vista a Sabina, asintió y se marchó para pedir más información al capitán y sus hombres.

Wolf se acercó a Sabina y le levantó el mentón con un dedo para que lo mirara a los ojos. Cuando parpadeó, él vio unas gotitas cristalinas aferradas a sus pestañas en su intento por evitar las lágrimas.

—¿Lo has oído? —le preguntó.

Sabina asintió.

—Debo irme.

—No importa —dijo ella con un gesto forzado.

Wolf le rodeó la barbilla con una mano.

—Sí que importa —la contradijo.

Cuando su mujer alzó los ojos, lo que él vio reflejado en ellos, en medio de una pasión que empezaba a enfriarse, era vergüenza y remordimiento. La acercó a él.

—Ahora no puedo hacer nada al respecto, pero óyeme bien. Eres mi esposa. No tienes que avergonzarte por desearme. Igual que yo te deseo a ti. —Y acalló sus débiles protestas poniéndole un dedo en los labios—. Por cierto, creo que he ganado.

Sabina lo miró desconcertada.

—La apuesta —le recordó Wolf, y percibió que se ponía tensa—. En cuanto a mi recompensa... —Le sostuvo la mirada un instante y le besó la punta de la nariz—. Estarás aquí cuando vuelva.

No era una pregunta, sino una afirmación.

—¿Eso es todo? —preguntó Sabina, echando la cabeza atrás para mirarlo.

—Tenemos muchas cosas que comentar. Necesito que estés aquí cuando vuelva. —La estrechó entre sus brazos un momento. Sintió una aprensión abrumadora—. Pero, sobre todo, necesito tener algo por lo que volver.

La mirada de Sabina reflejó asombro, y después se ensombreció. Dirigió la vista a la puerta cerrada, tras la que Peter y los guardias esperaban a Wolf, y después de nuevo a su marido. Y, de golpe, le sujetó los hombros.

—Cuídate. Quiero que regreses —dijo, ruborizada, y bajó los ojos para ocultarlos—. Gisel necesita un padre.

Ahora el sorprendido fue Wolf.

—¿Estás preocupada por mí, fierecilla?

Ella evitó mirarlo a los ojos y le quitó un hilo inexistente de la camisa.

—Como tú mismo has dicho, hay asuntos que tenemos que resolver.

Wolf le levantó la cara y le dio un beso apasionado pero breve; no quiso arriesgarse más. Cuando se separó, Sabina lo miró fijamente. El labio inferior le temblaba.

—Ya hemos resuelto una cosa —aseguró Wolf de camino hacia la puerta—. Decide cuándo te trasladarás a mi alcoba. Quiero tenerte en mi cama. Dejaré que seas tú quien decida cuándo... Y, Sabina...

Ella lo miró expectante.

—Tengo mucha paciencia, cariño, pero que sea pronto, por favor. Que sea pronto.

Cuando cerró la puerta al salir, le pareció oír que su joven esposa se echaba a llorar.

17

Sabina buscó el pañuelo y se secó las lágrimas, decidida a no derramar ninguna más. Algunos de los cojines bordados que Wolf había apartado en su afán por poseerla yacían esparcidos por el suelo. Verlos así le recordaba el doloroso vacío que ya le provocaba su ausencia; los recogió y volvió a ponerlos en su sitio.

La fogosidad insatisfecha la había dejado inquieta, y salió de repente del Santuario para dar un paseo, sin molestarse siquiera en ponerse una capa.

El viento le aguijoneaba las mejillas y el frío era como una bofetada en la cara. O quizás era que la realidad le había propinado una bofetada.

Wolf casi había logrado seducirla con unos besos y unas palabras bien dichas. ¿Qué clase de mujer era? ¿No le había enseñado su primera experiencia con un hombre lo poco que valía una satisfacción temporal comparada con un verdadero compromiso?

¿Qué había esperado? ¿Que Wolf se arrodillara ante ella y le suplicara que lo amara? ¿Que le declarara una adoración eterna? Ésos no eran más que sueños de doncella ingenua. Había aprendido esa dura lección hacía años, cuando había dejado que George y sus estúpidas promesas le arruinaran la vida.

Se dirigió a la sombra de un roble y alzó los ojos hacia su

copa pelada. Sin saber por qué, abrazó el tronco y apoyó la cabeza en su rugosa corteza.

Los hombres no amaban a las mujeres, las utilizaban. ¿No se lo habían enseñado así su propia experiencia y el ejemplo de su madre? No podía esperarse que ni siquiera un hombre como Wolf Behaim estuviera por encima del orden natural de las cosas. Los hombres necesitaban a las mujeres para satisfacer su lujuria, para tener herederos y para ser obedecidos. El amor no solía entrar en juego, si alguna vez lo hacía. Y ella lo sabía. Todo el mundo lo sabía.

—¿Por qué me sigo rebelando entonces? —susurró al indiferente roble—. ¿Por qué mi corazón sigue anhelando un amor que no conoceré jamás?

Su madre le había contado una vez una historia sobre un unicornio blanco que, en teoría, no podía existir, pero que existía porque una doncella pura creía en él. El día que la doncella dejó de creer en él, el unicornio dejó de existir. ¿Ocurriría lo mismo con el amor? ¿Sería algo que sólo existía mientras creías en él?

Apretó un puño con la mano apoyada en la corteza. Historias. Los finales felices no existían en la realidad. Sacudió la cabeza y se volvió para apoyar la espalda contra el árbol. Desde allí podía ver el río Elba. Contempló un velero que avanzaba despacio por sus aguas verdiazules y pensó en Wolf.

Además del placer físico de su unión, una parte de ella anhelaba las demás cosas que Wolf le ofrecía: un hogar, compañía, una familia, un lugar al que pertenecer. Pero otra parte de ella, la que ansiaba ser amada, no le permitiría renunciar al sueño que jamás había expresado y que tan importante era para ella: el sueño de convertirse, por primera vez en su vida, en alguien imprescindible para otra persona, no por lo que representaba ni por el deber a que estaba obligada, sino por ser como era.

Suspiró. Las probabilidades de que eso ocurriera, especialmente con Wolf, eran muy pocas.

Si estuviera sola, podría ser fuerte. Podría protegerse el corazón guardándolo muy bien escondido en su interior, sin dejar que nadie viera nunca el valioso tesoro que contenía. ¿Cómo iba a vivir todos los días junto a un hombre que le iría sacando poco a poco el corazón hasta tenerlo totalmente a su merced, sabiendo que era un regalo inútil?

Peor aún fue imaginarse teniendo hijos con Wolf. A pesar de la triste experiencia de su madre, darle descendencia a Wolf sería el cumplimiento agridulce de un deseo inexpresado.

Observó las aguas agitadas del río, reflejo de sus pensamientos. Y sus pensamientos derivaron hacia su solitaria infancia y, por consiguiente, hacia su hermano.

Pobre Carl. A sus catorce años ya era tan fuerte, tan guapo... Ya había empezado a dar señales del gran hombre que iba a ser si tenía la oportunidad. Era la única persona, además de su madre, que la había querido de verdad. Ni siquiera su madre se había ocupado mucho de ella hasta que fue demasiado tarde.

¿Cuántos abortos y cuántos hijos había parido muertos su madre a lo largo de los años? Había perdido la cuenta. El barón la había dejado finalmente en paz después del último, seguramente convencido de que nunca le daría otro hijo vivo que pudiera sustituir a su queridísimo Carl. Luego, su madre había muerto de repente, poco después de que el barón la hubiera enviado a ella al convento. Sabina ni siquiera había podido llorarla como era debido. La herida que eso le había dejado nunca cicatrizaría.

Se había enterado por la abadesa de que el barón había vuelto a casarse antes de que pasaran seis meses de la muerte de su madre. La joven esposa no le había dado ningún hijo en seis años de matrimonio antes de morir también, sólo que en un accidente. Pero el barón lo siguió intentando. Él mismo había revelado a Sabina que actualmente estaba tratando de dejar embarazada a su cuarta esposa, una joven no mucho mayor que ella cuando se recluyó en el convento.

¡Pobre de esa actual esposa si no conseguía darle el hijo varón exigido!

Sabina contempló cómo el velero entraba en el puerto. Incluso a un cuarto de legua de distancia, divisó a los marineros esforzándose por amarrarlo al muelle. Una figura solitaria se separó de la oleada humana de los muelles y se dirigió despacio a la ciudad.

Desde que había regresado a casa, Sabina le había dado vueltas a la muerte tanto de su madre como de la tercera esposa del barón. Su padre adoptivo, que estaba resuelto a tener un heredero varón para conservar el título de barón Von Ziegler en su línea de descendencia directa, parecía todavía más obsesionado aún por lograrlo desde que ella había abandonado el convento. Desde su regreso, había visto en sus ojos una pincelada de locura que exacerbaba su ya de por sí enorme crueldad.

¿Podría ser culpable de la muerte prematura de ambas mujeres?

Supuso que la muerte de su madre podría haberse debido a su salud algo frágil, agravada por el hecho de haberse quedado embarazada una y otra vez sin apenas descanso durante tantos años. Nunca lo sabría con certeza. Hasta donde le constaba, no se había pedido a ningún médico que determinara la causa de su muerte.

Pero ¿y la tercera esposa? Sabina sabía poco sobre ella. ¿Fue su muerte realmente un accidente o se trató de algo más siniestro? Sabina decidió averiguar lo que pudiera si se presentaba la ocasión.

Siguió apoyada en el árbol, dándole vueltas al asunto, y finalmente lo dejó a un lado. Tenía otras cosas en las que pensar. No renunciaría a su sueño de crear un refugio. Tenía que haber otra forma de lograrlo. Rogaría a Dios que le diera otra oportunidad de servirlo.

Por el momento, se miró de reojo el vestido para comprobar lo desaliñada que iba. Con disgusto, empezó a alisar las arrugas que Wolf le había hecho en la falda.

Wolf...

Era evidente que él podría tener a la mujer que quisiera. ¿Por qué no había vuelto a casarse hasta entonces para tener más hijos? Su hija era maravillosa, por supuesto, pero ¿podía bastarle? ¿Por qué no aspiraba a tener hijos varones que llevaran su apellido, como parecía ser el caso de los demás hombres?

Empezó a dolerle la cabeza de tanto pensar. Basta. Como Wolf había dicho una vez, pasaría lo que tuviera que pasar.

Volvió con paso cansino hacia la casa.

Acababa de cerrar la puerta al entrar cuando oyó que llamaban, y la abrió de nuevo sin pararse a pensar.

Retrocedió sobresaltada ante lo que vio.

Un hombre alto y muy guapo con unos penetrantes ojos verdes. De mandíbula ancha, pómulos prominentes y una boca peligrosamente sensual casi oculta bajo una barba rubia. Cargaba un petate y llevaba la ropa muy sucia. La empuñadura de una gran espada le asomaba tras la espalda. Se había quedado ahí plantado, mirándola con los ojos entornados, tan sorprendido como ella.

Se dio cuenta, aunque ya era tarde, de lo estúpida que había sido al abrir la puerta. Podría ser uno de los hombres a los que Wolf perseguía, y ella le había facilitado la entrada. Quiso cerrar la puerta, pero el hombre interpuso un pie en el umbral y se lo impidió. A continuación, abrió la puerta de par en par casi sin esfuerzo a pesar de que ella trató de evitarlo con todas sus fuerzas. El hombre la miró con el ceño fruncido.

Muerta de miedo, Sabina tuvo el ánimo suficiente para chillar pidiendo ayuda. Su grito, largo y estridente, rasgó el silencio.

El sonido hizo que el hombre hablara mientras se tapaba las orejas con una mueca.

—¡Pero bueno! ¿Qué clase de servicio contrata hoy en día Wolf? ¿No puede llegar un hombre a su propia casa sin que lo aborde una loca?

18

Cuando unos Franz y Bea alarmados llegaron corriendo desde lados opuestos de la casa, Sabina, atónita, ya había dejado de gritar. El Joven John, de la cuadra, apareció presuroso empuñando un hacha, y hasta la costurera que estaba trabajando en la casa compareció tijeras en mano, dejando un rastro de carretes de hilo tras ella.

—¡Señor Günter! —exclamó Bea, jubilosa, y lo rodeó con los brazos.

Los demás reaccionaron de modo parecido, y Sabina comprendió, horrorizada, que acababa de intentar impedir que su cuñado entrara en su propia casa.

Günter la miró por encima de las cabezas de los demás, que estaban celebrando su llegada, convencido de que era una chalada a la que había que atar de inmediato. Ella fue consciente de la impresión que debía de darle, allí plantada, mirándolo boquiabierta y sin haber pronunciado palabra.

La señaló.

—¿Qué diablos le pasa a esta mujer?

Bea rio, lo mismo que los demás. Sabina se sonrojó.

—Oh, señor Günter. No sabía quién es usted —respondió Bea—. Seguro que lo ha confundido con uno de esos hombres horribles que están intentando tomar la ciudad. Ahora mismo el señor Wolf está con las patrullas armadas.

Los ojos verdes del hombre, que tan familiares le resultaban a Sabina, la recorrieron con la mirada. El parecido con Wolf y Peter era evidente a primera vista, igual que los rasgos cincelados de su cara y su estatura inusual. Tenía el pelo más claro, casi rubio, y le contrastaba de un modo muy interesante con las cejas oscuras, pero aparte de eso, no había duda de su parentesco.

¿Cómo no se había dado cuenta antes? Desde luego, Günter tenía motivos para pensar que era una imbécil.

Sabina se fijó también en otras cosas: el bastón de madera en que se apoyaba, aunque parecía tan saludable como sus hermanos; la ropa rasgada y desparejada de un soldado profesional, los colores vivos casi ocultos bajo la suciedad. Cuando él arqueó una de sus cejas oscuras y le devolvió la mirada, ella se dio cuenta de que llevaba contemplándolo un buen rato.

—Bueno, quizá deje que me lo compense —dijo con una sonrisa maliciosa—. Ven, muchacha. Puedes ayudarme a bañarme.

Que todo el mundo se quedara mudo de asombro debió de darle una idea de que no todo era lo que parecía. Dirigió una mirada inquisitiva a las caras avergonzadas de los criados, y a Franz cuando carraspeó.

—¿Qué pasa? ¿Está ya comprometida? —preguntó, dando a entender que eso sólo sería un obstáculo nimio.

—Permítame que le presente a su cuñada, señor Günter. La baronesa Sabina von Ziegler, la actual señora Behaim. La señora de Wolfgang Behaim —aclaró Franz mientras la mirada atónita de Günter volvía a dirigirse a ella.

Sabina, que de repente encontró divertida la situación, juntó las manos angelicalmente y dijo:

—Encantada de conocerte, cuñado. Disculpa que te reciba de una forma tan poco habitual. Me he confundido, como ha dicho Bea. Eres bienvenido, por supuesto. Espero que te sientas cómodo. Ordenaré que te preparen un baño y enviaré a un chico para que se ocupe de ti —añadió socarronamente.

Günter la observó con una ceja arqueada.

—El día que quiera que un chico se ocupe de mí querrá decir que alguien me ha cortado...

—¡Señor Günter! —le advirtió Bea, escandalizada.

—... la cabeza —improvisó Günter.

Sabina contuvo una carcajada. Era mejor no animarlo.

Su cuñado se apoyó otra vez en el bastón, mientras la miraba saltándose todo decoro, y Sabina notó que su desenfado escondía un enorme interés.

—O sea que Wolf ha entrado por fin en razón y se ha conseguido una esposa. Y atractiva, por cierto —comentó con un brillo pícaro en los ojos, y bajó un poco la voz ronca para añadir—: Ven a dar un beso a tu cuñado.

Esta vez Sabina sí se echó a reír.

—Mejor démonos la mano. Seguro que bastará y no escandalizará tanto a los criados.

—Bueno —dijo él con un suspiro teatral, y le ofreció la mano.

Sabina se la estrechó, y su mano desapareció entre los dedos callosos de su cuñado, que se apoyó el bastón en la cadera mientras le dirigía una mirada inquisitiva.

—Ah, ¿acaso se ha acabado ya la luna de miel? —preguntó en voz tan baja que sólo ella pudo oírlo.

Comprendió entonces que todavía se le notaba en la cara que había estado llorando y, aunque no respondió, se llevó con timidez una mano a la mejilla. Günter cambió de tema.

—¿Dónde está mi sobrinita preferida? —preguntó en voz alta, y soltó la mano de su inesperada cuñada. Se desabrochó la vaina que le colgaba a la espalda y se la dio a Franz. Al ver el arma, Sabina se estremeció: era casi tan alta como ella, y estaba afiladísima.

»Tranquila —sonrió Günter al ver su expresión—. No muerde... a no ser que te enfrentes a ella.

El asombro de Sabina hizo que él sonriera de oreja a oreja.

—Bueno —prosiguió—, ¿dónde está mi diablilla? Gisel es lo único por lo que vengo a esta casa, ¿sabes? —comentó a Sabina con un susurro fingido.

Como si la hubieran conjurado por arte de magia, una puerta se abrió de golpe y Gisel entró como un proyectil. La niñera, que parecía ir siempre un paso por detrás de la pequeña, la siguió corriendo tras ella.

—¡Tío! ¡Tío! —gritó Gisel, y se le acercó a la carrera. Saltó hacia su tío, y aunque él la atrapó, a Sabina no se le escapó su rápida mueca de dolor.

—Gisel... las damas no se abalanzan sobre los caballeros —dijo la joven. Separó con dulzura a su hijastra y le dio un breve abrazo para suavizar la reprimenda—. No queremos que se le suban los humos a la cabeza comprobando lo contenta que estás de verlo, ¿verdad?

Gisel la miró, se puso las manos de Sabina en los hombros y asintió con la cabeza. Y entonces hizo alegremente la pregunta que nadie se había atrevido a hacer:

—¿Qué tienes en la pierna? —Y señaló el bastón.

Günter miró la carita de la candorosa niña de tres años, ya recuperado de su desfallecimiento. Se inclinó hacia ella.

—Ah, me han estado acosando unas chicas bonitas. Yo les expliqué que me reservaba para ti, pero no me hicieron caso. Con las prisas por escaparme, tropecé y mira qué me pasó.

Gisel soltó una risita. Hasta ella reconocía un cuento chino cuando lo oía.

—¿Qué me has traído?

—Bueno, déjame ver... —murmuró pensativo, y rebuscó en el petate—. Ah, aquí está.

Sacó una tosca cajita de madera, se agachó para abrirla y extrajo la taza de porcelana en miniatura más bonita que Sabina había visto nunca. Se la puso a su sobrina en la palma de la mano, cubierta por un mitón de lana. Dentro de la cajita había por lo menos seis tazas más, envueltas en un paño suave. Debía de haberle costado mucho llevar aquellas perfectas tacitas, tan pequeñitas, por todo el país, en medio de la guerra y de Dios sabía cuántas cosas más, para dárselas a su sobrinita; aquello lo decía todo de aquel hombre. Sabina parpadeó rápidamente, negándose a sollozar por algo tan sentimental.

—¡Qué bonita! —exclamó Gisel, asombrada.

Günter movió la cabeza para apartarse el pelo de la cara.

—¿Hace juego con las piezas que ya tienes? —preguntó a la niña—. No las recordaba bien.

Gisel asintió en silencio y le dio un fuerte abrazo con los ojos brillándole de amor.

No era extraño que Gisel lo quisiera. Sabina concluyó que seguramente la mitad de las mujeres del país estarían enamoradas de él.

—Señorita Gisel, tendría que dejar que su tío se bañe y descanse —intervino Franz—. Debe de estar muy cansado de sus viajes.

Tras una señal sutil de Franz, todos los criados excepto Bea se marcharon, recordando con algo de retraso cuál era su sitio en la casa. La tata Barbara se llevó a Gisel, que parloteaba feliz, al cuarto de los niños para que pusiera las tazas con las demás. Sabina se fijó en que hasta la rolliza niñera volvía la cabeza para lanzar miradas insinuantes a Günter, que se las devolvió con aplomo.

—Por favor, permítenos recibirte como es debido —dijo Sabina después de que se hubieran marchado.

—Bueno, pues si quieres recibirme como es debido... —replicó Günter, incorregible.

Sabina consideró que sólo era un comentario espontáneo tras años de coqueteo. Era evidente que estaba exhausto. Los ojos de su cuñado reflejaban un cansancio invencible, aunque lo más probable era que él lo negara.

—Mira, cuñado, te vas a comportar, y Franz va a cuidar muy bien de ti. ¿Verdad, Franz?

—Así es, señora —respondió el criado con una sonrisita.

—Hum... Normalmente las mujeres me cuidan mejor si no me comporto —aseguró Günter con una ligera sonrisa.

Sabina arqueó una ceja en señal de advertencia.

—Muy bien, muy bien. —Aun así, le centelleaban los ojos.

Franz hizo una reverencia y se fue para ocuparse de los preparativos.

—Espero que el viaje de vuelta a casa haya sido tranquilo —dijo Sabina.

—Sí, si no contamos el terrible temporal que tuvimos que

capear en el barco. —Se pasó una mano por el pelo—. Dios mío, prefiero mil veces la vida de un soldado a la de un marinero.

—¿Has venido en barco?

—Era la ruta más corta y más rápida. Pero me reincorporaré a caballo a mi compañía.

—¿Se quedará más tiempo esta vez? —le preguntó Bea.

—Me temo que no —respondió con semblante sombrío—. El emperador aún necesita de mis servicios. Sólo he venido por lo de padre. La carta de Wolf me llegó demasiado tarde para que pudiera ayudar en nada a la familia, pero tengo algunas preguntas que hacerle... sobre todo lo que ocurrió.

—Siento mucho lo de tu padre —terció Sabina—. No llegué a conocerlo, pero estoy segura de que era un hombre espléndido.

—¿Y eso por qué? —replicó Günter.

La pregunta la desconcertó.

—Bueno, ya sabes, de tal palo tal astilla. Y tus dos hermanos me parecen hombres espléndidos.

—Sí... bueno, la verdad, me temo que han salido más a madre que a padre. A mí, en cambio, a menudo me han acusado de ser más como él.

—¿Acusado? Qué forma más peculiar de decirlo.

—Señor Günter —los interrumpió Bea—, tendría que descansar esa pierna. Da la impresión de que le molesta. Si me dice qué tiene, tal vez pueda prepararle una cataplasma.

—Querida Bea —dijo Günter con cariño—, no será necesario. Es la herida de un proyectil que el cirujano me extrajo en el campo de batalla. Como he logrado no morirme de una infección en estos últimos días, creo que sobreviviré. —Se frotó la pierna—. Sólo me duele cuando ando demasiado, como hoy. Pero está mejorando, está mejorando. —Miró a Sabina y le guiñó un ojo—. Todavía doy bastante guerra. No toda la acción exige tener los dos pies en buen estado.

Sabina se ruborizó levemente. Bea estaba horrorizada.

—Señor, debe dejar de decir tonterías. Si el señor Wolf estuviera aquí, tendría que retarlo por una cuestión de honor.

—Si mi hermano estuviera aquí, dudo mucho de que pudiera acercarme a su nueva esposa sin que me vigilara todo el rato. —Dirigió la vista de nuevo a Sabina—. Te ha dejado sola, ¿eh?

—Salvo por toda esta gente —sonrió Sabina.

—Bueno, supongo que conmigo estarás a salvo —afirmó, y otra ligera sonrisa le asomó entre la barba—. Pero Wolf haría bien en volver a casa. Pronto.

Le ofreció el brazo a Bea.

—Mientras tanto, creo que ahora me daré ese baño. Vamos, Bea, y cuéntame todas las habladurías de por aquí. Nadie mejor que tú para estar al día.

—Oh, señor Günter, me alegra tenerlo de vuelta en casa —aseguró Bea, y se lo llevó por el pasillo, suspirando.

Esa noche, mientras la niñera preparaba a Gisel para que se acostara, Wolf y Peter todavía no habían vuelto a casa. Sabina empezó a preocuparse, pero supuso que era porque Gisel había estado preguntando por su padre.

Él había previsto pasar fuera algún tiempo, o sea que no había motivo de alarma. O eso esperaba. Aun así, se dirigió al desván y echó un vistazo por una de las ventanas del gablete a las llamas que salpicaban el paisaje. No eran hogueras, sino incendios provocados por campesinos con ansias de venganza.

—¿Soñando despierta, cuñada?

La voz grave la sobresaltó y se volvió. Günter estaba recostado en el marco de la puerta, con los brazos cruzados y el bastón apoyado en la cadera. Se había bañado y afeitado, y estaba más guapo aún que antes. Era casi tan atractivo como Wolf.

¿Qué harían ahora las mujeres de Wittenberg?

—No —contestó—, sólo me preguntaba si podríamos tener noticias sobre el paradero de tus hermanos.

—Franz te avisará de inmediato cuando regresen —comentó Günter, encogiéndose de hombros.

Sabina frunció el ceño.

—¿No te importa que tus hermanos estén expuestos al peligro ahí fuera?

Se encogió de hombros de nuevo.

—Sí me importa. Aunque no sé si eso puede cambiar en algo su destino.

Sabina, estupefacta, se quedó mirándolo mientras él se le acercaba usando el bastón para mantener el equilibrio.

—No te preocupes por Wolf y Peter. —Se detuvo a su lado—. Son fuertes, rápidos y listos, y no ha nacido aún quien pueda derrotarles en la batalla. Pronto volverán sanos y salvos, descuida —dijo mientras la repasaba con sus ojos sagaces sin que se le escapara nada—. Preocuparte por ellos no cambiará nada. Pasará lo que tenga que pasar.

—Debe de ser el lema de la familia —susurró Sabina, y volvió a mirar por la ventana, en cuyo cristal se les veía a ambos reflejados.

Günter guardó silencio, sumido en sus pensamientos, hasta que murmuró:

—De niño solía subir aquí para escaparme. Había olvidado que desde aquí puede verse casi toda la ciudad.

—¿De qué querías escaparte?

Tardó tanto en responder que Sabina creyó que no iba a contestarle.

—De todos —dijo por fin—. De nadie. De mí mismo. Vete a saber.

Alzó un hombro para descartar el tema y se la quedó mirando, pensativo. Sabina se sintió algo incómoda, pero no amenazada.

—¿Qué? —preguntó después de dejar que la observara un rato.

La sonrisa de Günter reflejó un atisbo de tristeza.

—Nada. —Adelantó una mano para tocarle ligeramente el pelo—. Me recuerdas a alguien. Tu pelo se parece un poco al suyo, sólo que... —Se quedó con la mirada perdida, como imaginando a esa otra mujer. Pasado un instante, bajó la mano—. Sólo que distinto. Da igual.

La miró de reojo.

—¿Ya sabe Wolf la esposa tan estupenda que tiene?

—Tendrás que preguntárselo a él —respondió Sabina, curiosa por saber quién sería aquella mujer.

—Lo haré. Mientras tanto, querida cuñada, Bea me ha pedido que te recordara que llegas tarde a la cena, una costumbre que, por lo que ha insinuado, empieza a fastidiarla. En la familia Behaim somos todos muy puntuales, ¿sabes? Es una norma no escrita.

¿Sólo se lo pareció o la broma contenía una nota de amargura? Su cara no delataba nada.

—O tal vez sí esté escrita en alguna parte —prosiguió con una expresión traviesa—. Justo al lado del lema de la familia, sin duda.

Le ofreció la mano y Sabina dejó que la condujera hacia la escalera. Vio su petate abajo, cerca de la puerta, y lo miró inquisitivamente.

—Me iré al despuntar el día. Franz me ha informado de que padre está debidamente enterrado, y que se han hecho todos los trámites necesarios respecto a nuestra herencia. Como mis hermanos están fuera, no veo ningún motivo para quedarme.

—Creía que tu visita sería más larga —se quejó Sabina, consternada—. Por lo menos hasta el regreso de tus hermanos. Wolf no me lo perdonaría si permito que te vayas antes de su vuelta.

Günter adoptó una expresión irónica.

—Todavía no conoces demasiado bien a mi hermano, ¿no es cierto?

Ella frunció el ceño.

—¿Hay alguna razón por la que no quiera recibirte en su casa?

—Ninguna que esté dispuesto a admitir. Pero eso no importa. Si deseas que me quede, lo haré. Digamos un par de días. Es todo lo que me puedo permitir.

Volvió a tomarle la mano y se la puso en el brazo.

—Vamos a cenar. Dejaré que me embeleses con tu sonrisa y te contaré historias fabulosas sobre mis hazañas en el campo de batalla. Naturalmente, son más interesantes mis hazañas fuera del campo de batalla, pero mi hermano me pondrá de patitas en la calle si te las cuento.

Sabina soltó una carcajada, incapaz de resistirse a su burdo encanto, del que él era plenamente consciente. Dudaba de que nadie, hombre o mujer, pudiera ignorar a Günter Behaim si él no quería. La acompañó hasta el comedor y casi consiguió hacerle olvidar que aquella noche tan fría su marido estaba ahí fuera persiguiendo a hombres peligrosos.

Casi.

19

Wolf estaba exhausto. Ya hacía más de una semana que había visto a Sabina por última vez. A pesar del aturdimiento que le provocaba el cansancio, oía el ruido de los caballos y el murmullo de los cincuenta hombres de Wittenberg que finalmente regresaban a casa, la mayoría a pie y algunos a caballo. En medio de un frío que les hacía exhalar vaho, sus conversaciones estaban salpicadas de toses y fragmentos de cancioncillas de taberna. Las ramas de los árboles se movían con el viento y les permitían vislumbrar un cielo despejado. Los hombres avanzaban en fila india, en grupos de dos o de tres, aunque algunos lo hacían solos.

Llevaban todo el día viajando, y el sol se cernía sobre el horizonte. Conocía a la mayoría de los hombres: había nobles, soldados profesionales, mercaderes e incluso estaba el carnicero local. No era ningún ejército; sólo hombres que se sentían obligados a defender lo que era suyo.

Cuando salió del Santuario con Peter no tenía ni idea de lo que les esperaba al incorporarse a la guardia de la ciudad. En Mühlhausen los acontecimientos habían desembocado en una auténtica revolución, con estallidos de violencia por toda la región, y Federico el Sabio había ordenado a los ciudadanos varones de su región que formaran una guardia para controlar la situación hasta que llegaran refuerzos. Algunos hombres guar-

212

necieron las murallas de la ciudad, otros, como Peter y Wolf, se dirigieron al sur para establecer un perímetro de seguridad entre Mühlhausen, una ciudad imperial libre que en teoría sólo respondía ante el emperador del Sacro Imperio Romano, y sus provincias vecinas.

Las ligas de campesinos habían luchado durante días en escaramuzas esporádicas por toda la región. Aunque en su mayoría los campesinos sajones eran pacíficos, muchos forasteros se habían infiltrado en las ligas locales para seguir animando a la rebelión. Deambulaban por la región, armados con picas y garrotes. En cuanto llegaron las unidades de caballería y de artillería del *landgrave* Felipe de Hesse, el duque Jorge de la Sajonia Albertina y Juan de Sajonia, los campesinos no tuvieron ninguna posibilidad.

Muchos creían que Müntzer era el cerebro gris de la rebelión y organizaba los alzamientos desde Mühlhausen, pero Müntzer estaba bajo la protección del nuevo consejo municipal de Mühlhausen y no podía ser llevado ante la justicia. De momento.

Wolf sospechaba que aquella batalla no sería la última. Los hombres como él, que habían invertido tanto en la estabilidad y la seguridad de la región, no podían dejarse intimidar y robar lo que tanto les había costado conseguir. Aunque no podía objetar que los campesinos desearan mejores condiciones de vida, no iba a quedarse quieto viendo cómo atacaban a gente inocente.

La imagen de una niña apaleada y ensangrentada y su criado, destripado como un cerdo, lo seguía horrorizando como si acabara de verla, aunque había presenciado cosas peores.

Lo de la niña era casi un asunto personal. Aunque era unos años mayor que Gisel, lo había afectado muchísimo. Sus padres no estaban en casa; los criados habían hecho todo lo posible para protegerla, ya que estaba lisiada y no podía huir, pero en vano. Los rufianes prendieron fuego a la casa, lo que hizo que la mayor parte del servicio huyera despavorido. Sólo se había quedado el viejo criado.

Peter los atendió a ambos cuando llegaron con el contingente de Wittenberg.

Wolf estaba muy orgulloso de su hermano menor. Había cumplido su deber con una profesionalidad inusual en alguien tan joven. Después de atender a la niña, se había ocupado del criado, aunque su muerte había sido terrible. Cuando todo terminó, Peter había vomitado entre los arbustos, había montado su caballo y seguido adelante con los demás hombres para buscar a los responsables. Cuando los encontraron, los movilizados hicieron rápidamente justicia con una soga. Ni Peter ni Wolf se opusieron.

De eso hacía días, y sólo había sido el principio de la carnicería. Wolf echó un vistazo a Peter, que cabalgaba pensativo a su lado. Aunque todavía era joven en muchos sentidos, pronto dejaría de serlo.

Por fin se dirigían a casa. La llegada de las tropas de los príncipes había devuelto la calma a la región, lo que permitía a aquellos ciudadanos corrientes regresar a sus vidas, a sus tiendas y sus hogares, donde intentarían olvidar los últimos días.

Hasta la siguiente vez.

Wolf acercó su caballo al de su hermano.

—Peter, ven y quédate en casa. Pediremos a Bea que nos prepare un banquete y nos daremos un buen atracón.

—Creo que no volveré a comer en mi vida —dijo Peter, haciendo una mueca a la vez que sacudía la cabeza.

Wolf se inclinó en la silla y detuvo el caballo de su hermano sujetándole las riendas.

—No digas eso. Sé que lo que has visto estos últimos días ha sido duro, pero era nuestro deber. Tienes que olvidarlo lo antes posible.

Su hermano lo miró horrorizado.

—¿Lo harás tú? ¿Lo olvidarás todo? Porque si puedes hacerlo, es que no eres la clase de hombre que yo creía.

Wolf frunció el ceño, desconcertado por la amargura de su hermano.

—Perdóname —dijo Peter tras resoplar—. La guerra no está

hecha para mí. No sabía que sería así. ¿Cómo puede Günter hacer esto día tras día y no volverse loco? —Sacudió la cabeza—. Sé que había que hacerlo, pero yo estudio medicina para curar a la gente, no para matarla. Sólo ruego a Dios que ya haya acabado todo.

Wolf soltó las riendas y lo miró con impotencia.

—Ven a casa —insistió—. Si te da asco pensar en comida, te ofreceré mi mejor cerveza, y dejaré que te emborraches hasta perder el sentido. Así, cuando termines, tendrás una cama suave y cálida en la que acostarte.

—Preferiría una muchacha suave y cálida con la que acostarme —soltó Peter con una sonrisa impregnada de tristeza—. Puede que haga una parada en la taberna para disfrutar ambas cosas. Una cerveza fresca y una mujer cálida. Eso me dejará como nuevo.

Espoleó su montura.

Wolf lo siguió, pensando en la mujer que lo estaba esperando en casa.

Pensar en casa significaba ahora pensar en Sabina.

Dejó que *Solimán* lo llevara mientras se abstraía un momento, como solía hacer siempre que pensaba en ella, últimamente demasiado a menudo, y recordó la fogosidad con que ella había reaccionado cuando él la acariciaba. Se inclinó y dio unas palmaditas a *Solimán* en el cuello mientras se movía incómodo en la silla.

—Ya vuelves a pensar en ella. —Peter lo estaba observando la mar de divertido.

—¿En quién? —preguntó a su hermano para despistar, lo que le valió una mirada significativa—. Vale, de acuerdo, sí, estaba pensando en Sabina. —Frunció el ceño—. ¿Tan fácil es leerme el pensamiento?

—Hum... Bueno, no se necesitan grandes dotes de observación para ver lo que es obvio —respondió Peter, dirigiendo los ojos a la entrepierna de su hermano.

La risotada que soltó Wolf sobresaltó a los caballos y sorprendió a Peter.

—Por el amor de Dios, hombre —dijo con una sonrisa—. ¿Por qué sufrir? Tómala y acaba con esto.

Wolf frunció el ceño.

—Si lo recuerdas, eso es exactamente lo que intentaba hacer cuando me interrumpisteis.

Peter se dispuso a alegar inocencia, pero Wolf lo detuvo.

—Ya lo sé, ya lo sé, no fue culpa tuya.

Peter contuvo la risa y echó un vistazo alrededor.

—Si necesitas hablar con alguien...

A Wolf le sorprendió darse cuenta de que quería confiarse a Peter. De todos sus hermanos, era al que se sentía más unido, a pesar de la diferencia de edad, y en aquel momento necesitaba que un tercero analizara su reacción ante aquella mujer inclasificable.

Asintió despacio.

—No sé por qué —dijo—, pero no puedo quitármela de la cabeza. Intento alejarla de mis pensamientos, pero no lo consigo. Cuando pienso en ella, me... desconcierta. Me hace sentir cosas que no alcanzo a entender. —Se detuvo, cohibido de repente.

—Vamos a ver —comentó Peter—. Para empezar, ¿cuando dices que te hace sentir cosas, es por encima o por debajo de la cintura?

Peter atrapó con habilidad la cantimplora de agua que Wolf le lanzó a la cabeza.

—Estoy hablando en serio —soltó Wolf, exasperado.

—Ya lo sé. —Peter lo señaló con un dedo—. Eso es parte de tu problema. Siempre te lo tomas todo en serio. Tendrías que aprender a dejarte llevar un poco, a dejar que las cosas... sucedan.

—No soy la clase de persona que se limita a dejar que las cosas sucedan —replicó Wolf con ceño. La frase le sonó presuntuosa incluso a él.

—Inténtalo. Yo obtengo resultados excelentes cuando no planeo las cosas hasta la saciedad, especialmente si se trata de mujeres, con lo volubles que son. —Miró a su hermano, como dudando si proseguir—. Recuerda que no todo es a vida o muerte. Hay cosas que tienen que ver con el momento. Si estás todo

216

el rato mirando hacia delante, o peor aún, hacia atrás, lo más probable es que no veas lo que tienes ante tus propias narices.

Wolf dirigió una mirada penetrante a su hermano. Ladeó la cabeza, inspiró hondo y preguntó:

—¿Se puede saber de qué diablos estás hablando?

Peter fijó los ojos en él y después los alzó al cielo como pidiendo ayuda divina. Miró de nuevo a su hermano y sonrió pacientemente.

—Vamos a plantearlo de un modo más lógico, pues. Estamos buscando una causa, un humor, por así decirlo, que origine la enfermedad. Por tanto, vamos a estudiar los síntomas. No puedes dejar de pensar en ella. Te excitas con sólo pensar en ella, y apenas coordinas cuando ella está en la misma habitación que tú. ¿Correcto?

—No... —Su hermano arqueó otra vez la ceja en su dirección—. Vale, sí.

—Diagnóstico: puede que estés enamorado de ella.

Wolf lo fulminó con la mirada.

—O puede que no —se apresuró a decir Peter—. Quizá simplemente sea un capricho muy intenso, pero pasajero, que sólo dure treinta o cuarenta años. En cualquier caso, es tu esposa. ¡Y qué oportuno para ti estar casado con la mujer a la que deseas! —Lanzó la cantimplora a Wolf y le guiñó un ojo—. Piensa en ello, hermano. Es lo único que te digo. Pero no lo pienses demasiado. Intenta sentirlo.

Dicho esto, espoleó a su caballo y puso fin a la conversación. Wolf contempló la espalda de su hermano. «Sabe demasiado sobre las mujeres para la edad que tiene.» Desde luego, su hermano menor tenía razón. Tenía tendencia a analizar demasiado las cosas. Suponía que era una costumbre propia de un hombre de su profesión. Le hubiera gustado poder imitar la actitud despreocupada de Peter con respecto a la vida en general, y a las mujeres en particular, pero nunca lo había logrado.

¿Qué tenía Sabina que lo cautivaba? ¿Cómo podía alguien a quien conocía desde hacía tan poco tiempo volverse tan imprescindible en su vida? ¿Podría ser amor?

Rehuyó la idea. Claro que no. Lujuria, pasión, deseo, admiración... sí. Pero ¿amor? Imposible. No se parecía en absoluto a lo que había sentido por Beth.

Beth lo calmaba, lo aliviaba. Era la compañera perfecta: nunca había cuestionado su autoridad, lo respetaba, lo adoraba incluso. Daba igual lo mucho que él trabajara, lo tarde que volviera a casa, ella siempre lo esperaba con una palabra cariñosa y una dulce sonrisa.

Era testaruda a su manera, por supuesto, y siempre lograba llevarlo por donde ella quería, pero ¿no formaba eso parte del arsenal de encantos con que Dios había provisto a las mujeres? Los hombres aceptaban eso, esperaban que las mujeres los manipularan hasta cierto punto. Así luego podían decir que sí, cuando en realidad ya querían hacerlo antes.

Sabina, en cambio, era una mujer que no sabía nada sobre seducción o manipulación, ni sobre ninguna clase de subterfugio. Para ella no había término medio. Le plantaba cara, por no decir otra cosa. Así pues, ¿qué iba a hacer?

Delante de él, Peter empezó a canturrear una cancioncilla subida de tono mientras su caballo dejaba caer una boñiga humeante al suelo. Wolf soltó una carcajada y rogó que el apestoso excremento no fuera una metáfora de nada. Por esta vez, no pensaría de más.

En cuestión de horas estarían en casa. Y eso significaba reunirse con Sabina. Se moría de ganas de verla.

No obstante... se rascó la mejilla y levantó el codo para olerse con precaución el sobaco. Apestaba un poco. Apestaba a guerra. Además, una barba de días le cubría la cara y estaba sucio y desaliñado. Si llegaba en ese estado, Sabina huiría despavorida.

Tendría que detenerse en uno de los baños de la ciudad para adecentarse un poco. Sin embargo, no soportaba estar lejos del Santuario y de todas las posibilidades que lo aguardaban ni un instante más de lo necesario.

Espoleó a su caballo, impaciente.

Sabina acarició los rizos rubios de Gisel. Los últimos días, mientras esperaban noticias de los hombres, la niña había empezado a pedirle todas las noches que la arropara. Sabina atesoraba esos momentos, aunque fueran a costa de no saber dónde estaba su marido.

Cada día que pasaba estaba más preocupada. Por lo que sabían, los combates ya estaban remitiendo. Aunque se había quedado tres días, Günter finalmente había tenido que reincorporarse a filas. Dada la ausencia de los hombres de la familia, Sabina había ordenado que se tomaran ciertas precauciones por si ocurría lo peor.

Había dispuesto que todo el mundo durmiera vestido y con una bolsa de provisiones a mano, por si era necesario huir repentinamente. Habían almacenado comida, provisiones y vendas, y también cubos de agua por si alguien intentaba incendiar la casa. Habían trasladado los caballos al patio y establecido turnos de guardia para todo el mundo, de modo que siempre hubiera alguien vigilando los alrededores de la finca. Mantenían las verjas cerradas, y varios hombres mayores de las casas vecinas que no habían sido movilizados habían accedido a patrullar diariamente las tierras. Nadie podía ir a ninguna parte solo o desarmado, y hasta Sabina llevaba un puñal entre los pliegues de la capa.

Conocía bien esa clase de preparativos, ya que en épocas de agitación, los conventos solían disponer esas mismas medidas para proteger sus propiedades y a sus moradores. Los criados parecían felices de obedecerla, y Sabina se dio cuenta, asombrada, de que aunque ella todavía no había decidido cuál sería el papel que desempeñaría en aquella casa, todos daban por sentado que era su nueva señora.

Por primera vez en su vida tenía autoridad sobre otras personas, y se esmeró por ser merecedora de su confianza. Ellos, por su parte, estaban agradecidos de tener algo que hacer aparte de preocuparse por los señores ausentes.

Sabina contempló de nuevo a la niña, que dormía apaciblemente. Había sido imposible mentirle sobre los preparativos, aunque, de todos modos, Sabina no creía que hubiera que mentir a los niños. Pero sólo había contado a Gisel lo imprescindible: que su papá y sus tíos estaban siendo muy valientes enfrentándose a hombres malos y que pronto volverían a casa, pero que hasta entonces había que proteger El Santuario. Gisel no tenía que preocuparse, se estaban tomando las medidas necesarias. Sabina esperaba en secreto que fueran suficientes.

Alguien llamó con suavidad a la puerta. Era Franz, más nervioso de lo que ella lo había visto nunca.

—¡Los hombres de la ciudad regresan, señora! Un muchacho vio a los señores entre ellos y ha corrido hasta aquí para avisarnos.

A Sabina se le disparó el corazón y boqueó.

—¿Cuánto tardarán en llegar? —logró decir por fin.

—No mucho. Minutos.

¿Cómo estaría Wolf? ¿Qué habría tenido que soportar? ¿Habría pensado en ella durante esos días interminables? Desechó de inmediato la idea por absurda y egoísta. Era probable que los hombres hubieran tenido que luchar bravamente. Wolf no habría tenido tiempo de pensar en una bobalicona como ella. ¿Por qué preocuparse por una estupidez como ésa cuando tendría que estarle preparando un buen recibimiento? ¡Pronto estaría en casa!

—Que abran la verja. Y que haya comida caliente preparada. ¡Y un baño! Tenemos que recibirlo, que recibirlos, como a héroes —ordenó, dando una palmadita con las manos.

—Ahora mismo, señora. —Franz estaba radiante.

¿Debía despertar a Gisel? No, mejor esperar a ver cómo llegaba Wolf. Podría estar tan rendido que sólo quisiera dejarse caer en la cama. Se percató de la inquietante analogía con su propia llegada al Santuario, y se maravilló de su nueva situación.

Se sentía mucho mejor. Le habían desaparecido los cardenales y había ganado varios kilos. Por lo menos, ofrecía un aspecto saludable. Se miró el vestido y gimió: aún llevaba el viejo uniforme gris de criada que le habían dado inicialmente. Se había acostumbrado a vestirse así para trabajar en el huerto sin estropear ninguno de los bonitos vestidos nuevos que la costurera le había confeccionado. Pero no quería que Wolf la viera de aquella guisa; desde luego, no lucía precisamente deslumbrante. Y en un irritante arrebato de sinceridad, admitió que quería deslumbrarlo. Corrió a su alcoba a cambiarse.

Aunque no había olvidado su decepción por el pacto secreto de Wolf con el barón, y la consiguiente demora, que no pérdida, en lograr convertir en realidad aquel refugio para mujeres, necesitaba superar su actual amargura. Porque, para bien o para mal, Wolf era el hombre con el que se había casado. Tenía que conseguir que su matrimonio funcionara.

Se enfundó su mejor vestido, una prenda de damasco blanco ribeteada con bordados escarlatas sobre una camisola casi transparente con adornos dorados. Luego se puso las mangas y las ató lo mejor que pudo sin ayuda. Dos enaguas rojas, un chaleco rojo a juego y unas cintas doradas completaban el conjunto. Luciría sus mejores galas, ya que Wolf las había pagado de forma tan generosa.

Se recogió el pelo bajo una cofia blanca con bordados dorados, esperando que no se le escapara ningún mechón. Se miró en el espejo y, satisfecha, luego corrió escalera abajo para recibir a los hombres; oía la algarabía de los criados: seguramente ya estaban entrando en la casa.

Allí estaba, cansado pero sonriendo en medio de todos, sobresaliendo una cabeza por encima de los demás. El corazón le dio un vuelco de alegría, y el alivio que sintió fue tan reparador como el agua que inunda la tierra reseca. Su marido estaba en casa, y parecía ileso. Se daría por satisfecha aunque Dios no escuchara ninguna otra plegaria suya por el resto de su vida.

Wolf alzó la vista como si presintiera su presencia, y ella se sintió inexplicablemente tímida. Se quedó sin saber qué hacer. Seguro que él querría saludar antes a su familia, pues ahora sabía que así era como consideraba a aquellas personas, no solamente miembros del servicio. Lamentó haber decidido no despertar a Gisel y empezó a subir otra vez la escalera para ir en su busca.

—¡Sabina!

Se detuvo y se volvió despacio hacia él. Todo el mundo se hizo a un lado y se quedó mirando expectante.

Wolf la devoraba con los ojos. La recorrió de la cabeza a los pies, y Sabina se preguntó cuándo había visto antes aquella mirada penetrante. Entonces se acordó: cuando la había llevado a casa el primer día, él había contemplado de esa manera El Santuario, como comprobando que todo estaba en orden. Y le agradó que ahora lo hiciera con ella.

—Bienvenido a casa, Wolf. —Se acercó a él con las manos extendidas—. ¿Cómo estás?

—Bien, dentro de lo que cabe. Me alegro de haber vuelto. ¿Y tú? —Le tomó las manos, y Sabina notó su calidez.

—Yo también me alegro de que hayas vuelto —dijo en voz baja. Y lo besó suavemente en la mejilla.

Su marido le apretó las manos, y la repentina intensidad con que la observó hizo que las mujeres se rieran como tontas y los hombres carraspearan. Bea asintió y dio un codazo a Franz. El viejo criado empezó a hacer que todos salieran advirtiéndoles que había trabajo por hacer y cosas que atender. Todo el mundo se dispersó y los dejó solos.

Solos. En aquel momento, Sabina se dio cuenta de que Peter no estaba allí.

—Peter... ¿está bien? —preguntó, angustiada.

—Muy bien —respondió Wolf con una sonrisa—. A esta hora, seguramente ya estará medio borracho en la taberna con una muchacha complaciente en el regazo.

—¡Oh! —Aun así, se alegró de que su cuñado estuviera bien—. Bueno, aquí no tenemos alicientes tan estimulantes, pero te hemos preparado comida, y tu hija está durmiendo plácidamente en su cama. Y estoy segura de que Franz te está preparando también un baño. No obstante, si quieres, despertaré antes a Gisel y la bajaré.

Separó las manos de las de su marido y se volvió para subir la escalera. Pero Wolf la retuvo con una en el brazo.

222

—No, no la despiertes. Deja que duerma. Después iré a verla. Y no estoy tan seguro de que aquí los alicientes no sean tan estimulantes como en la taberna. —Le observó la boca—. Mejores incluso.

Sabina supo que no se refería a la comida o al baño. Se ruborizó tímidamente otra vez y desvió la mirada. Se estrujó las manos.

—No quiero entretenerte... Si te ves con ánimos, mañana por la mañana tal vez podrías contarme un poco de tus aventuras.

—Sabina... —Su voz tenía aquel timbre ronco que le hacía vibrar la boca del estómago. Alzó los ojos hacia él con expresión dubitativa, fingiendo que no lo entendía—. ¿Me ayudarías a bañarme?

Ella supo que su expresión reflejaba consternación, porque Wolf se apresuró a aclarar:

—Es que... bueno... de hecho, me hirieron. Tengo la clavícula magullada y me cuesta levantar los brazos por encima de la cabeza. Puede que necesite ayuda. No es una petición tan rara, ¿no?

—Desde luego que no —respondió Sabina, recordando que Günter le había hecho una petición parecida—. Recuérdame que te cuente la visita de tu hermano.

—¿Günter ha estado aquí? —preguntó Wolf, alerta al instante—. ¿Cuándo? ¿Qué dijo? ¿Por qué no sigue aquí?

Sabina levantó una mano y dijo:

—Después te lo explicaré todo. Ahora mismo me estoy planteando tu petición.

Eso lo acalló de inmediato.

La joven esposa tuvo en cuenta los motivos por los que debería negarse: Franz podría ocuparse y, desde luego, lo último que le faltaría sería estar a solas con él desnudo.

—Muy bien —aceptó.

Wolf arqueó las cejas y, sin más, la apremió a subir la escalera. Mientras la empujaba peldaños arriba, Sabina ocultó una sonrisa.

—Te mueves estupendamente para tener la clavícula herida —comentó mientras le dirigía una mirada por encima del hombro.

—No me pasa nada en las piernas —replicó Wolf, y abrió la puerta de su alcoba.

20

Era la primera vez que ella entraba en la alcoba de su marido. Y era tan masculina como él. Un sencillo cubrecama adamascado azul decoraba la amplia cama con dosel, del que colgaba un grueso cortinaje para evitar las corrientes de aire. La alcoba tenía también una cómoda y un biombo, un baúl para ropa y una mesa donde esperaba la comida que Bea había preparado apresuradamente. Aun así, Sabina observó alguna nota femenina aquí y allá: un cojín con flores bordadas, un cepillo con mango de marfil, un joyero oriental lacado. Se veían fuera de lugar, como si los hubieran llevado a la alcoba hacía poco. Supuso que eran pertenencias de Beth, o quizá de la madre de Wolf. En cualquier caso, recordaban sutilmente a Sabina que no era la primera mujer que amaba al hombre que ocupaba la alcoba. Porque lo amaba.

No había dejado de preocuparse por él ni un segundo durante su ausencia: ¿tendría frío, comería bien, estaría herido o incluso muerto? Había cuidado de su hija porque sabía que Gisel era lo que él más quería en el mundo. Se había ocupado de proteger su casa porque le había dicho que era importante para él. No podía ignorar la alegría que su regreso le había causado, ni pretender que no se debía a la felicidad de verlo ileso. Mientras debatía consigo misma si debería convertirse en su esposa de hecho además de serlo de palabra, sabía que en el fondo de su corazón era su esposa. Decidió que si él todavía la quería, esa noche se le entregaría de todas las formas en que una mujer pudiera hacerlo. Mañana, que fuera lo que Dios quisiera.

—¿En qué estás pensando? —preguntó Wolf, receloso.

—Oh, cosas de mujer —comentó con una sonrisa enigmática.

Wolf le tomó la mano para hacerla entrar en la alcoba.

—Dímelo.

Sabina le tocó la mejilla con los dedos. La barba incipiente le confería un aspecto indómito y peligrosamente atractivo. Sacudió la cabeza.

—Después —aseguró.

Vio una llama sensual en los ojos de su marido y volvió a azorarse. Bajó la mano y echó un vistazo a la bañera humeante situada delante de la chimenea.

—Tienes el baño a punto —observó mientras se enroscaba un mechón de pelo nerviosamente en un dedo, y desvió la mirada con timidez.

Aunque quería lanzarse sobre ella como un animal en celo, Wolf se obligó a ir despacio. Era lo que Sabina parecía necesitar, y él podía ser muy paciente cuando la ocasión lo merecía. Por lo menos, eso esperaba. Quería que volviera a acostumbrarse a él, a su cercanía, a sus caricias. Esperaba sobrevivir a las próximas horas si lo que creía que ella sentía era cierto.

Algo había cambiado en su joven esposa. No sabía qué, pero había accedido a ir a su alcoba con él, e imaginaba que sabía las consecuencias que eso podía acarrear. Pero Wolf no daría nada por sentado, iría despacio. Ahora bien, esperaba tener razón, o iba a ser una noche muy larga y solitaria.

—Ayúdame —pidió en voz baja, y se volvió para que ella le desabrochara las mangas.

Notó que titubeaba unos instantes y después buscaba torpemente las cintas.

—Aquí —dijo, y puso una mano sobre la de ella para indicarle dónde estaban. Notó que le temblaban las manos.

De repente, lo entendió. Eso era lo que él quería, pero no lo que ella quería; sólo lo hacía por él. No podía permitirlo. No era ninguna mujerzuela de taberna, y la tenía en demasiada estima para utilizarla de esa forma.

—Sabina, no tienes que hacerlo si no quieres —soltó bruscamente.

Cuando sus ojos se encontraron, ella le sostuvo la mirada.

—Quiero hacerlo —aseguró, y prosiguió con manos más firmes.

Aun así, Wolf se volvió hacia ella. Le acarició la mejilla mientras ella lo observaba.

—No estoy siendo justo contigo —dijo tras suspirar a regañadientes—. He sido egoísta. He querido que hicieras las cosas a mi manera.

—Wolf, yo...

—No. Esto no está bien. Apenas me conoces. ¿Cómo puedo esperar que...?

Sabina le cubrió la boca suavemente con la mano para que dejara de recriminarse.

—Te conozco lo suficiente. Mejor que tú mismo en algunas cosas.

Él la miró, nada convencido.

—Ah, ¿sí?

—Sé que eres incapaz de dar la espalda a los desamparados —respondió Sabina mientras le recorría los labios, la barba y el resto de la cara con los dedos—. Prestas tu fuerza a los débiles. No luchas por el honor o la gloria, sino por una causa justa. Adoras a tu familia. Y tienes sentimientos, aunque demasiado profundos; a veces, tanto que ni siquiera sabes que los tienes.

El largo silencio que siguió reflejó lo estupefacto que se había quedado Wolf por la verdad de aquellas palabras. Cuando por fin fue a hablar, primero carraspeó porque temía que se le notara la emoción en la voz.

—¿Y has observado todo esto en este poco tiempo?

Sabina le hizo agachar la cabeza y le plantó un beso cariñoso en la frente.

—Sé todo esto de ti. No me preguntes cómo, pero lo sé —susurró—. Además, eres mi marido. Y con eso basta. —Reanudó lo que estaba haciendo.

Lo ayudó a quitarse el jubón y la camisa que llevaba debajo. Tuvo que aproximarse mucho a él para hacerlo, y él se agachó para facilitarle las cosas, lo que acercó sus bocas a escasos centímetros. Y aunque él no la besó, los labios le ardieron de deseo.

Cuando Sabina acabó de quitarle las prendas de arriba, Wolf hizo una mueca. El cardenal púrpura que le recorría el hombro derecho todavía le dolía horrores.

—¡Oh, Wolf, es verdad que estás herido! —exclamó Sabina, horrorizada.

Él arqueó las cejas, sorprendido de que hubiera supuesto que le había mentido. Que todo el rato hubiera creído que estaba exagerando sobre su herida le confirmó su sospecha de que sabía las implicaciones de ayudarlo a bañarse. Procuró no mostrarse ufano.

—Me refiero a que no me esperaba que fuera tan grave —añadió rápidamente Sabina, que se había ruborizado de una forma encantadora.

—Acepto tus disculpas —dijo él, e inspiró hondo mientras ella le tanteaba con sumo cuidado el hombro. Él gruñó.

—¡Oh, no quería hacerte daño!

—No me lo has hecho.

Sentir las suaves caricias de su mujer lo había turbado indeciblemente. Tomó las manos de Sabina y se las puso con cuidado de nuevo en el hombro. La traspasó con la mirada como un alfiler a una mariposa, de tal modo que no podía moverse ni desviar la mirada.

—Wolf... —suspiró.

Él la detuvo antes de que dijera nada más. Ya casi no podía contenerse, pero debía quitarse la suciedad y la sangre seca antes de volver a tocarla.

—Sabina, el baño —le recordó en voz baja.

—¿Qué baño? ¡Oh, el baño!

Wolf agachó la cabeza para quitarse las calzas de malla y esconder su sonrisa. Con un movimiento rápido, se las bajó. Sabina boqueó y se volvió, murmurando algo sobre una toalla para su baño.

¡Por Dios, qué cuerpo tenía aquel hombre!

A pesar de eso, prefirió no volverse de nuevo hasta que oyó salpicar el agua, lo que indicaba que su marido se había metido dentro, e incluso entonces contó hasta diez antes de hacerlo.

Cuando se volvió, él estaba con la cabeza apoyada en el borde de la bañera y los ojos cerrados. Vio entonces, por primera vez, lo rendido que parecía. Sintió una enorme compasión por él. No le habían pasado por alto las manchas de sangre reseca que le moteaban el jubón y no podía ni imaginarse lo que habría tenido que soportar. Cualquier problema que ella pudiera haber tenido no era nada comparado con lo que se esperaba que hiciera un hombre como él cuando el deber lo llamaba. Se acercó.

—¿Wolf? —Por un momento creyó que dormía, pero entonces, sin abrir los ojos, él alargó una mano hacia ella. Sabina se la tomó y se arrodilló junto a la bañera.

Su marido le sujetó la mano con fuerza y, tras volver la cabeza hacia el otro lado, se tapó los ojos con el otro brazo. Aunque estaba callado y sólo se oía su respiración lenta y profunda, Sabina percibió las oleadas de emoción que desprendía su cuerpo. Angustia, deseo, agotamiento, anhelo... captó todos esos sentimientos en su mano.

—¿Qué puedo hacer por ti, Wolf? —le susurró.

—Quédate conmigo. —Se volvió hacia ella con los ojos cargados de angustia—. Quédate.

Ella asintió, y entonces él apoyó la cabeza en la bañera y cerró de nuevo los ojos.

Ella se quedó a su lado, y durante varios instantes le transmitió todo su amor. Luego, recordó la toalla que tenía en la otra mano. Se mordió el labio inferior, pensando si tendría la osadía de hacer lo que su corazón soñaba. Dirigió una mirada a la toalla y después a Wolf. Era tan alto que casi tenía que doblar las piernas para caber en la bañera, y los codos le colgaban por encima del borde. Era el hombre más guapo que había visto nunca, pero su auténtica belleza estaba en su interior, donde no se captaba a simple vista.

Llevó de nuevo una mano a la cara de su marido para acariciarle las tenues marcas que el sol y el viento le habían dejado. Wolf movió ligeramente los párpados, pero no abrió los ojos. Fascinada, ella se los tocó con mucha suavidad, lo mismo que las pestañas. Pensó que eran la parte más perfecta del rostro de su marido, pobladas y largas, como de mujer.

Le siguió con la punta de un dedo la nariz imperfecta por la línea de una vieja rotura, y le rozó los labios, sorprendentemente suaves. Wolf esbozó un amago de sonrisa, como si le estuviera haciendo cosquillas. Y, de repente, abrió la boca y le atrapó la punta del dedo índice.

Sorprendida, Sabina retiró la mano de golpe y lo miró a la cara. Él no había abierto los ojos, aunque ella vio un atisbo de diablura en su expresión.

«Conque quieres jugar, ¿eh?»

Se situó detrás de la bañera, sumergió la toalla en el agua caliente, la levantó justo sobre la cabeza de su marido y le dejó caer un chorro en la cara. Wolf abrió los ojos de golpe, se incorporó escupiendo agua y tendió la mano hacia la toalla. Sus movimientos fueron tan bruscos que derramó agua al suelo. Sabina se escabulló con una sonrisa pícara, se puso bizca y le sacó la lengua en un enternecedor gesto infantil.

—¿Por qué no haces algo útil con eso en lugar de maltratar a los bañistas inocentes? —gruñó Wolf.

Por un instante, Sabina creyó que se estaba refiriendo a su lengua.

—¿Qué? —exclamó escandalizada.

—Me refiero a la toalla, por supuesto. —El comentario iba cargado de picardía.

Sabina cerró la boca de golpe.

—Claro. Ya lo sabía —mintió con dignidad.

Wolf arqueó una ceja y volvió a recostarse en la bañera.

Con fingida indiferencia, Sabina frotó la toalla en la pastilla de jabón que había junto a la bañera. Olió el jabón por curiosidad y descubrió que tenía la misma fragancia a limón y sándalo que relacionaba con su marido, a diferencia del jabón que Bea hacía para ella, que olía vagamente a vainilla y romero. Contempló a su marido otra vez, sin saber por dónde empezar. Nunca había lavado a ningún hombre, y no tenía ni idea.

Decidió empezar por los hombros y el cuello, que parecían relativamente seguros, si por «seguros» se entendía que eran musculosos y muy bien formados. Le pasó el paño enjabonado por la piel describiendo círculos firmes, con cuidado de no apretarle la herida.

Wolf suspiró de placer. Animada, ella se inclinó para lavarle el pecho, y luego lo salpicó con el agua para aclararle el jabón mientras admiraba los marcados músculos del torso. Su marido permaneció totalmente quieto mientras le proporcionaba estos cuidados.

En ese instante, Wolf se preguntaba si Sabina se habría dado cuenta de cómo la había distraído antes, cuando la perspectiva de empezar a lavarlo la había puesto tan nerviosa. Le dirigió una mirada furtiva y decidió no comentarle nada. Cerró los ojos con una sonrisa, intentando relajarse mientras ella lo frotaba con la toalla. Ya le había provocado tanto acaloramiento que le extrañaba que el agua de la bañera no estuviera hirviendo. Intentó ignorar la proximidad de los senos de Sabina, que lo rozaban tentadoramente cada vez que se inclinaba hacia él.

«Hay tiempo —se recordó—. Ve despacio.»

Se puso a imaginar cómo serían sus pechos, ocultos bajo el corpiño. Notó que su cuerpo reaccionaba ante la idea, y se excitaba más de lo que ya estaba, así que trató de hundirse un poco más en el agua.

Después, Sabina se ocupó de sus extremidades. Volvió a sumergir la toalla en el agua y la pasó por el brazo de su marido. Cuando él extendió las piernas sobre el borde de la bañera para animarla a lavárselas, tuvo cuidado de no enseñar más de la cuenta.

Como quería ver la espléndida cabellera de su mujer, alargó la mano para quitarle la cofia, con lo que el pelo suelto le cubrió la espalda. Sabina se detuvo y contuvo el aliento mientras él dejaba la cofia a un lado y, tras agitarle los mechones con la mano, le pasaba los dedos desde la raíz hasta las puntas como peinándola suavemente. Ella empezó a lavarlo de nuevo tras soltar un suspiro.

Wolf iba moviendo los mechones de pelo entre sus dedos y contemplaba cómo la luz de la vela realzaba su color negro como la noche. Desplazó entonces los dedos hacia la nuca y le describió círculos suaves cada vez más amplios con el pulgar, acariciándola delicadamente.

Los cuidadosos movimientos de su marido le provocaron una sensación de paz incongruente con el deseo tan fuerte que sentía. Suspiró; ojalá el tiempo se detuviera para siempre en aquel instante.

Pero Wolf no se conformaba con eso, pues su mano le dejó los hombros al descubierto y le tiró hacia abajo del escote.

Entonces le rodeó un pecho con la mano.

—Blanco como un cisne, suave como una pluma —murmuró.

Sabina no supo qué decirle, ni tenía aliento para hacerlo, así que guardó silencio mientras Wolf le acariciaba la parte superior del seno con el pulgar y luego le seguía la línea de la clavícula. Aquellos dedos le provocaban unos temblores deliciosos, y la toalla se movía sin rumbo por el agua bajo sus manos, totalmente olvidada. Ladeó la cabeza para rozar la muñeca de Wolf con los labios y cerró los ojos con un suspiro. Aquello era perfecto. Él era perfecto.

La mano de Wolf le acarició una mejilla.

—No te duermas —le susurró su marido al oído—. Todavía hay mucho que hacer.

Sabina abrió los ojos y vio su sugerente sonrisa. Entonces él la soltó y se recostó de nuevo en la bañera.

—Creo que te has dejado una parte —observó con voz grave e insinuante.

Sabina arqueó las cejas para que se lo aclarara. Sin moverse, Wolf le indicó con una mirada significativa al agua que cubría la parte de su cuerpo que necesitaba atención. Luego esperó con los ojos medio cerrados la respuesta de su esposa.

—Ah, tienes razón —murmuró Sabina, y removió la toalla en el agua. A continuación le recorrió las piernas hasta que las manos le desaparecieron bajo el agua.

Cuando lo acarició suavemente, Wolf inspiró hondo y se aferró a los bordes de la bañera. Apretó las manos de modo intermitente y masculló una palabrota. De repente, sacó las manos de su mujer del agua y se levantó, con lo que la dejó empapada.

Sabina gritó de sorpresa y Wolf la cargó en brazos para llevarla a zancadas hasta la cama. Como tuvo miedo de caérsele de las manos con las prisas, ella se aferró a su cuerpo mojado y desnudo.

—¿Hemos terminado? —preguntó sin aliento.

—Todavía no hemos empezado —respondió Wolf y una sonrisa pícara le iluminó la cara. La depositó en la cama y se situó sobre ella.

—Las sábanas... se van a empapar.

—Ya se secarán. —Y le cubrió los labios para besarla ávidamente.

Sabina los separó como si lo hubiera besado de aquella forma miles de veces; y en su imaginación, en sus sueños, lo había hecho.

Wolf empezó a desabrocharle el corpiño, que pronto le colgó abierto. Ella titubeó sólo un instante antes de dejarle hacer. Al fin y al cabo, él estaba desnudo: era justo que ella también lo estuviera.

Wolf se deshizo enseguida de las demás prendas que llevaba, pero se detuvo para mirarla cuando le quitó la camisola por la cabeza. La recorrió desde los pechos hasta las medias sujetas encima de las rodillas con ligas blancas, y sacudió la cabeza.

—Puede que no sobreviva a esto —comentó sin aliento.

Sabina no comprendió qué quería decir y su confusión debió de ser evidente, porque Wolf sonrió.

—No importa, cariño. Basta con que sepas que eres espléndida. Desde aquí —le tocó la ruborizada frente— hasta aquí. —Y le pasó un dedo por el empeine del pie.

Cuando Wolf acercó la cabeza al pecho de su mujer, ésta tuvo un escalofrío sensual. La besó, la acarició, la chupó y disfrutó en general hasta que Sabina reprimió un gemido y se mordió el labio inferior.

Entonces se separó de ella y volvió a recorrerle el cuerpo con la mirada.

—Eres preciosa —murmuró—. Las otras veces tenía tanta prisa que no alcancé a verte. —La acariciaba maravillado. Le deslizó entonces una mano bajo cada muslo y le pellizcó las ligas—. ¿Te las quitarías por mí?

—Sí. Ahora mismo haría cualquier cosa que me pidieras. Lo que fuera —dijo, y ella misma se sorprendió, porque no mentía.

—Con esto bastará —dijo Wolf, señalando las ligas con una sonrisa—. De momento.

Se sentó sobre los talones para observarla, y Sabina lo complació. Se enrolló una media pierna abajo y se la quitó, y después hizo lo mismo con la segunda, todo con movimientos sinuosos. Se asomó a un lado de la cama para dejar caer las medias al suelo, y se apartó el cabello cuando se le deslizó por los hombros. Sabía, de algún modo, que a Wolf le gustaría que se moviera de esa forma, y cuando volvió a tumbarse vio que, efectivamente, los ojos de su marido refulgían.

—Gracias —dijo él con voz ronca, aunque en medio de tanta intensidad, su cortesía sonó extraña. A continuación le puso las manos en el vientre y las deslizó hacia aquel bendito triángulo ensombrecido—. Eres preciosa —repitió, extasiado.

Sabina lo miró y el corazón le dolió de amor.

—Tú haces que me sienta así —susurró, y separó los muslos.

Él se los acarició suavemente con los pulgares.

—Deja que te oiga —susurró Wolf—. Quiero saber qué estás sintiendo.

Sabina dejó escapar un suspiro acalorado, y sus gemidos de placer llenaron la alcoba. Wolf le introdujo un dedo y la acarició mientras ella arqueaba el cuerpo, sorprendida. Bajó una mano por el brazo de su marido para animarlo a seguir. La sensación de tenerlo en su interior de esa forma la apabullaba.

Wolf se deslizó hacia la parte inferior de su cuerpo. Cuando le acarició con la lengua su rincón más íntimo, Sabina soltó un gritito ahogado y quiso apartarlo de un empujón. Aquello era demasiado. No podía consentirlo. Seguro que algo así era un pecado horroroso. Pero se detuvo y dejó las manos en los hombros de su marido.

Daba tanto placer...

Lo que le estaba haciendo Wolf le provocaba sensaciones desconocidas. Su marido parecía saber exactamente cómo excitarla para volverla loca. Su sentido de la decencia se debatió con su fogosidad sexual, y al final se entregó completamente.

Wolf la saboreaba tal como un día le había prometido mientras ella procuraba desesperadamente no escandalizarse. La calidez del aliento de su marido la envolvía. Se retorcía contra su cuerpo, adelantaba las caderas sincronizadamente con sus embestidas; el deseo que sentía en aquel punto era como una perla que amenazaba con romperse en pedazos. Cada vez que él le tocaba con la lengua aquel punto tan sensible, su excitación aumentaba.

—Sabes como el verano, muy caliente —murmuró Wolf después de un rato—. Y dulce, como un caramelo. —Alzó los ojos para dirigirle una mirada subyugante—. Mi dulce caramelo —musitó con una sonrisa luciferina.

Sabina se ruborizó.

Wolf agachó la cabeza otra vez para seguir explorándola mientras la acariciaba también con los dedos, y el exquisito placer que le provocaba era muy parecido al dolor. Ella le rogó que parara y, acto seguido, le rogó que siguiera. Cada vez gozaba más, y no dejaba de gritar con voz ronca mientras él la tocaba con dedos hábiles y lengua experta. Con un movimiento de sus dedos, Wolf la hizo gemir y elevarse para flotar infinitamente...

Después, dejó que regresara a la tierra y se situó sobre su cuerpo tembloroso, besándole hasta el último centímetro de piel, mientras ella jadeaba, aturdida de placer. Le apartó el pelo enmarañado de la frente, la rodeó con los brazos y la meció muy despacio mientras ella oía palpitar el corazón de su marido.

Notó cómo Wolf contenía todo su cuerpo. Su miembro viril, increíblemente duro y grande, ardía con una fogosidad palpitante.

—Wolf, no has... —vaciló. Su deseo era más que evidente. ¿Acaso no tenía intención de poseerla ahora?

—Me fascinas —admitió él con la respiración entrecortada—. Pero tengo que ir despacio. Sé que ha pasado mucho tiempo para ti. No quiero hacerte daño. Aunque tal como estoy, no puedo prometerte nada.

—Wolf, no me harás daño —lo reprendió, puesto que anhelaba tenerlo dentro, aun saciada de placer—. Ya sabes que no soy virgen.

—Nueve años es una eternidad —replicó muy serio—. Es como si lo fueras.

Ella sintió aquel miembro entre los muslos, y supo que debería tener miedo. Pero no lo tenía. Después del placer que él acababa de proporcionarle, ¿cómo iba a tenerlo? Se había situado justo en la entrada, a apenas un milímetro, y ella notaba la punta del glande, su calor abrasador. Adelantó la pelvis hacia su marido y vio que sus ojos se oscurecían de deseo. Levantó más las caderas y dijo:

—Te deseo. Te necesito. Ahora mismo.

Wolf emitió un gruñido de liberación y la penetró hasta el fondo.

Por fin.

Sabina soltó un grito ahogado ante la fuerte embestida y se temió lo peor. Aun así, Wolf no se detuvo. Repitió instintivamente el movimiento, una vez, dos veces, hasta que finalmente se obligó a detenerse un momento, aunque sin sacar el turgente miembro.

—Lo siento, cariño. ¿Estás...? —La miró angustiado.

Sabina acercó los labios a los suyos y empezó a besarlo con ardor, y él notó su respiración irregular, cálida y suave, jadeante. Sintió un alivio enorme y reaccionó devolviéndole los besos con una excitación que no había sentido en años. Por Dios, aquella boca... Nunca se cansaría de aquellos labios suaves y carnosos, jamás.

Volvió a embestirla y contuvo la respiración, procurando darle tiempo para adaptarse. Fue presa de una deliciosa sensación de éxtasis. Mirarla y oírla había sido casi insoportable, pero estar dentro de ella... Retrocedió despacio y la penetró de nuevo, regodeándose en el lubricado movimiento. Sí, había regresado al cielo tras pasar una temporada en el infierno.

—Enséñame qué tengo que hacer —le rogó Sabina sin despegar los labios de los de él, y empezó a mover las caderas siguiendo un ritmo incierto.

¿Cómo era que no sabía qué hacer? ¿Acaso no se lo había enseñado aquel listillo? ¿No le había dado ocasión de experimentar su propio placer?

No obstante, su instinto era... bastante bueno. Wolf le deslizó las manos cuerpo abajo hasta la cintura de avispa y le guio con suavidad las caderas, dejando que siguiera el ritmo que quisiera, que encontrara su propia forma de hacerlo. Mientras tanto, se esforzó por controlar la bestia rabiosa de su interior que reclamaba satisfacción inmediata. Sabina era tan fogosa, tan dulce, que Wolf debía controlarse si no quería acabar demasiado pronto.

No quería que se acabara. Todavía no. Diablos, que no se acabara nunca.

Sabina volvió a adelantar las caderas con creciente brío, obligándolo a penetrarla hasta el fondo y al borde del clímax.

—No... no tan rápido —graznó Wolf, y a duras penas logró contener su inicio.

Sabina notó la desesperación en su voz y se detuvo en seco. Se quedaron inmóviles, sintiendo un dolor tan exquisito que Wolf más tarde lo recordaría como un dolor dulce, más caliente que el fuego, una llama cuyo núcleo brillaba azul mientras la negrura de la noche crecía a su alrededor y el sudor se les evaporaba de la piel.

Finalmente, Wolf se apoyó en los codos, jadeando, y rodó en la cama hasta dejar a Sabina a horcajadas encima de él. No se le ocurrió otra forma de demorar su éxtasis.

Sabina frunció el ceño con los ojos nublados por la pasión, expectante ante aquella postura desconocida. Wolf empezó a moverse de nuevo dentro de ella, levantándola al embestirla una y otra vez. La sujetó por las caderas mientras le mostraba cómo moverse para lograr el desplazamiento atrás y adelante que provocaba el éxtasis. Sabina se mordió el labio inferior, concentrada. A los pocos minutos iba absolutamente acompasada a la cadencia de su marido.

—Así... Muy bien... —jadeó Wolf, animándola.

Colmado de placer, levantó apenas la cabeza para mirar el punto donde se unían sus cuerpos. Unas fugaces manchitas le aletearon delante de los ojos, pero se negó a parpadear. De repente, Sabina gritó y él alzó la vista hacia el óvalo nebuloso que veía en lugar de su rostro.

Ella echó la cabeza atrás mientras otra oleada de placer la sacudía y el cabello le caía en cascada por la espalda desnuda. Tenía el esbelto cuello arqueado y los pezones endurecidos.

Aunque quizá no fuera demasiado adecuado, Wolf dio gracias a Dios por haberlo bendecido con una esposa que reaccionaba de una forma tan increíble.

Notó la presión de los muslos de su mujer contra su cuerpo y supo que ya no podía esperar más. La hizo rodar rápidamente para dejarla boca arriba y le sujetó la cara con las manos para obligarla a mirarlo a los ojos.

—Mírame —ordenó, y ella lo hizo.

El contacto visual creó una intimidad tan intensa que casi resultaba insoportable, pero él siguió mirándola fijamente. Mientras se sumergía en sus penetrantes ojos azules, la embistió más fuerte, más rápido, más hondo, incapaz de seguir controlando el ritmo primigenio que se había apoderado de él. Quería hundirse en ella tan profundamente que no pudieran separarse nunca, tan fuerte que Sabina lo sintiera para siempre.

Y, mirándose a los ojos, Wolf llegó al clímax. Gritó el nombre de su esposa y echó la cabeza atrás, rugiendo de placer mientras se vaciaba en su interior y el éxtasis le borraba todos los pensamientos de la cabeza.

Se quedó suspendido un instante en el tiempo, como si hubiera dado un paso al frente en el borde de un precipicio, pero aún no hubiera empezado a caer. Sabina alargó la mano y lo tocó con toda su alma, como si sus cuerpos se hubieran difuminado, como si su piel se hubiera desvanecido, sus extremidades se hubieran fundido y los dos se hubieran convertido, increíblemente, en un solo ser. Entonces la luz se convirtió en un placer líquido; el calor, un placer jadeante. El orgasmo de Wolf duró y duró, palpitante, abrasador, y lo elevó hasta las estrellas. Se elevó como un cometa y se mantuvo en el cielo unos momentos largos y apasionantes.

Después, Sabina lo sujetó con fuerza, como él había hecho con ella. No había palabras para describirlo, de modo que no hablaron. Sabina le trazó círculos en la piel con las uñas un rato, hasta que la caricia se detuvo. Había cerrado los ojos, sumida en el sueño.

Wolf se quedó un buen rato a su lado. Una mezcla de miedo y asombro lo tenía inmovilizado. ¿Qué le había pasado? Había sido como si lo transportaran, como si hubiera salido totalmente de sí mismo para ir a un lugar donde jamás había estado. Nunca le había ocurrido. Ni siquiera con Beth, admitió con sentimiento de culpa.

¿Qué significaría?

Estaba exhausto. Tenía que dormir. Pero mientras yacía con los ojos abiertos, acompasó su respiración a la de Sabina, y con ello sus corazones latieron al unísono.

De la almohada que tenía junto a él le llegó un delicado ronquido, y sonrió. Sabina dormía con la boca entreabierta. Estuvo a punto de reírse, pero la acercó hacia él y la abrazó con regocijo. Era real. No era un ángel, sino una mujer de carne y hueso. Y era suya. Todo lo demás podía esperar.

Y por fin se quedó dormido.

Sabina despertó notando la barba áspera de Wolf en la espalda. La llenaba de besos columna abajo y le murmuraba palabras bonitas en la piel desnuda mientras le acariciaba las nalgas con descaro. Sonrió en la almohada, sintiéndose decadentemente voluptuosa. Wolf se tumbó sobre ella y apretó las caderas contra las suyas, con una excitación palpable.

Todavía medio dormida, ella arqueó el cuerpo indolentemente hacia él al cálido resplandor de la chimenea que lo volvía todo dorado. Al parecer, su marido se había levantado en algún momento para avivar las llamas. Y ahora hacía lo mismo con ella.

—¿Otra vez? —preguntó coquetamente.

—Otra vez —confirmó Wolf. No iba a dejar que se volviera—. Deja que te enseñe algo. Dime si te gusta.

Le levantó las caderas por detrás, buscó una almohada y se la puso debajo.

—¿Qué pretendes? —preguntó Sabina con la cabeza vuelta hacia él.

Wolf le apartó el pelo a un lado con un suave movimiento y le sonrió en la mejilla una vez se hubo tendido encima de ella.

Le presionó entre los muslos con las rodillas para que los abriera y deslizó una mano debajo de ella para acariciarle su intimidad.

Sabina reculó y gimió. Entonces él empezó a penetrarla con el dedo hasta la mitad para luego retroceder, siguiendo un ritmo firme y metódico. Ella se contorneó bajo él, gimiendo y aferrándose a las sábanas, intentando levantar el trasero para que la penetración fuera más profunda, pero Wolf se lo impidió con su propio peso; aquella penetración superficial resultaba tan desesperante como excitante.

—¿Qué... pretendes...? —insistió Sabina, y la pregunta terminó en un gemido largo y prolongado.

—Ya lo verás, cariño...

Una vez la tuvo suficientemente lubricada, Wolf le subió las caderas y la penetró profundamente mientras la sujetaba con fuerza, jadeando. Sabina gritó y arañó las sábanas, sacudida por los orgasmos que Wolf le provocaba al moverse sabiamente dentro de ella. Pasados unos increíbles e inagotables momentos de placer, terminó sujetándose a las sábanas para mantenerse en la cama, y entonces él se dejó ir, embistiéndola por detrás hasta que eyaculó en medio de una violenta oleada de éxtasis. Luego se dejó caer sobre Sabina y descansó en esa posición un buen rato, hasta que se apartó por fin con un leve gemido.

Resopló y respiró hondo, antes de preguntarle:

—Bueno, sólo por curiosidad, ¿te ha gustado?

Sabina se sacó de la boca la punta de la sábana con la que había estado sofocando sus chillidos de placer.

—Ha sido... agradable —jadeó a duras penas.

—¿Agradable? —gruñó Wolf y le dio una palmada juguetona en las nalgas.

—Sí. Agradable —repitió ella con una risita. Se puso boca arriba y le faltó poco para soltar una carcajada cuando vio la expresión atribulada de su marido.

—Vaya. ¿Qué tiene que hacerte un hombre para ser memorable?

—Eso te pasa por querer ufanarte cuando la respuesta es obvia —respondió Sabina mientras le hacía cosquillas en la oreja.

—Oh, ¿lo es? —sonrió él, satisfecho—. Me alegra que disfrutes con mis caricias —añadió en voz baja.

—Si las disfrutara más perdería el juicio —repuso Sabina con un suspiro.

—No me lo creo. —La volvió de lado para que lo mirara y le acarició despacio los pechos, los costados y la cintura siguiendo el recorrido de su mano con la mirada—. Me encantan las curvas de tu cuerpo, los ángulos. Eres como una geometría misteriosa, infinitamente fascinante y compleja.

Sabina sonrió.

—Nunca me habían comparado con una fórmula matemática.

—Perdón —se disculpó Wolf con una sonrisa irónica—. Supongo que tendría que compararte con una flor, o con la primavera o cualquier otro tópico trillado.

Sabina le acarició el musculoso abdomen sacudiendo la cabeza.

—No. Tú haces que las matemáticas parezcan poesía —aseguró, y movió la pierna para acariciarle el tobillo con el pie.

Wolf le acarició la cadera y la pierna, y apoyó la cabeza en la otra mano para observarla relajadamente.

—Estar dentro de ti ha sido como una ecuación perfecta en la que todo está equilibrado y no sobra nada. No hay negativos ni positivos, sólo... una unidad.

Sabina suspiró y extendió la mano sobre el corazón de su marido.

—Sí... Yo también lo he notado.

La cara de Wolf se ensombreció un instante, pero cuando Sabina fue a preguntarle qué ocurría, le puso un dedo sobre los labios.

—Shhh... basta de hablar —dijo, y la volvió hacia el otro lado.

Entonces le deslizó una mano entre los muslos por detrás. Le acarició con la nariz el vello de la nuca y la besó, la saboreó, la mordisqueó y la chupó.

Su marido era insaciable, pero ella estaba exhausta.

—Oh, Wolf, no creo que pueda...

—¿No? Tranquila. Si no puedes, no puedes —dijo, encogiéndose de hombros, pero el ritmo perezoso que seguía con los dedos pareció volver a despertar a la lasciva ninfa que Sabina llevaba dentro. Se inclinó hacia ella y le sonrió de oreja a oreja—. Te prometo, querida esposa, que no pensaré mal de ti.

—¿De veras? —Los besos apasionados que Wolf le estaba dando por todo el cuello la habían dejado ya sin aliento. Le gustó que la llamara «querida esposa»—. ¿Y tú? Es imposible que vuelvas a estar a punto... ¡Oh! —exclamó cuando Wolf encontró un lugar especialmente sensible que todavía no había explorado.

—Esto no es para mí. Es para ti —explicó él con voz baja y ronca, sin dejar de acariciarle aquel lugar para su deleite—. Sólo para ti.

Con un gemido, Sabina reculó para acercarse más a su mano.

—Wolf, no tienes por qué...

—Ya lo sé. Pero no puedo contenerme. Quiero tocarte todo el rato. Necesito hacerlo —dijo con voz áspera.

Fue una afirmación rotunda. Sabina suspiró, maravillada, y se sumió en un silencio lánguido mientras se movía entre la relajación y el deseo.

A medida que su marido la acariciaba, su cuerpo fue despertando de nuevo. Wolf la llevó al borde del clímax, y acto seguido la alejó de él, demorándolo para lograr una máxima satisfacción. Aunque pareciera increíble, ella volvía a sentir una excitación apremiante. Incapaz de contenerse, se apretó lascivamente contra su marido.

—Oh, hazlo ahora... —le urgió.

—Paciencia, cariño —respondió Wolf esbozando una sonrisa—. Paciencia.

Excitada hasta el límite, Sabina se volvió hacia él y lo sujetó por los hombros.

—Ahora, por amor de Dios o te... o te... —Se detuvo, sin saber qué clase de amenaza funcionaría en esa situación.

Wolf soltó una carcajada gutural y la puso boca arriba con un ávido gruñido.

Para cuando todo hubo terminado, ambos resollaban con las extremidades temblorosas debido al apasionado esfuerzo. Wolf se dejó caer a un lado y colocó a su esposa encima de él. El sudor selló sus cuerpos entre sí. Le había puesto las manos en las nalgas y se las acariciaba de manera posesiva. Daba igual. Totalmente saciada, Sabina no habría podido reaccionar aunque hubiera querido. Le apartó las manos y oyó la sorda risa de su marido, que le rodeó la espalda con los brazos.

Mientras sus pensamientos divagaban en los placenteros momentos posteriores a un ardor tan intenso, Sabina agradeció que aquella noche fuera tan fresca. Empezó a dormirse oyendo cómo el corazón de Wolf latía cada vez más despacio, y fue consciente de que nunca había amado tanto a alguien ni se había sentido rodeada de tanta pasión. Aun así, en el fondo de su alma, era consciente de que ninguno de los dos había dicho palabras de amor, a pesar de la intensidad del anhelo que los unía.

Cuando se sumió nuevamente en un sueño exhausto, el sabor agridulce de la decepción empañaba su alegría.

21

Cuando Sabina despertó, el aire frío de la alcoba le acariciaba la piel desnuda a la luz del alba. Hacía rato que el fuego de la chimenea se había extinguido, y se desorientó un momento al no ver la decoración familiar de su alcoba. Pasado un instante, recordó dónde estaba y, con una sonrisa, alargó la mano hacia el otro lado de la amplia cama. Pero no encontró nada, salvo el hueco hundido que había dejado el cuerpo de Wolf. Se incorporó y vio que él no estaba allí. Sintió una punzada de soledad. Y entonces, la puerta se abrió despacio con un crujido.

—¿Quién es? —preguntó ella con aprensión, y la desazón de despertarse sola en una alcoba ajena se le reflejó en la voz.

—Soy yo —la tranquilizó Wolf, que entró y cerró la puerta con sigilo. Llevaba la camisa y las calzas puestas, pero se despojó de ambas prendas mientras se acercaba a la cama.

Sabina se maravilló de lo bien formado que estaba. Se acercó a él, y Wolf extendió las mantas sobre ambos para protegerse del fresco de la madrugada.

—Perdón si... te... he asustado —dijo a la vez que le besaba las arrugas de ansiedad que se le habían formado en el entrecejo.

—¿Adónde has ido? —murmuró Sabina, ya calmada.

—Quería ver a Gisel. Ya sabes, por mi propia tranquilidad. —Se quedó callado, mirando abstraído la penumbra.

A Sabina le hubiera gustado saber en qué estaba pensando, pero dudó en preguntárselo.

—Encontramos a una niña, la hija de un peletero —comenzó Wolf.

—¿Te recordó a Gisel? —No quería fisgonear, pero sí que supiera que estaba dispuesta a oír lo que quisiera contarle.

—Su padre no estaba en casa para protegerla —continuó Wolf tras asentir con la cabeza—. Esos brutos desalmados... la atacaron. ¡Sólo era una niña, por el amor de Dios! A partir de entonces no dejé de pensar en lo que podría pasarle a Gisel, sola como estaba...

Ella lo interrumpió con delicadeza:

—No estaba sola, Wolf. Tenía una casa llena de gente para defenderla. Y aunque no la hubiera tenido, yo jamás habría permitido que nadie le hiciera daño. Tomé medidas para protegerla a ella antes que a nadie. —Apoyó un puño en el pecho de su marido—. Y si alguien se hubiera atrevido a acercársele, lo habría destrozado con mis propias manos. Te lo juro por Dios; si de mí depende, nadie a quien tú ames sufrirá nunca ningún daño —afirmó categóricamente.

Wolf parpadeó y la miró a los ojos. Su verde esmeralda se encontró con el azul oscuro de Sabina en la penumbra de la alcoba.

—Te creo —dijo por fin—. Ojalá el elector tenga un protector tan leal como tú.

A Sabina le dio apuro y giró la cara. Temía haber revelado demasiado lo que sentía por él en su arrebato.

—No te burles —comentó, tensa.

—No me burlo. —Le tomó el mentón con la mano y le giró la cabeza para que volviera a mirarlo—. Eso nunca. De verdad —insistió al intuir que no lo creía—. Vi los preparativos que dispusiste, hablé con los criados al respecto cuando llegué. Me dijeron que todo fue idea tuya, que parecías un general yendo de un lado para otro, asegurándote de que todo estuviera preparado para una eventual defensa. Los impresionaste... igual que a mí desde el día que te conocí.

La besó con suavidad en los labios.

—Gracias —añadió.

Y Sabina sonrió, aplacada.

—De nada. Pero no podría haberlo hecho sin su ayuda. Estás rodeado de buena gente, Wolf. Tienes mucha suerte.

—En muchos aspectos. —La acercó a él y carraspeó—. ¿Estás... quiero decir, cómo estás?

Confundida. De maravilla. Estupendamente.

—Bien —respondió—. ¿Por qué lo preguntas?

—Bueno, si no estás demasiado dolorida, se me había ocurrido que tal vez podría demostrarte mi agradecimiento con algún pequeño gesto —dijo, y Sabina notó la sonrisa en su voz.

Bajó la mano para acariciarlo. Increíble.

—Diría que no tan pequeño.

Wolf soltó una carcajada y colocó a su esposa a horcajadas sobre su cuerpo.

Mucho más tarde, Wolf oyó que un gallo cacareaba a lo lejos, en algún lugar del mundo exterior, donde el tiempo todavía existía y la gente se dedicaba a sus quehaceres diarios. Sabina y él habían pasado toda la noche haciendo el amor, sólo se habían detenido cuando ella hizo una mueca ante la enésima penetración y Wolf recordó que, a pesar de su excitación, no estaba acostumbrada a tanto en una sola noche. Aunque ella protestó cuando él retrocedió, se contentó con abrazarla contra su cuerpo y con describirle con lujo de detalles lo que le haría las siguientes noches. En cierto momento ella le dio un manotazo en el pecho y le pidió que parara o que, de lo contrario, le hiciera aquello que prometía, pero él se limitó a reír y la estrechó entre sus brazos. Luego ella deambuló entre la vigilia y el sueño.

Al final tendrían que salir de aquella habitación, volver a la rutina cotidiana, resolver todas las cosas que tenían pendientes entre ambos. Ya notaba cómo la realidad empezaba a inmiscuirse, así que la estrechó aún más contra él, para acariciarle perezosamente la espalda mientras se esforzaba por contener la irrupción del mundo en su paraíso. Aunque era inútil.

Había algo que lo preocupaba, y había llegado el momento de comentarlo.

—Y hablando del día en que te conocí... —empezó, y notó que Sabina se ponía tensa.

—¿Sí?

Wolf captó el recelo en su voz. Apoyó la palma de la mano en la espalda de Sabina y se la masajeó con cariño para relajarla. Ella estaba muy quieta, casi sin respirar.

—He estado pensando —añadió Wolf.

—¿En qué?

—En tu padre adoptivo. Y en ti. Y en por qué parece despreciarte tanto.

Pasó un rato sin que Sabina respondiera.

—Lo humillé delante de todo Wittenberg —dijo por fin—. ¿No te parece suficiente?

—Pues no —contestó Wolf tras reflexionar un instante—. Si de aquí a unos años, a Gisel le diera por hacer lo que tú hiciste, Dios no lo quiera, yo nunca reaccionaría como él. Enfrentarte a tu padrastro por el hombre que habías elegido como marido fue una cabezonería, desde luego, lo mismo que él cuando trató de concertar un matrimonio entre ese joven y tú. Cualquier padre habría querido que su hija se casara con el mejor partido posible. Tenía derecho a estar enojado, decepcionado incluso. Pero hay algo más. El odio que siente por ti es... patente.

—No sé a qué te refieres —comentó Sabina, intentando separarse de él.

Pero Wolf se negó a soltarla y, como quien no quiere la cosa, le pasó una pierna musculosa por encima de las suyas para retenerla a su lado.

—El modo en que te trató en la capilla, y antes, por ejemplo. —Se preguntó hasta qué punto debería contarle lo que sabía sobre el trato que había recibido del barón, y decidió ir al grano—. Sabina, sé algo de lo que hizo, además de matarte de hambre, claro. Te vi los cardenales en los brazos, y Bea también me explicó lo que ella vio.

—No tenía ningún derecho a contarte... —soltó airada a la vez que se incorporaba para mirarlo a los ojos. La sábana se le resbaló hasta la cintura sin que ella pareciera darse cuenta.

—Bea hizo lo que tenía que hacer a su entender —comentó Wolf mientras procuraba evitar que la deliciosa imagen de su mujer lo distrajera—. Su sustento depende de mí, y sabía que me disgustaría con ella si averiguaba de algún modo que ella lo sabía y no me lo había dicho. No la culpes.

Al decir esto, la recostó de nuevo y la tapó con la sábana para que estuviera más decente. Tenía que preguntarle más cosas y no quería perder la concentración todavía.

Ella asintió con la cabeza apoyada en su tórax, aceptando que tenía razón, y Wolf esperó a que hablara, pero no dijo nada más.

—Sabina —la animó—, ¿qué sucedió cuando volviste a casa?

Se quedó callada unos instantes.

—Me da demasiada vergüenza —susurró por fin, y Wolf notó el calor de su cara.

Le dio un vuelco el corazón.

—No debes tener vergüenza conmigo —le dijo—. Ahora soy tu marido, y tú eres mi mujer. No tiene que haber secretos entre nosotros. —Entonces se acordó de su padre, y se encogió por dentro. Siempre habría, como mínimo, un secreto.

Esperó a que Sabina hablara, y al final lo hizo, aunque titubeante.

—Volví por mi herencia. Traté de explicarle que me pertenecía por derecho, y que no volvería a molestarlo nunca si me prometía que me la daría. Se enfadó mucho. Me llamó... ramera, y cosas peores. Me preguntó por qué tendría que darme nada. Dijo que yo nunca había hecho nada por él y que no le servía de nada. Aseguró que debería haberme quedado en el convento, pues así él podría haberse olvidado de que estaba viva.

Las palabras le salieron de golpe, como para liberarse de una vez por todas.

—Fue como si... como si hubiese preferido que estuviera muerta —prosiguió—. Me encerró en una habitación mientras decidía qué hacer conmigo. Me escapé, pero me atrapó y volvió a llevarme al castillo. Una de las criadas se compadeció de mí y me ayudó a huir otra vez, pero él nos descubrió y nos apaleó a ambas. Y después... —Se interrumpió. Su voz estaba cargada de dolor.

—Continúa —pidió Wolf en voz baja, intentando tragarse la rabia que amenazaba con ahogarlo.

—Me encadenó a la pared, y me quitó todas las pertenencias del convento y las quemó. Dijo que dependería de él para todo... para comer, para beber, para seguir viva. —Se sorbió la nariz—. Y entonces cerró la puerta con llave. Creí... creí que iba a morir.

De repente se derrumbó y empezó a sollozar.

Wolf la abrazó, intentando protegerla de aquellos recuerdos tan espantosos. Sabía el poder que podían tener sobre el corazón de uno.

Había algo más que necesitaba saber. Tenía miedo de preguntárselo y, al mismo tiempo, miedo de no hacerlo. Sofocó la rabia para que su voz sonara lo más tranquila posible.

—Sabina, él... ¿te... te tocó indebidamente de alguna forma? Quiero decir, ¿no como un padre toca a una hija?

—¡No! —Fue tan rotunda y la idea la escandalizó tanto que él la creyó—. ¡Oh! ¿Creías eso?

—No lo sabía, y sentía la necesidad de preguntártelo. Si la respuesta hubiera sido afirmativa, habría ido a destriparlo hoy mismo.

—Jamás haría algo así... Él me desprecia. —Sus sollozos terminaron con un abrupto hipo.

Wolf asintió, aliviado.

—Sigue contándome. ¿Qué pasó después?

—Quería que me casara. Yo me negué, y entonces fue cuando dejó de darme de comer del todo. Después, una noche, no sé cuánto tiempo había pasado, vino para decirme que me había encontrado un marido. —Se sorbió otra vez la nariz—. Iba a casarme con un hombre al que ni siquiera conocía. Un plebeyo —comentó, y le dirigió una tímida sonrisa—. Le dije que no quería casarme con alguien eligido por él. Quería mi herencia y nada más.

A pesar de estar en aquellas condiciones penosas, había tenido el valor de exigir lo que le pertenecía por derecho. Realmente era una mujer excepcional.

—Estaba famélica. Él sabía que ganaría de un modo u otro, y que fuera como fuese se libraría de mí. Yo también lo sabía. Así que finalmente cedí. Y así es como llegué a la capilla el día que nos conocimos. —Alzó la vista hacia su marido—. Claro que si hubiera sabido todo lo que sé de ti ahora, seguramente habría aceptado mucho antes y todos nos habríamos ahorrado problemas. Pero es muy fácil hablar ahora —suspiró.

—Pero ¿por qué te odia tanto, Sabina? ¿Por qué te trata así? Seguro que tiene que haber algún motivo aparte del hecho de que es un cabrón malnacido.

Sabina esbozó una leve sonrisa.

—De hecho, mi abuela era encantadora —bromeó casi sin ganas.

—¿Por qué, entonces? —insistió otra vez Wolf.

Sabina inspiró hondo y se incorporó mordiéndose el labio inferior.

—Tiene el mejor motivo —masculló—. Maté a su hijo.

—¿Cómo?

—Maté a su hijo —repitió, mirándolo con ojos de vergüenza—. Por eso me odia tanto y nunca podrá perdonarme. Carl era su único hijo varón, su heredero, y la familia perderá la baronía si muere sin tener otro. En ese caso, iría a parar a manos de un pariente lejano que comparte el apellido Von Ziegler. Todo lo que ha hecho para asegurar la herencia para su descendencia directa habrá sido en vano. Además, creo... creo que quería de verdad a Carl, como jamás ha querido a nadie. Y cada vez que ve mi cara, que me ve sana y salva, recuerda que Carl está muerto y yo no.

Wolf se quedó sin habla. Intentaba descifrar aquello, pero no tenía el menor sentido. ¿Cómo podría Sabina haber matado a nadie? Sacudió la cabeza, incrédulo.

—Es verdad —insistió ella—. Ahora ya sabes por qué me

odia tanto. —Y con un hilo de voz añadió—: Y por qué tendrías que odiarme tú también.

Aquello sí lo entendió. Se incorporó de golpe, la acercó a él y la sujetó por los hombros.

—Eso no lo digas nunca —la reprendió, mirándola a los ojos—. Ni lo pienses siquiera. No sé qué le ocurrió a tu hermano, pero no creo ni por un instante que seas una asesina. Además, aunque quisiera, no podría odiarte. Te a... —Se paró en seco y la oleada de emoción que lo había inundado un instante remitió.

Sabina lo miraba con ojos esperanzados.

Entonces le vino Beth a la cabeza y tuvo la sensación de estarla traicionando. Forcejeó brevemente con esa idea pero enseguida se rindió.

—Te conozco, Sabina —prosiguió—. Lo bastante como para saber que, si bien eres bastante peleona, no eres ninguna asesina, diga lo que diga el barón.

Ella parpadeó. La esperanza había desaparecido de sus ojos, y la decepción se extendió por su expresión.

—Tú no sabes nada —dijo, y se volvió hacia la pared.

—Sabina... —Wolf tendió la mano hacia ella, pero al notar que se ponía tensa, la bajó—. Cuéntamelo. Todo.

—O sea que quieres saber toda la historia, ¿no? —dijo volviéndose hacia él. Los ojos le brillaban con una dureza inusual; reflejaban tanta amargura y resentimiento que no parecían los suyos.

Wolf se quedó atónito. Y entonces Sabina le dedicó una sonrisa sin alegría.

—¿Estás seguro de querer oírlo? Ya sabes que dicen que hay que tener cuidado con lo que se desea.

Por un momento, Wolf tuvo miedo. Quizá no quería saberlo. Quizá sería mejor para ambos que no lo supiera.

Y quizá simplemente estaba siendo un cobarde.

—Adelante —pidió.

—Muy bien. Puede que necesites un pañuelo. Es una historia un poco triste —sonrió cínicamente.

Se puso cómoda y cruzó las piernas. Evitaba mirar a su marido a la cara.

—Empieza así. Érase una vez un muchacho, un jovencito de catorce años, que tenía una hermanita de diez. El muchacho, al que llamaremos Carl, iba a salir a hacer diabluras la noche de Walpurgis, antes de las fiestas de primavera que se celebran la mañana siguiente, el uno de mayo. La hermanita también quería ir, pero Carl le dijo que sólo era una niña. No podía salir aquella noche a hacer travesuras para ahuyentar a las brujas. Aquello era cosa de chicos, aseguró.

»Pero la niña era muy cabezota y muy orgullosa, y sabía todas las bromas que su hermano había hecho el año anterior, y eso le parecía de lo más emocionante. Carl había fanfarroneado a menudo nunca de cómo sus amigos y él habían deambulado toda la noche por la ciudad con cuernos y matracas, haciendo ruido suficiente como para despertar a los muertos. Sus amigos y él habían desmontado un carro de madera y lo habían vuelto a montar en el tejado del antiguo ayuntamiento de la ciudad. Su broma culminante. ¡Oh, el revuelo que se armó! Carl se había convertido en una leyenda, ¿sabes? Y esta vez tenía que hacer algo aún mejor. Pero no podría hacerlo si su hermanita se pegaba a él como una lapa.

»Sin embargo, esa noche, cuando se marchó, la niña fue con él y sus tres amigos. Nadie lo sabía. Era menudita y se escondió bajo una manta en su carro de caballos. Y así llegó con ellos hasta el río. En el carro había cosas para hacer diabluras en los muelles. La hermanita pensaba mantenerse al margen y sólo mirar lo que hacían. Se lo estaban pasando tan bien que ni siquiera la vieron. Cuando bajaron del carro por tercera o cuarta vez, ella también lo hizo. No podía ver gran cosa desde allí arriba y quería verlos mejor. Así que corrió a escondidas hasta la orilla del agua. No la vieron, pero alguien lo hizo.

Wolf se llevó un susto, como si estuviera oyendo una historia de fantasmas espantosa, pero sabía que todo aquello había ocurrido, que los fantasmas eran reales.

—¿Quién? —preguntó con firmeza.

—Un hombre, un marinero. La había estado observando y la

había seguido. La atrapó escondida detrás de unos cajones de madera. La niña intentó huir, pero él se lo impidió. Le hizo bajar la cabeza y se la apretó contra el cuerpo de tal modo que la niña pensó que se iba a asfixiar...

Inspiró de golpe, como si estuviera reviviendo el recuerdo físicamente, y prosiguió su relato.

—El hombre le dijo que... pusiera la boca en él. Se sacó... eso... y la niña tuvo miedo. Y gritó. ¡Dios mío, cómo gritó! Gritó pidiendo ayuda a su hermano, pero el hombre se asustó y le pegó para que se callara. Sacó un cuchillo corto, de esos que los marineros usan para limpiar el pescado, ¿sabes?

Dirigió los ojos a Wolf, que asintió con rigidez, y volvió a desviar la mirada.

—Le dijo que no hiciera más ruido o que rajaría a Carl, y entonces le subió la mano por debajo de la falda.

Wolf hizo una mueca.

—La niña trató de quedarse callada —siguió contando Sabina tras estremecerse—. Quería a su hermano, pero tenía mucho miedo y el hombre le estaba haciendo daño, así que grité... que gritó otra vez sin querer. Y al momento Carl estaba ahí, abalanzándose sobre el hombre, golpeándolo y gritando a la niña que se fuera corriendo.

»Y la muy cobarde lo hizo, chillando y llorando. Finalmente los amigos de Carl también la oyeron y fueron a ayudarlo, pero ya era demasiado tarde. El hombre le había clavado el cuchillo en el estómago y en la cara. Carl parecía... asombrado.

—¡Dios mío! —exclamó Wolf. Sentado junto a ella quince años después de todo aquello, percibió el dolor insoportable que Sabina sentía igual que si hubiera estado en aquel muelle, como si hubiera visto morir de esa forma abominable a su único hermano. No logró comprender cómo Sabina había podido vivir tanto tiempo con un dolor semejante.

Se quedó callada un momento, como si los recuerdos le hablaran a través del tiempo. Parecía escucharlos, y ladeó la cabeza como para oírlos mejor.

—El marinero empujó a Carl al río —continuó crudamente—. La niña se zambulló tras él, pero era pequeña, sólo tenía diez años, y no pudo sujetarlo. El río se lo llevó corriente abajo, y casi se la llevó también a ella. Uno de los otros muchachos saltó al agua y no pudo encontrar a Carl en medio de la oscuridad. Pero salvó a la niña.

—¿Qué fue de...?

—¿Del marinero? Oh, los demás chicos lo mataron —respondió con indiferencia—. Llevaban sus puñales; lo golpearon y lo degollaron. No tuvieron que esforzarse demasiado, porque el hombre estaba borracho. Después, lanzaron su cadáver al agua. —Se encogió de hombros—. ¿Qué más daba? Carl ya estaba muerto.

Dobló las rodillas y se las rodeó con los brazos, acurrucada para protegerse de aquellos recuerdos terribles.

—El río arrastró el cadáver de Carl hasta la orilla dos días después. Trágicamente, no había muerto al instante. Según dijo el médico, se había ahogado, porque tenía los pulmones llenos de agua y todo el aspecto de un ahogado. La niña lo vio. Su padre la obligó a hacerlo. Tenían razón. Había sobrevivido lo suficiente para ahogarse...

—Para —susurró Wolf, horrorizado—. Por favor, para.

Pero Sabina siguió con voz monótona, desprovista de emoción, como si su marido no hubiera hablado.

—Su padre la obligó a estar junto al cadáver de Carl mientras su madre lo vestía para el entierro. Y cuando todo estuvo hecho, una vez tuvo puesta la mortaja y ocupó su lugar en el panteón, el padre de la niña la miró y le dijo: «Tendrías que haber sido tú y no él. Ha muerto por tu culpa.»

—Dios mío... ¿con qué derecho? —explotó Wolf—. ¿Cómo se atrevió a decir tal cosa, cómo se atrevió a pensarla siquiera? Por lo más sagrado de...

Sabina volvió a dirigirle una mirada vacía.

—Pero tenía razón —dijo, y su expresión daba a entender que Wolf era tonto por no comprenderlo—. De buena gana me habría cambiado por Carl. Es como si yo misma lo hubiera matado. Tendría que haber sido yo y no él.

—¡No!

—Y aquí termina la historia —añadió ella, encogiéndose de hombros—. No es muy buena, ¿verdad? No tiene un final feliz, me temo. Esta vez no. Quizá tendría que inventar una que fuera algo mejor. ¿Qué te parece? ¿Tendría que hacer que la protagonista se casara con su verdadero amor y viviera feliz con él para siempre? —Le sonrió con amargura y sacudió la cabeza—. No, supongo que no. Nadie se creería tamaña tontería —comentó, y volvió la cara hacia la pared.

Wolf estaba pasmado. La historia era terrible, pero que creyera que tendría que haber muerto ella en lugar de su hermano era monstruoso. Lo que el barón le había hecho era casi peor que aquello de lo que él lo había acusado antes. Aquel hombre tenía el diablo dentro, y Wolf iba a encargarse de exorcizarlo para siempre de la vida de Sabina, aunque fuera lo último que hiciera en este mundo.

Veía cómo a Sabina le temblaba la espalda. El silencio hizo que su angustia le resultara más patente. Tendió una mano para acariciarla con suavidad y, aunque ella lo rechazó, la estrechó con decisión entre sus brazos.

—No —dijo Sabina—. No, por favor... No quiero que me compadezcas... ¡Eso sí que no!

Forcejeó con él, negándose a que la reconfortara. Pero Wolf no la soltó y finalmente empezó a temblar. Mientras, Wolf la siguió abrazando, simplemente eso. Pasado un rato, cuando los temblores de Sabina comenzaron a remitir, le dijo suavemente al oído:

—No fue culpa tuya.

Ella dio un respingo.

—¡Sí que lo fue! Él dijo que...

—No importa lo que ese bastardo dijera. No fue culpa tuya.

Sabina sacudió la cabeza.

—No tendría que haber seguido a Carl. No tendría que haber gritado. No tendría que haber salido corriendo...

—Cometiste un error. Tenías diez años y estabas aterrorizada... No fue culpa tuya.

Sabina estalló de repente, revolviéndose como una fiera, pero él la sujetó con más fuerza.

—¡Era mi hermano! —gritó ella—. Si yo hubiera cedido y hecho lo que aquel hombre quería...

—Entonces te habría violado y seguramente estarías muerta. Y ahora tu hermano se estaría culpando a sí mismo, tal como tú haces ahora. No fue culpa tuya —repitió Wolf con firmeza y le sujetó los brazos, que ella seguía agitando. La estrechó contra su pecho, negándose a soltarla.

—¡No! —gimió ella lastimeramente. Intentó golpear a su marido y escabullirse, pero la sábana se le enredó en las piernas. Soltó una patada rabiosa y, sin querer, acertó la rodilla de Wolf, que no la soltó—. ¡Carl tendría que estar vivo! ¡Murió inútilmente! —exclamó con unos sollozos desgarradores.

—¡Murió por ti! —Wolf la volvió bruscamente y la zarandeó hasta que lo miró a los ojos—. ¡No por tu culpa, sino por ti!

Wolf pensó en lo cerca que había estado de no conocerla nunca y agradeció la valentía de Carl. Le acarició la mejilla, deseando que ella lo entendiera.

—Son dos cosas muy distintas —aseguró con más delicadeza que antes.

Ella lo observó con los ojos desorbitados.

—Tu hermano fue un héroe, Sabina, no una víctima. No dejes que aquel diablo te quite eso. No dejes que nadie te lo quite. Tu hermano murió por salvar a su hermana, a la que quería. —Buscó las palabras adecuadas para lograr que lo entendiera—: Carl podría haber huido o haber esperado a que sus amigos lo ayudaran, pero no lo hizo. Fue decisión suya, Sabina. Nadie le obligó a hacerlo. Lo hizo porque creía que merecías que te salvaran. Ése es el legado que te dejó. No lo ignores. No lo rechaces, porque si lo haces, entonces sí que habrá muerto en vano.

De repente, Sabina se quedó inmóvil. Las palabras de su marido parecieron retumbar en la alcoba mientras ella miraba al vacío con el ceño fruncido. Se esforzaba frenéticamente por asimilar lo que Wolf había dicho. Nunca había pensado en ello de aquella forma. Estaba tan desgarrada por la culpa, tan convencida de que era responsable de lo sucedido, que jamás se le había ocurrido cuestionar las acusaciones del barón. ¿Cómo se podía responsabilizar a una niña asustada de diez años de lo que un monstruo sádico le había hecho a su hermano en los muelles? ¿Cómo pudo el barón hacerla cargar con esa culpa tanto tiempo?

Absorta en su dolor, ni siquiera había pensado en agradecer lo que Carl había hecho por ella. Tendrían que haberle levantado un monumento en lugar de sepultarlo en medio de un silencio vergonzoso. El barón había temido el escándalo, lo que la gente pudiera decir. Habían mentido, y habían contado que su hermano se había ahogado accidentalmente.

Ni siquiera habían hablado del marinero borracho, cuyo cadáver anónimo había aparecido en la playa varios días después y había sido enterrado en una tumba sin nombre por orden del municipio, ya que nadie lo había reclamado. Los demás chicos, los amigos de su hermano, no volvieron nunca por su casa. En todo el tiempo transcurrido desde entonces, nadie había dicho una palabra de su comportamiento, pero ellos también eran héroes.

—No fue culpa mía... —dijo ella, titubeante, sin atreverse a creérselo.

—No, Sabina, no lo fue. —Le tomó la cara con la otra mano y le secó las lágrimas de las mejillas. La miraba con los ojos llenos de sentimientos inexpresados.

Sabina cerró los ojos, y las lágrimas le cayeron otra vez, silenciosas como fantasmas.

—Nunca fue culpa tuya —murmuró su marido.

Sin decir nada más, ella se sentó en el regazo de Wolf. Dejó que la meciera mientras sollozaba como la niña que todavía era, solitaria y sin el amor de nadie durante tantos años, hasta que el sol salió sobre el río y su luz dorada iluminó el cielo.

22

Sabina se llevó una mano a los riñones y se estiró, dejándose la azada apoyada en la cadera un momento. Notó que le chascaba un poco la columna y suspiró. Trabajar en el huerto era muy agradable, pero la espalda se resentía. De eso y de estar casada con un hombre tan fogoso. Echó un vistazo alrededor para asegurarse de que Bea, que trabajaba al otro lado del huerto, no veía su rubor.

Las dos llevaban sombrero para protegerse el cutis del suave sol primaveral, y giró deliberadamente la cabeza para que el ala le tapara la cara. Aquella mañana quería pensar en Wolf, y el único rato que se concedía para estar a solas era el que dedicaba al huerto. Como no había sabido rechazar el ofrecimiento de Bea para ayudarla, le había encargado el cuidado de los repollos, en el lado opuesto del huerto.

Aquella postura tan interesante que habían probado la noche anterior... Bueno, no habría creído posible hacer semejante cosa, pero de nuevo Wolf le había demostrado que estaba equivocada. El único problema era que se había levantado con una presión en la espalda que le dificultaba plantar las remolachas azucareras. Y volvía a estar cansada, tanto que le había costado horrores dedicarse al huerto. Tenía que dormir más por la noche.

Suspiró otra vez y supuso que había que pagar un peaje por cada dicha. Un peaje que invariablemente pagaba casi todas las noches, tanto cuando Wolf la abrazaba y le susurraba seductoramente al oído, como cuando la penetraba con ardor.

De momento no le había dicho que la amara. Ni una sola vez. Todo lo que hacía parecía indicarle que era así, pero nunca se lo había dicho con palabras, y las palabras eran lo que ella más necesitaba. Se buscó en el bolsillo el anillo de oro que ahora siempre llevaba puesto, excepto cuando trabajaba en el huerto. Se había convertido en una especie de talismán para ella, un poco como las cuentas del rosario que solía llevar con el hábito en el convento. Tocarlo la ayudaba a relajarse y concentrarse en lo que pensaba.

Unos días atrás, Wolf había retirado el retrato de su primera esposa de su sanctasanctórum, el estudio, y Sabina se había alegrado. Lo había considerado un signo de que las cosas cambiaban, de que su marido sentía cada vez más devoción por ella y de que estaba dispuesto a dejar atrás el recuerdo de su primera mujer. Pero todavía no se habían dicho palabras de amor.

¿Llegaría el día en que él ya no la deseara?

Esa idea a veces le pasaba por la cabeza, pero entonces lo pillaba observándola de aquella forma tan lasciva, y la inquietud se desvanecía.

Sin embargo, ¿cuánto tiempo duraría aquello? Al final, si no la amaba, se cansaría de ella, ¿y entonces qué? ¿Qué había que los uniera de verdad, aparte de la mutua atracción física?

Hundió distraídamente la azada en la tierra. Sabía que Wolf no era la clase de hombre que abandona a su esposa sólo porque ya no lo atrae. Pero ¿podría ella soportar la creciente indiferencia, las veladas sugerencias de que se trasladara de nuevo a su alcoba, los ojos distraídos siguiendo a otras mujeres, aunque no hiciera nada con ellas?

¿Cómo se sobrevivía sin amor a los momentos de monotonía que imponía la rutina, cuando el entusiasmo y la pasión se apagaban y sólo quedaban las preocupaciones diarias de la vida conyugal? No soportaba la idea de perder a Wolf, de ver cómo su interés decaía y su rencor aumentaba. Tal vez ella tenía una idea distorsionada del matrimonio, debido a lo que había observado del de sus padres, pero ¿cómo se mantenía despierto el interés del uno por el otro si uno de los dos no amaba? ¿Era suficiente gozar de una intimidad estimulante?

—Bueno, creo que ya ha trabajado de sobra esta tierra, señora —dijo Bea desde su sitio—. Dudo de que haya habido nunca una tierra más labrada que ésta.

Sabina vio la mirada perspicaz del ama de llaves y observó el trozo de tierra que había estado removiendo metódicamente una y otra vez.

—Sí, supongo que así es —admitió—. Quizá sería mejor que plantaras ya las semillas.

—Sí —coincidió Bea con una sonrisa—. Por propia experiencia le diré que si no se planta la semilla, la flor no crece.

Sabina se la quedó mirando, intuyendo que aquellas palabras tenían doble sentido. El ama de llaves se limitó a guiñarle un ojo.

—O las remolachas en este caso. A la señorita Gisel se le partiría el corazón sin su azúcar para sus dulces. Ah —dijo mirando más allá de Sabina—. Ahí viene Franz a visitarnos.

Sabina se volvió y vio cómo el criado se acercaba inseguro entre los terrones de tierra esparcidos y las malas hierbas arrancadas. Tenía aspecto apenado.

—Señora Behaim, lamento molestarla, pero tiene una visita. La joven ha venido a ver al señor, pero como él no está, insiste en verla a usted. Le dije que estaba ocupada, pero... —Se encogió de hombros.

—¿Una joven? —No podía decirse que estuviera en condiciones de recibir visitas con el delantal de jardinería, los guantes sucios y la cara manchada de tierra.

—Sí... la esposa del barón, señora.

Sabina se detuvo con un guante a medio quitar.

—¿La esposa del barón Von Ziegler está aquí? ¿Mi madrastra?

—No parece lo bastante mayor para ser la madre de nadie, pero sí, la misma. —Su tono no dejó lugar a dudas de su opinión sobre la joven esposa del barón.

—Bueno. —Sabina no supo qué otra cosa decir—. Supongo que será mejor que la reciba. Acompáñela al salón mientras me adecento un poco.

Franz asintió y regresó a la casa. Sabina y Bea se miraron con expresión de curiosidad, como si ambas se preguntaran: «¿Y ahora qué?» Sabina no tenía ni idea sobre el motivo de aquella visita, ya que la actual esposa del barón y ella no se conocían. Sólo había una forma de averiguarlo, así que se dirigió a la casa.

La joven la aguardaba en el salón, repiqueteando nerviosamente las uñas en la copa de peltre que sostenía. Un tic, tic, tic resonaba en la habitación mientras ella observaba todo, en especial la falta de muebles. Justo cuando estaba alzando la copa para ver la marca del fabricante en la parte inferior, Sabina cruzó la puerta. Sobresaltada, la joven se levantó de golpe y se derramó sin querer algo de vino en su vestido azul celeste.

—¡Oh! —exclamó, y Sabina se le acercó con el pañuelo preparado para aplicárselo a la mancha—. Déjelo —dijo la joven, apartándole la mano—. Era lo último que me faltaba, conocer a la baronesa hecha un desastre.

—No creo que importe, señora —replicó Sabina con una sonrisa irónica mientras se señalaba el vestido informal que ella misma llevaba.

La joven alzó la vista sorprendida y, algo tarde, se dio cuenta de que no estaba hablando con una criada.

—¡Oh, baronesa! —exclamó tras recorrer con la mirada el sencillo vestido que Sabina usaba para trabajar en el huerto. Tras recobrar la compostura, enderezó la espalda, con lo que le llegó a Sabina al mentón, y le tendió la mano—. Hija, te pido disculpas. Estoy encantada de conocerte por fin, después de tanto tiempo.

Sabina le estrechó la mano, perpleja. ¿Hija? Pero si Sabina era por lo menos cuatro años mayor que ella...

—Y yo a ti. —Hizo una breve reverencia—. Creo que tengo que darte las gracias, aunque sea con retraso, por permitirme usar un vestido tuyo para mi boda. Lamentablemente, me temo que debido a la diferencia de... estatura y a lo que llovió aquel día, el vestido no resistió como era de esperar. Con mucho gusto te lo remendaré o te lo sustituiré por otro.

La esposa del barón descartó el asunto con un gesto de la mano.

—No te molestes. No tiene ningún valor sentimental para mí. Puedes dar los harapos a los criados, si quieres. Irán muy bien para quitar el polvo.

—Oh... de acuerdo. —Sabina, todavía perpleja, le indicó que volviera a sentarse, e hizo lo propio.

Las dos mujeres se miraron un instante, tanteándose mutuamente.

Menuda y flaca, la esposa del barón tenía la nerviosa costumbre de tirarse de los mechones rubios de pelo que le salían de la cofia. Observaba atentamente a Sabina, que pudo ver lo calculadora que era. ¿Cómo era posible que una mujer tan joven estuviera tan cansada de la vida?

—Tengo entendido que querías ver a mi marido —dijo Sabina.

—Sí. Esperaba que pudiera ayudarme con... con cierto asunto. Me han dicho que no está en casa. Tengo algo muy importante que decirle.

Juntó las manos recatadamente en el regazo y esperó a que la curiosidad venciera a Sabina. Y lo hizo.

—No lo entiendo. ¿Qué tratos tienes con mi marido? No sabía que os conocierais —comentó, intentando no parecer grosera. Después de todo, aquella mujer era pariente suya, si eso significaba algo, y no quería empezar con mal pie.

Los ojos de la visitante se entornaron con astucia. La esposa del barón era joven, pero rezumaba dureza por todos los poros.

—Pues sí, pero la última vez que nos vimos no fue en la mejor de las circunstancias. Dudo que te lo mencionara, ya que podríamos decir que yo no estaba presentable en aquel momento. —Cruzó las piernas bajo la falda, algo que sólo hacían las mujeres fáciles.

A Sabina le vinieron varias imágenes a la cabeza, ninguna de ellas alentadora. ¿En qué circunstancias habría tenido su marido ocasión de ver a su joven madrastra en un momento en que ésta no estaba «presentable»? Los celos empezaron a roerle el corazón, pero se negó a sucumbir a ellos. Prefirió confiar en su intuición: a Wolf le apetecería tanto acostarse con aquella mujer flaca y vulgar como con su caballo, cuya nariz, por cierto, guardaba cierto parecido con la de su madrastra.

—No —dijo, sonriendo con frialdad—, no me lo comentó. Sin duda, lo impresionó tan poco que lo olvidó por completo.

Sabina observó cómo el dardo daba en el blanco y tuvo la gentileza de compadecerse de su madrastra al ver lo colorada que se ponía.

—El mensaje que tienes para él... ¿se lo puedo transmitir yo? —preguntó entonces cortésmente. No tenía el menor deseo de prolongar aquella visita; cuanto antes fueran al grano, mejor.

Su madrastra juntó las puntas de los dedos y Sabina parpadeó al ver lo afiladas que llevaba las uñas. La joven la observó un momento e irguió la espalda como si hubiera tomado una decisión.

—Sí, supongo que da igual. Tiene que ver con el barón y algunas irregularidades financieras que el señor Behaim encontrará interesantes.

Sabina asintió bruscamente.

—Esperaba que el señor Behaim estuviera en casa para darle la información. —Se mordió el labio inferior y añadió—: Prometió que me recompensaría si descubría algo que le fuera útil.

El desconcierto de Sabina hizo que su madrastra se apresurase a explicar:

—Tu marido me ha pedido ayuda para controlar las actividades de Marcus. Parece que mi marido ha hecho demasiadas veces de las suyas.

—¿Mi marido te pidió que espiaras al barón? ¿A cambio de dinero? ¿Por qué tendría que pedírtelo? No tiene sentido —se extrañó. ¿Y por qué no se lo había contado a ella?

La chica se encogió de hombros.

—Tiene todo el sentido del mundo si sabes cómo es su relación con el barón. Marcus tiene algo con lo que amenaza al señor Behaim. Tu marido no es la clase de hombre que permite que una situación así se prolongue indefinidamente. Me da la impresión de que el señor Behaim es un hombre implacable con la debilidad, tanto con la suya como con la de los demás. Al parecer pensó que sería... inteligente averiguar todo lo que pudiera sobre las actividades de Marcus, por si hubiera algo que le resultara útil.

Un temor frío invadió a Sabina.

—¿Con qué amenaza el barón a Wolf?

—No lo sé —respondió la joven madrastra, encogiéndose de hombros—. Hasta ahora no he conseguido averiguarlo. Quizá tendrías que preguntárselo a tu marido —añadió sagazmente.

—Sí, puede que lo haga —murmuró Sabina, enfadada porque su madrastra supiera más cosas sobre los asuntos privados de Wolf que ella—. Pero ¿por qué te arriesgas a disgustar a tu marido por ayudar a Wolf? Seguro que el barón lo consideraría una deslealtad por tu parte. ¿No te coloca esto en una posición bastante inestable en lo que a tu matrimonio se refiere?

—Creo que mi posición ya es lo bastante precaria como para verme obligada a cambiar mis lealtades. El barón no es el hombre más generoso de Sajonia, como ya sabes, y planeo vivir independientemente muy pronto. El señor Behaim me ofreció lo que necesito. Quiero que me asegures que le transmitirás esta información. —Echó un vistazo alrededor, asaltada de nuevo por las dudas—. Espero que pueda pagarme. Aceptaré tu promesa de pago en su nombre.

—No puedo hacerte ninguna promesa de esa índole, ya que soy ajena a vuestro acuerdo. Pero mi marido es un hombre de palabra. Si te dijo que te pagaría por esta información, lo hará. Por mi parte, le contaré todo lo que me digas. Y ahora, ¿qué tienes que decir sobre el barón?

Su madrastra se inclinó hacia delante para hablar:

—Al parecer, Marcus ha robado dinero de las arcas municipales. Existen documentos que demuestran que, aparte de los libros de cuentas que ha presentado al consejo municipal como tesorero, llevaba otros. También hay documentos que demuestran que invirtió dinero en un barco holandés para traer especias y telas de Oriente, aunque parece que la embarcación se ha perdido en el mar. Según un hombre de negocios con quien he entablado una... amistad, es imposible que hiciera una inversión así con los ingresos provenientes de la tierra y los arriendos. En pocas palabras, mi querido esposo es un ladrón.

Sabina se recostó en la silla, estupefacta.

—¿Tiene idea el barón de que sabes todo esto?

—El barón no tiene idea de que sepa contar, y mucho menos leer —respondió la joven con una ceja arqueada.

—No lo entiendo —dijo Sabina, frunciendo el ceño.

La esposa del barón esbozó una sonrisa amarga.

—Yo sólo tengo una utilidad en la vida de tu padre, y no tiene nada que ver con mi inteligencia.

—Comprendo —dijo Sabina en voz baja, y la compadeció—. Si lo que dices es cierto, podría ser muy peligroso para ti. Si el barón sospecha que sabes todo esto, tomará represalias. Y aunque no lo haga, si se sabe que ha cometido tal delito, lo...

—Exiliarán. O lo ejecutarán —terminó su madrastra con frialdad—. ¿Te importaría mucho?

Sabina se levantó de la silla y se dirigió a la ventana. Observó el jardín y pensó en su padre adoptivo, el hombre que la había traicionado, maltratado y desatendido. El hombre que la había vendido a un desconocido por mil ducados. No obstante, le resultaba difícil poner fin a su sueño infantil de reconciliarse con él, y peor aún: hasta ese instante ignoraba que lo seguía teniendo.

—No... no lo sé. Al fin y al cabo, es el único padre que he conocido. El de verdad murió antes de que yo naciera —dijo con una mano apoyada en el frío cristal—. Dios nos dice que tenemos que honrar a nuestros padres. Yo no me he esforzado por hacerlo en el pasado y tal vez nuestra situación actual, nuestra falta de cariño, sea lo que me merezco.

—¿Y si te dijera que creo que no sólo es un ladrón, sino también un asesino? ¿Que puede haber sido el culpable de la muerte de tu madre y de su tercera esposa? ¿Te importaría tanto entonces?

Sabina se volvió hacia ella.

—¿Qué estás diciendo? ¿Cómo sabes eso? —preguntó, con el corazón en un puño.

—Bueno —respondió su madrastra tras vacilar un instante—, no lo sé con certeza. Pero... lo sospecho.

—¿Por qué? —Aquél era su peor temor, y tenía que saber si era verdad.

Su madrastra se recostó en la silla antes de responder.

—Marcus está resuelto a tener un hijo varón. A pesar de mis antecedentes familiares, he resultado estéril. Su tercera esposa no lo era, pero todos sus hijos murieron antes de llegar a adultos, y tu madre... —Se detuvo—. Bueno, ya sabes todo lo referente a tu madre, claro. Si Marcus muere sin un heredero varón, tú lo heredarás todo. Yo no heredaré nada, excepto lo que se me concedió en mi contrato matrimonial, a menos que le dé un heredero. Todo lo demás: el título, las tierras... todo será para ti. Y eso no puede tolerarlo.

Sabina se sentó despacio en el banco situado bajo la ventana, tan anonadada que ni siquiera podía hablar.

—No; estás confundida —dijo cuando se rehízo—. El legado de mi abuelo estipula que las tierras irán a parar a manos de un heredero varón, y que cualquier descendiente mujer sólo percibirá una décima parte de la herencia.

—¿Quién te contó eso?

—Pues el barón, claro... —Se interrumpió, empezando a comprenderlo todo.

—¿Y llegaste a ver esas estipulaciones? ¿Alguna clase de documento que lo confirme?

Sabina negó con la cabeza. Se había ido a los dieciséis años, y jamás se le había ocurrido pedir verlo. Aunque el barón no se lo habría enseñado, por supuesto. Y tampoco habría dejado que su madre le hablara de estos asuntos. Su padre adoptivo había ejercido un férreo control sobre ella.

—He visto los documentos que demuestran lo que acabo de

decir —prosiguió su madrastra, e hizo un gesto despreocupado—. Consideré que me convenía estar al corriente de cualquier cosa que pueda afectar mis posibilidades de heredar. Ya me entiendes. Parece que tu abuelo no debía confiar demasiado en la capacidad de Marcus para conservar su herencia. Marcus guarda estos documentos, junto con otros, en el doble fondo de un cofre. Estos documentos establecen que no puede heredar directamente las tierras. Sólo en el caso de tener un hijo varón podría recibir el título correspondiente a las tierras, que mantendría en fideicomiso para el heredero. Ahora bien, si no existe un heredero varón, todo irá a su heredero legal de mayor edad. No se estipula en ninguna parte que ese heredero tenga que ser hombre o mujer, natural o adoptado.

—¿O sea que no lo heredaría todo su primo? —preguntó Sabina, estupefacta una vez más.

Su madrastra sacudió la cabeza.

—Algo que el barón omitió convenientemente mientras te maltrataba por haber regresado a casa por sorpresa. Lo único que probablemente te salvó la vida es que, si estabas en el convento, podía controlar el reparto de la herencia y hacerse la ilusión de que él era el heredero. Cuando volviste, te convertiste en un problema que había que resolver.

—Pero ¿por qué crees que mató a mi madre y a su tercera esposa? —preguntó Sabina mientras intentaba asimilar todo aquello—. Por lo que has dicho, no tienes ninguna prueba.

La esposa del barón inspiró hondo.

—No. Pero los criados hablan, y entre aquellos que no han logrado encontrar trabajo en otra parte, los de más edad cuentan historias. Las últimas tres esposas del barón hemos tenido un problema en común: no le hemos dado ningún heredero varón. Dos murieron en extrañas circunstancias. Tu madre y la tercera esposa, a la que un caballo derribó mientras acompañaba a Marcus en un paseo a última hora de la tarde. Cabe pensar que yo seré la siguiente.

Sabina observó a aquélla; no aparentaba más de veinte años.

—¿Crees que planea matarte? —Ya se temía que la respuesta sería afirmativa.

Su madrastra asintió.

—Las últimas semanas han ocurrido ciertos... incidentes. Accidentes en los que si me hubiera movido un instante antes, o un instante después, habría terminado muerta. Y hasta hoy tenía una perrita. Ayer por la noche, gracias a Dios, no me apeteció terminarme la sopa y la dejé en el suelo para que ella se la comiera. Esta mañana, cuando he ido a despertarla... —se le entrecortó la voz, y por primera vez mostró una emoción auténtica— la he encontrado muerta. Creo que murió envenenada. —Se estremeció—. Sólo es cuestión de tiempo que consiga hacer lo mismo conmigo. Tal como lo veo, es él o yo. Y yo soy demasiado joven para morir. Que lo haga él.

Sabina se hundió en el asiento.

—Si lo que dices es cierto, no puedes regresar al castillo. Tienes que quedarte aquí hasta que mi marido decida qué puede hacerse al respecto.

—Nada de eso. Hoy voy a hacer una larga visita a mi madre. Parece que ha contraído una oportuna y prolongada enfermedad que exige que esté allí para cuidar de ella, algo de lo que voy a informarla en cuanto llegue.

Muy a su pesar, Sabina sonrió.

—¡Lamento lo de tu pobre madre! Espero que su recuperación sea larga y sin incidentes.

—Sí, gracias —dijo la joven con una ceja arqueada—. Bien, no puedo quedarme a esperar a tu marido. Conozco su enemistad con Marcus, esperaba verlo y darle la información rápidamente, pero ahora te la confío a ti. Te daré la dirección de mi madre para que el señor Behaim pueda enviar mi retribución a su casa.

Tras darle una tarjeta con la dirección, la esposa del barón sacó tres llaves de hierro, una grande y dos más pequeñas, de la faltriquera que le colgaba de la cintura.

—Era demasiado peligroso para mí coger los documentos, ya que el barón se ha vuelto cada vez más desconfiado y los revisa con frecuencia. Así fue como logré averiguar dónde los guarda:

fingí estar dormida y lo espié varias noches seguidas hasta que descubrí su secreto y pude hacer un duplicado en cera de estas llaves. El cofre está en la torre norte, que por supuesto nadie visita debido al mal estado en que se encuentra, algo con lo que sin duda el barón ha contado para guardar los documentos a buen recaudo. —Entregó la llave grande a Sabina—. Ésta abre la habitación en lo alto de la torre.

A continuación, le dio las dos más pequeñas.

—Éstas abren el cofre. Hay una cerradura falsa en la parte delantera; no hay que tocarla porque es un señuelo. Si metes el dedo dentro para accionar el resorte que levanta la tapa una vez se ha girado la llave, te espera una sorpresa desagradable. Las cerraduras auténticas están en la parte inferior. Para abrir el fondo, hay que introducir estas dos llaves a la vez. Dentro está todo lo necesario para acusarlo.

Sabina tomó las llaves y las examinó. Luego miró a su madrastra.

—¿Puedo conocer tu nombre de pila?

Por primera vez, la joven pareció insegura. En ese momento, Sabina vio a la adolescente que su madrastra no había tenido ocasión de ser.

—Agnes. Me llamo Agnes —respondió casi con timidez.

—Agnes, rezaré por tu seguridad. Me encargaré de que mi marido sepa todo lo que hemos comentado. Si hay algo que pueda hacer, si necesitas cualquier cosa...

Los ojos de Agnes volvieron a reflejar dureza.

—Asegúrate de que Marcus pague por lo que nos obligó a ser: una monja y una ramera. —Y, dicho esto, la señora Agnes von Ziegler se levantó—. Buenos días. Conocerte ha sido... un placer.

Sabina también se levantó. Estrechó otra vez la mano de Agnes y, tras un instante de duda, le dio un breve abrazo. Agnes se sobresaltó y se separó enseguida. Sabina supuso que no estaba acostumbrada a los gestos amables, otra cosa por la que el barón también tendría que pagar.

—Que Dios te bendiga y proteja, Agnes —dijo.

A la muchacha le relucieron los ojos.

—Y a ti también, Sabina —soltó tras pestañear.

Se volvió y se marchó rápidamente mientras Sabina se quedaba en el salón teniendo como única compañía sus agitados pensamientos.

23

Sabina fue incapaz de esperar a que Wolf volviera a casa a la hora de la cena. Después de cambiarse rápidamente de ropa y ponerse el pañuelo tradicional alrededor de la cabeza y el cuello, se dirigió con paso enérgico al centro de Wittenberg para hablar con él en la imprenta.

Lo encontró supervisando la composición para un panfleto. Si bien la mayoría del trabajo correspondía a la impresión de libros e imágenes de grabados, también publicaba una hoja trimestral para los comerciantes del mercado, panfletos y anuncios de acontecimientos especiales.

A Sabina le pareció que había una extraordinaria actividad en la imprenta, pero como sólo era la segunda vez que iba, no podía asegurarlo. Los tipos de plomo repiqueteaban cuando los sacaban de sus cajas y los colocaban en el componedor, y unos hombres de aspecto brusco se gritaban instrucciones entre sí. Un niño, el aprendiz de la imprenta, subía y bajaba una escalera de mano para tender las hojas impresas a secar en las vigas. Lamentablemente, la sala olía a orín de gato, con el que se remojaban los rodillos para que quedaran limpios y suaves, y a negro de humo, que se utilizaba como ingrediente de la tinta.

Desde la puerta, vio que Wolf estaba trabajando con el cajista. Se había quitado el jubón y arremangado la camisa, y componía largas líneas de texto con las letras de plomo. Bajo sus órdenes, las manos del cajista volaban sobre las pequeñas piezas metálicas con las formas de las letras del alfabeto y elegía las que se necesitaban de dos hileras de cajas. Como consecuencia de la manera en que almacenaban separadamente las letras de plomo según su tamaño, los cajistas habían acuñado los términos «caja alta» y «caja baja» para las mayúsculas y las minúsculas.

Tras cierto debate, el cajista dispuso las letras en un molde de madera para crear las palabras y frases que pronto figurarían en una hoja. Sabina contempló fascinada cómo situaban el molde terminado en la plancha inferior de la prensa y un operario usaba un rodillo impregnado de tinta para entintar las letras para la impresión inicial. Un segundo operario sujetó la palanca que había en un lado de la máquina, apoyó el pie en ella y la empujó hacia abajo. Un tornillo enorme presionó la platina contra el lado entintado de las letras, y el primer operario retiró la hoja de prueba del molde y se la entregó a Wolf para su aprobación. Después de que éste hiciera algunas correcciones, volvieron a ponerse los tipos y el proceso se reinició.

Cuando vio el esfuerzo físico del operario, Sabina comprendió que era normal que Wolf fuera tan fuerte después de haber trabajado en imprentas desde que era niño. El operario soltó la palanca, y Wolf retiró la hoja de papel y la revisó con ojo crítico por si era necesaria alguna otra corrección. Hizo unos cambios más, se pusieron los tipos de nuevo, y se preparó otra hoja.

Ésta pasó la inspección, y por fin Wolf dio una palmada en el hombro del cajista y asintió con la cabeza. Ordenó al primer operario que empezara a imprimir copias de las páginas.

Uno de los hombres alzó los ojos y vio a Sabina observando la actividad desde la puerta. Sorprendido, el operario abrió una boca desdentada y le lanzó una mirada lasciva. De repente, vio quién era y, avergonzado, la saludó educadamente con una discreta reverencia. Luego dio un leve codazo a Wolf y señaló la puerta.

Él la miró y, por un momento, Sabina tuvo la sensación de que los dos estaban solos en la sala. Recordó la última vez que lo había visto, aquella mañana mismo, acurrucado alrededor de ella en la comodidad de su amplia cama, en casa, mientras le sugería que tenía tiempo para otro revolcón si le apetecía. Le había apetecido, y había disfrutado aquel acto de amor matinal.

Ahora admiraba su fortaleza, la musculatura de sus antebrazos y su tórax, evidentes incluso bajo la camisa, sus muslos esculpidos bajo las calzas. Embelesada, pensó que podría comérselo vivo, y decidió probarlo aquella misma noche.

Wolf se acercó a ella, preguntándose qué la habría impulsado a ir sola a la imprenta. Especialmente con aquella cara. Con el rabillo del ojo vio que sus hombres iban dejando de trabajar, hasta el aprendiz de diez años, todos fascinados por la sensualidad con que ella miraba a su marido.

Le salió la vena posesiva. De modo irracional, quiso vendarles los ojos a todos y tomarla allí mismo, en el suelo, para marcarla como de su propiedad. Pero no era el momento ni el lugar de tener unos pensamientos tan primitivos, de modo que controló sus impulsos.

Dejó de sonreír y dirigió una mirada intimidatoria alrededor de la sala para ordenar a los hombres, sin decir palabra, que volvieran a sus tareas. Todos los ojos se centraron de nuevo, aunque le pareció oír que alguien mascullaba: «¡Menuda suerte tiene, el muy cabrón!»

Y era cierto que la tenía.

—Sabina, ¿a qué debo este inesperado placer? Deberías haberme dicho que querías venir hoy a la imprenta. Yo mismo te habría acompañado —comentó con toda la intención mientras subía con ella la escalera hasta su despacho, situado sobre la sala de trabajo—. Ahora mismo es peligroso que vayas por ahí desprotegida.

El despacho no tenía puerta, y lo único que lo separaba de la sala de abajo era la escalera, pero le iba bien para trabajar separado de los hombres cuando era necesario, con un mínimo de distracción y sin miradas entrometidas. Cuando llegaron al piso de arriba, donde ya no los veían, la estrechó y la besó ávidamente. Ella se puso de puntillas para rodearle el cuello con los brazos y recostarse en él con un suspiro.

«Nunca me cansaré de esta mujer», pensó Wolf.

—¿Y bien? —preguntó.

—Hum... —dijo Sabina con una sonrisa, relamiéndose los labios—. ¿Podrías repetirme la pregunta?

Wolf sonrió de oreja a oreja. Le gustaba la forma que su mujer tenía de perderse en sus besos. Era de lo más... halagador.

—¿A qué debo este inesperado placer? —repitió mientras le sujetaba las manos.

—Oh, sí —dijo, y se puso seria al instante—. Necesito tu ayuda para atrapar al barón Von Ziegler en su propia telaraña de engaños.

Wolf le indicó que se sentara.

—Dime qué ha pasado —pidió, porque era obvio que había pasado algo.

Agitada, Sabina le explicó todo lo que Agnes le había contado, incluidos sus temores sobre las muertes de su madre y la tercera esposa del barón.

—Yo lo sospechaba desde hacía cierto tiempo, pero oírlo confirmado... ¡Oh, Wolf! ¿Qué deberíamos hacer?

Él experimentó un escalofrío y la cólera le inundó completamente el corazón.

—Yo me encargaré de todo. No te preocupes.

—Wolf —se quejó Sabina—, estamos hablando de mi padre adoptivo. Lo que ha hecho me lo ha hecho a mí y a los míos. Es tanta responsabilidad mía como tuya lograr que se haga justicia, puede que incluso más mía. No voy a permitir que me dejes fuera de esto.

—Soy tu marido —replicó Wolf, con una mirada imperiosa—. Eres responsabilidad mía. Yo me encargaré de todo lo que te afecte o perjudique. Nadie le hace lo que este hombre le ha hecho a alguien a quien yo... que está bajo mi cargo. El asunto está zanjado.

Sabina apretó los labios y los puños.

—¿Me dirás de una vez con qué te tiene amenazado el barón?

—¿Qué? —La inquietud lo recorrió.

—Hasta Agnes sabe que pasa algo extraño entre vosotros, algo que no se explica con lo que me contaste sobre las deudas heredadas de tu padre. ¿Qué es, Wolf? ¿O tengo que preguntarle la verdad al barón? —Los ojos le brillaron con obstinación.

Wolf, alarmado, le sujetó los brazos con tanta premura que casi la levantó del suelo.

Sabina se estremeció.

—No te acercarás a ese hombre, ¿me entiendes? —La zarandeó—. Es peligroso, mucho más de lo que yo había imaginado. Y pronto será como un animal acorralado. No voy a permitir que participes en esto.

—Me haces daño, Wolf —dijo Sabina en voz baja.

La soltó y le frotó el lugar por donde la había sujetado tan desconsideradamente.

—Perdona, pero... no soporto la idea de que te le acerques —dijo, arrepentido—. Tú más que nadie deberías saber que es un hombre al que hay que abordar con precaución.

Sabina lo miró fijamente.

—¿Vas a decírmelo?

—¿Decirte qué?

—¿Con qué te tiene amenazado?

Incapaz de mirarla a los ojos, Wolf se volvió.

—Es... —Dudó si decírselo, pero decidió que no soportaría la censura de ella. No, no le contaría en qué circunstancias había muerto su padre, ni el vergonzoso papel que él había tenido en ello. Y menos ahora, cuando todo empezaba a ir tan bien entre ambos—. Es un asunto privado. No te incumbe.

Si eliminaba la posibilidad de que la única otra persona que sabía el secreto lo contara, la cuestión quedaría olvidada para siempre. Y con la información que obtuviera del cofre, podría hacer exactamente eso.

Él también sabía extorsionar si era necesario.

—Debí imaginar que te ibas a poner tozudo. Pero le he prometido a Agnes que te informaría, y he cumplido mi promesa. —Se levantó, con una actitud mucho más fría que cuando lo había besado hacía sólo unos minutos—. Buenos días. Nos veremos en casa.

El disgusto de Sabina lo incomodó. Ninguna mujer debería hacer sentir a un hombre tan desamparado sólo por intentar hacer lo que Dios había dispuesto que hiciera: proteger a su familia y lo que le pertenecía. Aun así, no quería que se fuera molesta. La detuvo.

—Sabina, espera. No quiero pelearme contigo.

Ella lo miró con indiferencia.

—Ni yo contigo. Pero si te empeñas en ponerme en las líneas ordenadas de tu vida como haces con los tipos de plomo —soltó, señalando hacia la sala de trabajo—, vamos a tener alguna que otra riña.

—¿De qué estás hablando? —repuso, desconcertado por la amargura que contenía la voz de su mujer—. No se trata sólo del barón, ¿verdad?

—No —respondió enojada—, y si todavía no sabes de qué se trata, te aseguro que yo no voy a decírtelo.

Wolf hizo rechinar los dientes.

—¿Tienen que usar todas las mujeres esta frase? ¡Por los clavos de Cristo! ¿No podéis decir lo que estáis pensando y se acabó?

Sabina bajó la voz.

—¿Cómo te atreves a pronunciar un juramento así? Te ruego que no vuelvas a pronunciar el nombre de Dios en vano.

Aunque veía venir la pelea, fue incapaz de impedirla. Ni siquiera sabía muy bien el motivo. Quizá porque la terquedad de Sabina chocaba de frente con la suya, y era inevitable que pasara. Aun así, Sabina tenía que aprender cuál era su lugar. Sólo podía haber un cabeza de familia, y no era ella.

La fulminó con la mirada.

—¿A quién crees que le estás dando órdenes?

Ella se puso en jarras con los puños apretados.

—¡A un mequetrefe testarudo e incapaz de ver lo que tiene delante de las narices! —Le temblaba la voz y, de repente, se echó a llorar.

Él la miró sin saber qué hacer y le dio torpes palmaditas en el hombro.

—¿Qué te pasa, Sabina? Sólo estamos discutiendo, no tienes por qué llorar...

—¿Que no tengo por qué? ¡Oh, sí, era de esperar que dijeras algo así! Da igual, déjalo. —Se secó la cara con las manos y lo empujó para pasar, pero él le sujetó la mano—. ¡Suéltame! —exclamó, zafándose—. No quiero que me toques.

Eso le dolió. La soltó.

—No lo entiendo. He sido bueno contigo, ¿no? Nunca te he hecho daño deliberadamente. Creía, o puede que estuviera equivocado, que te gustaba que te tocara. ¿Por qué me dices esto ahora? ¿Qué te pasa?

Ella se puso a andar arriba y abajo delante de Wolf, con los brazos cruzados, enojada, y le lanzó una invectiva destemplada.

—No lo has entendido nunca, ¿verdad? Así que quieres saber lo que estoy pensando. Muy bien, te lo diré. Sí, te lo voy a decir. —Lo miró a los ojos—. ¡Te amo! ¿No es increíble? Y cada vez que me tocas haces que te ame un poquito más.

Él se quedó boquiabierto, totalmente atónito.

—Quiero ser parte de ti, de todo lo que haces —prosiguió Sabina, furiosa—. Pero hay rincones de tu corazón en los que no me dejas entrar. Estás tan metido en tu vida, en tu mundo, en tus sentimientos, que no ves el daño que me haces cada vez que me excluyes. Me merezco algo mejor. Ya no lo soporto más. Preferiría no tener nada que ver contigo a seguir con esta... vida a medias.

—¿A qué diablos te refieres? —gritó Wolf, alarmado—. Espera, empecemos por el principio. ¿Me amas? —preguntó en voz baja. Era lo único que realmente había entendido de todo lo que acababa de soltarle.

—¡Pues claro que sí, bobo! ¿Crees que podría estar contigo como estoy noche tras noche si no te amara? ¿Crees que me he comportado alguna vez así con alguien?

Asaltado por la culpa, Wolf desvió la mirada. Sabina había tenido un amante antes, pero aquel jovencito no había sabido satisfacerla. Por lo menos, ésa era la impresión que daba, aunque ella no se lo había dicho expresamente...

La expresión de Sabina se ensombreció, tal vez adivinando lo que él estaba pensando, porque se acercó, lo miró con los ojos entornados y le habló con firmeza, elevando la voz a cada palabra que pronunciaba.

—Y ahora escúchame bien, Wolfgang Philip Matthew Behaim. Estuve con George, el hombre a quien consideraba mi marido, muy pocas veces. Nada más. Y ninguna me hizo sentir lo que tú me has hecho sentir. ¡Nunca! Y que creas que soy una mujerzuela que dejaría que cualquier otro hombre me tocara como tú has hecho, o que yo lo tocaría como te he tocado a ti, me dan ganas de... de atizarte en la cabeza con uno de tus rodillos de tinta. ¡Cómo te atreves! No soy ninguna fresca, caramba. ¡Soy tu mujer!

Una salva de aplausos procedente del piso de abajo ahogó de repente la respuesta de Wolf. Ambos se dieron cuenta a la vez de que habían olvidado que no estaban solos. Les llegaron silbidos y abucheos, y Wolf, los ojos echando chispas, se asomó a lo alto de la escalera para lanzar una mirada iracunda a la sala de trabajo.

—¡Si queréis seguir teniendo empleo mañana, os sugiero que volváis al trabajo de inmediato!

Los aplausos pararon y el silencio fue roto por la prensa funcionando y los hombres de nuevo afanados en sus tareas.

Se volvió hacia Sabina, que se estaba apretando los labios temblorosos con dos dedos para contener una sonrisa. Su cambio de humor lo irritó todavía más.

—Puede que ahora te haga gracia, pero todavía tienes que cruzar esa sala para salir de aquí. —Se acercó y bajó la voz—. Quizá les enseñe quién manda tumbándote aquí encima —dijo, señalando el escritorio que ocupaba una tercera parte del espacio—, y haciéndote gritar mi nombre hasta que te quedes ronca.

Bajó más la voz y le contempló la boca mientras le recordaba:

—Como hice ayer por la noche.

Sabina echó un vistazo al escritorio. Apoyó una cadera en él, pasó una mano por el tablero encerado y le dio unas palmaditas para tantear la superficie. Su mirada volvió a posarse en Wolf y le recorrió el cuerpo de arriba abajo. Cuando sus ojos volvieron a encontrarse, Wolf ya estaba excitado.

—Sabina... —gruñó a modo de advertencia.

—Quizá tendrías que hacerlo. Así aprenderían.

Lo estaba desafiando. Wolf no podía creérselo. No sólo había aceptado su reto, sino que lo había hecho tan bien que seguramente pasaría fatal el resto del día imaginando las posibilidades. La situación se le estaba escapando de las manos. Los rápidos cambios de humor de su mujer lo mareaban. Tenía que detenerla antes de que aquello llegara más lejos.

—Basta —soltó.

—No, de verdad, Wolf —susurró Sabina, que se sentó en la punta de la mesa y empezó a balancear los pies atrás y adelante—. Creo que tendrías que darme una lección. —Le tomó las manos y tiró de él para situarlo entre sus muslos, pero él retrocedió como un conejo asustado—. Tal vez dos lecciones. ¿Cómo, si no, van a saber tus hombres que eres tú quien lleva las calzas tanto aquí como en casa? —Y se inclinó lo suficiente para que pudiera verle la sombra del surco entre los senos bajo el escote del corpiño.

Wolf sintió que no mandaba en ninguna parte. Entonces Sabina entornó los ojos y ladeó la cabeza.

—Hasta puedo dejar que me des órdenes... esta vez —susurró, y se humedeció los labios carnosos. Le cogió una mano y se la puso en el muslo.

Wolf cerró los ojos para no verla, para aplacar las ganas que tenía de poseerla allí mismo. Así que inspiró hondo y controló la respiración, sin poder creerse que su propia esposa lo estuviera tentando a practicar actividades lascivas al alcance del oído de un puñado de hombres lujuriosos. Ni que él se lo estuviera planteando seriamente.

—Sabina, esto no nos llevará a buen puerto —logró observar—. Es evidente que tenemos que hablar de muchas cosas. Las hablaremos esta noche, en casa. En privado. —Le dirigió una sonrisa que ocultó el deseo que sentía—. Si entonces todavía quieres que te dé órdenes, estaré encantado de complacerte.

Sabina hizo un mohín, una expresión que Wolf no le había visto nunca. Aquella mujer había aprendido demasiado. A ese paso, pronto lo llevaría arriba y abajo como un perrito faldero, y él la seguiría encantado con la lengua fuera.

Sabina balanceó de nuevo las piernas y se subió un poco la falda para mostrarle un tobillo bien formado y una pantorrilla esbelta. Wolf estaba como hechizado.

—¿Estás seguro? —preguntó ella, guiñándole un ojo.

—Pues no —aseguró él, y desvió la mirada—. Pero ahora debes volver a casa. —Y en un intento por aliviar la tensión de modo que pudiera bajar a la sala sin tener que esconderse tras el jubón, cambió de tema—: Tienes que irte para que pueda concentrarme en mi trabajo. Pediré a alguien que te acompañe. No quiero que regreses sola ahora que Müntzer está en Turingia. —Era la región donde habían tenido lugar los recientes disturbios, situada en la frontera meridional de la Sajonia electoral.

—¿Müntzer está en Turingia? —preguntó ella, sorprendida.

—Sí. Creía que ya te habrías enterado. Se dice que ha organizado una revuelta militar. Al parecer tiene su base de operaciones en la ciudad de Frankenhausen. Hasta ahora, su campaña se ha limitado a esa región, pero si obtiene éxito allí, su ejército de campesinos podría dirigirse aquí. Todavía considera enemigo suyo al doctor Lutero, y le encantaría ver derrotado al elector por haberlo apoyado antes que a él.

Vio cómo su expresión de esposa tentadora pasaba a ser de esposa preocupada y procuró no recordar sus palabras. «Te amo», había dicho. Unas palabras que seguramente él no podría decirle nunca. Hacerlo sería perder su último nexo con Beth, la madre de su hija, el amor de su juventud; peor aún, sería arriesgarse otra vez a la devastación de la muerte. Y no tenía valor para ello.

Sabina se apartó del escritorio y se acercó a él, inquieta.

—¿Qué pasará ahora, Wolf? ¿Os movilizarán otra vez a ti y a los demás hombres?

—No es probable. Se comenta que las tropas del *landgrave* de Hesse y de los príncipes están haciendo retroceder al ejército de campesinos. Tras lo bien que la última vez defendimos la región de cualquier alzamiento, pocos campesinos locales estarían dispuestos a arriesgar otra vez su vida por Müntzer. Pero tendremos que esperar y ver qué ocurre. —Puso una mano en la espalda de Sabina para llevarla hacia la escalera—. De momento esto nos incumbe ya que el elector me ha pedido que publique un panfleto especial donde se censure a Müntzer y a sus matones, y se exhorte a los campesinos locales y a quienes les apoyan en la región a mantener la calma. Nos esperan días muy ajetreados. Así que, como ves, aunque me gustaría quedarme aquí a intercambiar cumplidos contigo todo el día —añadió—, realmente necesito volver al trabajo.

—Por supuesto. —Juntó las manos—. Me iré ahora mismo.

Cuando Wolf se dirigió a la escalera e hizo un gesto a uno de los operarios para que la acompañara, Sabina apenas ocultó el alivio que sentía. Su pequeña actuación había logrado distraerlo de su propia y estúpida declaración de amor. No le había pasado por alto que él no la había correspondido. ¿En qué estaba pensando para revelarle algo así? ¿Qué le estaba pasando?

—Espera —dijo Wolf. Se acercó a ella y le habló al oído.

El operario que estaba esperando desvió la mirada, fingiendo no darse cuenta de sus confidencias.

—Quiero decirte algo —le confió Wolf—. Te pido perdón si he sido demasiado intransigente al querer ocuparme solo de Von Ziegler. También lo hablaremos esta noche, así como los pasos que deban darse a partir de ahora.

—No es necesario, Wolf... —empezó ella, pero él la detuvo con un beso suave, antes de remeterle un mechón de pelo negro bajo el pañuelo con un dedo. Después, le bajó el dedo por la mejilla hasta los labios.

—Como tú misma has dicho hace un momento, eres mi mujer. Lo que afecta a uno de los dos, nos afecta a ambos. Encontraremos una forma de solucionarlo... juntos.

—De acuerdo —sonrió Sabina—. Te esperaré en casa.

Wolf se inclinó para volver a besarla suavemente, pero poco a poco la pasión fue en aumento, y el operario tosió discretamente.

—Sí, será mejor que te vayas —masculló Wolf tras separarse—. Antes de que montemos un espectáculo para estos pobres hombres.

Sabina bajó la escalera y cruzó la sala llena de hombres con la cabeza muy alta, como si no hubieran oído la discusión privada que acababa de tener con su marido. Les sonrió altivamente; los que llevaban gorra sonrieron abiertamente y se la quitaron con respeto y admiración, y los que no se tocaron la frente con los dedos a modo de saludo. Sabina rio y se despidió alegremente con la mano al salir.

«Bueno, por lo menos tengo a alguien de mi parte», pensó.

24

Sabina jugueteaba con la piel crujiente del pato asado, pero no podía hacerle justicia. No tenía apetito. Los acontecimientos de los últimos días parecían haberle quitado el gusto por la comida. Miró a Wolf y a Peter, que hablaban muy animados frente a ella en la mesa. Parecían tan poco interesados como ella en el plato que tenían delante.

Sabina sabía qué los ocupaba. La noticia de la muerte del elector Federico el Sabio había puesto nervioso a todo el mundo. En plena revuelta de los campesinos, el elector no podía haber fallecido en peor momento. El duque Juan de Sajonia lo había sucedido, pero la agitación adicional en la región tenía alterado a todo el mundo. Wolf y Peter sólo hablaban de eso. Y, por consiguiente, la cuestión de los crímenes del barón había quedado postergada.

Eso enfurecía a Sabina, que clavó con rabia el cuchillo en la tierna carne del pato. Su sentido de la justicia exigía que se hiciera algo por la muerte de su madre, y que se hiciera pronto. Había esperado cada vez más irritada que Wolf comentara el asunto con ella, pero él, como los demás hombres de la región, tenía la cabeza ocupada con movimientos de tropas, con la victoria decisiva del *landgrave* de Hesse sobre el cuartel de los campesinos en Frankenhausen, con la huida y desaparición de Müntzer, y con la muerte de cinco mil campesinos insurrectos por toda la región a manos de los hombres de Hesse y de Juan de Sajonia. No le quedaba sitio en el cerebro para pensar en otra cosa que no fuera el trabajo y la guerra.

Wolf trabajaba sin cesar, repartiendo su tiempo entre la imprenta y su cargo de facto como líder de la ciudad de Wittenberg. Se reunía durante horas con algunos líderes campesinos, haciendo de enlace entre ellos y la nobleza para intentar mantener la calma en la región.

Cada noche, cuando llegaba a casa, se dejaba caer exhausto en la cama que compartían, demasiado cansado para tener la conversación que le había prometido a su esposa. Y ella no tenía ánimo de presionarlo. Aun así, la buscaba en la oscuridad, y le hacía el amor, unas veces deprisa y otras largamente, hasta que al final se quedaba dormido con ella entre sus brazos. Luego, se levantaba por la mañana sin haber hablado y todo volvía a empezar.

Aunque agradecía que Peter los hubiera acompañado a cenar los últimos días, echaba de menos a Wolf. Para compensar su ausencia, Peter y Sabina habían hablado durante horas sobre la vida de los hermanos Behaim antes de que ella los conociera.

Fueron conversaciones reveladoras. Aunque era evidente que todos se querían mucho, Sabina había intuido cierta tensión entre Wolf y Günter. Por lo que Peter le contó, tenía la impresión de que, aunque a veces estaban en desacuerdo, siempre podía contarse con que cada uno de los hermanos apoyara a los demás frente a cualquier peligro exterior a la familia. Si había más tensión entre los dos mayores, Peter no lo reveló.

Ahora Sabina empujaba los guisantes con la cuchara por el plato de madera, escuchando sólo a medias la conversación que fluía a su alrededor. Los dos hombres comentaban ávidamente los últimos rumores sobre la guerra, usando el salero y las fuentes holandesas para demostrar las teóricas posiciones de las tropas.

Ella suspiró otra vez. Incapaz de comer, apartó su plato.

Peter alzó la vista de los panecillos en avanzada que representaban las tropas del *landgrave* de Hesse.

—¿Estás bien? —le preguntó.

—Sí, es sólo que... no tengo apetito. —Hizo una mueca—. Últimamente todo me sabe demasiado salado. Tendré que comentárselo a Bea. Aunque quizá sea cosa mía. ¿Qué opináis?

—A mí me sabe bien —comentó Peter tras parpadear, extrañado. Miró a Wolf.

Su hermano entornó los ojos, los dirigió de Sabina a Peter y volvió a fijarlos en ella.

—Está bien —respondió escuetamente.

—Pues será cosa mía. Solucionado entonces —explotó Sabina, y se levantó disgustada—. Si me disculpáis, me retiraré y os dejaré para que ganéis vosotros solitos la guerra.

Y, dicho esto, se volvió para marcharse. Pero antes de que lo hiciera, Peter dirigió una mirada rápida a Wolf y puso una mano en el brazo de su cuñada para detenerla.

—Por favor, perdona que hayamos monopolizado la conversación. Estarás aburridísima. Ya sabes cómo somos los hombres: danos una buena guerra de la que hablar y lo haremos —se disculpó con una sonrisa contrita, y le dio palmaditas en la mano mientras añadía—: Siéntate y cuéntanos cómo te ha ido el día.

Sabina se sorbió la nariz, pero le dedicó una ligera sonrisa y volvió a sentarse. A Wolf apenas lo miró.

—Dudo que pueda interesaros cómo van las remolachas, o cómo es imposible encontrar buena carne de cerdo en el mercado estos días, con tan pocos granjeros que puedan sacrificarlos, ya que todos parecen estar vagando por la región. Los granjeros, no los cerdos —aclaró.

—Ah —exclamó su cuñado con una leve sonrisa—, pero aun así dominas a la perfección el mercado: el lomo de ayer estaba delicioso.

Sabina asintió.

—Tuvimos suerte con ése. Bea tiene una receta estupenda. Mañana comeremos manitas de cerdo, aunque creo que yo pasaré —añadió con un mohín.

Peter la observó con una mirada especulativa.

Wolf, que la noche anterior no había llegado a casa a tiempo para disfrutar del lomo de cerdo, se reclinó en la silla y contempló con ceño cómo los dos cuñados charlaban sin esfuerzo. Sin darse cuenta de su expresión severa, seguían la costumbre que habían adquirido los últimos días.

Algo empezó a roer la conciencia de Wolf. ¿Una sospecha, acaso? ¿Los celos? Era absurdo, por supuesto. Peter no lo traicionaría nunca de sea forma. ¿Y su esposa? «Sabina me ama. Ella nunca traicionaría al hombre al que ama», pensó. Estuvo a punto de hacer una mueca al pensar en ello. ¿Tal vez sí lo haría? Después de todo, no había vuelto a decirle esas palabras desde aquel día en la imprenta. Quizá se lo hubiera pensado mejor. Era verdad que últimamente él había pasado fuera de casa muchas horas, pero no esperaría que se pasara todo el rato con ella, ¿no?

Observó cómo Sabina se reía de una broma de Peter, y entornó los ojos de nuevo.

Bien mirado, quizás hubiera pasado demasiado tiempo fuera de casa. Sabía que la satisfacía cuando estaban juntos en la cama; sin embargo, las mujeres necesitaban conversación además de intimidad sexual, eran así de raras. Un hombre podía llegar al corazón de una mujer solamente hablándole.

Observó cómo tendía la mano y tocaba ligeramente la de Peter. El contacto fue nimio, pero aun así... Hum, quizá Peter tendría que volver a comer en la taberna local, como antes. Sí, decidido. Pero justo cuando iba a sugerirlo, la tata Barbara entró en el comedor, con Gisel llorando a moco tendido en sus brazos. Aquello lo distrajo de inmediato.

—¿Qué le pasa? ¿Está enferma? —Se levantó, y cuando extendía los brazos para cargar a su hija, la niñera pasó a su lado con una sonrisa a modo de disculpa y se detuvo junto a Sabina.

Sorprendido, vio cómo Gisel se volvía hacia su mujer con los brazos extendidos y chillaba:

—¡Mamá, mamá!

Wolf se dejó caer de nuevo en la silla, anonadado.

—Perdóneme, señora Behaim —se excusó la niñera—, pero ha pasado lo de las otras veces. La misma pesadilla... estaba inconsolable. Sólo la quería a usted.

—Oh, no se preocupe, Barbara. Ha hecho bien en traérmela. —Sabina alargó los brazos hacia la pequeña, que seguía sollozando—. Yo me encargo de ella.

Barbara hizo una reverencia y salió del comedor.

Sabina meció a Gisel en su regazo mientras le acariciaba los rizos rubios con un gesto tan natural como familiar.

«¿Qué está pasando aquí?», pensó Wolf.

—¡Mamá, el duende malo está debajo de mi cama! —gimió Gisel.

Sabina la tranquilizó besándole las mejillas y meciéndola despacio. Tras dirigir una sonrisa distraída a modo de disculpa a los dos hombres, se levantó con la pequeña en brazos.

—Bueno, cielo, tendremos que ir a echarlo de allí. Se me ha debido de olvidar lanzar mi hechizo contra los duendes antes de que te acostaras esta noche. ¿Quieres que lo haga ahora?

Gisel asintió agradecida, sorbiéndose la nariz, y mientras se la llevaba en brazos, Sabina le iba murmurando cosas para tranquilizarla. Antes de salir, se detuvo en la puerta y se volvió hacia Wolf, que seguía estupefacto.

—Perdonad, no tardaré mucho. Seguid cenando, por favor. —Y, dicho esto, se fue.

«Mamá.» La hija de Beth había llamado mamá a otra mujer. A Wolf le faltó el aire de repente.

Peter lo miró con ceño de preocupación.

—¿Estás bien, Wolf? Estás muy pálido.

—Estoy muy bien. ¿Te has convertido en la máxima autoridad sobre buena salud o qué?

Su hermano parpadeó ante aquella réplica injustificada.

—No, sólo me ha parecido que...

Wolf lo interrumpió con un gesto de rabia.

—No te metas en lo que no te importa —gruñó—. Y mantente alejado de mi mujer.

—¿Qué? —soltó su hermano, boquiabierto.

Wolf se puso de pie, se apoyó en la mesa y acercó la cara amenazadoramente a la del menor.

—Ya me has oído. —Tenía ganas de pelea, y subconscientemente sabía que era mejor tenerla con Peter que con su mujer, con quien su relación era más frágil.

—No sé qué se te ha metido en ese cerebro de mosquito que tienes —soltó Peter fulminándolo con la mirada—, pero si en un arrebato de locura has pensado que hay algo entre Sabina y yo...

—¿Sí? —preguntó Wolf con una voz peligrosamente baja.

—Lo piensas —se sorprendió Peter—. ¿Piensas que Sabina... o que yo podríamos...? —Aferró el cuchillo que estaba usando para comerse el pato y al punto lo dejó con cuidado. Se levantó, apoyó las palmas en la mesa y contempló a su hermano con un gesto pícaro—. Sólo tendría que pedírmelo.

Mientras Wolf siseaba de rabia, Peter se enderezó y se quitó tranquilamente una mota de polvo del jubón de cuero marrón.

—Por desgracia —prosiguió—, Sabina sólo tiene ojos para cierto «mequetrefe testarudo incapaz de ver lo que tiene delante de las narices».

—Así que te lo ha contado, ¿eh? —soltó Wolf, furibundo.

La sonrisa de su hermano se volvió maliciosa.

—Ella no me ha dicho nada. No ha sido necesario. Es mucho más discreta que los hombres que trabajan para ti. Ellos lo encontraron muy divertido.

Wolf estaba horrorizado. ¿Sus propios empleados cotilleando sobre él? Bueno, pondría fin a eso. En cuanto volviera a la imprenta, se...

—Perfecto, ¿te he dado algo más en lo que pensar? —añadió Peter—. ¿Aparte del hecho de que tu hija considera que su madre es Sabina en lugar de Beth, a la que no llegó a conocer?

El comentario perspicaz sobresaltó visiblemente a su hermano mayor.

—¿De qué estás hablando?

—Venga, Wolf —suspiró Peter—. Crees que hay algo ente Sabina y yo tanto como puedas creer que lo hay entre... Bea y yo, por el amor de Dios. Sólo estás intentando no pensar en lo que ha estado ocurriendo mientras tú estabas trabajando.

—¿Y qué ha estado ocurriendo?

—Que Sabina se ha convertido en un miembro de esta familia. Por completo. Tu hija y todas las demás personas de la casa la quieren. Ése es el problema, ¿verdad? Para ti, tiene todo lo que Beth debería tener, salvo una cosa.

—¿Cuál? —preguntó Wolf, mirándolo con recelo.

—Tu amor, idiota. Es lo único que quiere de verdad, y tú insistes en negárselo como si hacerlo fuera a privar a Beth de algo. Aunque sabes tan bien como yo que estás perdidamente enamorado de ella.

Wolf se enderezó. Bueno, si quería pelea, iba a tenerla.

—Estás loco —soltó—. Beth es la única mujer a la que amaré en la vida. Sabina lo sabe. Nunca le he mentido al respecto. Dado lo que siente por mí es comprensible que quiera algo más de mi parte, claro —dijo, andando arriba y abajo por el comedor—, pero le he dado todo lo que puedo darle. Es una mujer sensata, y sabe que en esta vida hay que aceptar las soluciones de compromiso.

—Ah, ¿sí? ¿Y qué me dices de Gisel? ¿Esperas que reserve todo su amor para una madre ya fallecida por algún tipo de sentimentalismo que sólo tú puedes entender?

—¿Sentimentalismo? ¡¿Sentimentalismo?! ¡Beth es su madre! Es la mujer a la que he amado la mitad de mi vida. ¡Hace sólo unas pocas semanas que conozco a Sabina!

Wolf sintió una vez más el conocido dolor por el tiempo perdido, por las oportunidades desaprovechadas.

Después de que Günter y Beth rompieran su compromiso con tanta amargura, Beth y Wolf habían esperado mucho tiempo para casarse y tener a Gisel. Todo había terminado demasiado deprisa. Todavía le molestaba lo inesperado que había sido. ¡Habían hecho planes, maldita sea! Pero Dios se había reído de aquellos planes y había dejado a Wolf solo para criar a su hija.

—Beth nunca tendrá la ocasión de ver sonreír a Gisel ni de reír con ella —comentó, sacudiendo la cabeza con rabia—. Jamás podrá verla crecer y convertirse en una jovencita, ni enseñarle cómo despertar el interés de un hombre, ni ofrecerle un hombro en el que llorar cuando el primer muchacho del que se enamore le rompa el corazón. No respirará nunca el mismo aire que su hija ni contemplará una puesta de sol con ella ni verá lo mucho que Gisel se le parece.

Se golpeó una palma de la mano con el puño de la otra.

—No es justo que muriera. No es justo que Gisel no vaya a conocer nunca a su madre verdadera. ¡Beth tendría que estar aquí, con nosotros! ¡Tendría que ser a ella a quien Gisel llamara mamá, y no a una desconocida con la que me vi obligado a casarme para conseguir su herencia!

Peter palideció de repente con la mirada clavada detrás de su hermano. Intuyendo que ocurriría una desgracia inminente, Wolf se volvió y vio a Sabina en la puerta, con la cara acongojada y una mirada de desolación.

Dios santo, ¿cuánto habría oído?

La joven entró titubeante en el comedor, una vez superada la inmovilidad que le habían provocado las terribles palabras de su marido. Vio que los dos hombres se ruborizaban con aire de culpabilidad. Ignoró el dolor agudo que le desgarraba el alma, la angustia que amenazaba con privarla del aire y asfixiarla con su oscuridad. Logró obligarse a inspirar y espirar, logró mover las piernas y adentrarse en el comedor para enfrentarse a la realidad.

Wolf todavía amaba a su esposa. Jamás la amaría a ella. Y sin amor, jamás podría retenerlo. Pero había hecho sus votos matrimoniales, de modo que tendría que liberarlo de ellos.

Le costó hablar, y cuando lo hizo, su voz le sonó débil incluso a ella.

—Gisel ya está durmiendo. He supuesto que querrías saberlo.

—Sabina... —Los dos hermanos dijeron su nombre al unísono.

—Parad, por favor —pidió con voz ronca—. No hay nada que pueda mejorar las cosas, así que... dejadlo.

Wolf y Peter se miraron. Sabina se volvió hacia su marido, que parecía desesperado.

Las palabras de Wolf la habían lastimado mucho y ahora tenía que contener las lágrimas; el corazón le latía con fuerza y le dolía hasta el alma, pero no iba a llorar. En una ocasión se había jurado que estaría sola toda la vida antes que aceptar cualquier cosa de un hombre que no fuera amor. Había llegado el momento de cumplir su juramento.

Antes de decir sus siguientes palabras, carraspeó para asegurarse de que lo haría con voz firme.

—En cuanto a lo de que Gisel me llame «mamá», empezó a hacerlo hace unas semanas, y no tuve ánimo de pedirle que dejara de hacerlo. Ahora que sé cuál es tu opinión al respecto, la informaré de que no está bien que lo haga, por supuesto.

—No quería decir eso —saltó Wolf—. Es sólo que no me lo esperaba y me ha desconcertado. No hay ningún problema con que te llame... así.

—¿De veras? —se sorprendió Sabina—. ¿Cuando tú ni siquiera eres capaz de decirlo? No, más bien no. Además, creo que... pronto dará lo mismo.

Wolf frunció el ceño. Sin apartar los ojos de Sabina, hizo un gesto a Peter.

—Largo —ordenó con brusquedad.

El hermano se apresuró a obedecer, pero Sabina lo detuvo.

—No, por favor —dijo—. Tienes más derecho que yo a estar aquí.

Ambos hombres intercambiaron miradas de preocupación.

Sabina juntó las manos delante del cuerpo ya más calmada, casi demasiado. Su propia voz le sonó distante, tanto como la sonrisa forzada que se obligó a dedicarle a su marido. Las manos apenas le temblaban.

—Una vez me diste a elegir, Wolf. Ahora creo que me equivoqué, y me gustaría cambiar de opinión. Me parece que lo que tú querías hacer inicialmente con nuestro matrimonio es más adecuado. Así pues, me resultaría aceptable una disolución.

—Pues a mí no. Ya hemos consumado la unión —señaló—. Ya no tienes causa para la disolución. Y acordamos que tenía un año y un día para convencerte de lo contrario.

—Sí —murmuró—, y de eso «hace sólo unas pocas semanas».

Wolf se sonrojó al ver que le lanzaba sus propias palabras a la cara. Mientras, Peter, violento, dirigía los ojos del uno al otro.

—Muy bien, entonces —prosiguió ella, con la espalda erguida, resuelta a seguir adelante.

«Deja que se vaya», se ordenó en silencio.

—Tendremos que encontrar otra forma de lograrlo, ¿no te parece? Los dos somos muy listos. Seguro que se nos ocurre algo. Ah —dijo, como si acabara de pensarlo—, ¿me equivoco o la coacción es también causa de disolución?

—No te equivocas —respondió Wolf—. Sin embargo, también puedes olvidarte de ello.

—¿Y si me niego a hacerlo?

—Si te niegas, violarás todos los votos que juraste cumplir.

Sabina entornó los ojos, y su respuesta rezumó resentimiento:

—Todos los votos que fui obligada a hacer.

—No existen pruebas de ello —replicó Wolf—. Nadie de esta casa dará fe de ello, te lo aseguro. —Horadó la determinación de su mujer con la misma facilidad que un cuchillo afilado la fruta madura.

Peter se situó entre ambos con las manos levantadas.

—Esto es una locura. Sabina no se va a ninguna parte. Dejaos ahora mismo de tanta tontería.

No le prestaron atención.

—Además —prosiguió Wolf—, si te marchas violando nuestros votos y en contra de mi deseo explícito de que te quedes, no te daré nada. Ni dinero, ni asignación, nada. Si te vas, lo harás sólo con la ropa puesta. ¿Lo has entendido?

Sabina guardó silencio mientras se miraban fijamente. «Deja que se vaya.»

—Me parece justo —musitó al final, sin parpadear.

Y salió del comedor.

25

Mientras Wolf se quedaba mirando la puerta por donde Sabina se había ido, Peter fue tras ella. Poco después regresó con su hermano, que no sabía qué hacer.

Estaba ahí de pie, con los puños apretados a cada lado del cuerpo. Le temblaban. Su mente buscaba toda clase de argumentos para negar la realidad: «No me dejará. No tiene forma de ganarse el sustento. Me ama. No puede irse.» Y, a medida que se percataba de su futilidad, eran cada vez más descabellados.

Iba a regresar al comedor. Entraría por la puerta por donde se había ido, se reiría y diría que todo había sido una confusión. Una confusión terrible y absurda. Lo perdonaría. Él la perdonaría a ella. Y serían felices juntos. Para siempre.

Esperó, sin prestar atención a las preguntas apremiantes que le hacía su hermano; esperó, aun sabiendo que no volvería.

Mientras permanecía plantado en el comedor, con los restos de la cena todavía esparcidos por la mesa, el temblor se le propagó al estómago, a las rodillas. Pero siguió sin apartar los ojos de la puerta.

Sabina iba a abandonarlo.

«¡No!», le gritó una voz interior. Seguro que ella sabía que él no había querido decir aquello. ¿Cómo podría creer que era cierto, con lo que significaban el uno para el otro?

Pero iba a hacerlo; en el fondo, lo sabía. Subiría con dificultad a su alcoba, abriría la puerta y ella ya no estaría. Como Beth.

Era lo que más temía. Quedarse solo otra vez, destrozado, hecho polvo. A la deriva, impotente en la oscuridad de la noche. Siempre había sabido que aquello sucedería si se permitía volver a enamorarse.

Dios santo. Estaba enamorado.

Peter lo sujetó, y su joven rostro se llenó de arrugas de preocupación al ver la mirada vacía de su hermano.

—¡Dime algo, Wolf!

El corazón. Sabina le había roto el corazón. Los escalofríos se habían apoderado de su cuerpo, y con un suspiro enorme, el corazón se le partió en dos. Se llevó una mano al pecho como si pudiera recoger los pedazos en su palma.

No, no era posible, porque no le había entregado su corazón. Si pertenecía a su amada, ¿cómo podría habérselo roto Sabina? Se le había roto hacía mucho tiempo y acababa de recomponerlo. Ahora temía que ya no podría volver a tenerlo nunca entero.

Los ojos le ardían, llenos de lágrimas no derramadas. Se le escapó una, a pesar de que se esforzó por impedirlo. Su propia debilidad le daba náuseas. Por Dios, Sabina lo había rebajado a aquello. ¿Acaso no tenía orgullo? ¿No tenía amor propio?

Peter lo observaba con expresión de incertidumbre.

—¿Wolf? —preguntó vacilante, temeroso.

Wolf lo miró sintiéndose vacío por dentro, cansado.

—Déjame solo. Por el amor de Dios, vete y déjame solo —dijo con aspereza, y se alejó de él tambaleándose. Chocó con uno de los bancos y se dejó caer en él; no creía poder soportarlo más. Las manos le colgaban inútilmente entre las rodillas. ¿Qué se suponía que iba a hacer ahora con ellas? Ya no estaba Sabina para acariciarla, ya no estaba Sabina para deleitarse con el placer que le proporcionaban. ¿Para qué eran las manos de un hombre sino para eso?

Inspiró con dificultad, asombrado de lo mucho que le dolía que ella no lo quisiera. No entendería nunca cómo los sentimientos podían traducirse en dolor físico de aquella forma. No podría soportarlo. Por lo menos, en el caso de Beth, no había habido ninguna posibilidad de volver a unirse. Su muerte fue dolorosa, pero definitiva. Era algo que había aprendido a aceptar porque no le había quedado más remedio. Pero Sabina estaría viva. En algún lugar del mundo. Lo sabría todos los días, y necesitarla lo haría sufrir infinitamente, porque sabría que no volvería a tenerla nunca.

—Regresará —dijo Peter. Se arrodilló junto a Wolf con ojos llenos de preocupación.

—No. —Wolf sabía que así sería—. Y si lo hiciera, no la aceptaría —dijo, y era verdad. Porque si volviera, él tendría que abrirse otra vez a aquella angustia autodestructiva, y eso era algo que no iba a hacer.

Peter, incrédulo, había abierto unos ojos como platos. Entonces, lo miró con expresión dura.

—Ve tras ella —dijo.

Wolf notó que las puertas se cerraban en su interior una vez más, aprisionando sus sentimientos, su corazón. Quizá fuera mejor así. Basta de heridas abiertas donde tenía antes el corazón. Basta de anhelar lo que nunca iba a suceder. Saldría adelante. Arrinconaría la añoranza por ella en un lugar muy pequeño y oscuro del fondo de su alma, y la guardaría allí. Para siempre.

—No iré tras ella —dijo a su hermano—. Ya ha decidido lo que quiere.

—Ve tras ella o lo haré yo —insistió Peter con voz dura y resuelta, a la vez que sujetaba a su hermano por el brazo.

Wolf lo fulminó con la mirada.

—No tienes nada que hacer aquí —le espetó—. Regresa a la universidad. Ya me encargo yo de esto.

—¿Como te has encargado hasta ahora? —repuso Peter—. No, no creo. Si tú eres demasiado obtuso para ver lo que estás dejando escapar, yo no.

Se levantó y se dirigió a la puerta. Wolf también lo hizo y le cerró rápidamente el paso.

—Te he dicho que lo dejes. Si quiere marcharse, que se vaya. Cuanto antes lo haga, mejor. Si es incapaz de darse cuenta de cuándo un hombre dice una estupidez... —Se le quebró la voz, así que lo intentó de nuevo—. Si va a salir corriendo a las primeras de cambio, que se vaya.

—A las primeras de cambio... ¡Por el amor de Dios, Wolf! Te oyó decir que te viste obligado a casarte con ella y que no querías que fuera la madre de tu hija. ¿Qué creías que haría, lanzarse a tus brazos? No sabe lo que sientes. Ve tras ella y explícaselo.

—¡No! Tendría que haberse quedado y haberme dado una oportunidad. Tendría que haber sabido lo difícil que es para mí adaptarme a tantos cambios después de tanto tiempo. Maldita sea, ya tendría que saber lo que siento por ella. ¿Por qué tengo que explicárselo?

Se quedó mirando al vacío y el comedor le flotó ante los ojos. Parpadeó rápidamente.

—Beth no me habría hecho esto nunca —soltó.

Peter se quedó mirándolo como si de repente tuviera dos cabezas. Wolf lo miró a los ojos y casi pudo jurar que veía lástima en ellos.

Entonces, Peter se dirigió a la mesa y apoyó las manos en ella. Bajó la vista hacia el plato casi lleno de Sabina. Hacía días que venía sucediendo lo mismo. Él lo había visto porque estaba allí. Wolf no.

Se apoyó en la mesa y cruzó los brazos con un suspiro. Wolf parecía vencido, incapaz de comprender lo que acababa de pasar. Peter quería a su hermano, pero quizá lo mejor que podía hacer por él en aquel momento era darle un buen puntapié en el trasero.

—Sabina no es Beth. Piensa lo que debe de ser esto para ella, Wolf. Beth lo tenía todo —comentó, pensativo—. Todas las ventajas excepto una buena salud al final, es verdad. Pero fue amada toda su vida. Tuvo un hogar cálido, una vida feliz. Jamás tuvo que pedir nada que ninguno de nosotros no le hubiera dado de buen grado. Pero Sabina... —Se le apagó la voz y se sintió perdido un instante—. Sabina no tenía a nadie y, aun así, sobrevivió. Gracias al orgullo o a la terquedad, o como quieras llamarlo, sobrevivió... pero lo pagó. Y caro.

Peter tenía buen ojo para la gente, y había visto la pena y la vaga inquietud que ensombrecían la mirada de Sabina. Había cosas que todavía la inquietaban y que no le había contado, puede que ni siquiera se las hubiera contado a Wolf.

Peter se sentía unido a ella como hermano y como amigo, y sí, también atraído por ella como hombre. Pero lo que más deseaba era que ella sanara el corazón herido que latía en el pecho de su hermano, porque había sido testigo de los estragos que le había causado la muerte de Beth, y sabía lo cerca que había estado de perderlo. Peter había visto que Sabina era el alma gemela de Wolf, la única que podía llegar a él poniéndose a su mismo nivel, porque era donde ella había estado también. Y ahora Wolf estaba dejándola ir sin hacer nada por impedirlo.

Pues iba a ser por encima de su cadáver.

Si tenía que cruzar la cara de su hermano con un guante para que comprendiera lo mucho que necesitaba a Sabina y lo mucho que ella lo necesitaba a él, por Dios que lo haría.

—Ignora lo que sientes por ella, Wolf, porque tú también lo ignoras. Cualquier zoquete sabría que estáis enamorados el uno del otro, claro, pero si te vas a poner así de testarudo... —Se encogió de hombros.

Wolf apretó la mandíbula, y encorvó tanto los hombros que la barbilla casi le tocó el pecho.

—No voy a discutir esto contigo. No sabes de lo que estás hablando.

—Muy bien, pues. Si no la quieres, espero que no te molestes cuando me prometa con ella.

—¿Cuando qué? —preguntó, levantando de golpe la cabeza.

—Ya me has oído —dijo Peter, enseñando los dientes en un simulacro de sonrisa—. Pronto dejará de tener ataduras. He pensado que podría casarme con ella.

—¡Y un cuerno! —explotó Wolf, y sujetó a su hermano por el cuello de la camisa.

Peter le aferró la mano, pero no se la apartó, aunque tampoco habría podido.

—¿Por qué no tendría que hacerlo? —preguntó inocentemente.

Wolf estaba furioso. Puso la otra mano en el cuello de Peter y lo levantó como si fuera un niño.

—¿Por qué? ¡Porque es mi mujer, imbécil!

Peter sonrió con benevolencia, tanto como le fue posible estando de puntillas mientras Wolf le apretaba la tráquea.

—Sé que no es habitual que un hombre se case con la viuda de su hermano —resolló Peter—, pero creo que es importante mantener estas cosas en la familia, como quien dice. Además, ya ni siquiera va contra la ley.

—¡Todavía no estoy muerto! —bramó Wolf, y tumbó a Peter sobre la mesa. Salieron disparados platos y copas.

—¡Como si lo estuvieras! —gritó Peter tras soltarse de una patada. Rodó hacia un lado mientras Wolf se abalanzaba sobre él, y se levantó—. ¡Hace tres años no sólo enterraste a Beth en la tumba, sino que te enterraste a ti mismo con ella! De modo que si quieres dejarte morir, hazlo, pero yo voy a casarme con tu mujer y a ocuparme de que tu bebé tenga un buen hogar.

—¡Gisel ya tiene un buen hogar! —rugió Wolf. Volvió a abalanzarse sobre Peter, lo atrapó y, tras sujetarlo por el cuello con ambas manos, lo golpeó contra la pared—. ¡No te necesita para nada, ni tampoco mi mujer! Sabina es mía —gruñó, acercando la cara a la de su hermano—. ¡Mía!

—No... estaba... hablando... de Gisel —jadeó Peter, y esperó a que Wolf lo entendiera antes de que acabara por estrangularlo.

Tardó un momento, pero finalmente lo hizo. Echó atrás la cabeza como si su hermano lo hubiera golpeado, y después de soltarlo se tambaleó hacia atrás.

—¿Quieres decir que está...?

Peter se frotó el cuello y tosió discretamente.

—¿Embarazada? —preguntó cuando pudo volver a hablar—. No lo sé seguro, pero creo que sí. De modo que si no tienes ninguna objeción, me gustaría ver crecer a mi sobrino o sobrina. Mi habitación en la universidad es bastante pequeña, así que supongo que tendré que buscar un sitio más grande donde vivir. Pero seguro que encontraremos una solución y...

Wolf, aturdido, levantó una mano para interrumpirlo.

—Basta, Peter. Ya puedes parar —dijo con un suspiro y se frotó la cara, incrédulo—. Soy un idiota. Soy un idiota enamorado de la mujer que me va a dar un hijo. —Dirigió los ojos a Peter—. Puede que sea un idiota, pero no voy a dejar que se marche. ¿Lo he resumido bien?

—Sí, creo que sí —sonrió el otro, que había recuperado la fe en su hermano.

Wolf lo miró entonces horrorizado.

—¡Serás imbécil! Podría haberte matado.

—Podrías haberlo intentado. Puede que sea unos centímetros más bajo que tú, pero soy bastante hábil con un arma blanca —aseguró mientras dejaba en su sitio el cuchillo que había cogido de la mesa—. Aunque no lo habría usado, claro está.

Wolf arqueó una ceja, frunció los labios y cambió de tema.

—Sobre el bebé...

—Todavía no ha dicho nada —se apresuró a advertirle Peter—. Si tengo que serte sincero, no estoy seguro de que ella lo sepa.

—Entonces, ¿cómo...?

—La comida. De repente no soporta determinados alimentos y, para ser una mujer que solía comer como una lima, no tiene nada de apetito. También ha estado irritable, y con muchos cambios de humor últimamente. ¿Te suena de algo?

Por su semblante, fue evidente que Wolf caía en la cuenta.

—Beth... —dijo—. Estaba igual los primeros meses.

—Y Greta también, con cada uno de sus hijos —coincidió Peter—. Me he fijado porque últimamente he pasado mucho tiempo con ella.

Wolf se frotó la mandíbula con un dedo.

—Eso también explicaría... —Pero se detuvo y dirigió una mirada a su hermano mientras tosía, algo sonrojado.

—¿Qué explicaría? —preguntó Peter con el ceño fruncido.

—Ah... pues que sabe distinto, no sé si me entiendes.

—Creo que sí —sonrió Peter—. Dime, ¿ha tenido el período desde que los dos os acostáis juntos?

—No —respondió Wolf, más ruborizado aún que antes—. No lo había pensado...

—Yo creo que si ella no se ha dado cuenta, seguramente sólo estará de unas semanas, cuatro o cinco como mucho —explicó Peter.

—Pero ¿no se habría dado cuenta al retrasársele el período?

—Puede, pero algunas mujeres no son demasiado regulares. También es posible que su cuerpo todavía se esté recuperando de la terrible experiencia que vivió. Por otra parte, tal vez estuviera tan distraída con otras cosas que no llevara la cuenta. Además, es lógico que pasara, si tenemos en cuenta el esfuerzo excepcional que habéis estado haciendo en este sentido —añadió Peter con una sonrisita irónica.

—Cierra el pico, Peter —soltó Wolf, arqueando una ceja.

Peter rio con ganas.

—¿Y qué piensas hacer al respecto?

—Bueno, si no he estropeado las cosas por completo, iré a verla y me disculparé. Y mucho. Y después, pondré una rodilla en el suelo, quizá las dos, y me disculparé otra vez —dijo, y mirando a su hermano con cara de pena, preguntó—: ¿Crees que funcionará?

—Hum... Es una lástima que no tengas algo brillante que darle cuando lo hagas. Por lo que he visto, algo brillante hace que disculparse con una mujer siempre resulte más fácil. ¿Y si mientras estás arrodillado hicieras algo más que disculparte? —sugirió.

—Por los clavos de Cristo, Peter —murmuró Wolf, colorado—, que estás hablando de mi mujer.

—Perdona —dijo su hermano, sonriendo.

En ese momento, Franz entró en el comedor, y tras él llegó el mozo de cuadra, el Joven John.

—Disculpe, señor, no era mi intención molestarle durante la cena, pero este joven rufián asegura que tiene algo muy importante que contarle y que es algo que no puede esperar hasta mañana. —Franz dirigió una mirada afectuosa al chico de doce años, que resultaba ser su sobrino nieto.

El muchacho titubeó, impresionado, mientras echaba un vistazo al comedor. Peter podía imaginarse su agitación; los empleados que trabajaban fuera de la casa accedían siempre a ella por la entrada de la cocina, porque era una pieza cálida y siempre había buena comida en ella. Nadie se habría molestado si hubiera entrado por la puerta principal, pero es difícil cambiar años de tradición. El chico lo contemplaba todo nervioso, mientras su expresión reflejaba que no estaba seguro de haber hecho lo correcto.

—Adelante, Joven John —lo animó Franz a la vez que le daba una palmadita en la espalda.

Tras inspirar hondo para armarse de valor, el niño dijo:

—Bueno, discúlpeme, señor, pero acabo de ver algo muy extraño y me pareció que querría saberlo. No es asunto mío, pero la señora Behaim es muy buena persona y no me gustaría que le pasara nada —soltó cada vez más deprisa, y al parecer más nervioso.

Wolf se puso inmediatamente alerta.

—¿De qué se trata, John? Dímelo, por favor.

—Bueno, hace un ratito la he visto salir por la puerta de atrás. Sé que no es asunto mío, y no es que la siguiera, pero es que iba al excusado a hacer pipí... ¡Oh, le ruego me disculpe, señor! —Se detuvo de repente, avergonzado.

Wolf le hizo un gesto impaciente para que continuara.

—Sigue —lo animó con los dientes apretados.

—Bueno —empezó de nuevo John—. La he visto salir a hurtadillas, como si quisiera que nadie supiera que se iba. Ha mirado alrededor, se ha puesto un pañuelo en la cabeza y se ha dirigido a la puerta. Y yo me he dicho: «Joven John...» Porque así es como me llama todo el mundo, ¿sabe?, porque mi abuelo era el Viejo John. Me he dicho: «Joven John, ¿por qué saldría a hurtadillas una señora como ella en mitad de la noche?»

—Muy buena pregunta, Joven John —dijo Peter, alarmado, para incitarlo a seguir—. ¿Y has averiguado la respuesta?

Todos intentaron en silencio animar al chico a responder, ya que lo conocían lo bastante como para saber que si lo interrumpían, era probable que volviera a empezar desde el principio.

El Joven John miró muy serio a Peter. Se había tranquilizado de repente.

—Bueno... la cosa fue así: la seguido un rato, después de hacer mis cosas, ya saben. —Los tres hombres asintieron, impacientes. El muchacho se volvió otra vez hacia Wolf—. Para asegurarme de que no corría peligro, una señora como ella, sola... bueno, podría pasarle cualquier cosa, me he dicho a mí mismo. La he seguido hasta la puerta de la ciudad, y me he preguntado qué iba a hacer con respecto al centinela. Y ha hablado con él, muy tranquila, y él la ha dejado pasar.

»Sabía que no me dejaría pasar a mí, pero he imaginado que podría acercarme y preguntarle qué quería la señora. Así que he hablado con el centinela y le he dicho que me parecía haber visto a mi hermana salir por la puerta y le he preguntado si era ella. Él me ha respondido que no, que era la baronesa Von Ziegler. «¿Está seguro? Porque se parecía mucho a ella», le he dicho. Y él, muy enfadado, me ha soltado: «Que no era tu asquerosa hermana, sino la baronesa, que iba a ver a su padre», y me ha dado un sopapo en la oreja y me ha dicho que me largara.

A Peter se le erizó el vello de la nuca e intercambió una mirada alarmada con su hermano. El Joven John, ajeno a ellos, prosiguió lentamente su relato:

—He pensado: «Joven John, al señor seguro que le gustará saber esto.» Así que he venido corriendo para contárselo. Espero haber hecho bien. Creo que la señora no tendría que salir de la ciudad con todos esos vándalos que andan sueltos por ahí, creando problemas a los campesinos inocentes como nosotros. Como yo —se corrigió, esperando no haber insultado sin querer a su patrón.

—Has hecho bien, Joven John. Gracias por tu celo —dijo Wolf, y sacó unas monedas del bolsillo y las depositó en la mano del chico.

Peter dudó que el Joven John supiera a qué se refería su hermano al decir la palabra «celo», pero evidentemente era algo lo bastante bueno como para valerle el sueldo de toda una semana.

—No ha sido nada —comentó el muchacho—. Sólo he hecho lo que creí que tenía que hacer.

Wolf le dedicó una mirada de aprobación.

—Eso es algo que muchos hombres que te doblan la edad no harían, hijo —aseguró, e hizo un gesto a Franz, que se llevó al chico, susurrándole palabras de felicitación. El chico levantó una de las monedas y la mordió con cuidado para comprobar su pureza. Pudieron oír cómo se alegraba de su buena suerte mientras se iba por el pasillo con el criado.

Peter se volvió hacia su hermano.

—¿Qué crees que significa eso? —le preguntó, inquieto.

—Creo que mi querida esposa ha ido sola a saldar cuentas con el barón —respondió Wolf en tono grave—. ¡Rayos y truenos! ¡Ese bellaco la va a matar!

26

Sabina se limpió la nariz con la manga. Era una costumbre asquerosa, que había intentado quitarle a Gisel por todos los medios, pero no podía hacer otra cosa. Con las prisas por irse del Santuario, se le había olvidado coger un pañuelo, lo que, teniendo en cuenta que no había parado de llorar desde que se marchara de la casa, era lo último que le faltaba.

Bueno, que te hieran así el orgullo...

Se detuvo, se arrancó un trozo de tela del dobladillo y se sonó otra vez la nariz. Aquello le recordó el tiempo que había pasado en el castillo, y volvió a sentir la amarga desesperación de entonces, aunque esta vez multiplicada por dos. Reprimió otro sollozo.

Levantó la linterna que llevaba y se detuvo para comprobar el camino. Había puesto una tela negra encima de la linterna por si tenía que taparla para evitar ser descubierta. Tras examinar el angosto camino que conducía al castillo Von Ziegler, alzó los ojos. Las ramas de los árboles se recortaban sombrías sobre su cabeza contra el cielo estrellado de la noche y sólo perturbaba la calma algún que otro chirrido de algún grillo solitario que buscaba pareja. Esa ruta no era la más concurrida, pero era la más directa. También era la que le permitía tener menos probabilidades de ser descubierta, si alguien se tomaba la molestia de buscarla.

Aunque nadie lo haría, claro.

Tras asegurarse de que todavía tenía el camino despejado delante de ella, reanudó la marcha, murmurando para sí misma mientras andaba.

¿Quién era ella para creerse, ni siquiera por un momento, que un hombre como Wolf podría amar a alguien como ella? ¿A quién había querido engañar al pensar que había encontrado un hogar, un lugar del que formar parte? Tendría que haberlo sabido, se reprendió por enésima vez. Había perdido el rumbo y había vuelto a permitir que un hombre la distrajera de su objetivo. Ahora no tenía nada, ni refugio ni hombre. Ni la ropa que llevaba puesta era realmente suya. Volvía a estar justo en el lugar de donde había salido hacía unas semanas.

Aun así, no podía culpar a Wolf por no amarla, cuando la vida se había encargado de demostrarle una y otra vez que, por alguna razón, simplemente era imposible hacerlo.

Se detuvo de nuevo, y se puso bien el cuello del vestido gris de criada que había llevado su primera semana en El Santuario. Le había tomado la palabra a su marido cuando le había dicho que no le daría nada si se iba. Sólo se había llevado el vestido gris porque, estrictamente hablando, no se lo había dado Wolf; estaba resuelta a no aceptar nada más de él. Admitía que, en parte, era por su orgullo herido, pero también porque cualquier otra cosa que se llevara le recordaría su insensatez y su amor no correspondido. Hasta le había dejado el anillo, el anillo que era de Wolf, en su alcoba. Ya había aceptado demasiadas cosas de él. No le debería nada más.

¿Qué había sido ese ruido?

Se paró y ladeó la cabeza para escuchar. Le pareció haber oído algo a un lado del camino. Levantó la linterna y la movió describiendo un arco. Como no vio nada, volvió a bajarla. Seguramente habría sido un animal que se movía entre los arbustos. No se acercaría a la luz. Si mantenía la calma, todo iría bien. Pero el ruido desconocido hizo que tocara la empuñadura del puñal que llevaba escondido en la capa. Era la otra única cosa que se había llevado del Santuario, y dudaba de que lo echaran de menos.

Apretó el paso otra vez, inquieta a pesar de su apariencia tranquila.

Sacudió la cabeza. Estaba un poco nerviosa, nada más. El atajo hasta el castillo de su familia siempre había sido seguro. Lo había recorrido muchas veces en su juventud al volver del mercado con su madre o con una criada. Normalmente era a plena luz del día, por supuesto, y siempre la había acompañado alguien. Pero sólo eran veinte minutos a pie desde las murallas de la ciudad. Si alguien se acercaba, taparía la luz y se escondería. Sin la linterna, sería muy difícil encontrarla en la penumbra de la noche.

Y entonces, ¿qué?

Tiró de la cinta que llevaba colgada al cuello con las tres llaves que había envuelto en algodón y se había metido bajo el corpiño. Haría lo que tuviera que hacer. No había soportado un infierno aquellos años recluida en un convento, el viaje hacia la libertad metida en un barril, las semanas de encierro y el desprecio del único hombre al que amaría en la vida, para terminar con las manos vacías.

Como Wolf había expuesto su postura con tanta claridad, era lógico pensar que no la ayudaría a conseguir el sueño por el que se había escapado del convento: su refugio para mujeres desamparadas. Lo único que le quedaba era ese sueño, y la clave de la herencia que tendría que haber sido legítimamente suya, que todavía podría serlo si tenía el valor de hacer lo imprescindible, estaba escondida en el castillo. Haría lo que fuera necesario, porque ya no tenía nada que perder. Iría al castillo de su familia, se llevaría los documentos y demostraría que el barón le había robado su legado. Le obligaría a devolver hasta el último céntimo de su propia fortuna y se aseguraría de que se hiciera justicia.

Tendría su futuro. Ella misma se encargaría de ello.

Cuando se acercó al foso seco que separaba el camino del castillo, bajó la linterna y tapó la luz con la tela negra. Al hacerlo, se quedó sumida en la oscuridad. Esperó a que los ojos se le adaptaran, y durante ese rato escuchó el silencio inquietante del bosque.

Algo andaba mal. No sabía exactamente qué, pero aquella noche había algo extraño, aunque no pudiera identificarlo. ¿Acaso preveía el barón su visita, y sus centinelas estaban esperando su regreso? ¿Podría ser que la estuvieran mirando, aguardando que se adentrara en el claro para pillarla indefensa?

No podía ser. No era posible que el barón supiera nada de su visita imprevista. Ni siquiera ella misma lo sabía hasta hacía un rato.

Cuando sus ojos se adaptaron a la oscuridad, observó el coronamiento almenado del castillo para intentar ver dónde estaban los guardias. No vio ninguno, aunque eso no la alarmó del todo. Podían estar de ronda al otro lado del muro. Además, el barón nunca había contratado a más personas de las absolutamente necesarias para el funcionamiento del castillo. Había pocos caballeros que siguieran ocupándose de sus propiedades, y la mayoría de ellos pagaba a otros hombres para que lo hicieran por ellos. Aun así, el barón era excesivamente frugal, por lo menos en lo referente a los salarios de los criados y las necesidades de su familia. Aunque, en lo referente a sus propias necesidades, nada era demasiado bueno, claro.

¿Qué era entonces lo que le daba tan mala espina?

Se agachó y repasó la torre norte con la mirada mientras calculaba la distancia que tendría que cruzar a campo abierto antes de llegar a la fachada medio derruida. Era poco trecho, que podría recorrer en pocos minutos si los centinelas no la detectaban antes.

Y entonces cayó en la cuenta. La noche estaba completamente en silencio, ni siquiera se oían los grillos. Alguien había perturbado la paz de los insectos y los demás animales nocturnos antes de que ella llegara a aquel lugar, y todavía no habían empezado a emitir sus ruidos habituales. Había alguien en el bosque, o lo había habido hacía muy poco.

Alarmada, echó un vistazo alrededor, intentando detectar cualquier peligro. Utilizó la capa y el pañuelo oscuros a modo de camuflaje e intentó confundirse con el paisaje nocturno.

Rodeó el tronco de un pino alto situado al borde del claro y apoyó la espalda en él. Inmóvil, con los ojos clavados con tanta fuerza en la penumbra que hasta le dolían, esperó a que el intruso, si lo había, se delatara al moverse.

No vio nada. Poco a poco, se reiniciaron los sonidos nocturnos, empezando por los grillos, y enseguida se les unió el canto de las lechuzas y los ruiseñores. Aun así, Sabina siguió sin moverse. Esperó, respirando despacio para no hacer ruido.

De repente, la noche se llenó de los aullidos de un animal que sufría. Sabina se sobresaltó y sacudió la cabeza imaginando lo tonta que había sido. Seguramente algún pobre animal se había pillado la pata en la trampa de un cazador ilegal. Para alimentar a sus familias hambrientas, algunos campesinos ponían trampas en el bosque, a pesar de la severidad con que se castigaba la caza furtiva, con la esperanza de que no los descubrieran, ya que entonces tendrían que pagarlo con la pérdida de una mano o algo peor.

Sabina escuchó impotente, sin poder evitar estremecerse, la agonía del animal. Había algo... extraño en aquel sonido. Algo...

Palabras. Oía palabras. Dios santo, no era ningún animal. ¡Era una persona que gritaba de dolor!

Ese espantoso lamento de un ser humano sufriendo llegaba a través del claro. Los gritos procedían del castillo, pero desde donde estaba, tras el árbol, no podía ver nada. Sospechó que estaban torturando horriblemente a alguien, y sintió náuseas.

¿Qué habría hecho ahora el barón?

No sabía qué hacer. ¿Tendría que ir al castillo, averiguar qué estaba pasando e impedirlo si podía? ¿O sería mejor que volviera corriendo a la muralla de la ciudad y pidiera la ayuda del centinela? Dudaba que abandonara su puesto porque una mujer le dijera que había oído un grito y no había visto nada. Además, ¿y si todo había terminado antes de que regresara? ¿Y si el barón estaba torturando a alguien y escondía las pruebas antes de que ella llegara con ayuda? No; tenía que verlo con sus propios ojos. Si tuvieran que llamarla para testificar en su contra, podría decir algo más, no sólo que una noche había oído un grito en el bosque.

Decidida, echó otro vistazo al claro y rodeó con cuidado el árbol. Tras dejar la linterna en el suelo, sacó el puñal y cruzó corriendo el foso sin hacer ningún ruido, rogando no terminar con la flecha de un centinela atento clavada en el pecho.

Dos pares de ojos verdes la observaron asombrados mientras corría por el claro.

27

—¿Qué diablos...? —masculló Wolf entre dientes. Miró a Peter para ver si él también se había fijado en la sombra que corría rauda por el foso. La expresión anonadada de su hermano le indicó que sí.

La figura, que llevaba una capa gris oscuro que hacía que costara distinguirla en medio de la oscuridad, llegó al otro lado del claro y avanzó veloz, con mucho sigilo, hacia la torre norte, donde se detuvo un momento. Y, de repente, desapareció por el muro.

Tras hacerse una señal silenciosa con la cabeza, los dos hermanos se levantaron a la vez y se dirigieron al claro, sabiendo quién era aquella figura.

En cuanto Wolf y Peter se habían enterado del destino de Sabina, habían cabalgado a galope tendido para llegar antes que ella al castillo. Wolf pensó que lo lograrían, ya que ella iba a pie y sólo habían pasado unos minutos desde que el mozo de cuadra la había visto salir de la ciudad amurallada hasta que les había informado de su huida. Wolf echó una buena bronca al centinela que estaba de guardia, y le prometió una represalia por haber dejado que su esposa saliera sin protección de la ciudad. Luego, como no sabía qué ruta podía haber seguido, habían cabalgado la mayor parte de la escarpada cuesta entre la ciudad y el castillo parándose cada dos por tres para intentar divisarla entre los árboles. Como no la habían encontrado, habían atado los caballos y decidido hacer el resto del camino a pie.

La precaución era necesaria, ya que con lo que estaba ocurriendo en las regiones cercanas y los bandidos desesperados que seguían intentando eludir su captura, era posible que cualquiera pudiera utilizar el frondoso bosque como escondrijo. El peligro que corría Sabina por culpa de la insensibilidad de Wolf martirizaba a éste.

¿Qué pretendía Sabina al arriesgarse tanto?

Cuando acababan de llegar al linde del bosque oyeron los gritos.

Peter reaccionó desenvainando la espada, dispuesto a correr hacia el claro, pero algo impulsó a Wolf a detenerlo. Escuchó atentamente.

—Son gritos de hombre —susurró, y Peter asintió. Su cara de alivio reflejaba lo que había temido.

Wolf señaló la torre.

—Adelante —susurró Peter.

Wolf llegó al muro del castillo antes que su hermano, impulsado por el temor de que algo le pasara a Sabina. Buscó en el muro la brecha por donde ella tenía que haber entrado, ya que no vio ninguna otra forma de acceder al interior, y finalmente la encontró.

Unos años antes, varias de las piedras que formaban la torre se habían desprendido del muro. Alguien las había vuelto a colocar en su sitio sin argamasa que las uniera. Al asomarse a la abertura, Wolf descubrió que el muro, de unos cuatro metros y medio de grosor, había sido vaciado hacía mucho para formar un improvisado túnel hacia el interior del castillo. Cualquiera que conociera la existencia de la brecha podría entrar fácilmente cuando quisiera, y evidentemente así había sido, ya que ahora las piedras estaban tiradas por el suelo. Wolf apretó la mandíbula y maldijo al hombre encargado del cuidado y mantenimiento de aquel castillo.

Oyó otra vez aquellos gritos espantosos, seguidos de unos sollozos lastimeros. Tenía que actuar urgentemente. No quería ni imaginarse que Sabina tuviera que soportar lo mismo que aquel hombre.

Su hermano se reunió con él. Wolf se llevó un dedo a los labios para indicarle que no hablara, y señaló la estrecha abertura con la espada. Peter asintió, y ambos quitaron con cuidado unas cuantas piedras más para que la brecha fuera lo bastante amplia para permitirles pasar con la espada preparada. Era una precaución lógica. Podrían tener que luchar. Satisfecho, Wolf asintió y se volvió hacia la brecha.

Iban a entrar donde, sin duda, estaba Sabina.

Sabina observó horrorizada la escena que se desarrollaba a sus pies. Había subido por la angosta escalera y usado la llave grande que Agnes le había dado para abrir la puerta de la habitación situada en lo alto de la torre. Alguien había estado allí hacía poco. En el candelabro de la pared había velas recién consumidas, y el gran cofre del que Agnes le había hablado descansaba sobre el único mueble limpio de polvo de la habitación: una pequeña mesa rectangular. En las paredes colgaban viejos tapices del techo al suelo, descoloridos por años de polvo y telarañas.

Tiempo atrás esa habitación se utilizaba para alojar a prisioneros nobles a la espera de recibir un rescate por ellos, pero después había servido de aposento adicional, en la época en que el barón todavía organizaba grandes cacerías; desde entonces se había deteriorado. La única luz era de la luna que se colaba por la alta ventana abierta en la piedra.

Sabina había salido por ella a la repisa de piedra del muro y estaba mirando abajo, hacia el patio interior. La luz de las antorchas colocadas a intervalos en la pared inferior de la torre no llegaba mucho más arriba que ellas, así que sabía que nadie podía verla; aun así, fue con cuidado de mantenerse oculta.

Vio al barón postrado en el suelo, sangrando por la boca y las orejas, con los ojos hinchados por los golpes. Y, aún peor, vio que le habían cortado dos dedos de la mano derecha, cuya herida sangraba en abundancia. Delante de él había un hombre corpulento de aspecto amenazador que sostenía un hacha, cuya hoja relucía a la luz de la antorcha, mientras que otro hombre armado pisaba la muñeca del barón para que éste mantuviera la mano en el suelo.

Varios guardias del castillo y unos cuantos hombres que ella no conocía yacían muertos, amontonados en un rincón del patio interior como si fueran troncos de leña, con las extremidades ensangrentadas grotescamente enmarañadas. Los criados que quedaban formaban una hilera frente a la pared opuesta; algunos sollozaban, otros miraban estoicamente al frente mientras dos hombres armados mantenían inmóvil a una joven sirvienta. Uno de ellos le sujetaba las manos a la espalda con una mano, mientras que con la otra le ponía un cuchillo en el cuello; otros dos hombres vigilaban a los criados. La amenaza era obvia: si os entrometéis, mataremos a la muchacha.

Había un último hombre que lo observaba todo, interesado e indiferente a la vez; Sabina supuso que era el cabecilla del grupo. Era el único que llevaba armadura, espada y escudo. Los demás iban vestidos con las ropas bastas y las sandalias de la clase campesina. Apenas podía oír nada de lo que decía el hombre de la armadura, pero su aire de autoridad era inequívoco. Sólo captó fragmentos de lo que hablaba:

—... lo sigue negando... hipócrita pecaminoso... sus tesoros o le corto otro dedo. —Hizo un gesto al hombre del hacha, que se situó para cortar otro dedo al barón—: ... para los pobres... cuando gobernemos Sajonia...

—¡No, por favor! —suplicó el barón entre sollozos. Las lágrimas le resbalaban por la cara y le salían mocos y sangre por la nariz mientras rogaba piedad. Su respuesta se elevó fragmentada hasta Sabina—: ... ningún tesoro... se lo juro. Todo... perdido... lo he vendido todo. Por favor, no me hagan más daño...

Sabina se acercó un poquito más para oírlo mejor, asegurándose de que no pudieran verla desde abajo.

El hombretón del hacha miró con expresión dubitativa al jefe.

—Señor Müntzer, ¿quiere que... otro? —preguntó, y sus palabras retumbaron por los muros de piedra.

¡Müntzer! ¿Thomas Müntzer? Dios mío. ¿Qué estaba haciendo aquel hombre en el castillo de su padrastro?

Se sabía que había eludido las tropas de los príncipes y que seguía escondido, pero nadie sabía que estaba en Wittenberg, ni siquiera cerca de Sajonia. Debía de haber ido sin que las autoridades se enteraran. Las piedras rotas fuera de la torre indicaban cómo se había introducido con sus hombres en el castillo a pesar de los guardias: con sigilo y a traición. Y ahora torturaba al barón para hacerse con sus riquezas, como había hecho con los nobles de cuarenta castillos más y, asimismo, con los conventos que había atacado por toda Turingia los últimos días. Pero entonces lo apoyaba un ejército, mientras que ahora Sabina sólo veía a un puñado de hombres, a no ser que hubiera un ejército fuera de su vista.

Al oír la pregunta del hombretón, Müntzer contempló pensativo al barón, que lo miraba suplicante. Asintió, y el del hacha le cortó otro dedo. Los gritos del barón resonaron en el patio. Sabina se tapó la boca con la mano, a punto de vomitar. Ya había visto bastante.

Retrocedió rápidamente y fue a parar a un par de brazos fuertes. Cuando inspiraba para chillar, una mano férrea le cubrió la boca, y otra la bajó de la repisa de un tirón como si fuera un saco de chirivías.

Al instante oyó a Wolf, que le susurraba al oído:

—Shhh...

Respiró de alivio.

—¡Oh, gracias a Dios! —murmuró cuando él le destapó la boca. Entonces vio que Peter también estaba allí, y se sintió mejor aún, aunque la alegría le duró poco en cuanto se volvió y vio la expresión iracunda de su marido.

Wolf la zarandeó bruscamente, tanto que le repiquetearon los dientes. Estaba hecho una furia. Y tenía derecho a estarlo, ya que ella los había puesto, sin querer, en peligro a todos. Era evidente que la había seguido hasta allí, ya que no tenía ningún otro motivo para estar en el castillo a aquella hora de la noche. La reconfortó pensar que debía de sentir algo por ella si había ido a buscarla con tantas prisas, aunque no entendía cómo había podido saber dónde encontrarla. Pero no le importaba, con tal de que hubiera ido a buscarla.

A pesar de lo oscuro que estaba, cuando él agachó la cabeza hacia ella, vio que vocalizaba las palabras «condenada loca», y acto seguido la estrechó con la cara hundida en su cabellera negra. Notó que él se estremecía, y comprendió con asombro que temblaba de emoción. Estrujada entre sus brazos, miró a Peter para preguntarle con un gesto qué le pasaba a Wolf.

Su cuñado movió los ojos dándole a entender: «¿Y a ti qué te parece?»

Supuso que si Wolf temblaba así era por haberla encontrado a salvo en un lugar tan peligroso. Era algo más que una preocupación abstracta, era el miedo aterrador de un hombre que creía haber perdido a alguien que le importaba. Finalmente le permitió separarse un poco de él para mirarlo a los ojos. Lo que vio en ellos dio alas a su corazón.

Wolf volvió a acercarla, y en medio del peligro, con el barón y sus esbirros amenazando a todos en el patio interior, la besó con más fuerza que nunca. Ese beso contenía todos sus sentimientos reprimidos, todo su miedo, todas sus inquietudes.

Ella le devolvió el beso con ardor, y todo el amor y la pasión que sentía por él fueron patentes sin necesidad de palabras.

Volvieron a la realidad cuando oyeron a Peter murmurar en voz baja:

—Por Dios, ¿no podríais dejarlo para más tarde? Estamos metidos en un buen lío.

Eso sacó a Wolf de su embeleso. Y, aunque soltó a Sabina, le sujetó la mano. Y ella le apretó la suya.

—¿Qué? —susurró Wolf a su hermano, tan bajo que Sabina apenas pudo oírlo.

Peter, que se había asomado a la repisa de piedra, señaló el patio interior con la cabeza. Wolf se situó a su lado, y Sabina tuvo que acompañarlo, ya que no parecía dispuesto a soltarla.

El barón, que seguía sollozando de dolor, señaló la torre norte y dijo:

—... como le he dicho, lo único que me queda... está allí. —Y perdió el conocimiento.

Ambos hermanos se miraron y se dirigieron a la vez a la puerta. Al hacerlo, Wolf tiró de Sabina, pero ella lo hizo parar en seco, sacudiendo la cabeza.

—No; nos verán —susurró con apremio—. La puerta de la torre está al pie de la escalera. No tenemos tiempo —añadió mientras la puerta de abajo crujía al abrirse.

Los tres echaron un vistazo desesperado alrededor en busca de una escapatoria, pero Sabina sabía que no había ninguna. Como originalmente la torre era una cárcel, los constructores la habían diseñado para impedir toda huida.

Wolf y Peter volvieron a mirarse, y ambos desenvainaron la espada.

—No —susurró Sabina de nuevo. No tenían ni idea de la cantidad de hombres que subía la escalera, ni si seguían amenazando a la criada y al barón en el patio interior.

—No veo que podamos hacer otra cosa —respondió Wolf, también susurrando.

Pero Sabina, como era una mujer, sí la veía.

—Escondámonos —siseó, y señaló los tapices que llegaban al suelo.

Los hermanos se mostraron ofendidos ante la perspectiva de ocultarse cobardemente tras un tapiz, pero seguramente la urgencia con que habló Sabina les doblegó el orgullo, de modo que cada uno de ellos eligió un tapiz situado en lados opuestos de la habitación para contar con ventaja si tenían que luchar.

Sabina se escondió tras un tercer tapiz, esperando que el polvo acumulado durante años se asentara antes de que los hombres llegaran allí. Sacó el puñal y lo sujetó con dedos sudorosos.

Oyó que la vieja puerta se abría, y contuvo la respiración.

28

La puerta se abrió con tanta fuerza que golpeó la pared. Wolf rogó a Dios que Sabina no se hubiera ocultado tras el grueso tapiz que colgaba junto a la puerta. Bajó la vista y vio que la luz de una antorcha parpadeaba por el suelo de piedra.

—Aquí... Una caja grande —oyó la voz ronca de un hombre.

—Pues ábrela —dijo otro hombre.

Los hombres rodearon el cofre de hierro para examinarlo. Se había fijado en él al entrar en la habitación. Era del tamaño de una panera grande, pero seguramente pesaba muchísimo más.

—No, ni hablar. Quien tiene que abrirla es él. Nos matará si cree que nos hemos quedado algo antes de bajársela —respondió el primero.

—Tienes razón. Tú sujétala por un lado y yo por el otro.

Wolf oyó los gruñidos y jadeos de ambos al levantar el cofre de la mesa.

—¡Joder, cómo pesa! —murmuró uno.

El otro gruñó una respuesta ininteligible, y ambos salieron de la torre cargando el cofre. La luz de la antorcha los siguió. Después, discutieron un momento sobre bajarlo por la escalera y, finalmente, Wolf oyó el ruido de arrastrarlo peldaños abajo. Esperó a que el sonido se hubiera desvanecido y asomó la cabeza.

—Todo despejado —susurró, y Peter y Sabina asomaron también la cabeza.

Con cuidado, salieron y se situaron otra vez en la repisa para observar lo que sucedía en el patio interior.

Los hombres le estaban entregando el cofre a Müntzer, que se acercó a él con gesto triunfal. Observó la caja, buscando la manera de abrirla.

—Qué extraño... nunca había visto algo así... —oyeron que decía al ver más de una cerradura; ordenó al hombretón que reanimara al barón, que seguía inconsciente en el suelo—. Llaves... —fue la única palabra que les llegó después.

El hombre dio un puntapié al barón en las costillas, pero no se movió.

—Vamos —susurró Wolf—. Ya tienen lo que querían. Tenemos que largarnos mientras estén ocupados con el cofre.

Hizo bajar a Sabina, y Peter saltó a su lado.

—Pero, Wolf —susurró la joven, angustiada—, no podemos irnos. ¿Y la gente que está ahí abajo? ¿Y el barón?

—¿Qué pasa con el barón? —preguntó él mientras la empujaba hacia la puerta, que había quedado medio abierta.

—Ya sabes qué hay en el cofre —susurró Sabina, furiosa, negándose a andar—. No me iré sin ello. Si esos hombres destruyen las pruebas de sus crímenes, el barón nunca será llevado ante la justicia. Y yo perderé mi herencia.

Wolf la miró torvamente.

—Sabina, no podremos hacer nada si estamos muertos. Nos superan en número.

—Ya no —dijo una voz grave desde detrás de la puerta medio abierta.

Los hombres se sobresaltaron y apuntaron las espadas hacia el lugar de donde procedía la voz. La puerta terminó de abrirse despacio y ahí estaba Günter, con su enorme espada en la mano y una sonrisa burlona en los labios.

—¿Cómo diablos has llegado aquí? —siseó Wolf cuando se recuperó del susto.

—Es una larga historia —susurró Günter—. Si salimos de ésta, prometo contártela. —Señaló a Sabina con la punta de la espada—. ¿A quién tenemos que matar para sacarla de aquí? ¿Y qué demonios hace ella aquí para empezar?

—Es una larga historia —replicó Wolf con ironía—. Si salimos de ésta, prometo contártela. Mientras tanto... —Sujetó el brazo de su mujer y se dirigió a la puerta.

Pero Sabina sacudió la cabeza y se aferró al marco para no cruzarla.

Exasperado, Peter los miró, primero a ella y luego a él.

—Vamos a morir todos —se quejó.

—Sabina, por favor —susurró Wolf con urgencia—, escúchame bien, porque sólo te lo diré una vez. Olvida la herencia. No la necesitas. Yo me ocuparé de ti. Me ocuparé siempre de ti porque te amo, y la única forma de que puedas volver a irte de mi lado es pasando por encima de mi cadáver, lo que puede ser mucho antes de lo que crees si no salimos de aquí ahora mismo.

Sabina inspiró sorprendida. El cariño y el enojo se debatían en su mirada. Finalmente, sacudió la cabeza.

—Sólo un hombre puede decir algo así en un momento como éste... —siseó—. Yo también te amo, pero aunque me olvide de mi herencia, ahí abajo hay gente que necesita ayuda. Tenemos que intentar salvarlos. Y lo sabes. ¡No podemos dejar que Müntzer vuelva a escaparse!

Al oír mencionar aquel nombre, los hombres se quedaron atónitos. Wolf la sujetó mientras Peter se encaramaba a la repisa de la ventana para echar otro vistazo al patio interior.

—¿Müntzer? ¿El que está ahí abajo es Thomas Müntzer? —preguntó Wolf.

—Sí —afirmó Sabina, asintiendo con la cabeza.

Wolf agachó la cabeza, resignado. Miró primero a Günter y después a Peter, que lo observaba con una ceja arqueada.

—No nos vamos, ¿verdad? —preguntó Peter, desolado.

Wolf sacudió la cabeza. Sabina tenía razón. No podían permitir que Müntzer huyera de nuevo. Con sus actos, aquel hombre había sido indirectamente responsable de la muerte de miles de campesinos que lo habían seguido, además de serlo directamente del asesinato de muchos nobles. Si podía seguir adelante con su campaña, morirían muchas personas más antes de que todo terminara.

—Muy bien —suspiró Peter—. ¿Cuál es el plan?

Era una buena pregunta, para la que Wolf hubiera deseado tener respuesta.

—Yo tengo uno —dijo Sabina en voz baja, y los tres hermanos se volvieron para mirarla estupefactos.

29

Sabina tardó unos valiosos minutos en convencer a Wolf de que siguieran su plan. Él discutió airadamente con ella, por lo menos todo lo que podía usando sólo susurros, por más duros que fueran. No quería que Sabina se pusiera en peligro.

—¿Tienes algún plan mejor? —le preguntó ella por fin, exasperada.

—Ya lo decidiré yo, o uno de estos dos —insistió Wolf.

—No, no saldría bien. Vosotros tenéis que estar preparados para pelear con esos hombres; yo no puedo hacerlo. Pero puedo distraerlos para que lo hagáis vosotros.

Wolf sacudió la cabeza. No podía permitirlo.

—Tiene que haber otra forma. Antes de permitirte hacer eso, te dejo inconsciente de un golpe y te saco en vilo de aquí si es necesario, te lo...

—Wolf —lo interrumpió Günter—. Tiene razón. Es un buen plan. Podría salir bien.

—¡Podría! —farfulló Wolf, y se volvió hacia él.

Su esposa lo acalló.

—Puedo hacerlo —insistió—. Confía en mí, no tengo ningunas ganas de morirme. Y tengo fe en ti. —Alzó los ojos hacia él—. Tú me mantendrás a salvo. Me has hecho unas cuantas promesas, y tengo intención de hacer que las cumplas.

Wolf frunció el ceño, atrapado. Se alejó de ella un paso, airado, y regresó del mismo modo. Un miedo terrible le atenazaba la garganta, le oprimía el estómago. ¿Y si la perdía?

—Sabina, si pasa algo, cualquier cosa, huirás como alma que lleva el diablo sin mirar atrás, ¿me has entendido?

—Sí —contestó.

—Y no pararás de correr hasta que llegues a los caballos que están atados junto al camino. Montarás en uno y regresarás a la ciudad en busca de ayuda. Prométeme que lo harás —insistió Wolf.

Sabina asintió con la cabeza.

—Una vez te prometí que si de mí dependía, nadie a quien tú amaras sufriría nunca ningún daño, y hablaba en serio —susurró de modo tranquilizador, y lo besó—. Te amo, Wolf. Recuerda que, pase lo que pase, te amo.

Él se tragó el miedo terrible que lo atravesó al oír ese último comentario de su mujer.

—No digas eso. No va a pasarnos nada a ninguno —soltó con brusquedad, desafiando a los hechos a contradecirlo. No iba a perderla, no después de haber tenido que esperar tanto tiempo para encontrarla. Era suya... para siempre. Por todo el tiempo que eso significara.

La acercó a él y le susurró:

—Te amo, mi dulce Sabina. Creo que te amo desde el día que nos conocimos. —Percibió que las mejillas de ella estaban húmedas de lágrimas.

Peter bajó de la repisa desde donde había estado vigilando el patio interior.

—Es ahora o nunca, Wolf —dijo, dando una palmadita en el hombro de su hermano—. Está empezando a volver en sí.

Todos los ojos se fijaron en Wolf, y éste asintió despacio.

—De acuerdo —dijo—. Seguiremos el plan de Sabina.

Günter levantó su espadón y esbozó otra vez aquella sonrisa burlona tan característica suya.

—Procurad apartaros de mi camino. No me gustaría cortarle la cabeza a alguno de vosotros por error.

Peter se tocó un instante el cuello, y hasta Wolf lo miró con recelo.

—Me alegro de que estés en nuestro bando —comentó por fin, y se dirigió a la puerta.

Una vez abajo, Sabina se detuvo ante la puerta que daba a la torre, preparada para salir al patio donde estaban Müntzer, sus hombres, los criados y el barón herido. Wolf se situó a su lado un instante, y volvió a acercarla de un tirón hacia él.

La besó brevemente y la soltó a regañadientes.

—Ve —dijo, y se apartó de la puerta.

Tras dirigir una última mirada a su marido, Sabina abrió la puerta sin hacer ruido y salió. Todo el mundo tenía los ojos puestos en el barón, que seguía en el suelo, de modo que se movió sigilosa y rápidamente, para alejarse lo suficiente de la puerta de la torre antes de que nadie pudiera ver de dónde había salido. Pasó por detrás del grupo entre las sombras que las antorchas no despejaban.

El hombre del hacha dio otro puntapié al barón con la intención de reanimarlo. Von Ziegler gimió y adoptó una postura fetal para tratar de evitar que le infligieran más daño.

—¿Dónde están las llaves? —le preguntó Müntzer, al parecer no por primera vez.

Sabina aprovechó esa oportunidad para salir de entre las sombras y aparecer por el lado contrario de la parte del castillo donde había estado hacía un instante.

—Déjelo en paz —ordenó con la voz más firme que pudo, aunque la aprensión hizo que le temblara levemente.

—¡Vaya! ¿Quién es esta mujer? —exclamó uno de los hombres, que se volvió hacia ella amenazadoramente.

Todas las cabezas se giraron para mirarla, y Sabina contuvo el aliento al ver que, justo enfrente de ella, la puerta de la torre se abría lentamente.

Su tarea era servir de distracción para que Wolf y sus hermanos pillaran desprevenidos a los intrusos. Parecía estar funcionando.

—¡He dicho que lo dejen en paz! —repitió en voz muy alta para que ellos la oyeran.

Cuando Müntzer fijó los ojos en ella, a Sabina se le heló la sangre. Tenía la cara demacrada y llena de arrugas, a pesar de que, según todos los informes, no tendría más de treinta y seis años. Era alto, y pese a la armadura, se le notaban algunos michelines. Unos cortes apenas cicatrizados le cubrían un lado de la cabeza: heridas que seguramente le habrían hecho durante los violentos combates de Frankenhausen. Sin embargo, lo que más la impresionó fueron sus ojos. Oscuros y cargados de una fría animosidad más aterradora que el odio declarado, la miraron como si fuera un bicho que iba a aplastar y apartar de su camino.

De repente, Sabina tuvo muchísimo miedo.

Müntzer se alejó despacio del barón para acercarse a ella.

—Vaya, vaya, jovencita. ¿Y tú de dónde sales?

Sacó el puñal que llevaba escondido entre los pliegues de la capa y adoptó una postura defensiva que Wolf le había enseñado, con los codos muy pegados al cuerpo para que no fuera fácil desarmarla.

—No dé un paso más —advirtió, sujetando firmemente el arma delante de ella. Aunque parecía no importarle el puñal, Müntzer se detuvo.

—¿Te atreves a amenazarme? —dijo, asombrado—. Quizá no sabes quién soy. Permíteme que me presente. —Hizo una reverencia bufa—. Soy el señor Thomas Müntzer, a tu servicio, y ellos son mis compañeros de armas. —Movió la mano para señalarlos sin apartar los ojos de Sabina—. Hemos venido a liberaros de vuestra opresión aligerando a vuestro señor, aquí presente, de sus cargas financieras. Una mujer tan... audaz como tú seguro que sería muy valiosa para el nuevo reino. Os ayudaremos a instaurarlo con las ganancias ilícitas de parásitos como él —aseguró mientras señalaba al barón con un dedo.

Sabina se dio cuenta de que la había confundido con una campesina por el vestido de criada. Quizá pudiera aprovecharse de ello.

—Aléjese de él —ordenó.

—Dime, preciosa, ¿por qué te preocupas por una sabandija como ésta? —preguntó con tono casi amable—. En cuando abramos esa caja, compartiremos las riquezas que contenga con todos vosotros, campesinos respetables. Después, por supuesto, de deducir un importe razonable para cubrir el coste de librar esta guerra justa. Y para reunir a todos los patanes traidores que desertaron porque no podíamos pagarles —añadió como si se le hubiera ocurrido después. Dirigió de nuevo la atención hacia ella—. Vamos, mujer. Deja ese puñal. Sólo lograrás hacerte daño tú misma.

—Él no tiene lo que usted quiere —afirmó ella, siguiendo los movimientos de los tres hermanos, que apenas distinguía entre las sombras del otro lado.

—¿Y qué sería eso que yo quiero? —preguntó Müntzer con una ceja arqueada.

—La llave. Él no la tiene. —Y rogó que el barón no volviera lo suficiente en sí para contradecirla.

—Ah. ¿Y cómo lo sabes?

—Porque la tengo yo —aseguró ella de forma inexpresiva.

—¿Tú? ¡Vaya, estamos de suerte! —La fría sonrisa se desvaneció de su rostro—. Dámela —ordenó.

—Primero suéltelos —pidió Sabina, señalando a los criados—. No lucha contra los campesinos, sino contra los nobles. ¿Por qué va a tomarlos como rehenes si lucha en su nombre?

Müntzer arqueó una ceja ante su lógica.

—Sí, ¿por qué? —murmuró—. Muy bien. Enséñame la llave y los soltaré. Como comprenderás, no voy a fiarme de alguien a quien no conozco de nada, por más preciosa y osada que sea.

Sabina estaba preparada para eso. Se sacó una llave del bolsillo y la hizo oscilar en la cinta.

—Suéltelos —repitió.

Müntzer se quedó callado un momento, observando primero la llave y después a Sabina. Con un leve gesto de la cabeza, ordenó a sus hombres que soltaran a los criados, que huyeron despavoridos. Uno o dos le dieron las gracias entre lágrimas, pero todos tuvieron el buen criterio de no decir quién era. Estaba segura de que algunos la habían reconocido, pero ninguno la había delatado. Lanzó la llave a Müntzer, que la atrapó con una mano.

—Será mejor que esta llave sea la buena, jovencita, o sufrirás una muerte más dolorosa que la que pensaba dispensarle a él —le informó tranquilamente Müntzer, y señaló con la cabeza al barón.

—Es la buena —aseguró Sabina—. Coja lo que quiere y váyase.

Él la miró un instante, y cuando ella vio cómo le observaba el cuerpo, se estremeció.

—Te aseguro que pienso hacerlo —dijo con esa frialdad engañosa en la voz. Se volvió hacia el cofre—. ¿Qué cerradura es? ¿Cómo funciona?

Ella no se vio capaz de hablar, así que señaló con la mano una de las cerraduras. Müntzer introdujo la llave y la giró sin dificultad. Sonrió. Pero cuando trató de levantar la tapa del cofre y vio que no se movía, dejó de sonreír y frunció el ceño. Dirigió una mirada a Sabina.

—Tiene que meter el dedo en la hendidura y empujar hacia abajo —balbuceó ella—. Hay un resorte que abre la tapa.

Müntzer se volvió hacia el cofre y deslizó el dedo índice de la mano derecha en la hendidura.

Todo sucedió a la vez. Müntzer gritó cuando la trampa afilada saltó, le pilló el dedo y se lo laceró hasta el hueso. La sangre le salió a borbotones de la herida y quedó literalmente atrapado, sin poder sacar el dedo de la cerradura. Sus hombres, atónitos, lo miraban sin entender lo que pasaba y no prestaban atención a Sabina.

En aquel momento, un grito espeluznante rasgó la noche y asustó a los hombres de Müntzer, que se volvieron hacia el demonio que había lanzado semejante sonido. Günter atacó con una precisión mortífera, y la distracción bastó para que dos de los hombres dudaran un segundo, segundo que les costó la vida. Wolf traspasó a un tercero con la espada con una rapidez terrorífica. Peter se situó entre Sabina y los demás con la espada preparada, dispuesto a defenderla de cualquiera que intentara acercársele.

Günter corrió entonces hacia uno de los hombres que había

llevado el cofre al patio; el hombre soltó su arma al instante y huyó corriendo. Günter dejó que se fuera y se concentró en el hombretón del hacha. Otro hombre cometió el error de lanzar un mandoble a Sabina y Peter, pero éste bloqueó el golpe con la hoja de su espada mientras Wolf le clavaba la suya en el costado, totalmente expuesto. El hombre cayó al suelo, fulminado.

Aquel espectáculo horrible provocó arcadas a Sabina, que tuvo que volver la cabeza para no mirar.

Después de deshacerse con rapidez del hombre del hacha, Günter se volvió y dirigió su espada ensangrentada a Müntzer, que seguía con el dedo atrapado en el cofre.

—¿Qué queréis hacer con él? —preguntó con calma.

Peter, Wolf y Sabina se volvieron hacia Müntzer, que a pesar de tener una mano inutilizada había logrado desenvainar la espada con la otra y, aunque la hoja le temblaba, estaba apuntando directamente al corazón del barón.

Von Ziegler, con los ojos desorbitados de terror, echó un vistazo alrededor, sin entender qué había pasado mientras él yacía inconsciente.

—Lo mataré —siseó Müntzer con la cara pálida de dolor mientras la herida le seguía sangrando. Unas salpicaduras rojas cubrían la parte delantera de la caja de hierro.

Por desgracia, en ese momento el barón vio a Sabina.

—Hija... —se asombró—. ¡Sálvame! Siento todo lo que te hecho... ¡No dejes que me mate!

—¿Hija? —logró decir Müntzer, y se volvió hacia ella—. ¡Qué... interesante! —exclamó, y ordenó entre dientes—: Soltadme ahora o tu padre noble morirá.

Sabina se quedó mirando al barón, el hombre que le había pegado, martirizado y encerrado como si fuera un animal, el hombre que la había atormentado tantos años. Intentó sentir algo de compasión, trató de verlo como a un hombre débil que había ido por mal camino. Pero no pudo.

—¿Mataste a mi madre? —le preguntó.

—¿Qué...? —El barón parpadeó rápidamente, como si no entendiera la pregunta. Se estremeció de miedo.

—¿Mataste a mi madre, sí o no?

Tenía que saberlo. Sacó la segunda llave del bolsillo y se la enseñó. Luego, la levantó por encima de su cabeza como si fuera a tirarla al otro lado del patio.

—Dime la verdad o dejaré que mueras.

—Pero yo... —balbuceó el barón.

La hoja de Müntzer le apretó el tórax y le salió un hilo de sangre. Von Ziegler gimió de dolor.

—Sí, sí... pero no quería hacerlo. ¡Fue culpa tuya! No era una mala mujer, pero yo necesitaba un hijo varón, y ella no podría dármelo nunca. Si no hubieras matado a mi hijo, yo no habría tenido que acabar con tu madre. ¡Eres tan culpable como yo! —gritó.

Wolf se acercó a él con los ojos centelleantes.

—¡Sabandija inmunda! ¡Yo te mato!

Müntzer amenazó a Wolf con la espada en alto, y Günter se interpuso en el camino de su hermano, mientras Peter lo sujetaba por el brazo.

El barón se volvió temblando hacia Wolf.

—¡Mátelo! ¡Hágalo ahora! ¡Debe liberarme!

—Yo de usted, no lo intentaría —advirtió Müntzer, señalando a Wolf con la espada—. Soy igual de hábil con esta mano que con la otra, ¿sabe? Ambidiestro. Según me han dicho, es un signo del diablo. —Rio ásperamente.

—¡Hágalo! —suplicó el barón a Wolf—. O... o les contaré todo.

—Entonces seguro que morirá —soltó Wolf con una voz más fría que el acero que empuñaba. Se quedó mirando al barón y movió ligeramente la espada.

Von Ziegler siguió el movimiento y abrió unos ojos como platos ante la amenaza que conllevaba. Palideció más de lo que ya estaba, dejó de suplicar y empezó a gimotear. Los demás observaban ese extraño intercambio con ojos inquisitivos, pero Wolf los ignoró, impávido.

Müntzer dirigió la espada de nuevo al barón y fijó sus oscuros ojos en los de Sabina.

—La llave, jovencita. ¡Ahora!

Ella se quedó inmóvil, sujetando todavía la llave por encima de su cabeza. Sintió una rabia enorme, justificada, purificadora. Podría acabar ahora mismo con aquello, tirar la llave hacia el otro lado, ver cómo el barón moría como un cobarde. Era lo que se merecía. Era un criminal, poco más que un animal, que asesinaba a personas inocentes para satisfacer sus propias necesidades y ambiciones.

Pero su conciencia le susurró inoportunamente algo: «Si le dejas morir así, ¿en qué te convertirás tú?»

—¡Date prisa, estúpida! —le gritó el barón.

Fuera lo que fuese en lo que se convirtiera, podría vivir con ello. Y lanzó la llave lo más lejos que pudo.

Todos siguieron con los ojos el arco que el objeto describía por el patio con expresiones de asombro hasta que aterrizó con un clic en algún lugar sumido en la oscuridad. Ninguno de ellos había creído que Sabina fuera capaz de hacer algo así. Ni ella misma lo había creído, hasta que lo hizo.

Miró a Müntzer.

Müntzer hizo una mueca de dolor, pero mantuvo firme la espada, todavía apuntando al corazón del barón.

—Bueno, los acontecimientos han dado un giro lamentable —comentó, pensativo.

Wolf se dirigió a él, y sus dos hermanos levantaron la espada y lo imitaron.

—Baje el arma o morirá —indicó Wolf—. La cárcel o la muerte. Usted decide.

Müntzer sacudió despacio la cabeza, como si rechazara una invitación a cenar.

—Lo siento, pero mis planes no incluyen visitar la cárcel. Para mí, la cárcel y la muerte son lo mismo. Escúcheme bien: o encuentran la llave y me la dan inmediatamente, o este bastardo morirá.

Wolf ni siquiera se molestó en mirar al barón. Su actitud y su expresión reflejaron la más absoluta indiferencia.

—Me temo que ha elegido un mal rehén. Me da lo mismo si

vive o muere. Como habrá visto, como suegro deja mucho que desear.

El barón empezó a sollozar.

Müntzer arqueó una ceja, sorprendido por la respuesta de Wolf. El sudor le perlaba la frente.

—¿Esa jovencita vengativa es su esposa? Vaya. Mi más sentido pésame. —Lanzó una mirada desdeñosa al sollozante barón Von Ziegler—. Evidentemente ha salido a su madre.

La espada le tembló en la mano, sólo un poco.

—Parece que estamos en un *impasse* —dijo entonces, pensativo—. ¿Qué vamos a hacer ahora?

—No tiene escapatoria —intervino Peter—. Usted lo sabe. Deje el arma y ríndase.

Müntzer observó al pequeño grupo que lo rodeaba.

—Tengo muy pocas probabilidades de huir —admitió con los ojos concentrados otra vez en Sabina, y tuvo que parpadear con rapidez para enfocarlos—. ¡Qué jovencita más leal! Es una lástima; habrías sido una esposa magnífica para uno de mis dirigentes campesinos. Puede que incluso para mí. —Suspiró resignado—. Muy bien. Pero no hay que desaprovechar ninguna oportunidad, ¿verdad?

Y atravesó el corazón del barón con la espada.

Sabina se había equivocado al creer que el destino del barón le era indiferente. Su grito resonó en la noche. Wolf la sujetó cuando intentó correr hacia su padrastro y tuvo que esforzarse para retenerla. Günter se situó entre ellos y Müntzer, y Wolf esperó que lo ejecutara con la misma prontitud con que había acabado con los otros hombres. Pero no lo hizo. No fue necesario. Müntzer estaba ya tan débil que se había desmayado y derrumbado sobre el cofre.

Peter corrió hacia los dos hombres. Primero examinó a Müntzer y después al barón.

—Lo siento —dijo a Sabina—. Está muerto.

Wolf abrazaba a su mujer, que no dejaba de temblar.

—Ha sido la voluntad de Dios, Sabina —la consoló—. Ojo por ojo. Nosotros sólo hemos sido meros instrumentos. No te culpes.

Sabina se estremeció otra vez y al final asintió con la cabeza. Günter tanteó a Müntzer con la hoja de su espada.

—Ofrecen una recompensa a quien lo entregue, ¿lo sabíais? ¿Quiere alguno de vosotros tener el placer? ¿No? Bueno, pues lo haré yo. —Señaló la mano de Müntzer atrapada en el cofre—. ¿Qué os parece, le corto el dedo o llevo el cofre con...?

—¡Encontraré la llave! —se apresuró a interrumpirlo Peter—. Espera. He visto dónde caía.

Günter se encogió de hombros con indiferencia mientras Peter corría a buscarla.

Sabina echó un vistazo a la carnicería resultante de todo aquello, y empezó a sentirse realmente mal.

—Perdonad —dijo, y se alejó tambaleante.

Fue hasta un rincón del patio apartado y, después de vomitar, se sentó con dificultad en el suelo. Wolf fue a su lado, le puso una mano en la frente y, con la otra, le frotó la espalda. Ella lo miró y vio que tenía una expresión lúgubre.

—No sé qué decir para que te sientas mejor, salvo que te amo.

Sabina le apretó la mano. Apoyó la espalda en el fuerte cuerpo de su marido, cerró los ojos y dijo:

—Eso basta. El amor siempre basta.

30

Wolf bajó a Sabina de lomos de *Solimán* y la cargó con cariño en brazos. Los hermanos habían decidido que Peter fuera a la ciudad a informar a la guardia de lo sucedido mientras que Günter escoltaría a Sabina y a Wolf durante el trayecto de vuelta al Santuario, antes de ir a entregar a Müntzer y reclamar la recompensa por su captura.

Sabina se había dormido durante el trayecto a casa, y ahora yacía sin fuerzas en los brazos de Wolf. A pesar de las semanas que llevaba saboreando la excelente comida que preparaba Bea, Sabina todavía no pesaba tanto como para no poder cargarla cómodamente.

Wolf recordó otra ocasión, no muy lejana, en que la había cargado así para cruzar el umbral de su casa, que también sería la de ella si todavía quería, y le costó creer lo lejos que habían llegado. Antes de alcanzar la puerta principal una voz grave lo detuvo.

—Espera.

Günter lo miraba desde lo alto de su caballo, que había cargado con un peculiar fardo: un inconsciente Thomas Müntzer. El caballo se movió de un lado a otro, incómodo con el peso adicional, pero Günter lo mantuvo en su sitio con las rodillas.

—Me gustaría hablar contigo. Tengo preguntas que hacerte sobre padre. Y sobre muchas cosas.

Wolf bajó la vista hacia su mujer y la alzó de nuevo hacia su hermano.

—Y yo tengo respuestas. Pero ahora no es el momento.

Günter reflexionó un instante y asintió.

—Pero pronto lo será.

Wolf le sostuvo la mirada.

—Sí, pronto.

Se oyó el crujido del cuero cuando Günter se movió en la silla de montar.

—Será mejor que me dé prisa —comentó por fin—. Se suponía que no estaría demasiado tiempo aquí. Sólo había previsto detenerme brevemente en El Santuario antes de reunirme con los mercaderes con los que viajo. Quería traerte noticias. Imagina mi sorpresa cuando Franz me contó lo que tu nueva esposa quería hacer. —Contempló el cuerpo inmóvil de Müntzer—. Me darán un montón de dinero cuando lo entregue. Y lo compartiré encantado.

—No. No queremos nada más de él ni de los de su clase. Puedes hacer con él lo que quieras —aseguró Wolf con el ceño fruncido—. ¿Por qué estás viajando con mercaderes?

Günter abrió la boca para responder, pero entonces Sabina se movió. Wolf la miró.

—Tengo que entrar —murmuró a su hermano—. Necesita cuidados, y se los voy a dar personalmente. —Alzó de nuevo los ojos y vio que Günter lo observaba con curiosidad—. ¿Te veré luego?

Günter asintió con la cabeza.

—Finalmente comprendo lo que te pasa con las mujeres, hermano. Tienes que serle fiel a una y sólo a una en cada momento. —Echó un vistazo a su cuñada y carraspeó—. Es estupenda. Me recuerda a... la mía.

Wolf lo miró sorprendido.

—¿Cómo? ¿Ha sucumbido el poderoso guerrero al amor? —Se maravilló al ver el rubor en la cara de su hermano y esperó que pudieran enterrar por fin el rencor que sentían por lo de Beth.

Günter se encogió de hombros para desechar la pregunta.

—Como dices, ya habrá tiempo para las respuestas. —Miró otra vez a Sabina y frunció el ceño—. ¿No te preocupa estar tan apegado a alguien? Vivimos tiempos muy duros. Puede que haya incluso mujeres fuertes que no sobrevivan. ¿Qué harías si sucediera lo peor... otra vez?

—Seguiría adelante —respondió, e intuyó que Günter le pedía consejo—. O quizá no. —Bajó los ojos hacia Sabina y sonrió ligeramente—. Pero me habrá dejado el recuerdo de su fragancia —añadió. Al darse cuenta de lo tonto que aquello sonaba entre hombres, miró a su hermano tímidamente.

—¿Qué estupidez es ésa? —preguntó Günter con el ceño fruncido.

—Nada —dijo Wolf, avergonzado—. Es algo que Sabina me dijo una vez sobre una flor. Tonterías de mujer. —La movió en sus brazos para sujetarla mejor—. Estaré aquí cuando vuelvas. Ve con Dios.

Günter asintió, pero acercó más su caballo a su hermano. Cuando sus miradas se encontraron, Günter se inclinó para dar una afectuosa palmada en el hombro de Wolf. Después, espoleó a su caballo.

Wolf lo observó alejarse y luego se volvió hacia la puerta. Franz y Bea los esperaban preocupados.

—Un baño para mi mujer —pidió Wolf—. Y comida. Enseguida.

Sabina alzó los ojos hacia Wolf. El vapor del agua se elevaba sobre su cuerpo en plácidas florituras. Subyugado, su marido le lavaba el pelo con el jabón fragante de Bea. Después le aclaró la larga cabellera meticulosamente y se la secó con una toalla. Ella se quedó tranquilamente en la bañera mientras él la lavaba con delicadeza, aunque a veces le dejaba las manos un instante en los lugares más sensibles. Le rozó con los dedos el vientre, donde titubeó un segundo, y siguió con sus tiernos cuidados.

Sabina se rehízo con sus caricias, feliz de estar con él, feliz de que la tocara de aquella forma, sin pedirle nada. Por lo menos, eso creía, hasta que él le deslizó la mano entre los muslos separados para lavarle aquella zona. Aunque lo hizo de una forma casi impersonal, como una niñera podría bañar a un bebé, el contacto con sus largos dedos la excitó igualmente.

Levantó las caderas, buscándolo, buscando sus caricias. Sus miradas se encontraron, y en los ojos de su marido vio duda e... ¿indecisión?

—Por favor... —dijo para responder la pregunta no formulada de su marido.

Él le deslizó los dedos para llenarla, para acariciar aquella parte íntima de su cuerpo que sólo le pertenecía a él. Sabina echó la cabeza atrás, la apoyó en el borde de la bañera y se abandonó con un suspiro.

Los ojos esmeralda de Wolf observaban el placer de su mujer, mientras él medía su reacción y buscaba complacerla sin prisas con un movimiento suave del pulgar. Su clímax, cuando se produjo, fue dulce y lento, y por consiguiente mucho más intenso. Sabina jadeó, echó atrás la cabeza y soltó un gemido tenue y prolongado mientras el movimiento de sus caderas levantaba ligeras olas que lamían los costados de la bañera.

Al terminar, sujetó el brazo de Wolf para impedir que sacara la mano del agua. Se puso de pie y, mientras el agua le resbalaba por el cuerpo, se inclinó hacia su marido, decidida a unirse con él en el máximo acto de posesión y entrega. Wolf también se levantó, pero, para sorpresa de ella, mantuvo su cuerpo lejos del suyo.

—Sabina —empezó, y la nota de tristeza que contenía su voz la impresionó—, tenemos que hablar.

—¿Ahora?

—Sí —respondió Wolf a regañadientes—. No estaría bien que hiciera lo que quieres sin...

—¿Sin...?

Él le pasó una mano por la frente y se la deslizó mejilla abajo.

—Sin contártelo todo —dijo.

—¿Todo de qué? —preguntó Sabina con el ceño fruncido.

—De mí. De nosotros. De por qué nos casamos. De lo que he hecho.

El deseo de ella se desvaneció, sustituido por un súbito miedo.

—¿De qué estás hablando? ¿Qué has hecho?

—Me he dado cuenta esta noche, cuando casi te pierdo... Tienes que decidir libremente. Y para eso, debes saber la verdad. Es la única forma.

Como no entendía nada, Sabina lo observaba sin pestañear. Wolf tuvo que desviar la mirada. Se agachó para sacarla de la bañera y la envolvió con una toalla caliente.

—Ven. Siéntate. Te lo explicaré todo. Y entonces podrás decidir.

—¿Decidir qué? —chilló sin querer. No pudo evitarlo, estaba realmente asustada.

Wolf parpadeó y ella vio desesperación en el fondo de sus ojos.

—Si quieres quedarte o prefieres irte.

—Decido quedarme —aseguró Sabina al instante.

—No. Así no. —La depositó en la cama, y se sentó a su lado. Suspiró y empezó a toquetear la toalla con que le había envuelto el cuerpo como si quisiera ajustársela bien, aunque no era necesario—. Ya sabes que te amo. No puede negarse. Sólo espero que lo recuerdes una vez hayas oído lo que voy a contarte, y también que quiero que te quedes conmigo, como mi esposa, en todos los sentidos de la palabra. Pero si decides irte, respetaré tu decisión y haré todo lo que esté en mi mano para concederte tu libertad.

—Wolf, me estás asustando —susurró ella.

—Perdona. No es mi intención. —Le tomó las manos y las contempló—. Muy bien. Allá va —soltó, casi como si hablara consigo mismo—. Una vez te dije que, como éramos marido y mujer, no debían existir secretos entre nosotros. Pero todavía hay uno. Sobre mi padre —Agachó la cabeza y desvió la mirada—. Su muerte no fue un accidente. Como sabes, tenía problemas, y graves: se había endeudado por un importe tan elevado que no tenía forma de recuperarse.

Levantó la cabeza para mirar directamente a su mujer.

—Lo que no sabes es que, incapaz de aguantar la tensión a la que lo sometían sus obligaciones, incapaz de soportar la vergüenza de su fracaso, padre... padre se suicidó.

Sabina soltó un grito ahogado, sorprendida, y se incorporó.

—¿Estás seguro, Wolf? Puede que haya algún error...

—No hay ningún error —respondió él, sacudiendo la cabeza—. No se cayó accidentalmente de lo alto de los acantilados blancos durante la lluvia, como todo el mundo supuso. Se lanzó al precipicio. Llevaba una carta en el bolsillo. Yo fui quien lo encontró mientras las partidas de rescate lo buscaban. Traje la carta a casa y la quemé en la chimenea. Después, pequé y mentí al sacerdote para que mi padre fuera sepultado en suelo consagrado, violando los edictos de la Iglesia sobre el suicidio. —Se pasó una mano por el pelo enmarañado—. Y para empeorar más las cosas, el barón vio a mi padre saltar al vacío. Después vino a verme, para amenazarme con hacerlo público si no accedía a lo que me proponía. No podía soportar la humillación que eso conllevaría, ni el efecto que podría tener sobre el futuro de mi familia. —Encogió un hombro en gesto de desesperación—. En aquel momento, creía que Peter quería casarse con Fya, y su familia jamás habría aceptado el enlace si esto se hubiera sabido.

Con aspecto desolado, se presionó los ojos con las manos y después las dejó caer, de modo que le colgaron entre las rodillas.

—Y también pensé en Gisel —prosiguió—. ¿Qué esperanza tendría de poder conseguirle un buen contrato matrimonial si se sabía que su abuelo había muerto de una forma tan sacrílega, y que su familia no pagaba sus deudas? —Levantó los hombros con impotencia—. Por eso accedí a casarme contigo.

Se puso de pie y se alejó de ella, intranquilo.

—Eso es lo que me dije a mí mismo —añadió.

—Eran los mejores motivos del mundo —repuso Sabina—. Ojalá lo hubiera sabido antes.

—Pero no son los verdaderos motivos de lo que hice —dijo Wolf en voz baja.

Sabina tendió la mano hacia él, pero volvió a bajarla cuando él se alejó para que no pudiera alcanzarlo. Frunció los labios y se sentó sobre los talones, intentando que aquel ligero rechazo no la molestara.

—¿Por qué lo hiciste, entonces?

Él encorvó los hombros y apartó la mirada.

—El verdadero motivo es que estaba avergonzado. No de padre, sino de mí mismo. Padre vino a verme. Me pidió ayuda, y yo... se la negué. No quería que nadie sospechara que lo había hecho. Me aterraba que mi familia pudiera averiguarlo.

Eso la dejó petrificada. Wolf, el hombre que acudía en ayuda de todo el mundo, el hombre que asumía responsabilidades que no le correspondían, que luchaba con aplomo contra enemigos mortales, ¿había hecho eso?

—No parece... propio de ti. Debiste de tener muy buenas razones —observó, y procuró que no sonara a pregunta.

Aunque tenía el corazón acongojado, Wolf sonrió a la mujer que, a pesar de todo, intentaba absolverlo de su despreciable acto.

—Eso pensé en su momento. Padre tenía una idea totalmente descabellada que nos habría llevado a ambos a la ruina si lo hubiera ayudado como él deseaba. Había trabajado tanto, había ahorrado durante tanto tiempo para montar mis propias imprentas... —Se pasó la mano por el pelo—. Les había dedicado años de mi vida. Acababan de empezar a ir realmente bien. Son lo único que me sostuvo en pie después de la muerte de Beth, mis imprentas y mi hija.

Recordaba claramente la discusión que había tenido aquel día con su padre.

—¡Imprimiré una nueva Biblia, mejor que la de Gutenberg! —exclamó su padre, dando una palmada en el escritorio de Wolf—. De papel vitela. Nada de pulpa barata, de la que sólo sirve para el retrete.

—No es buena idea, padre —objetó él, y se levantó para mirar a su padre desde el otro lado de la mesa que utilizaba en la imprenta de Núremberg—. Será demasiado grande. No tienes compradores y el papel vitela cuesta una fortuna. —Wolf agitó una mano en el aire, exasperado—. El papel vitela ni siquiera se imprime bien. Es para los copistas, no para las prensas. Sólo para encargos especiales, y no tienes ninguno. ¡Ya no es momento de publicar una Biblia así!

Apoyó las manos en el escritorio y trató de dominar la alarma que sentía. Inspiró hondo.

—Además, ¿de dónde sacarás el dinero para los materiales?

A su padre le brillaron los ojos.

—Tú me lo darás. Invierte en mí, hijo, y ambos nos haremos ricos. ¡Ya lo verás! Contrataremos a los mejores grabadores para que ilustren las páginas, sólo a los mejores. Construiremos una nueva prensa si es preciso, pero al final habrá valido hasta el último céntimo.

Wolf apretó la mandíbula. Tenía que hacer entrar en razón a su padre.

—Cualquier impresor sensato sabe que el mercado prefiere biblias manejables y asequibles. Cualquier otra cosa es demasiado cara, y sólo pueden comprarla los clientes más ricos. Sin un encargo, es una locura intentarlo. —Se inclinó sobre la mesa y miró a su padre a los ojos—. Si trataras de hacerlo, contraerías deudas imposibles de pagar, y yo también.

—Te equivocas, hijo. Y si me prestas el dinero, te lo demostraré. —Los ojos de su padre refulgían con el reflejo de aquel espejismo.

Aunque sabía que nada que dijera podría disuadir a su padre, Wolf lo intentó.

Estuvieron horas discutiendo.

Wolf recordó ahora las últimas palabras que le había dicho: «Lo siento, padre. Te quiero, pero no te ayudaré a destruirte a ti mismo.»

—Padre siguió adelante con la idea sin mí —explicó—. Pero no contaba con mis recursos. Se endeudó mucho, empezó a jugar para intentar conseguir el dinero necesario para recuperarse, pero no pudo. Mi negativa provocó que se viera atrapado en una espiral descendente que finalmente lo llevó al suicidio.

—¡Oh, Wolf! —exclamó Sabina en voz baja, y le tocó la mano.

Wolf volvió a ver la cara de su padre aquel último día, cuando le suplicaba que invirtiera dinero en su sueño.

—Era mi padre. Tenía la obligación de hacer lo que pudiera para ayudarlo. Pero puse las finanzas por encima de la familia. Al final me di cuenta de lo que había hecho y quise enmendarlo, pero para entonces ya era demasiado tarde. Padre ya estaba... muerto. —Se le quebró la voz y desvió la mirada para que Sabina no viera las lágrimas que le humedecían los ojos—. Ahora ya sabes que soy un cobarde y un hijo deshonroso. Y que, por ello, soy responsable de la muerte de mi propio padre. Me parecía justo que supieras la clase de hombre con quien te has casado antes de tomar la decisión de quedarte. Si decides separarte de mí, lo entenderé.

Se acercó a la ventana y apoyó la mano sobre el frío cristal para esperar el juicio de su mujer.

Sabina contempló el perfil de su marido, tan lleno de pesar y dolor, y comprendió lo que negarle la ayuda a su padre le había costado. Lo que le seguía costando. Wolf paseó los dedos por el cristal y miró más allá de la ventana. Se frotó la mejilla con una manga, y el abatimiento de sus hombros y la rigidez de su cuerpo reflejaban cómo se sentía. Se irguió y se volvió hacia su mujer.

—Pero te suplico que no te vayas —dijo—. Hay muchos motivos para que te quedes. Pero el más importante, el único que importa, es que te amo más que a mi propia vida, y que pasaré el resto de mis días intentando recuperar mi honor. Para que puedas estar orgullosa de mí. Quiero que estés orgullosa de mí —aseguró con un hilo de voz. Tenía el anhelo grabado en el rostro, que reflejaba un infinito cansancio. Bajó la vista al suelo—. No me importa lo que nadie más piense si puedo ganarme tu respeto.

—No puedes... —replicó su esposa. Los ojos de Wolf volaron hacia ella, y el dolor que Sabina vio en ellos casi le partió el alma—. No puedes ganar lo que ya tienes —terminó con dulzura.

El alivio distendió las facciones de Wolf, pero no parecía atreverse a creer lo que la sonrisa y las palabras de su mujer le estaban diciendo.

—¿No te... avergüenzas de mí? ¿De mi cobardía?

Sabina le tocó la cara.

—No fue culpa tuya, Wolf.

Él parpadeó.

—Tu padre tomó una decisión —prosiguió ella—. En lugar de aceptar su suerte, de admitir sus errores e intentar enmendarlos, te obligó a cargar con el peso de su deshonra. Él fue quien se portó como un cobarde.

—Padre estaba desconcertado —replicó Wolf, sacudiendo la cabeza—. Estaba desesperado...

Sabina le puso un dedo en los labios para que callara.

—Sé que lo querías, pero te repito que el cobarde fue él, no tú. Dejar sola a su familia para que se enfrentara a consecuencias de sus actos, provocar que tú te preocuparas por su alma eterna, obligarte a hacer un pacto con el barón... todos estos actos son los de un hombre lleno de defectos. No puedes considerarte responsable de lo que hizo alguien así, por más que lo quieras. —Le acarició la fuerte mandíbula—. Además, aunque le hubieras dado lo que querías, no tienes forma de saber si el fracaso posterior de su proyecto no le hubiera llevado al mismo destino trágico. ¿O sí?

Él reflexionó un momento y negó con la cabeza.

—No. Padre siempre fue melancólico, dado a tener sentimientos extremos, más aún los últimos años. Era como si no controlara sus propias pasiones, como si lo dominaran por encima de la razón y la lógica. Cuando su estado de ánimo era más sombrío, no veía ninguna esperanza en el futuro.

—Es probable que uno de esos estados de ánimo se apoderara de él cuando decidió quitarse la vida. No puedes considerarte responsable de ello. Hiciste bien en negarte a ayudarlo en su proyecto y arriesgar con ello el legado de tu hija. ¿Cómo habrías cuidado de Gisel si hubieras perdido las Imprentas Behaim?

—No podría haberlo hecho —admitió Wolf.

Sabina le puso una mano sobre el corazón, intentando infundirle la fuerza que él le había transmitido una vez.

—No fue culpa tuya, mi vida. Ninguno de los dos somos responsables de los pecados de nuestros padres. Dejemos que su legado de culpa y vergüenza muera hoy con ellos.

Wolf le sostuvo la mirada. Luego, puso una mano sobre la de su mujer y trató de hablar, pero no le salieron las palabras. Así que la besó sin decir nada, y lo hizo con más suavidad que una mariposa al posarse en una flor.

—Perdona que no te confiara antes la verdad —logró decir por fin—. Gracias.

—De nada, y estás perdonado —respondió Sabina, que le rodeó la cintura con los brazos y apoyó la cara en el pecho de Wolf de modo que pudo oler su especial aroma varonil. Al moverse, la toalla le resbaló de los hombros, y no hizo nada por evitarlo. Con una sonrisa, inclinó la cabeza para mirar a su marido—. ¿Te acostarás conmigo ahora, querido esposo?

Wolf le acarició las caderas desnudas con una sonrisa de dicha.

—No hay nada sobre la faz de la Tierra que pudiera impedírmelo... querida esposa.

Epílogo

Wolf observaba el otro lado del jardín sin prestar atención a la abundancia de flores rojas y amarillas que ondeaban como estandartes de terciopelo bajo la suave brisa. Tenía la vista puesta en la persona que estaba sentada en un banco situado en el centro de aquel esplendor primaveral, con la cara vuelta hacia el sol, como si fuera una más de los cientos de rosas que engalanaban el sendero del jardín. Vio que cerraba los ojos mientras disfrutaba del placentero sol en la piel, y por primera vez en semanas parecía en paz. Dudó si debía perturbar aquel momento de tranquilidad, pero ya era hora de hablar. De hecho, hacía tiempo que lo era.

Hacía más de un mes que habían enterrado a Von Ziegler. Günter había entregado a Müntzer a las autoridades de Turingia. Allí, Müntzer había sido juzgado, torturado para que sirviera de ejemplo y, finalmente, decapitado por sus crímenes.

Los documentos encontrados en el cofre del barón habían resultado de lo más reveladores. Unos papeles amarillentos de la familia permitieron a Sabina reclamar su herencia. El nuevo elector declaró a Sabina única y legítima heredera de las tierras de su abuelo y de todos sus derechos.

Lo más increíble fue que el barco comercial del barón llegó a puerto después de su entierro. Al parecer, los informes de que se había perdido en el mar habían sido prematuros. Si el barón hubiera vivido unos días más, habría visto que todas sus maquinaciones para lograr aquel objetivo habían dado fruto. En lugar de eso, su hija y, gracias a la generosidad de ésta, Agnes habían cosechado los beneficios. Ahora eran dos de las mujeres más ricas de Sajonia. Sabina había donado una parte de lo recaudado a la ciudad para devolver los fondos que el barón había malversado, e hizo otra donación más a las arcas municipales.

Aunque había manifestado su amor por Wolf desde la noche de su confesión y, muchas veces, no había hablado del asunto que más le importaba a su marido: el hijo que llevaba en sus entrañas, Wolf estaba convencido de que iba a darle un hijo. Todos los síntomas estaban ahí, incluso la suave redondez del vientre ahora que el bebé empezaba a crecer. Seguro que a estas alturas Sabina ya lo sabía, pero todavía no le había dicho nada a él.

Y había empezado a impacientarse. Quería hacer planes.

Sabina abrió los ojos y se encontró con la cara preocupada de Wolf mirándola. Le sonrió despacio, tan rebosante de amor como una copa que se desborda. Se levantó del banco y lo abrazó.

Levantó la cara hacia él como la había levantado hacia el sol y susurró:

—Buenos días, apuesto esposo.

—No exageres —murmuró Wolf, sonrojado, pero la besó igualmente.

Sabina se separó con una sonrisa pícara.

—Sí que lo eres, no trates de negarlo —dijo, y le acercó una mano al rostro para seguirle con los dedos las elegantes cejas, la nariz tiempo atrás rota y los ángulos marcados de la mandíbula—. Eres el hombre más apuesto del mundo. Con tu belleza y mi inteligencia, ¿cómo nos van a salir mal los niños? —bromeó.

A Wolf se le iluminó la cara.

—Hablando de niños... —La seguía abrazando, rodeándole la cintura con los brazos.

—¿Sí? —Recorrió los labios de su marido con un dedo.

—¿Has pensado en niños últimamente?

—Pues sí. ¿Cómo lo has adivinado? —Casi se sintió mala por jugar con él de aquella manera, pero no podía contenerse.

—Oh, me lo dijo un pajarito —soltó Wolf con una sonrisa engreída—. Así que ¿tendremos buenas noticias estas Navidades?

—No lo sé. ¿Crees que los obreros podrán acabar a tiempo?

Wolf se quedó de piedra.

—Quizá tendríamos que aclarar de qué estamos hablando —dijo con cautela.

Sabina se volvió para que no la viera sonreír y fingió un enorme interés por uno de los rosales.

—Bueno, quería saber si crees que podrán terminar a tiempo las obras del castillo. Creo que la Navidad sería una época maravillosa para que todos los niños se trasladaran a su nuevo hogar.

—¿Todos los niños? —repitió Wolf, expectante.

Sabina arrancó una rosa roja y hundió la nariz en ella, conteniendo la risa.

—Pues claro, tonto. Menudo orfanato iba a ser si sólo hubiera un niño.

El silencio tras ella era ensordecedor. Finalmente se atrevió a echar un vistazo a su marido. Vio lo desconcertado que estaba el pobre.

—¡Oh! Has decidido convertir el castillo en un orfanato —comentó con voz neutra.

Sabina le pasó los bordes aterciopelados de la rosa roja por el jubón verde.

—Sí, espero que no te importe. La idea de vivir en el castillo no me apetece nada. Me han pasado demasiadas cosas allí para poder ser feliz en él. —Reprimió un delicado escalofrío cuando una nube tapó el sol—. Espero crear recuerdos nuevos y más felices llenándolo de niños que un día fueron como yo.

—Parece mucho trabajo —comentó Wolf con el ceño fruncido—. Quiero decir, dada la situación... —Arqueó las cejas significativamente.

—Oh, no, en absoluto. Crear el refugio para monjas llevará tiempo, desde luego, pero ya he encontrado un constructor que puede restaurar el castillo. Mañana voy a hablar con el doctor Lutero sobre algunas de las ex monjas con las que viajé a Wittenberg. Puede que quieran ayudar. —Frunció el ceño—. Si tenemos en cuenta la cantidad de niños, hijos de campesinos que se quedaron huérfanos durante la revuelta, creo que fundar un orfanato es lo mínimo que podemos hacer. Quiero dedicar las ganancias ilícitas del barón a buenas causas. Con los ingresos del barco, podremos ofrecer alojamiento y manutención gratuita a cincuenta niños por lo menos.

—Sabina —dijo Wolf con delicadeza mientras la acercaba hacia él otra vez—, no tienes que utilizar así el dinero. Es parte de tu herencia.

—Y, por tanto, puedo hacer con él lo que quiera. A no ser que mi marido tenga alguna objeción —añadió con una ceja arqueada tras apartarlo un poco de ella. La mirada que le dedicó sugería claramente que si la tenía, dormiría solo los próximos meses.

—No, ninguna —respondió Wolf enseguida.

Sabina volvió a acurrucarse contra él con un movimiento intencionadamente provocativo. Los brazos de su marido la estrecharon.

—Estupendo. —Sonrió de nuevo—. Además —dijo, y se puso de puntillas para mordisquearle con dulzura la barbilla—, así tendré algo que hacer hasta que llegue el bebé.

—Eso está bien —murmuró Wolf, distraído. Y entonces soltó—: ¿Qué has dicho?

—Y después de que él o ella nazca —prosiguió Sabina mientras le desabrochaba el jubón y le metía los dedos entre los pliegues de la camisa—, podemos enseñar a algunas de las ex monjas a ser niñeras y amas de llaves, como Barbara y Bea, para que no se vean limitadas a tener que casarse o trabajar en una casa de citas.

Le abrió la camisa con un suspiro y empezó a acariciarlo, describiendo círculos alrededor de sus pezones con el pulgar. La rosa se le cayó de las manos. Mordisqueó el cuello de su marido hasta apoyar los labios donde el pulso le latía rápidamente.

Wolf le sujetó los dedos y dio un paso atrás mirándola con un intenso brillo esmeralda en los ojos. Evidentemente dividido entre el deseo de tumbarla boca arriba tras uno de los rosales y el deseo de oír, de una vez por todas, si iba o no a ser padre otra vez, preguntó:

—¿Qué estás diciendo, Sabina? Habla claro, por el amor de Dios.

Ella se echó a reír y enlazó las manos tras la nuca de su marido.

—Vamos a tener un hijo, Wolf. Un bebé, sólo para nosotros.

A él se le iluminó la cara, pero su sonrisa se desvaneció de repente. Y entonces frunció el ceño con súbito desasosiego.

Sabina prácticamente podía seguir el hilo de sus pensamientos: «Beth murió al dar a luz a Gisel. ¿Y si le pasa lo mismo a Sabina?» Por eso había tardado tanto en decírselo, para asegurarse de que todo fuera bien.

Lo sujetó por la camisa para acercarlo a ella.

—Wolfgang Philip Matthew Behaim —dijo con la nariz pegada a la de su marido—, mírame.

Y él la miró.

—No soy Beth. Soy una mujer robusta, sana y fuerte. He sobrevivido a más cosas que la mayoría de los hombres en toda su vida. Y no voy, te repito, no voy a morirme. Este bebé nacerá, y tendremos una hija o un hijo precioso que crecerá con nuestra querida Gisel, y muchos, muchos más. Y seremos felices para siempre. ¿Me has entendido?

—Sí —asintió Wolf—. Sí, querida esposa, te he entendido.

El beso ardiente que dio a su mujer contenía alivio y muchas otras cosas, y pronto el perfume de las rosas los envolvió mientras escandalizaban a los criados.

No era la primera vez... ni sería la última.

Nota de la autora

Parafraseando una expresión popular, se necesita una comunidad para escribir un libro. Para escribir el mío, y para comprender mejor el período de la primera Reforma, leí detenidamente las obras de varios historiadores, entre los que destacan Steven Ozment, William J. Petersen, Dietrich Steinwede, Roland H. Bainton y David N. Durant. Quiero dar especialmente las gracias al doctor Ozment, profesor de Historia de la Universidad de Harvard en McLean, y al profesor John Flood, del Instituto de Estudios Germánicos de la Escuela de Estudios Avanzados de la Universidad de Londres, por sus generosas respuestas a mis preguntas. Por supuesto, cualquier error en cuanto a los hechos es mío y solamente mío.

Gracias también a las personas del Museo Fundación Internacional de la Imprenta de Carson, en California, por darme la oportunidad de mover la palanca de una auténtica prensa de Gutenberg. El museo está abierto al público, y agradece las donaciones para apoyar su valiosa causa (*www.printmuseum.org*).

A quienes interese la nobleza alemana deberían consultar alt. talk.royalty en internet. Estoy particularmente en deuda con un artículo de Gilbert von Studnitz por su excelente explicación de los rangos de la nobleza alemana. Una vez más, por supuesto, cualquier error en cuanto a los hechos es mío y solamente mío.

Si bien los principales personajes de este libro son totalmente ficticios, he incorporado personajes y hechos históricos a la estructura de mi relato. El doctor Martín Lutero, Thomas Müntzer, el elector Federico el Sabio, Felipe de Hesse, el duque Juan de Sajonia, el doctor Philip Melancthon y el impresor Hans Luft, que trabajó con el artista Lucas Cranach, vivieron durante esta época tan convulsa. El emperador Carlos V envió mercenarios alemanes a la región para encargarse de los alzamientos de los campesinos. Müntzer fue finalmente capturado y llevado a Turingia, donde fue torturado y ejecutado por su responsabilidad en ellos.

La revuelta de los campesinos se libró los años 1524 y 1525. En mi historia comprimí el tiempo por motivos literarios. Finalmente se llevaron a cabo ligeras reformas, pero los campesinos pagaron un precio muy alto. Los nobles aplastaron las revueltas. Entre setenta mil y cien mil campesinos mal armados perdieron la vida contra las unidades de caballería y artillería que los nobles, tanto católicos como protestantes, enviaron contra ellos.

La historia sobre cómo mi personaje ficticio Sabina von Ziegler huye del convento está inspirada en la realidad. Martín Lutero ayudó a escapar a doce monjas del convento de Nimbschen de la forma que describo en mi libro, les proporcionó un sitio donde vivir, les encontró empleo o marido y, de hecho, terminó casándose él mismo con una de ellas: Katharina von Bora, la «hermana Katie», que es amiga de Sabina en el convento.